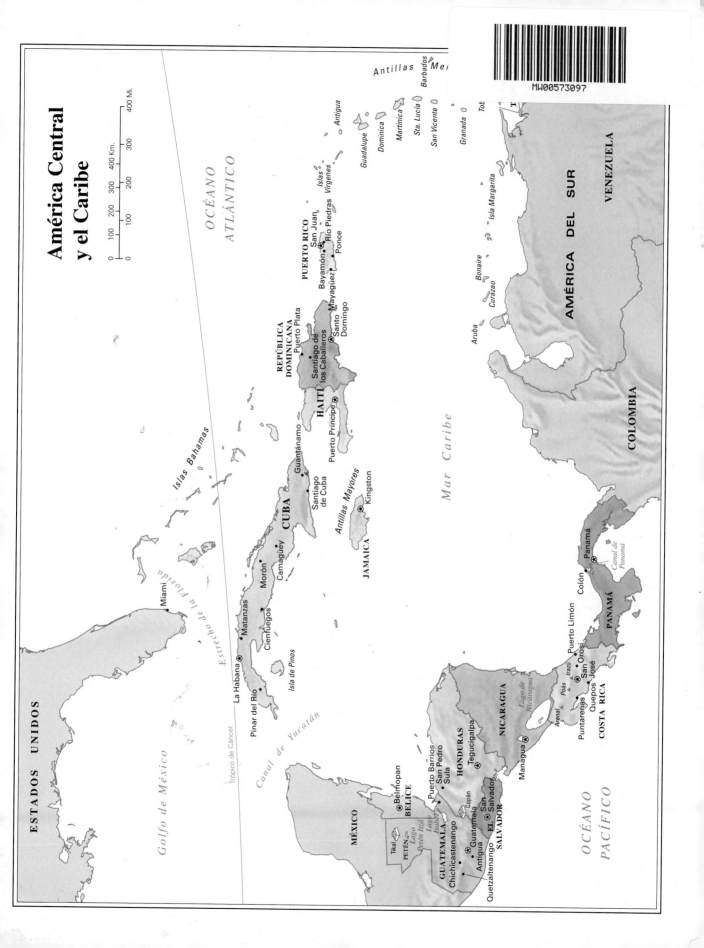

América Central y el Caribe

ESTADOS UNIDOS

Golfo de México

OCÉANO ATLÁNTICO

Miami

Estrecho de la Florida

Trópico de Cáncer

Islas Bahamas

Canal de Yucatán

La Habana
Pinar del Río
Isla de Pinos
Matanzas
Cienfuegos
Camagüey
Morón
CUBA
Santiago de Cuba
Guantánamo

MÉXICO

Tikal
PETÉN
Lago Petén Itzá
Lago Izabal
GUATEMALA
Belmopan
BELICE
Puerto Barrios
San Pedro Sula
Copán
Chichicastenango
Guatemala
Antigua
Quetzaltenango
San Salvador
EL SALVADOR
Tegucigalpa
HONDURAS

NICARAGUA
Lago de Nicaragua
Managua

COSTA RICA
Puntarenas
Quepos
San José
San Orosi
Irazú
Poás
Arenal
Puerto Limón
Colón
Panamá
Canal de Panamá
PANAMÁ

OCÉANO PACÍFICO

Mar Caribe

JAMAICA
Kingston
Antillas Mayores

HAITÍ
Puerto Príncipe
REPÚBLICA DOMINICANA
Puerto Plata
Santiago de los Caballeros
Santo Domingo
Mayagüez

PUERTO RICO
San Juan
Bayamón
Río Piedras
Ponce
Islas Vírgenes

Antigua
Guadalupe
Dominica
Martinica
Sta. Lucía
San Vicente
Granada
Barbados
Antillas Menores

Aruba
Curazao
Bonaire
Isla Margarita
Tobago

COLOMBIA

VENEZUELA

AMÉRICA DEL SUR

0 100 200 300 400 Mi.
0 100 200 300 400 Km.

FUENTES

Lectura y redacción

Third Edition

FUENTES

Lectura y redacción

Donald N. Tuten
Emory University

Lucía Caycedo Garner
University of Wisconsin—Madison, Emerita

Carmelo Esterrich
Columbia College Chicago

with the collaboration of
Debbie Rusch   Boston College
Marcela Domínguez   Pepperdine University

Houghton Mifflin Company   Boston   New York

Publisher: Rolando Hernández
Sponsoring Editor: Van Strength
Senior Development Editor: Sandra Guadano
Senior Project Editor: Rosemary R. Jaffe
Editorial Assistant: Rachel Zanders
Art and Design Manager: Gary Crespo
Senior Composition Buyer: Sarah Ambrose
Senior Photo Editor: Jennifer Meyer Dare
Manufacturing Coordinator: Chuck Dutton
Associate Marketing Manager: Claudia Martínez

Cover photography: Harold Burch Design, NYC.

Credits for texts, photographs, illustrations, and realia are found at the back of the book.

Printed in the U.S.A.

Student Text ISBN: 0-618-46872-2

Instructor's Annotated Edition ISBN: 0-618-46873-0

Library of Congress Control Number: 2004100373

5   6   7   8   9-DOW-10   09   08   07

Preface Contents

To the Student

Fuentes: Lectura y redacción (FLR), Third Edition, is a textbook for intermediate Spanish courses, intended for use with *Fuentes: Conversación y gramática (FCG)*, though it may also be used independently. *Fuentes: Lectura y redacción* is designed to help you perfect your ability to read and write in Spanish and deepen your understanding of Hispanic cultures and societies. Of course, you may ask, *Why focus on reading at all? Or writing? Or culture?*

The answers to these questions are closely related. Learning to read and write well in Spanish will help you improve your ability to listen and speak in Spanish. This is so because reading and listening are both interpretive skills that depend on many of the same abilities and strategies. Likewise, writing and speaking are expressive skills that depend on similar abilities and strategies. Writing allows you to hone your ability to express yourself in Spanish while reading trains you to understand and interpret as you also learn about language and culture. However, reading and writing are probably both easier for you to do successfully, since you can control the way you do each and how much time you spend at each task. Consequently, you can often learn more about language and culture through reading and writing than through listening and speaking alone.

When reading a text you have to figure out not only its literal meaning (what it says) but also interpret it (decide what it means at deeper levels). When you interpret a written text you must ask and answer questions such as *What are the author's intention, purpose, and attitude? What assumptions does the author make, and why? What are the implications of what the author says?* Of course, interpretation is important in conversation as well. Have you ever walked away from someone asking yourself, "I wonder what he/she meant by that?" Such questions can be difficult to answer in your home culture, but even more so in a foreign culture, where cultural assumptions and background knowledge can be quite different. To interpret what people write and say in another language and other cultures, you need to learn about those cultures and societies through reading.

Each chapter of *Fuentes: Lectura y redacción* is designed to enhance the development of your reading and writing skills, your understanding of Hispanic cultures and societies, as well as your awareness of your own cultural beliefs, values, and assumptions. As you work through *Fuentes: Lectura y redacción*, remember that learning to read and write in Spanish is a process. In fact, you are probably still learning to interpret texts and write well in your native language. But you can make this process flow more easily by reading and writing something in Spanish every day, even if it is just a note. More important, stop every now and then to check your progress. Read something in Spanish that has nothing to do with class; you may not understand everything, but you will probably understand at least part of it. Though it is often forgotten, the fact is that people do much of their reading and writing for pleasure, and we, the authors of this text, hope that the readings and writing activities in *Fuentes* will spark your imagination and continued interest in the Spanish-speaking world.

Study Tips for *Fuentes: Lectura y redacción*

As you work through the text, keep in mind the following tips.

Tips for reading:

- Read in cycles. Your first reading of a text should focus on understanding the main ideas or gist. Try to read the entire text without stopping. In subsequent reading cycles you can focus on details and fine-tune your understanding. See the Overview of FLR Reading Strategies on the *Fuentes* Website for more information.
- Read each text at least twice before class discussion, and read it at least once after each class discussion.
- Make spontaneous use of the strategies studied and practiced in class since this is the natural way in which you will want to employ them when reading texts outside of *Fuentes: Lectura y redacción*. See the Overview of FLR Reading Strategies on the *Fuentes* Website for more specific suggestions.
- Don't be afraid to disagree with what you read. Many readings have been chosen precisely to generate differing reactions and opinions.
- Number paragraphs for each reading and use these numbers to locate and justify your answers to post-reading exercises during class.
- Use the readings as a way of building your language resources. Much of the vocabulary in the readings is intended for recognition, but aim to incorporate high-frequency or very important vocabulary items (or grammar structures) in your writing and in class discussion.

Tips for writing:

- In journal or informal writing activities, focus primarily on generating and expressing ideas in Spanish and only secondarily on details of grammar.
- In formal writing, focus first on expressing your ideas, and then revise with an eye on correct forms and effective organization.
- Brainstorm ideas before starting to write.
- Decide who your audience is and why you are writing.
- Get a good bilingual dictionary and learn how to use it.
- Try new things and take risks. If you see an interesting expression in one of the readings, try to incorporate it into your own writing.

- Talk about your ideas for writing with classmates, your instructor, and friends.
- Don't try to pump out compositions overnight. Write on one day and revise on another. Discuss your ideas with others. Make it a process of writing, responding, and revising.
- Try to make spontaneous use of the strategies that are presented and practiced in *Fuentes: Lectura y redacción*. Even though an activity may focus on a particular strategy, you may also be able to use previously studied strategies in your own writing.

Tips for studying culture:

- Practice "reading between the lines." The ability to make inferences about a writer's or speaker's intentions and the implications of what is expressed is essential to intercultural communication.
- As you read, compare and contrast what you learn about Hispanic cultures and societies with your own. Use your informal writing to explore these ideas and become more aware of your own underlying beliefs and values.
- Relate what you study and write about in *Fuentes: Lectura y redacción* with current events or material you are studying in other classes.

An Overview of Your Textbook's Features

Fuentes: Lectura y redacción consists of twelve thematically organized chapters that focus on reading, writing, and culture.

The Chapter Opener

Capítulo **3**

La América indígena: Ayer y hoy

▲ Las ruinas de Tikal (Guatemala), ciudad construida en la época clásica de la civilización maya.

38

See the *Fuentes* website for related links and activities:
http://college.hmco.com/languages/spanish/students

- A photograph or other illustration reflects the cultural theme that you will explore in the chapter readings.

- An Internet icon in each chapter reminds you to access the *Fuentes* Website to link to sites related to chapter topics and for a variety of practice activities.

- The first activity in each chapter gets you thinking about the theme and asks you to brainstorm ideas and vocabulary that you will use as you do the reading and writing assignments.

Capítulo 3   **39**

Actividad I   ¿Qué saben ustedes?   En parejas, miren la foto de la página anterior e intenten contestar las siguientes preguntas.

Activating background knowledge

1. ¿Qué se ve en la foto?
2. ¿Dónde está?
3. ¿Cuándo fue construido?
4. ¿Para qué servía?
5. ¿Quiénes lo construyeron?
6. ¿Existe esa cultura hoy día?

A combination of journalistic, literary, and informative readings, and a chapter video segment expose you to a variety of perspectives on Hispanic cultures.

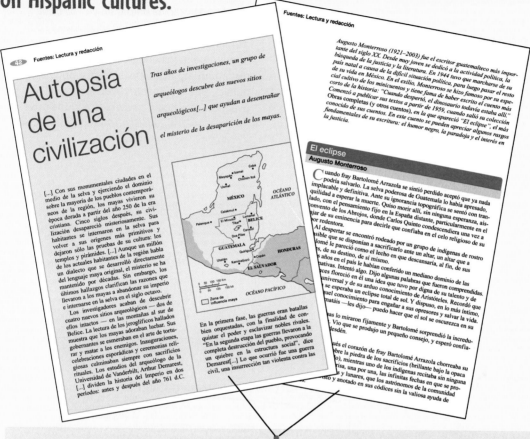

Each chapter presents three readings that tie in with the chapter theme. **Lectura 1** is generally an authentic selection (written by and for native speakers) from a newspaper or magazine that serves as a first approach to the chapter topic. **Lectura 2 (Panorama cultural)** provides an overview of Hispanic cultures and societies related to the theme. **Lectura 3** is generally a literary reading that allows further exploration of the topic.

VIDEOFUENTES

¿Qué semejanzas y diferencias existen entre el artículo y el video respecto a los motivos de la desaparición de la civilización maya clásica? ¿Qué manifestaciones de la cultura maya existen hoy día?

The **Videofuentes** video segments expand on the cultural theme of the chapter to give you added insights into Hispanic cultures. Filmed in Mexico, Spain, Argentina, and the United States, the varied segments include interviews, a short-subject film from Chile, and informative pieces related to music, historical events, agrotourism, and study abroad. **Videofuentes** activities for discussion or writing ask you to compare the chapter video segment with one of the primary readings. Additional video activities are included in *Fuentes: Conversación y gramática*.

Reading strategies and pre-, active, and post-reading activities

Reading strategies help train you to be a better reader by practicing techniques such as identifying cognates, guessing meaning from context, making inferences, or distinguishing main ideas from supporting details. See the *Fuentes* Website for an overview of reading strategies and their use.

Lectura 1: Un artículo de revista

ESTRATEGIA DE LECTURA

Using Sentence Structure and Parts of Speech to Guess Meaning

When using context to guess the meaning of unfamiliar vocabulary, you usually focus on the meaning of surrounding words. However, at times it is also useful to focus on the basic sentence structure and its parts. The larger parts of a sentence (subject, verb, object, prepositional phrase) can often be broken down into individual words, which can then be identified with a particular function or part of speech (noun, adjective, verb, adverb).

The parts of speech (**las partes de la oración**) include the following:

- **el sustantivo:** A noun is a person, place, thing, or concept: **el jefe, el parque, la albóndiga, el impresionismo.**
- **el verbo:** A verb refers to an action or state: **subir, correr, estar.** Verbs can be transitive (they take a direct object—**Canto ópera.**) or intransitive (no direct object—**Estoy bien.**)
- **el adjetivo:** An adjective describes (**grande, impresionante, completo**) or limits (**algunos, este, doce**) a noun.
- **el adverbio:** An adverb describes the action of a verb (**despacio, rápidamente, temprano**) or describes the degree of an adjective (**muy, poco, increíblemente**).
- **el artículo:** An article marks the gender, number, and definite or indefinite nature of a noun: **el, la, los, las, un, una, unos, unas.**
- **la preposición:** A preposition identifies the links between other words: **a, con, de, desde, en, entre, hacia, hasta, para, por, sin, sobre,** etc.
- **la conjunción:** A conjunction connects elements within a sentence: **y, o, pero, sino.**
- **el pronombre relativo:** A relative pronoun connects a subordinate verbal clause to another element in the sentence: **que, quien, donde, el cual,** etc.

Identifying parts of speech may give you just enough information to determine the basic relationships within a sentence. Try this sentence written in nonsense Spanish. What information can you safely determine about the words?

El maniculo golupeó calamente a Paco en la cloba gara.

Pre-reading activities introduce essential new vocabulary, activate your background knowledge, ask for predictions about reading content, or ask you to notice and practice a reading strategy to prepare you for reading.

Lectura 2: Panorama cultural

Identifying parts of speech

Actividad 10   Partes relacionadas   La lectura "La presencia indígena en Hispanoamérica" contiene palabras relacionadas con los siguientes verbos. Para cada verbo en infinitivo (por ejemplo, **leer**), busca en el glosario o en un diccionario un sustantivo como **lector** (*reader*) o **lectura** (*reading*), y un adjetivo como **legible** (*legible*) o **leído** (*read*).

desaparecer	establecer
aislar	conservar
dominar	despreciar

Building vocabulary

Actividad 11   Palabras útiles   Después de mirar la siguiente lista, completa las oraciones que siguen con las palabras apropiadas.

los antepasados	ancestors	**el culto**	worship, adoration
el/la portavoz	spokesperson	**la prueba**	proof, evidence
el rasgo	trait, feature	**autóctono**	native
la supervivencia	survival	**el esfuerzo**	effort

1. _____ del gobierno anunció que las negociaciones iban bien.
2. Una de las características de muchas religiones es el _____ a los antepasados.
3. Un _____ importante de la cultura norteamericana es la afición a la tecnología.
4. El científico Charles Darwin definió la teoría de la _____ del más fuerte.
5. Algunos de los _____ de Juan Ferreira eran españoles, pero otros eran portugueses.
6. El éxito que tiene en su trabajo es _____ de su talento.
7. La papa y el maíz no se conocían en Europa antes del siglo XVI porque son comidas _____ del continente americano.
8. A pesar de sus _____, el presidente no pudo resolver la crisis.

support development of your reading skills.

Actividad 12 ¿Indígenas o indios? Últimamente, tanto en Norteamérica como en Centro y Suramérica, ha habido una revaloración del indio; incluso se prefiere usar el término **indígena** en vez de **indio**. En parejas, antes de leer la lectura siguiente, contesten estas preguntas.

Activating background knowledge

indígena americano = Native American

1. ¿Cuáles eran algunas de las características negativas que se asociaban con el término **indio** en la cultura norteamericana?
2. ¿Cuáles son algunos aspectos positivos de la cultura indígena que se aprecian hoy día?
3. Actualmente, ¿a qué problemas se enfrenta la población indígena de Norteamérica? ¿la de Hispanoamérica?

Actividad 13 Las ideas principales Mientras lees, escribe la idea principal de cada párrafo en el margen. Después, en grupos de tres, comparen sus apuntes para ver si están de acuerdo.

Active reading, Identifying main ideas

La presencia indígena en Hispanoamérica

Cuando Cristóbal Colón llegó al Nuevo Mundo, encontró una tierra habitada por pueblos que llevaban allí más de 30.000 años. Pueblos pequeños alternaban con los imperios de los aztecas y los incas. La conquista española y las enfermedades europeas causaron la desaparición de
5 numerosos pueblos indígenas, la destrucción de las grandes civilizaciones y el establecimiento de la lengua y la cultura españolas en gran parte de América. Sin embargo, no se borró la presencia indígena, ya que sobrevivió en el mestizaje y en la conservación de algunas de sus sociedades.

▲ En los Andes, se siguen usando instrumentos de cuerda de procedencia española, así como flautas y tambores de origen indígena.

> ● Annotations in the margins throughout the textbook indicate strategies practiced in the activities and provide additional information about the topic at hand.

> ● Active reading activities provide a focus or goal for your first reading of a text.

▲ Rigoberta Menchú, portavoz de los pueblos indígenas de Guatemala y del mundo.

diferentes países, y en Bolivia un indígena aymara, Evo Morales, se ha convertido en líder del segundo partido
90 político del país. Gracias a estos cambios, muchos países han modificado su Constitución para dar mayor protección a los descendientes de sus pobladores originales.

Éstos y otros acontecimientos anuncian un cambio importante en las relaciones entre los diversos grupos que
95 componen la población hispanoamericana. Durante siglos, los indígenas tuvieron que aceptar su absoluta subordinación; ahora están recobrando su voz y defendiendo sus culturas. Al mismo tiempo, se están convirtiendo en una fuerza política que tendrá que tomarse en cuenta dentro y
100 fuera de América "Latina" durante el siglo XXI.

Los aymaras representan más del 30% de la población boliviana.

El creciente contacto y cooperación entre grupos indígenas se revela en su uso de Internet para divulgar sus programas. (Ve a la página web de *Fuentes* para encontrar enlaces a varios sitios relacionados con el tema de los indígenas.)

Scanning

Actividad 14 Detalles importantes Después de leer, determina si las siguientes oraciones son ciertas (C) o falsas (F), de acuerdo con la información que aparece en la lectura. Corrige las oraciones que sean falsas.

1. _____ La conquista española no tuvo mucho impacto en los pueblos indígenas de América.
2. _____ Pocos hispanoamericanos llevan sangre indígena en sus venas.
3. _____ El mestizaje ha tenido efecto en muchos aspectos de la cultura.
4. _____ Las comunidades indígenas nunca aceptaron la religión católica.
5. _____ Todavía hoy existen comunidades indígenas separadas de la cultura hispana.
6. _____ Muchos indígenas son pobres y analfabetos.
7. _____ El EZLN atacó a los indígenas por protestar contra el gobierno.
8. _____ El portavoz y líder más conocido de los indígenas americanos es un indígena boliviano.
9. _____ En años recientes la respuesta principal de los indígenas a su marginación ha sido la lucha armada.

Making inferences

> ● Post-reading activities allow you to check your understanding of basic information and explore assumptions and implications of the text. They often reinforce or encourage use of vocabulary and grammar presented in *Fuentes: Conversación y gramática*.

Actividad 15 Implicaciones Las siguientes oraciones representan deducciones o inferencias que se basan en la información del texto anterior. Busca la información que apoya cada inferencia.

1. La conquista española fue bastante violenta.
2. La mayoría de la población mexicana es católica.
3. En Cuba, Costa Rica y Argentina, ya no hay una presencia indígena importante.
4. Muchos mestizos hispanoamericanos tienen vergüenza de su sangre indígena.
5. Para los indígenas modernos, la globalización representa una amenaza y una ayuda.

Informal and formal writing practice and development of writing strategies help you become a more effective writer.

Cuaderno personal 3-3

¿Crees que es válido hablar de sociedades "primitivas" y sociedades "avanzadas"? ¿Por qué sí o no?

● **Cuaderno personal** questions after each reading encourage you to reflect on your reactions and your own cultural values.

Redacción: Un mito

Listening, Note taking

Actividad 23   El origen del ser humano   La literatura empezó en muchas culturas para explicar los orígenes y enseñar los valores, y se transmitía de generación en generación por vía oral. En el *Popol Vuh*, el libro sagrado de los mayas quiché, se cuenta el mito de la creación de los hombres. Así como los mayas, todas las culturas tienen historias que explican el origen de la humanidad. En este país, la tradición judeocristiana es la que mejor se conoce.

la historia = the story; history

Parte A: Ahora tu profesor/a va a contar la historia de la creación de los hombres según el *Popol Vuh*. Escucha y toma apuntes para poder volver a contar la historia después. Usa el siguiente esquema para tus apuntes.

- dos o tres características del mundo que crearon los dioses
- lo que decidieron hacer los dioses después de crear el mundo y por qué
- cómo resultó esta creación
- otra decisión de los dioses
- características de los tres tipos de Hombre y cómo resultó ser cada uno

Características	Resultados
1.	
2.	
3.	

Parte B: Ahora, usando tus apuntes, ayuda a recrear la leyenda con el clase.

ESTRATEGIA DE REDACCIÓN

Using the Bilingual Dictionary

When you write, try to express yourself as much as possible with vo~~ lary that is already known to you. This will make it easier for you to pose directly in Spanish. Nevertheless, there will be cases when you look up specific vocabulary in order to communicate your thoughts. are some guidelines to help you better use the dictionary when writi

1. Determine the part of speech of the word you want. If you need up a phrase or idiom, look under the key word or words.

● The **Redacción** section includes a series of pre-writing activities and writing strategies to prepare you for writing. Some writing tasks include creating a profile of a famous person, inventing a story or legend, summarizing an interview, preparing a film review, polishing a résumé, and composing essays.

Explanation and practice of writing strategies help you improve your writing by focusing on techniques such as use of the dictionary, use of transition words, and tips for writing interviews, news reports, and essays.

2. Look up the word in the English-Spanish section of the dictionary. Find the equivalents that match the same part of speech. If the word you are seeking is part of an English idiom, it may be listed later in the entry or under another key word. Remember that the Spanish equivalent may be quite different from the English, as in *to be 10 years old* and **tener 10 años.**

3. If you find more than one Spanish equivalent, you may need to cross-check each of these in the Spanish-English section of the dictionary.

4. When looking up a verb, determine whether you need to use it as transitive, intransitive, or reflexive, in which case the verb is used with a reflexive pronoun. Read the examples to determine if preposition(s) should be used with the verb. Make sure you do not try to translate English phrasal verbs (such as *to get up, to get off, to get over,* etc.) too literally. Many such verbs have a specific Spanish equivalent that may or may not be accompanied by a preposition.

Actividad 24   Los equivalentes en español   La palabra *light* tiene varios equivalentes en español. Usa el vocabulario que aparece al lado para buscar la traducción española de *light* según el contexto de cada oración.

Using the dictionary

1. Could you turn off the lights?
2. Have you got a light?
3. Then he saw things in a different light.
4. Priests often light candles during religious ceremonies.
5. They decided to paint the room light blue.
6. Experienced tourists prefer to travel light.

Actividad 25   Tu propio mito   Ahora, vas a escribir tu propio mito. Primero, piensa en el aspecto del mundo o de la vida que quieres explicar. Luego, haz un esquema de los puntos importantes que vas a desarrollar en la historia, con una lista del vocabulario necesario. Usa el diccionario para encontrar nuevas palabras. Luego, escribe el mito, usando palabras de transición y el pretérito y el imperfecto.

Using the dictionary

light¹ (līt) **I.** s. *(lamp)* luz *f* <*turn the lights on* enciende las luces>; *(radiation)* luz <*ultraviolet l.* luz ultravioleta>; *(illumination)* luz, iluminación *f; (daylight)* luz <*the l. of the day* la luz del día>; *(streetlamp)* luz, farol *m; (traffic light)* luz, semáforo; *(window)* ventana; *(skylight)* claraboya; *(headlight)* luz, faro; *(lighthouse)* faro, fanal *m; (flame)* fuego <*have you got a l.?* ¿me puedes dar fuego?>; FIG. *(spiritual awareness)* luz, iluminación; *(viewpoint)* aspecto, punto de vista <*I never saw the matter in that light* nunca vi el asunto desde ese punto de vista>; *(luminary)* lumbrera, eminencia <*he is one of the leading lights of science* él es una de las destacadas lumbreras de la ciencia>; *(gleam)* brillo <*the l. in her eyes* el brillo en sus ojos>; PINT. luz <*l. and shade* luz y sombra> ◆ **at first l.** al rayar la luz del día • **in l. of** en vista de, considerando • **in the cold l. of day** FIG. fríamente, desapasionadamente • **lights** FIG. *(opinions)* luces, conocimientos • **to bring to l.** FIG. sacar a luz, revelar • **to shed** *o* **throw l. on** FIG. arrojar luz sobre, aclarar • **to come to l.** salir a la luz, ser revelado • **to give the green l.** FIG. aprobar la realización (de un proyecto) • **to see in another l.** FIG. mirar con otros ojos, mirar desde otro punto de vista • **to see the l.** FIG., RELIG. iluminarse; *(to understand)* comprender, darse cuenta • **to see the l. of day** salir a luz, nacer **II.** tr. **light-ed** *o* **lit** (lĭt), **light-ing** *(to ignite)* encender; *(to turn on)* encender, prender <*who lit this lamp?* ¿quién encendió esta lámpara?>; **light²** (lĭt) **I.** adj. **-er, -est** *(lightweight)* ligero, liviano; FIG. *(easily digested)* ligero, liviano; *(not forceful)* suave, leve; *(slight)* fino <*a l. rain* una lluvia fina>; *(faint)* débil; *(easy)* ligero, liviano <*l. work* trabajo liviano>; *(frivolous)* superficial, de poca importancia <*a l. chat* una charla de poca importancia>; *(blithe)* alegre, contento <*a l. heart* un corazón alegre>; *(low in alcohol)* de bajo contenido alcohólico ◆ **as l. as air** liviano como el aire • **l. in the head** mareado • **to be l. on one's feet** ser ligero de pies, moverse con agilidad • **to make l. of** no tomar en serio, restar importancia a **II.** adv. **-er, -est** ligeramente ◆ **to travel l.** viajar con poco equipaje

Acknowledgments

The publisher and authors wish to thank the following reviewers for their feedback on the second edition of *Fuentes*. Many of their recommendations are reflected in the changes made in the new edition.

Sandra M. Anderson, College of DuPage
Jonathan F. Arries, College of William and Mary
Bárbara Ávila-Shah, University at Buffalo, State University of New York
Kimberly Boys, University of Michigan
Elizabeth Cure Calvera, Virginia Tech
Lola Chamorro, Brown University
Darrell J. Dernoshek, University of South Carolina-Columbia
Héctor Domínguez-Ruvalcaba, Denison University
Laura Fox, Grand Valley State University
Dennis C. Harrod, Syracuse University
Gillian Lord, University of Florida
Joanna (Joby) McClendon, St. Edward's University
Claudia Mejia, Tufts University
Deborah Mistron, Middle Tennessee State University
Mary E. O'Donnell, University of Iowa
Margaret M. Olsen, University of Missouri-Columbia
John T. Riley, Fordham University
Regina F. Roebuck, University of Louisville
Nohelia Rojas-Miesse, Miami University
Lilia D. Ruiz-Debbe, State University of New York at Stony Brook
Loreto Sánchez-Serrano, Johns Hopkins University
Carmen Schlig, Georgia State University
Jorge W. Suazo, Georgia Southern University
Dwight E. Raak TenHuisen, Calvin College
Mercedes Valle, Smith College
Maura Velázquez-Castillo, Colorado State University

A special word of appreciation is due Ramonita Marcano-Ogando, Mónica Velasco-González, and Joyce Martin of the University of Pennsylvania for their support of the program and their valuable input on the new edition.

The authors wish to extend their thanks to several people who have made key contributions to the development of the Third Edition of *Fuentes: Lectura y redacción*: Lisa Dillman, for her effort and skill in identifying new literary readings; Natalia Francis, for her work on the selection of new journalistic texts; José Luis Boigues-López, for his numerous and varied suggestions for improvements throughout the preparation of the manuscript; and Miguel Valladares for his assistance in locating hard-to-find texts. Special thanks go to Hugo Aparicio who generously offered to write an original essay for this book. We would also like to thank other students and colleagues at Emory University for their input and encouragement during the development of this new edition.

We also want to express our appreciation to the following people for their valuable assistance during the development and production of this project: Margaret Hines, for her careful and timely preparation of the final vocabulary; Steve Patterson, for his attention to detail and judicious feedback during copyediting; Rosemary Jaffe for her gracious support, willingness to consider alternatives, and her amazingly smooth coordination of all aspects of production. Our greatest thanks go to our development editor Sandy Guadano, for her patience, willingness to listen and negotiate, sharp editor's eye, impressive organizational skills, and broad knowledge of publishing, language education, the Spanish language, and Hispanic cultures. We have been fortunate indeed to have received her invaluable guidance as we prepared the Third Edition of *Fuentes: Lectura y redacción.*

D. T.
L. C. G.

Contents

Index of Reading and Writing Strategies

Capítulo 1

Los hispanos

Fernando Botero ★ Judith Baca ★ Óscar de la Renta ★ Celia Cruz ★ Gloria Estefan ★ Carlos Santana ★ José Carreras ★ Plácido Domingo ★ Christina Aguilera ★ Jennifer López ★ Shakira ★ Julio Iglesias ★ Enrique Iglesias ★ Ricky Martin ★ Marc Anthony ★ Tito Puente ★ Mariah Carey ★ Vicki Carr ★ Luis Miguel ★ La India ★ Joan Baez ★ Carlos Fuentes ★ Gabriel García Márquez ★ Sandra Cisneros ★ Isabel Allende ★ Camilo José Cela ★ Bernardo Atxaga ★ Quino ★ Mario Vargas Llosa ★ Gloria Anzaldúa ★ Elena Poniatowska ★ Manuel Puig ★ Ilán Stavans ★ Ellen Ochoa ★ Pedro Duque ★ Óscar Arias ★ Fidel Castro ★ Baltasar Garzón ★ Cruz Bustamante ★ Violeta Barrios de Chamorro ★ Vicente Fox ★ Subcomandante Marcos ★ Linda Chávez-Thompson ★ Henry Cisneros ★ el rey don Juan Carlos I y la reina doña Sofía ★ Freddy Ferrer ★ Gael García Bernal ★ Salma Hayek ★ Alfonso Cuarón ★ Jimmy Smits ★ Alejandro Amenábar ★ Antonio Banderas ★ Penélope Cruz ★ Pedro Almodóvar ★ Edward James Olmos ★ Linda Ronstadt ★ Chayanne ★ Albita ★ Andy García ★ Emilio Estévez ★ Martin Sheen (Ramón Estévez) ★ Victoria Abril ★ Rubén Blades ★ Anthony Quinn ★ Rosie Pérez ★ John Leguizamo ★ Rita Moreno ★ Cameron Díaz ★ Jon Secada ★ Benicio del Toro ★ Javier Bardem ★ Geraldo Rivera ★ Cristina Saralegui ★ don Fernando ★ Bianca Jagger ★ Paul Rodríguez ★ Andrés Cantor ★ Miguel Induráin ★ Pedro Delgado ★ Nancy López ★ Diego Maradona ★ Arantxa Sánchez Vicario ★ Gabriela Sabatini ★ Óscar de la Hoya ★ Juan Carlos Ferrero ★ Sammy Sosa ★ Pedro Martínez ★ Alex Rodríguez ★ Fernando Valenzuela ★ Gabriel Batistuta ★ Manny Ramírez

See the *Fuentes* website for related links and activities:
http://college.hmco.com/languages/spanish/students

Activating background knowledge

Actividad 1 **Los hispanos famosos**   Todos los nombres que aparecen en la página anterior son de personas famosas. Algunos viven en los Estados Unidos, otros en América Latina o España. Algunos son famosos en los Estados Unidos, otros tienen fama internacional y otros son conocidos en los países hispanos. En grupos de tres, identifiquen cinco personas que Uds. conocen. Hagan una lista de las personas y contesten estas preguntas para cada una.

- ¿De dónde es?
- ¿Qué hace?
- ¿Cuál es el lugar de origen de su familia?
- ¿Qué piensan Uds. de él/ella?

Lectura 1: Los anuncios personales

ESTRATEGIA DE LECTURA

Activating Background Knowledge

To understand a specific reading, you must employ knowledge you already have about the topic. Thinking about your background knowledge before reading helps you contextualize the topic and predict what kinds of information and vocabulary are likely to appear in the text. For example, based on what you know about personal ads in English, you can guess that Spanish ads contain similar information.

Activating background knowledge

Actividad 2 **¿Qué desean?**   Vas a leer unos anuncios personales escritos por hispanos y publicados en Internet. Primero, en grupos de tres, contesten las siguientes preguntas sobre los anuncios personales.

1. ¿Leen Uds. los anuncios personales con frecuencia? ¿Por qué?
2. ¿Les gustaría responder a un anuncio personal?
3. ¿Por qué escribe la gente anuncios personales?
4. ¿Qué información suelen incluir los anuncios personales?
5. ¿Creen que la gente miente mucho en los anuncios?
6. ¿Qué características buscan Uds. al leer los anuncios?

Scanning for information

Actividad 3 **¿Cómo es?**   Muchas veces buscamos características específicas al leer los anuncios personales. Mira rápidamente los siguientes anuncios personales y escoge uno o dos adjetivos para cada persona o grupo de personas.

Gerardo: _____	María: _____
Rakhel: _____	Carmen: _____
Álvaro: _____	Andrés: _____
Luisa: _____	Bárbara: _____
Juan Carlos: _____	"los Golfos": _____

Actividad 4   Las actividades preferidas   Con frecuencia buscamos las actividades preferidas de las personas al leer los anuncios personales. Mira rápidamente los siguientes anuncios personales y contesta cada una de las siguientes preguntas.

1. ¿Quién practica alpinismo? _____
2. ¿A quién le interesa el rock latino? _____
3. ¿A quién le gusta platicar? _____
4. ¿Quién asiste a clases de veterinaria? _____
5. ¿Qué persona tiene buen sentido del humor? _____
6. ¿Quién corre todos los días? _____
7. ¿Quién no come carne? _____
8. ¿A quiénes les encantan las fiestas? _____

Scanning for information

Platicar (*México y partes de Centroamérica*) = hablar, charlar

Remember that you only need to understand these personal ads well enough to complete assigned activities. Rely on familiar vocabulary and cognates to get the main ideas.

Contactos

Carmen
Caracas, Venezuela   carjimgon@terra.com.ve

Soy **divorciada, culta e inteligente,** de buen humor, sensible, sincera, profesional. Me gusta el cine, la música, la literatura, la fotografía en blanco y negro, la psicología, charlar con los amigos, caminar en la playa. Soy vegetariana, no bebo, pero sí fumo. Pelo castaño, ojos verdes, 40 años, atractiva a mi manera. Quiero conocer un hombre interesante de 38-47 años.

Gerardo
Distrito Federal, México   gerfer@terra.com.mx

Soy **un hombre emprendedor,** con miras al futuro, ambicioso, de carácter fuerte. Guapo, 27 años, 70 kilos, 1,77, atlético (hago pesas), ojos azules, rubio. Me dedico a la mercadotecnia y en mi tiempo libre practico alpinismo. Te busco a ti: la mujer de mis sueños, tierna pero decidida, emprendedora y con profesión.

Página principal   Búsqueda   Mi perfil   Comprar

Álvaro
Santiago, Chile   garciaal21@123click.cl

Soy estudiante, 21, soltero, pelo y ojos negros. Me considero una persona de buen corazón. Me gustan los deportes (fútbol, béisbol, tenis), la astrología (soy Tauro), la naturaleza, el rock latino, especialmente grupos mexicanos como Café Tacuba, Maná, etc., y me interesa conocer **gente (chicas) de México,** ya que quiero visitar el país.

Rakhel
Bilbao, España   rakhebv@yahoo.es

Buffff... por dónde empezar... mujer... jejeje... atractiva (dicen)... 32 años... de momento... espero cumplir muchos más... jejeje... con sentido del humor... irónica... me gusta reír... y hacer reír... me encantan las fiestas... y bailar... me fascina mi trabajo... me aburre la rutina... **odio la mediocridad**... y la injusticia... ¿tú?... guapo... jeje... buen conversador... diferente de los demás... escríbeme...

los Golfos
Madrid, España   golfos@wanadoo.es

Hola. Formamos **un grupo mixto de amigos** y queremos ampliarlo. Buscamos gente normal y simpática ☺. Si eres una persona abierta, simpática y tienes entre 25 y 30 años, únete a nuestro grupo para salir de fiesta por Madrid.

Luisa
Buenos Aires, Argentina   luvalda@yahoo.com.ar

¡Hola! Tengo ojos marrones y pelo castaño. Soy porteña, a la que no le gusta la ciudad. Me encanta el campo, el aire libre... sentirme libre... Estudio veterinaria, **amo a los animalitos.** Soy super inquieta, me enloquece viajar y conocer lugares y culturas nuevas. Soy sensible, romántica, soñadora. Busco nuev@s amig@s y, si llega el caso, algo más.

No hay foto

No hay foto

Página principal   Búsqueda   Mi perfil   Comprar

Juan Carlos
San José, Costa Rica   juanca32@lycos.com

Soy normal, sincero, muy romántico. **Soy divorciado, sin hijos, con título universitario.** Soy delgado, 1,78, peso normal, cara normal. Me gusta de todo – leer, ir a la playa, correr, andar en bicicleta, el deporte, el teatro, el arte, la música. Me gustaría conocer una mujer simpática, romántica, respetuosa, que crea en Dios.

Andrés
Lima, Perú   carvajalaa@situ.pe

Soy del tipo intelectual, **libre pensador,** tolerante, acepto que existen otros mapas de la realidad. Me considero amigable, sencillo y espiritual. Tengo 44 años, soy médico, separado, vivo con mis 3 hijos. Me mantengo en buena forma (corro todos los días). Busco amistad con una persona liberal, culta, inteligente, de cualquier edad. No necesito media naranja, sino buena amistad.

María
Tegucigalpa, Honduras   marijose@hotmail.com

Soy amigable, **super alegre, cariñosa, sensible.** Tengo 28 años, ojos color miel, y soy morena. Me gusta platicar con la gente, bailar y escuchar salsa y merengue. Soy colombiana y vivo en Honduras hace seis años. Soy tradicional y quiero casarme con un hombre bueno. No me importa ni el dinero ni dónde vive.

Bárbara
Miami, EE.UU.   barbara3@hotmail.com

Mi nombre lo dice todo. No busco ni sinceridad, ni honestidad, ni el amor de mi vida. Busco gente viva, loca, aventurera, sin inhibiciones, para viajar juntos, conocer el mundo, y disfrutar sin límites de la vida.

Skimming and scanning

Actividad 5   Las combinaciones perfectas   En grupos de tres, miren los anuncios otra vez. Busquen dos personas que se complementen bien y que puedan formar pareja, pensando en:

- qué características comparten
- qué valores comparten
- qué actividades prefieren

Luego, explíquenle a la clase por qué han seleccionado a esas dos personas o grupos de personas.

Personal reactions

Actividad 6   ¿A quién prefieres?   Individualmente, mira los anuncios y decide:

a. ¿Quién te cae bien? ¿Por qué?
b. ¿Quién te cae mal? ¿Por qué?
c. ¿Qué anuncios te llaman la atención? ¿Por qué?

Después, en grupos de tres, comenten y justifiquen sus preferencias: ¿Quiénes les caen bien a todos Uds.? ¿Quiénes no? ¿Por qué? ¿Qué anuncios les llaman la atención?

Brainstorming

Actividad 7   Un corazón solitario   Parte A: En parejas, escojan una de las fotos de la página siguiente. Imaginen cómo es la persona, usando las siguientes preguntas como guía.

1. ¿Quién es? ¿Cómo se llama?
2. ¿Qué hace? ¿Dónde trabaja?
3. ¿Cuántos años tiene?
4. ¿Cómo es físicamente?
5. ¿Qué le gusta/encanta hacer en su tiempo libre? (tres actividades)
6. ¿Qué prefiere no hacer? (tres actividades)
7. ¿Cómo es su personalidad? (tres características)
8. ¿Cómo es su pareja o amigo/a ideal?

Using models

Parte B: En parejas, escriban un anuncio para esta persona, usando los detalles de la Parte A. Usen el siguiente anuncio de modelo.

> Soy un hombre de 30 años, delgado, pelo castaño, ojos marrones. Soy guapo, divertido y cariñoso. En mi tiempo libre juego al tenis, paseo al perro, leo novelas, voy al cine. Me encanta viajar. Deseo conocer a una mujer inteligente, culta y atractiva entre 30 y 40 años. Escríbeme, te contestaré. Vicente, Valencia, España.

Parte C: Después de terminar el anuncio, intercámbienlo con otra pareja, lean el anuncio de la otra pareja y averigüen a qué foto pertenece.

Cuaderno personal 1-1

Imagina que te sientes muy solitario/a y decides poner un anuncio personal en un sitio web. Escribe un anuncio como los que acabas de leer.

Para ver miles de anuncios personales del mundo hispano, ve a la página web de **es.match.com**

Lectura 2: Panorama cultural

Actividad 8 Hispanos, latinos y americanos Antes de leer "La dificultad de llamarse 'hispano'", en parejas, decidan cuáles de estos tres términos, **hispano, latino** o **americano,** se pueden usar para describir a una persona de los siguientes países. Luego, escriban una definición de **hispano, latino** y **americano.**

Activating background knowledge

México	Francia	Canadá
España	Cuba	Chile
EE.UU.	Brasil	Guatemala

ESTRATEGIA DE LECTURA

Identifying Cognates

Spanish and English share the Latin alphabet as well as many words of Latin and Greek origin. By depending on these similar words, or cognates, you will often be able to understand much of any text written in Spanish. Familiar cognates include **información, artista, historia,** and **similar.**

Identifying cognates

Actividad 9   Busca los cognados   En la siguiente lectura hay muchos cognados. Busca el equivalente en español de los siguientes términos.

the Caribbean	Latin America	North American
Central America	Latin American	South America
Hispanic	North America	Spanish America
Latin		

Actividad 10   La idea general

Parte A: Lee por encima la siguiente lectura y decide cuál de estas ideas representa mejor la idea general.   Skimming

_____ Es una descripción de tres hispanos: Orlando, Rosa y Rocío.

_____ Es una descripción de la geografía y la cultura hispanas.

_____ Es una explicación de palabras que describen distinciones raciales, culturales y geográficas.

Parte B: Mientras lees, compara tus definiciones de **hispano, latino** y **americano** con las que aparecen en el texto. ¿Son iguales o diferentes?   Active reading

ESTADOS UNIDOS

OCÉANO
ATLÁNTICO

MÉXICO   CUBA

HAITÍ
REPÚBLICA DOMINICANA
PUERTO RICO

BELICE
HONDURAS

GUATEMALA   NICARAGUA
EL SALVADOR

GUAYANA
COSTA RICA   VENEZUELA   SURINAM
PANAMÁ   COLOMBIA   GUAYANA
FRANCESA

ECUADOR

PERÚ

BRASIL

OCÉANO
PACIFICO

BOLIVIA

Hispanoamérica y Latinoamérica   PARAGUAY

Hispanoamérica   ARGENTINA

Latinoamérica   CHILE   URUGUAY

La dificultad de llamarse "hispano"

Orlando es de Buenos Aires, tiene la piel blanca y el pelo rubio. ¿Es hispano, latino o blanco? Rosa es de Venezuela, tiene la piel muy oscura y el pelo negro y rizado. ¿Es hispana o negra? Rocío es de México, es morena y tiene rasgos indígenas. ¿Es mexicana, hispana o indígena?

5   Como se puede ver, los términos *hispano* y *latino* se confunden con otros más bien raciales: indígena, negro, blanco, asiático. Sin embargo, *hispano* y *latino* no se basan en distinciones de raza sino en distinciones de cultura. *Latino* es un término de significado bastante amplio que denomina a las personas que hablan lenguas romances como el portugués, el español,

10   el catalán, el francés y el italiano, lenguas que tienen su origen en el latín, y por eso también se llaman lenguas *latinas*. Como la cultura y la lengua van íntimamente relacionadas, el término *latino* es tanto cultural como lingüístico. *Hispano* es un término que denomina a un habitante de la antigua provincia romana de Hispania, hoy España, y se usa actualmente

15   para referirse a todas las personas de habla española y su cultura.

El uso de los nombres *latino* e *hispano* con connotaciones raciales es incorrecto, ya que hay hispanos blancos, negros, asiáticos e indígenas y mezclas de estos grupos. En realidad, *latino* también es una abreviatura de *latinoamericano*, término que incluye no sólo a los hispanos, sino también

20   a los brasileños (de habla portuguesa) y a los haitianos (de habla francesa). Por otro lado, excluye a muchos habitantes indígenas que no hablan español ni portugués y que no se consideran latinos.

Las cuestiones de nomenclatura se extienden también a los términos geográficos y culturales. *Latinoamérica* incluye a todos los países de

25   lengua y cultura latinas, mientras que *Hispanoamérica* se compone de los diecinueve países de lengua española y cultura hispana. Otros términos puramente geográficos son *Norteamérica, Centroamérica, Suramérica* y *el Caribe*. En español, el nombre *América* no se refiere a ningún país, sino al continente que se extiende desde el Ártico hasta Tierra del Fuego. Ya que

30   todo habitante de América es *americano*, la palabra *americano* no se debe usar para referirse sólo a personas de los Estados Unidos. Se han buscado, entonces, alternativas como *estadounidense* y *norteamericano*. Sin embargo, no sólo las personas de los Estados Unidos son *norteamericanos* porque los canadienses y los mexicanos también lo son. Y la palabra *estadounidense*,

35   formal y burocrática, simplemente no le gusta a nadie; así que, por falta de algo mejor, muchísimas personas dicen *americano* cuando hablan de la gente de los Estados Unidos.

Un examen detenido de estos términos revela diferencias geográficas, culturales, raciales y lingüísticas, y muestra la importancia de comprender

40   estas diferencias y la realidad compleja del mundo hispano.

El adjetivo **hispano** es más frecuente que **hispánico**.

Indígena americano = Native American

El rumano también es una lengua romance, pero la cultura de Rumania es más bien eslava.

En los Estados Unidos, **latino** = **hispano**, aunque tienen connotaciones políticas diferentes.

Norteamérica = la América del Norte

Centroamérica = la América Central

Suramérica/Sudamérica = la América del Sur

Identifying main ideas of
paragraphs

Actividad 11 **Las ideas principales**   Hay cinco párrafos en la lectura
anterior. Pon un número (1–5) al lado de la descripción que exprese mejor la
idea principal de cada párrafo.

_____ los orígenes de **latino** e **hispano**

_____ ejemplos del uso confuso de algunos términos

_____ el uso incorrecto de **latino** e **hispano**

_____ el uso de diferentes términos y su relación con una realidad compleja

_____ términos geográfico-culturales y geográficos

Scanning and circumlocution

Actividad 12 **Definiciones**   En parejas, busquen en la lectura anterior
las definiciones de las siguientes palabras y cópienlas. Luego, discutan las
definiciones. Usen expresiones como: **Es un término/adjetivo/nombre que
se refiere a..., Es una expresión que denomina a...**

1. lenguas romances _____

2. latino a. _____

       b. _____

3. hispano _____

4. americano a. _____

       b. _____

5. Hispanoamérica _____

6. Latinoamérica _____

7. estadounidense _____

Actividad 13 **Reflexiones y reacciones**   Después de terminar la lectura,
lean y comenten las siguientes preguntas.

1. ¿Cómo te identificas tú? ¿Te identificas con una comunidad local, un
   estado o provincia, una región, una nación, una religión, un grupo étnico?
   ¿Crees que la gente debe preocuparse por estos términos de identidad? ¿Por
   qué?

2. ¿Crees que muchas personas se equivocan cuando usan el término *Spanish*?
   ¿A qué se refieren al usar este término? ¿Crees que un mexicano o un
   puertorriqueño se siente mal o se enoja cuando alguien lo identifica como
   Spanish? ¿Por qué sí o no?

3. Algunas personas de origen "hispano" o "latinoamericano" en Estados
   Unidos se quejan del término *hispano* y prefieren llamarse *latinos*. ¿Por
   qué?

Cuaderno personal 1-2

En español, ¿prefieres identificarte como americano/a, norteamericano/a o
estadounidense? ¿Por qué?

VIDEOFUENTES

¿Cómo se identifican las personas entrevistadas en el video? ¿Las entrevistas confirman completamente las ideas presentadas en la lectura "La dificultad de llamarse 'hispano'"?

Lectura 3: Artículos breves

ESTRATEGIA DE LECTURA

Scanning and Skimming

Scanning means searching a text for specific details or pieces of information without paying much attention to other information in the text. For example, when you decide to see a particular movie, you probably scan the film section of a newspaper or website for times and locations. *Skimming* means focusing on just enough features of a text to form a general idea of its content. You are skimming when you first glance over a newspaper article to see if it interests you and merits closer reading. Skimming is similar to scanning, but when you scan you search for specific details since you already know what kinds of information the text contains. Skimming and scanning are often done together.

Actividad 14 La primera aproximación **Parte A:** En parejas, lean el título y los subtítulos, miren el formato y las fotos, y determinen el tema general de la siguiente lectura, "Gente hispana". Digan si la selección es de:

Skimming

un periódico   un catálogo   un documento oficial
una carta   una revista popular una revista literaria

Parte B: Lee rápidamente los artículos de "Gente hispana" e indica qué descripción corresponde a cada persona famosa. Después, compara tus resultados con los de otros compañeros.

Skimming and scanning

1. _____ compone música, canta y toca la guitarra.
2. _____ actúa en películas mexicanas.
3. _____ juega al béisbol.
4. _____ escribe cuentos y novelas.
5. _____ actúa en películas norteamericanas.

Parte C: Miren la lectura otra vez y decidan de dónde es cada persona.

Scanning

Gente
hispana

y humillación. Y es muy importante recordar que Cisneros no se considera hispana sino latina. Según Cisneros, *hispano* es un nombre de esclavo, asociado con los españoles que conquistaron a sus antepasados mexicanos. Para ella, sólo *latino* define la nueva identidad orgullosa de las personas descendidas de los pueblos de América.

¡Mujer latina!

Nace en Chicago de madre chicana y padre mexicano, y pasa la infancia entre México y los barrios pobres de Chicago. Más tarde, esta mujer independiente, hija única de una familia con seis hijos varones, rechaza el papel tradicional de la mujer latina. **Sandra Cisneros** se dedica, entonces, a escribir sobre su vida como mujer latina... ¡en inglés! ¿Por qué? Quizás porque para ella, escribir significa poder cambiar la opinión que la gente tiene de su comunidad, su sexo y su clase social. En libros como *The House on Mango Street*, *Woman Hollering Creek* y *Caramelo*, Cisneros narra las experiencias de las chicanas y otras mujeres latinas pobres, creando personajes femeninos que triunfan en un mundo de tensión intercultural, pobreza

es un nombre conocido en toda América y Europa, y su éxito no conoce límites. Colaborando con los productores Gloria y Emilio Estefan, la cantante colombiana saca otros discos —*¿Dónde están los ladrones?* y *Laundry Service*— no solo en español sino también en inglés (dice que habla tres lenguas pero que ama sólo en español...). ¿A qué se debe este éxito? En parte a su inconfundible voz. En parte a su perfeccionismo. En parte a la fusión singular que es su música, que combina influencias latinoamericanas con la música árabe de su padre, la música rock de Led Zeppelin, The Cure y Nirvana, y las composiciones poéticas de Leonard Cohen y Walt Whitman.

Ladrona de corazones

Nace en 1977 de padre libanés y madre colombiana. Se inicia en la música a la edad de cinco años. Escribe su primera canción a los ocho años. Recibe su primer contrato con Sony a los 13 años. Graba su primer álbum platino —*Pies descalzos*— a los 19 años, convirtiéndose de la noche a la mañana en una estrella del rock latino. Hoy **Shakira**

El rey de los lanzadores

Entre los pitchers del béisbol norteamericano, hay un nombre que sobresale entre los demás: **Pedro Martínez**, lanzador de los Medias Rojas. Muchos lo consideran el mejor lanzador del mundo, y es seguro que los habitantes de Boston así lo creen. Aunque no es muy grande, tiene un gran talento. Es posible que lo lleve en la sangre, ya que su

padre, su hermano mayor y su hermano menor son jugadores de béisbol. Dicen que es un hombre inteligente, sensible, humilde... y muy bien pagado —gana más de 10 millones de dólares al año. También tiene fama de ser competitivo y ambicioso, y los jugadores de otros equipos temen la mirada feroz de este gran profesional. Pero Pedro mismo se considera un hombre bueno, responsable y religioso. Aunque ahora es rico y famoso, no se olvida de su pueblo natal en la República Dominicana, donde ha financiado la construcción de una nueva iglesia, una guardería de niños y, cómo no, ¡un campo de béisbol!

Dos estrellas, dos trayectorias

Los dos son mexicanos: ella de Veracruz, él de Guadalajara. Los dos empiezan su carrera en la telenovela mexicana *Teresa*. Los dos representan en algún momento a iconos culturales de Latinoamérica: ella a la

artista mexicana Frida Kahlo (*Frida*, 2002), él al revolucionario Che Guevara (*Diarios de motocicleta*, 2003). Y los dos son actores de gran éxito internacional. **Salma Hayek y Gael García Bernal** también son personas decididas, rebeldes y muy independientes, que saben forjar su propio destino. Salma deja una carrera fácil en México para buscar la fama en Hollywood, donde colabora en muchas otras películas norteamericanas (a veces con el conocido actor español Antonio Banderas) y finalmente realiza su sueño de representar a Frida. Gael decide quedarse en México, donde actúa en películas tan conocidas y controvertidas como *Amores Perros, Y tu mamá también* y *El crimen del padre Amaro*. Pero Gael no se queda siempre en casa y sale de su país para colaborar con el director español Pedro Almodóvar en *La mala educación*, y con una compañía británica en la trilogía *GOAL!*, en la que hace el papel de un jugador latino de Los Ángeles. Diferentes y similares, Gael y Salma siguen dos trayectorias diferentes, pero los dos parecen destinados para la gloria...

Actividad 15 **Detalles y pormenores** Busca la información indicada para cada persona o grupo en las lecturas de "Gente hispana".

Skimming and scanning

- lugar de origen
- talentos/profesiones
- actividades favoritas
- un dato que te llama la atención

Actividad 16 **Una segunda aproximación** **Parte A:** En parejas, busquen en la lectura anterior las respuestas a las siguientes preguntas.

Sandra Cisneros: ¿A qué se dedica? ¿Qué escribe? ¿Cuál es su última novela? ¿De qué se queja?

Shakira: ¿Qué escribe a los ocho años? ¿Cuál es su primer álbum platino? ¿Qué lenguas habla?

Pedro Martínez: ¿Qué hace? ¿Qué temen los otros jugadores? ¿De qué no se olvida? ¿Cuál es el mejor regalo para su pueblo: la iglesia, la guardería o el campo de béisbol?

Salma y Gael: ¿Cuál es su lugar de origen? ¿Cuál de ellos trabaja más en EE.UU.? ¿Qué buscan los dos?

Parte B: Busquen las respuestas a las siguientes preguntas en la lectura anterior. Escribe el nombre de cada persona en el espacio en blanco.

Scanning

1. ¿Quién narra las experiencias de las mujeres latinas? _____
2. ¿Quién rechaza el término **hispano**? _____
3. ¿Quién saca nuevos discos? _____
4. ¿Quién conoce la música árabe? _____
5. ¿Quiénes creen que Pedro es el mejor lanzador del mundo?

_____
6. ¿Quién tiene fama de ser competitivo? _____
7. ¿Quiénes representan a dos iconos culturales de Latinoamérica?

_____
8. ¿Quién hace el papel de un jugador de fútbol latino? _____
9. ¿Quién realiza su sueño? _____

Skimming, scanning, and describing

Actividad 17 **¿Cómo son?**   **Parte A:** Los siguientes adjetivos se suelen usar para describir a las personas. Piensa en las cinco personas famosas. Para cada persona famosa, escoge tres adjetivos. Justifica o ejemplifica cada adjetivo con algo que es, cree o hace esa persona.

▶ Shakira es una persona polifacética, porque sabe bailar, cantar y componer música.

polifacético/a	obstinado/a	generoso/a
respetado/a	responsable	idealista
controvertido/a	creativo/a	divertido/a (*fun*)
rebelde	egoísta (*selfish*)	trabajador/a
decidido/a (*determined*)	independiente	seductor/a

Parte B: Ahora prepara tres adjetivos que te describan a ti y justifica o ejemplifica cada adjetivo con algo que eres, crees o haces. Después, en parejas, compartan sus adjetivos y ejemplos. ¿Tienen características en común o son muy diferentes? ¿Son similares o diferentes de las cinco personas famosas?

Using models

Actividad 18 **La descripción de un famoso**   **Parte A:** Hay muchas maneras de describir a una persona. ¿Cuáles de los siguientes aspectos aparecen en las descripciones de "Gente hispana"?

_____ la edad	_____ lo que no le gusta
_____ la profesión	_____ la familia
_____ los gustos	_____ la personalidad
_____ las metas	_____ las actividades preferidas
_____ el origen	_____ la apariencia física
_____ los logros	_____ sucesos especiales

Parte B: Ahora, en parejas, escojan a una persona famosa. Pensando en los modelos de "Gente hispana", escriban una descripción de su persona. ¡Ojo! No mencionen el nombre de la persona, para que después otros estudiantes adivinen su identidad.

Cuaderno personal 1-3

Describe a una persona famosa que admiras y sus actividades preferidas. ¿Por qué admiras a esta persona?

Redacción: Reseña de una entrevista

ESTRATEGIA DE REDACCIÓN

Reported Speech

The following activities will lead you to write an article based on an interview. In order to do this, you will need to convert direct speech to reported speech. Examine the following examples.

Direct Speech (estilo directo)	Reported Speech (estilo indirecto)
—Soy bella, elegante y rica.	**Dice que** es bella, elegante y rica.
—¡¡Yo no soy gordo!!	**Insiste en que** no es gordo.

Other expressions used to introduce reported speech:

Confiesa que...	Afirma que...	Le parece que...
Cuenta que...	Cree que...	Contesta/Responde que...
Piensa que...	Explica que...	

Actividad 19 Un poco de práctica Cambia las siguientes frases del estilo directo al estilo indirecto.

Reported speech

1. En realidad, me llamo Isabel Mebarak.
2. No bebo pero fumo un poco.
3. Me gusta viajar por el mundo.
4. Voy a sacar un nuevo disco el año que viene.
5. Creo que soy un poco perfeccionista.

Actividad 20 La entrevista En parejas, uno de Uds. es periodista y la otra persona es una persona famosa. Sigan las instrucciones para su papel. Cuando terminen, cambien de papel.

Gathering information

Periodista
Tienes que escribir un artículo sobre una persona famosa. Por supuesto, necesitas información. Usa el siguiente cuestionario y entrevista a una persona famosa. Consigue toda la información que puedas. ¡Pídele detalles íntimos! Toma buenos apuntes para escribir el artículo.

Persona famosa
Eres una persona famosa (real o ficticia) y te va a entrevistar un/a periodista para un artículo. Contesta sus preguntas detalladamente.

1. ¿Cuál es su nombre verdadero?
2. ¿Le importa a Ud. si le pregunto su edad?
3. ¿Qué características físicas considera positivas en Ud.?
4. ¿Qué características de su personalidad contribuyen a su fama?

5. ¿Hay aspectos de su personalidad que considera negativos? ¿Cuáles?
6. ¿Cuáles son sus actividades favoritas?
7. ¿Qué piensa Ud. sobre _____ (algún tema)?
8. ¿Qué planes tiene para el futuro?
9. ¿Tiene Ud. algún mensaje para nuestros lectores?

ESTRATEGIA DE REDACCIÓN

Defining Audience and Purpose

An effective writer defines and keeps in mind an audience. The audience may be the writer himself/herself, another person, a specific group, or the general public. At the same time, the writer must define and keep in mind a clear purpose. For example, a writer may want to brainstorm or explore ideas, express love, provide information, explain and/or convince. Defining and considering your audience and purpose will help you decide what to discuss and how to express your thoughts.

Actividad 21 El artículo Parte A: Estudia la información que tienes sobre la persona famosa. Las respuestas de la entrevista se pueden dividir en cuatro categorías:

- apariencia física
- opiniones y actividades preferidas
- personalidad
- planes

Cada una de estas categorías puede formar la idea principal de un párrafo. Antes de seleccionar y organizar la información que vas a presentar, escoge un público y un propósito de los siguientes.

Público
a. personas de 15 a 24 años
b. tus padres y personas de su generación

Propósito principal
a. informar objetivamente sobre la vida de una persona
b. interesar al público con detalles y chismes chocantes

Debes tratar de incluir toda la información pertinente, pero organizarla y presentarla pensando en las opiniones y preocupaciones de tu público y las necesidades de tu propósito. Ahora, escribe tu artículo.

Parte B: Después de escribir el artículo, muéstraselo a la "persona famosa" que entrevistaste para ver si la información es correcta.

Capítulo 2

España y su historia

See the *Fuentes* website for related links and activities:
http://college.hmco.com/languages/spanish/students

▲ Mezquita, Córdoba.

▲ La Ciudad de las Artes y las Ciencias, Valencia.

◄ Catedral gótica, Burgos.

▼ Teatro romano, Mérida.

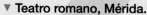

▲ Palacio-Monasterio de El Escorial.

▲ La Sagrada Familia, Barcelona.

▲ Sinagoga de Santa María La Blanca, Toledo.

Activating background knowledge

Actividad 1   Los monumentos históricos   Los monumentos históricos de cualquier país reflejan su historia y la influencia de otras culturas. En grupos de tres, miren el mapa, los nombres de los monumentos y las fotos, y la información que aparece abajo. Decidan su fecha de construcción y digan con qué cultura o qué persona(s) se asocia cada monumento.

¿Qué?	¿Cuándo?	¿Quiénes?
Mezquita, Córdoba	el siglo XXI (2000+)	los cristianos
Catedral gótica, Burgos	el siglo X (la Edad	los romanos
Ciudad de las Artes y	Media)	el arquitecto
las Ciencias, Valencia	el siglo I	Antonio Gaudí
Teatro romano, Mérida	el siglo XIII (Edad	los judíos sefardíes
Palacio-Monasterio	Media)	los árabes (moros)
de El Escorial	el siglo XX (1882–1926)	Felipe II, rey de España
Sinagoga de Santa María	el siglo XVI (1562–1584)	el arquitecto Santiago
La Blanca, Toledo	el siglo XIII (Edad	Calatrava
La Sagrada Familia,	Media)	
Barcelona		

Lectura 1: Un programa de cine

ESTRATEGIA DE LECTURA

Recognizing Chronological Organization

Understanding how a text is organized aids comprehension. One of the most common ways to organize a text is to follow a chronological sequence. Examples of a schematic use of chronological organization include recipes, trip itineraries, schedules, and instructions for putting things together or repairing things. These sorts of texts are often characterized by numbering or clear divisions between stages or events. Other more fully developed examples include certain types of news reports, histories, short stories, and novels. These last are generally referred to as examples of narrative.

Skimming and scanning

Actividad 2   Primera mirada   Mira rápidamente el programa de cine y completa las siguientes oraciones.

1. El programa de cine es para...
   _____ la televisión.   _____ un club de cine universitario.

filmoteca = film library, archive, and/or club

   _____ una filmoteca.   _____ un cine comercial.

2. Son películas que tratan de...
   _____ la historia del cine español.   _____ la historia de España.

3. Las películas fueron producidas en...
   _____ Italia.   _____ España.   _____ Francia.
   _____ Estados Unidos.   _____ México.   _____ Reino Unido.

4. Los idiomas usados en las películas incluyen...

—— el castellano.   —— el inglés.   —— el francés.

—— el catalán.   —— el euskera.   —— el gallego.

5. Las películas están ordenadas según...

—— el director y los actores.   —— las lenguas usadas.

—— la fecha de producción.   —— el período histórico de la trama.

Actividad 3   El contexto histórico   Mira brevemente la descripción de cada película y decide con qué período se asocia cada película.

Skimming and scanning

la época romana

la Edad Media

la época de los Reyes Católicos

la época imperial

la guerra civil española

la época franquista

La guerra civil española: 1936–1939

La época franquista (la dictadura de Francisco Franco): 1939–1975

Actividad 4   El cine histórico   **Parte A:** En parejas, contesten las siguientes preguntas.

Activating background knowledge

1. ¿Conocen películas que tratan de la historia de su país? Den dos ejemplos.
2. ¿Qué tipos de eventos se narran? ¿Qué tipo de personajes suelen aparecer?
3. ¿Con qué objetivo se hacen películas históricas?
4. ¿Las películas históricas cuentan la verdad o una versión de la verdad?

Parte B: Lee el siguiente programa de cine. Trata de identificar los personajes y los eventos básicos de la trama de cada película.

Ciclo de Cine: Historia de España

Organizado por la Filmoteca Municipal

Proyección: los días 20-25 de noviembre, a las 20:00

As you skim and scan this reading, remember that you only need to understand enough to complete assigned activities. Use your existing vocabulary and cognates to understand main ideas, and try to guess the meaning of new words by relying on context.

LUNES

El Cid (1961)

Director: Anthony Mann

Reparto: Charlton Heston, *Rodrigo Díaz de Vivar (El Cid)*; Sophia Loren, *Jimena*

Duración: 182 min

País: Estados Unidos

Lengua: Inglés

Resumen: Esta película épica cuenta la historia — al estilo de Hollywood y Franco — del héroe cristiano de la Castilla medieval. La película cambia muchos aspectos de la leyenda tradicional, pero en lo esencial acierta... por medio de sus acciones, vemos al Cid[1] como el líder cristiano noble, honrado, justo, fiel, generoso y victorioso. El rey lo exilia injustamente, pero el leal Rodrigo acepta esa decisión. Durante largos años de separación, El Cid se mantiene fiel a su querida Jimena. Y cuando conquista el reino moro de Valencia, vuelve a declararse leal vasallo del rey. Al final, demuestra ser el líder de todos al unir a cristianos y musulmanes hispanos contra los invasores almorávides[2].

---

1 "Cid" era un título árabe que significaba "señor".   2 Los almorávides fueron musulmanes fundamentalistas que invadieron la península en 1086; conquistaron a los reinos moros y también a parte del territorio cristiano.

MARTES

Juana la Loca (2001)

Director: Vicente Aranda

Reparto: Pilar López de Ayala, *Juana*; Daniele Liotti, *Felipe*

Duración: 115 min

País: España

Lengua: Castellano

Resumen: En 1496, Isabel de Castilla y Fernando de Aragón, los Reyes Católicos, casan a su hija Juana de Castilla con Felipe "el Hermoso", hijo del Emperador alemán. Es una alianza política, pero Juana se enamora locamente de Felipe. Tienen varios hijos, entre ellos el futuro Emperador Carlos V[3], pero Juana se vuelve cada día más celosa a causa de las infidelidades de su marido. Al morirse Isabel en 1504, Juana se convierte en reina de Castilla. Continúan sus ataques de celos, y Felipe intenta declararla demente. Ella se defiende de su marido, pero sigue enamorada de él. Poco después Felipe muere de una fiebre. La reina declara que Felipe sólo duerme, y viaja por Castilla con su cadáver. Al final, su padre Fernando recupera el control de Castilla, y encierra a su hija Juana en el castillo de Tordesillas...

MIÉRCOLES

La misión (1986)

Director: Roland Joffé

Reparto: Robert De Niro, *Rodrigo Mendoza*; Jeremy Irons, *Gabriel*

Duración: 126 min

País: Reino Unido

Lengua: Inglés

Resumen: Durante el siglo XVIII, Gabriel, un jesuita español idealista, va al Paraguay para convertir a los indígenas guaraníes al cristianismo. Se enfrenta con Rodrigo, un cazador de esclavos indios, pero éste, después de matar a su propio hermano, hace penitencia convirtiéndose en misionero y defensor de los indígenas y las misiones. Gabriel y Rodrigo representan la cara buena del imperio, pero acaban enfrentándose con la cara mala: la realidad económica del imperio y la necesidad de trabajadores y esclavos. Cuando, con el apoyo de la Iglesia, la Corona de España vende el territorio de las misiones a los cazadores de esclavos (representados aquí por los portugueses), los jesuitas y los guaraníes tienen que tomar una decisión angustiosa: obedecer al Papa o resistir con la fuerza.

---

3 Carlos V fue Emperador del Sacro Imperio Romano (Alemania) y Rey de España durante la expansión imperial de España (1519–1555).

JUEVES

Tierra y libertad (1995)

Director: Ken Loach

Reparto: Ian Hart, *David Carr*; Rosana Pastor, *Blanca*; Icíar Bollaín, *Maite*; Tom Gilroy, *Lawrence*

Duración: 109 min

País: España / Reino Unido

Lengua: Inglés / Castellano / Catalán[4]

Resumen: En la primavera de 1936, un joven inglés abandona su ciudad natal de Liverpool y, como tantos otros jóvenes idealistas, decide ir a España para participar en la lucha contra Franco y el fascismo. David se alista en el POUM, una milicia internacional de hombres y mujeres, y le encantan el idealismo, la solidaridad y la igualdad del grupo. Tiene una relación íntima con Blanca, una mujer soldado. Después de ser herido, lo mandan a un hospital de Barcelona. Allí se alista en otro grupo de milicianos, pero David se desespera porque este grupo no lucha contra los fascistas sino contra otros grupos antifascistas. Años más tarde, después de su muerte, su nieta descubre la historia de su lucha fracasada.

VIERNES

La mala educación (2004)

Director: Pedro Almodóvar

Reparto: Gael García Bernal, *Juan, Ignacio, Ángel Andrade, Zahara*; Fele Martínez, *Enrique Goded*; Javier Cámara, *Paquito/Paca*

Duración: 105 min

País: España

Lengua: Castellano

Resumen: Este thriller fatalista narra tres momentos en la vida de dos amigos que se conocen en un colegio religioso a principios de los años 60, en plena época franquista[5]. Allí descubren la amistad, el cine y el miedo, asistidos por el cura que les da clase de literatura. Los tres personajes se vuelven a encontrar dos veces más, una vez en los años 70, y otra vez en los años 80, en el Madrid de la "movida"[6]. En ese momento uno de los chicos (Ignacio) es aspirante a actor, el otro (Enrique) es director de cine y el cura del colegio ya no es cura... Almodóvar dice que la película no es una historia anticlerical (aunque los malos educadores del título sean curas), y que es, más bien, una crítica de la represión social y política y de los secretos dañinos que crea.

4 El catalán es la lengua de Cataluña, en el noreste de España. Otras lenguas que se hablan en España son el vasco (o euskera) en el País Vasco y el gallego en Galicia.   5 La época franquista se refiere al período de la dictadura de Francisco Franco, entre 1939 y 1975.   6 La "movida" fue un movimiento social y cultural de los años 80 que celebró el fin de la dictadura y desafió las normas sociales tradicionales.

Scanning

Actividad 5   Personajes y acciones Después de leer el programa de cine, decidan en parejas a qué película se refiere cada oración. Después, decidan si son ciertas (C) o falsas (F), y corrijan las falsas.

1. _____ El Cid es un musulmán que conquista el reino moro de Valencia.
2. _____ El Cid se mantiene fiel a su esposa Jimena.
3. _____ Juana la Loca se enamora de Fernando de Aragón.
4. _____ Felipe el Hermoso se muere antes de casarse con Juana la Loca.
5. _____ Gabriel y Rodrigo luchan por proteger a los indígenas guaraníes.
6. _____ Gabriel es cazador de esclavos antes de convertirse en misionero.
7. _____ David y Blanca participan en la guerra civil española.
8. _____ David se desespera porque los fascistas luchan contra fascistas.
9. _____ Los dos alumnos y el cura se conocen en un colegio religioso.
10. _____ Los dos alumnos y el cura se reúnen años más tarde en el mismo colegio.

Summarizing

Actividad 6   ¿Cuál es la trama? En parejas, hagan un breve resumen de la trama de una de las películas, con 3-6 acciones específicas. Usen adverbios temporales como **al principio, luego, después, finalmente** para completar el resumen. Por ejemplo, para la película *Tierra y libertad:*

▶ Al principio, David decide viajar a España para luchar contra Franco y los fascistas. Después de llegar, se alista en una milicia. Luego...

Reacting to reading

Actividad 7   Reacciones y recomendaciones **Parte A:** En parejas, contesten y comenten las siguientes preguntas sobre sus reacciones a las películas.

1. ¿Cuál es la película más interesante para ti?
2. ¿Cuál es la película más triste para ti?
3. ¿Cuál es un aspecto sorprendente para ti?
4. ¿Cuál de estas películas te gustaría ver más?

Parte B: Imaginen que la clase va a ver una de estas películas. En parejas, decidan cuál de ellas les gustaría ver más. Justifiquen su decisión.

Cuaderno personal 2-1

¿Cuál es tu película histórica favorita? Descríbela y explica por qué te gusta.

Lectura 2: Panorama cultural

Actividad 8   Términos fundamentales   Pon la letra de la definición más apropiada al lado de cada palabra. Puedes usar el glosario al final del libro o el diccionario si es necesario.

1. _____ mezclar
2. _____ pueblo
3. _____ lograr
4. _____ enviar
5. _____ declive
6. _____ obra maestra
7. _____ reino
8. _____ pertenecer
9. _____ multisecular

a. grupo étnico o cultural
b. hacer y terminar, realizar
c. mandar
d. una producción artística de gran valor
e. combinar elementos diferentes
f. que dura muchos siglos
g. decadencia, deterioro
h. el territorio de un rey
i. formar parte de un grupo

Actividad 9   En voz alta   En parejas, miren las siguientes expresiones y léanlas en voz alta.

1. 218 a. de C.
2. 409 d. de C.
3. 4.000
4. Felipe II
5. 1492, 1810, 1975
6. los siglos XVI y XVII

a. de C. = B.C.
d. de C. = A.D.

Actividad 10   Hablando de historia   El tema de la siguiente lectura es la historia de España. En parejas, hagan una lista de temas y palabras que esperan encontrar en este tipo de lectura. Luego, lean para ver cuántos de éstos aparecen.

Historia abreviada de España

La Hispania romana

En el año 218 a. de C., los romanos invadieron la península Ibérica y crearon su nueva provincia de Hispania. Los seis siglos de dominio romano sobre Hispania vieron la mezcla de los romanos con los pueblos locales, el establecimiento de costumbres y leyes romanas y la adopción
5 casi completa del latín como lengua común. A partir del año 409 d. de C., el dominio político de Hispania pasó a un pueblo germánico, los visigodos, pero con el tiempo éstos también adoptaron las tradiciones romanas y la lengua latina.

La época de las tres culturas

En el año 711, los moros entraron en Hispania y en sólo siete años con-
10 quistaron casi toda la península, a la que llamaron Al-Ándalus. Los moros llevaron el islam y todo el esplendor de la civilización árabe del

Los vascos, del norte de España, nunca adoptaron el latín y todavía hoy hablan un idioma que no tiene relación con ningún otro idioma de Europa.

momento: su comercio, arquitectura, literatura, música y sus conocimientos
de astronomía, agronomía, matemáticas y filosofía. Estos aportes
enriquecieron la cultura hispánica y la europea. Sin embargo, en las mon-
15   tañas del norte, algunos reinos cristianos resistieron el dominio de los
musulmanes, y empezaron la "Reconquista" de
la península. En este conflicto multisecular, el
reino central de Castilla ("tierra de castillos")
conquistó la mayor parte de los territorios del
20   sur, y por lo tanto fue el dialecto de ese reino, el
castellano, el que se extendió en esas regiones.
Aunque la Edad Media fue una época conflictiva, también fue un período de cooperación
fructífera. Por ejemplo, bajo el rey castellano
25   Alfonso X el Sabio (1252–1284), musulmanes,
cristianos y judíos trabajaron juntos en la
famosa Escuela de Traductores de Toledo
(siglos XII y XIII), donde tradujeron del árabe
al castellano las obras filosóficas y científicas
30   de los musulmanes.

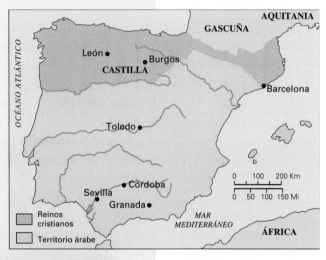

▲ La península Ibérica
en el siglo X.

Unas 4.000 palabras del español
son de origen árabe: **alfombra,
alcalde, alquilar, álgebra, azúcar**
y **ojalá,** del árabe "wa šā llâh" = y
quiera Dios.

Los judíos tuvieron un papel muy
importante en la vida intelectual y
económica de la España medieval.
Llamaron a España Sefarad, y hasta
1492 fue un lugar de refugio para
los judíos, ya que durante la Edad
Media otros reinos como Inglaterra
y Francia ya habían expulsado a los
judíos.

▲ Vista exterior del palacio de La Alhambra
en Granada, monumento de la
arquitectura musulmana en España.

1492

El día 2 de enero de 1492, los Reyes Católicos Isabel y Fernando
conquistaron el último reino moro de Granada. Con su matrimonio, los reyes ya habían realizado la unificación de los reinos de
Castilla y Aragón, pero la conquista de Granada les permitió continuar
35   su unificación política y religiosa de España. Al eliminar a los musulmanes, también decidieron eliminar a los judíos y ordenaron su

Los judíos expulsados de Sefarad
(España) en 1492 son conocidos
como los sefarditas.

expulsión o conversión al cristianismo en el mismo año de 1492. Gracias a su victoria en Granada, los reyes tam-
40 bién pudieron financiar al navegante Cristóbal Colón, cuyo viaje a América abrió un nuevo capítulo en la historia de España: la conquista y colonización del Nuevo Mundo. Fue en esta época
45 que el castellano, lengua principal de los españoles, empezó a llamarse español, y fue en 1492 que Antonio de Nebrija publicó la primera gramática de la lengua española.

El imperio español

50 En el siglo XVI, España creó un gran imperio que llegó a exten-derse a otras partes de Europa, a América y hasta a las islas Filipinas. México y Perú enviaron grandes cantidades de oro y plata y España se
55 convirtió en la superpotencia de la época. Pero el dinero se perdió en ruinosas guerras contra los protestantes, como fue el caso cuando el rey Felipe II mandó la "Armada Invencible" contra Inglaterra en 1588. En el siglo XVII, España entró en un largo declive político y económico. Sin embargo, la época de 1550 a 1650 también fue un momento de magnífica
60 producción artística, y fue durante este "Siglo de Oro" cuando Cervantes publicó *Don Quijote de la Mancha* y los pintores El Greco y Velázquez produjeron sus obras maestras.

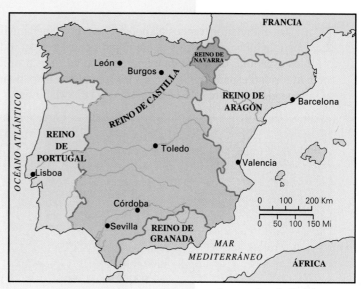

▲ La península Ibérica en el siglo XV.

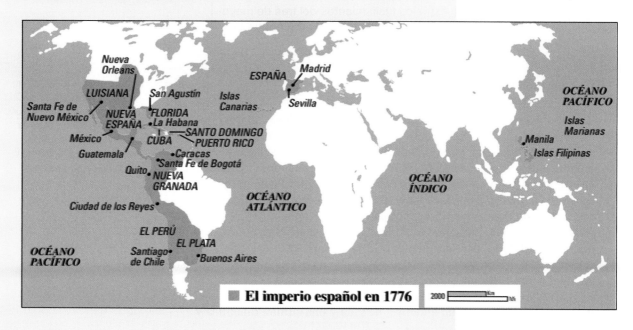

La independencia

En 1808 el dictador francés Napoleón invadió España. Mientras la nación española luchaba contra Napoleón para conservar su independencia, las
65 colonias españolas de América iniciaron, a su vez, sus propias rebeliones contra la autoridad española. Casi todas las repúblicas hispanoamericanas lograron su independencia entre 1810 (Argentina) y 1828 (Bolivia).

Los españoles lucharon contra Napoléon de 1808 a 1814.

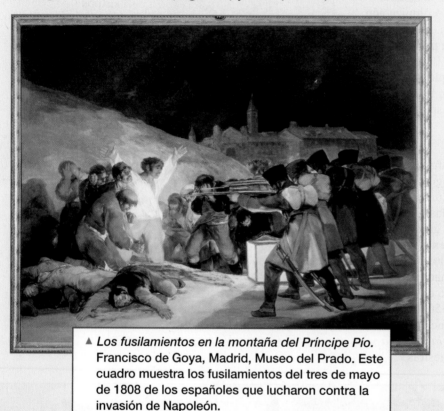

▲ *Los fusilamientos en la montaña del Príncipe Pío.* Francisco de Goya, Madrid, Museo del Prado. Este cuadro muestra los fusilamientos del tres de mayo de 1808 de los españoles que lucharon contra la invasión de Napoleón.

La España moderna

En 1898, España perdió sus últimas colonias de Cuba, Puerto Rico y las Islas Filipinas en una guerra con los Estados Unidos, y el imperio
70 español llegó a su fin. El choque fue seguido en el siglo XX por un momento de progreso, cuestionamiento y conflicto. Se estableció una república democrática en 1931, pero ésta no duró mucho tiempo a causa de las grandes divisiones que existían entre las diferentes facciones políticas. En 1936, el general Francisco Franco se rebeló contra el gobierno republi-
75 cano, lo cual inició la guerra civil española que terminó en 1939 con la victoria de Franco y los fascistas. La dictadura de Franco continuó hasta su muerte en 1975. A partir de entonces, España entró en una época de renovación social, política y económica. Ahora el país es una monarquía constitucional como el Reino Unido, y desde 1986 pertenece a la Unión Europea.
80 Es una de las democracias más estables del mundo, y también se beneficia de una fuerte economía, un alto nivel de vida y una cultura dinámica y variada.

España ahora está dividida en varias regiones autónomas. Cinco de las autonomías son bilingües: Cataluña, Valencia y Baleares (catalán y castellano), el País Vasco (euskera y castellano) y Galicia (gallego y castellano).

Actividad 11 ¿Qué ocurrió ese año?   La lectura menciona muchas fechas claves de la historia de España. Usa el pretérito para decir qué ocurrió en cada año.

▶ 218 a. de C.
   En el año 218 a. de C., los romanos invadieron la península Ibérica y crearon la provincia de Hispania.

711	1810–1828
1492	1898
1550–1650	1975
1588	1936–1939
1550–1560	

Actividad 12 Datos históricos   Indica si cada oración es cierta (C) o falsa   Scanning
(F) según la lectura. Si es falsa, corrígela y lee la parte del texto que contiene la información.

1. _____ El latín, el castellano y el español son tres lenguas diferentes.
2. _____ La cultura y el idioma árabes tuvieron poco efecto sobre la cultura cristiana de la Edad Media.
3. _____ Con su matrimonio, los Reyes Católicos unificaron los reinos de Castilla y Portugal.
4. _____ La conquista de América fue, en cierto sentido, una extensión de la Reconquista medieval de España.
5. _____ El imperio español se convirtió en gran defensor del catolicismo.
6. _____ El imperio español entró en decadencia en el siglo XVII.
7. _____ Goya y Picasso son artistas asociados con el "Siglo de Oro" de España.
8. _____ Los fascistas o franquistas ganaron la guerra civil española.
9. _____ La muerte de Franco representó el principio de una democracia estable en España.

Actividad 13 Ironías de la historia   Algunos acontecimientos de la historia   Making inferences
pueden parecer irónicos desde una perspectiva moderna. En parejas, expliquen por qué los siguientes acontecimientos pueden considerarse irónicos.

1. Los judíos fueron expulsados de España en 1492.
2. El período de 1550–1650 se conoce como el "Siglo de Oro".
3. Las colonias españolas empezaron a luchar por su independencia en 1810.
4. España perdió sus últimas colonias en una guerra con los Estados Unidos.
5. La guerra civil española terminó en 1939.

Summarizing

Actividad 14 Para resumir En parejas, escojan y adapten palabras de la siguiente lista para terminar este resumen de la lectura.

expulsar	el siglo XIX	perderse	mezcla
Castilla	sufrir	guerra	Siglo de Oro
lograr	imperio	1975	

Convivencia = coexistence, living together

La larga historia de España se puede dividir en tres grandes etapas: expansión, decadencia y renovación. En sus orígenes, la cultura española fue el resultado de la _____ de muchos pueblos y culturas y de la convivencia entre cristianos, musulmanes y judíos en la Edad Media. Esta convivencia terminó cuando los Reyes Católicos _____ unir los reinos cristianos de _____ y Aragón, conquistar el último reino moro de Granada y _____ a los judíos. La expansión castellana continuó con la creación del _____ español, que se extendió en Europa, en América y hasta en las islas Filipinas. Las riquezas imperiales _____ en largas _____ religiosas, y desde temprano el imperio entró en declive económico, aunque también vio el florecimiento cultural conocido como el _____. El imperio llegó a su fin durante _____, con la invasión de Napoleón y la independencia de las colonias americanas. En el siglo XX, España _____ los trágicos efectos de la guerra civil española y la dictadura de Franco, pero desde _____ vive un período de renovación social, política y económica.

Cuaderno personal 2-2

En tu opinión, ¿cuál fue el evento más importante de la historia de España? ¿Cuál fue el evento más importante de la historia de tu propio país? ¿Por qué?

VIDEOFUENTES ▢

¿Qué aspectos de la "Historia abreviada de España" se ven reflejados en el video sobre España? ¿Incluye el video otros aspectos de la historia de España? ¿Cuáles?

Lectura 3: Literatura

ESTRATEGIA DE LECTURA

Guessing Meaning from Context

When reading, you will often come across words that are unfamiliar to you. In many cases these may be easily understood cognates. In other cases, however, you will need to look at the wider *context* to guess the meaning of unfamiliar words. The parts of a passage that surround a particular word generally limit what that word can and cannot mean. Though you may be tempted to look up each unfamiliar word in the glossary or dictionary, it is often faster and sometimes more helpful to guess the meaning of a word from its context, or even to skip it if it seems unimportant.

Actividad 15 Personajes y acciones Las palabras que están en negrita en las siguientes oraciones aparecen en los cuentos que vas a leer. Lee cada oración y escribe a su lado la letra de la definición de la palabra.

Guessing meaning from context

1. _____ **El mercader** fue a vender sus productos y mercancías al mercado.

2. _____ Cuando la mujer oyó el ruido, hizo **un gesto** de sorpresa.

3. _____ El hombre robó el dinero, salió del banco y **huyó** en un coche viejo.

4. _____ **El criado** puso la mesa, sirvió la comida y limpió los platos.

5. _____ A veces los políticos reciben **amenazas** de personas descontentas con sus acciones.

6. _____ Omar está muy triste por la **muerte** de su abuelo.

a. irse rápidamente de un lugar para escapar

b. una persona que trabaja sirviendo a otra persona (su amo)

c. el fin de la vida

d. palabra antigua para referirse a un comerciante

e. movimiento físico expresivo

f. palabras o acciones que demuestran que una persona le quiere hacer mal a otra

Actividad 16 El principio del cuento **Parte A:** El principio de un cuento es importante porque muchas veces allí se presenta el conflicto del protagonista. Lee el primer párrafo del cuento, mira el dibujo y después contesta las siguientes preguntas.

Predicting, activating background knowledge

1. ¿El principio se parece al de otros cuentos que conoces? ¿Cuáles?
2. ¿Por qué los cuentos folclóricos empiezan siempre con la misma fórmula?
3. ¿Qué crees que va a pasar en el cuento?

Otros cuentos conocidos de *Las mil y una noches* son "Aladino y la lámpara maravillosa" y "Alí Babá y los cuarenta ladrones". Muchos de los cuentos árabes se conocían en España durante la época de Al-Ándalus.

Parte B: Ahora, lee el cuento y busca la moraleja.

Bernardo Atxaga (se pronuncia [a-chá-ga]) es el seudónimo del autor vasco Joseba Irazu Garmendia. Nació en 1951 en Bilbao, España, y ha publicado cuentos, novelas, poesía y libros infantiles. Escribe en euskera, su primera lengua materna y luego traduce sus obras al español, su otra lengua materna. En 1989 se hizo famoso cuando su novela Obabakoak *ganó el Premio Nacional de Literatura. En la novela, Atxaga reúne muchos cuentos cortos de varias culturas para hablar del arte de contar historias. Una de sus fuentes es* Las mil y una noches, *obra clásica de la civilización árabe en la que la princesa Scheherazada evita la muerte contando una historia cada noche durante mil noches. El cuento "El criado del rico mercader" pertenece a esta colección. Atxaga lo utiliza en su novela como ejemplo de un cuento bien escrito y para mostrar cómo influyen los cuentos en nuestra manera de pensar, y lo reescribe para mostrar cómo nuestra manera de pensar influye en nuestra manera de contar historias.*

El criado del rico mercader
Contado por Bernardo Atxaga

Érase una vez... = Once upon a time there was/were . . .

Érase una vez, en la ciudad de Bagdad, un criado que servía a un rico mercader. Un día, muy de mañana, el criado se dirigió al mercado para hacer la compra. Pero esa mañana no fue como todas las demás, porque esa mañana vio allí a la Muerte y porque la Muerte le hizo un gesto.

5   Aterrado, el criado volvió a la casa del mercader.

—Amo —le dijo—, déjame el caballo más veloz de la casa. Esta noche quiero estar muy lejos de Bagdad. Esta noche quiero estar en la remota ciudad de Ispahán.

—Pero ¿por qué quieres huir?

10 —Porque he visto a la Muerte en el mercado y me ha hecho un gesto de amenaza.

El mercader se compadeció de él y le dejó el caballo, y el criado partió con la esperanza de estar por la noche en Ispahán.

Por la tarde, el propio mercader fue al mercado, y, como le había
15 sucedido antes al criado, también él vio a la Muerte.

—Muerte —le dijo acercándose a ella—, ¿por qué le has hecho un gesto de amenaza a mi criado?

—¿Un gesto de amenaza? —contestó la Muerte—. No, no ha sido un gesto de amenaza, sino de asombro. Me ha sorprendido verlo aquí, tan lejos
20 de Ispahán, porque esta noche debo llevarme en Ispahán a tu criado.

El presente perfecto, **ha sido,** se usa en algunas partes del centro de España en vez del pretérito **fue,** para referirse al pasado reciente.

Actividad 17 Otra mirada al contexto Busca las siguientes palabras en el cuento que acabas de leer y escoge el sinónimo de cada una de ellas.

Guessing meaning from overall context

1. (línea 5) aterrado
   a. tranquilo
   b. preocupado
   c. sorprendido
   d. con mucho miedo
2. (línea 6) veloz
   a. lento
   b. rápido
   c. bello
   d. caro
3. (línea 6) déjame
   a. abandóname
   b. párame
   c. regálame
   d. préstame
4. (línea 12) se compadeció
   a. habló
   b. sufrió
   c. se puso triste
   d. tuvo compasión
5. (línea 19) asombro
   a. sombra
   b. depresión
   c. sorpresa
   d. alegría

Actividad 18 Secuencias de acciones En parejas, decidan si cada oración indica la secuencia correcta (C) o no (F) de las acciones del cuento. Si no, corrijan la oración.

Recognizing chronological organization

1. _____ El criado había querido huir a Ispahán antes de ver a la Muerte.
2. _____ El criado ya había visto a la Muerte cuando le pidió el caballo al mercader.
3. _____ El criado ya había aceptado el caballo cuando partió para Ispahán.
4. _____ El mercader todavía no había hablado con el criado cuando fue al mercado.
5. _____ El mercader ya había llegado al mercado cuando vio a la Muerte.
6. _____ El criado no había salido para Ispahán cuando el mercader habló con la Muerte.

Identifying and interpreting main ideas

Actividad 19 El final del cuento **Parte A:** Los cuentos tradicionales suelen tener tres partes: principio, nudo y desenlace (el final). En el principio se presenta el problema del protagonista. En el nudo se complica la acción, y en el desenlace se soluciona el problema y se enseña una lección. En parejas analicen y describan los siguientes aspectos del cuento.

1. ¿Quiénes son y cómo son los personajes?
2. ¿Qué pasa en el cuento? ¿Tiene un final sorpresivo o previsible?
3. ¿Dónde y cuándo ocurre la acción?

Parte B: En grupos de tres, comenten las siguientes preguntas.
1. ¿Cuál es la moraleja del cuento?
2. ¿Qué perspectiva o valores refleja y enseña?
3. ¿Están Uds. de acuerdo con la moraleja? ¿Por qué sí o no?
4. ¿Les gusta el cuento? ¿Por qué sí o no?

Skimming and predicting

Actividad 20 Una versión moderna del cuento **Parte A:** A Bernardo Atxaga no le gustó la visión fatalista de "El criado del rico mercader" y escribió otra versión. En parejas, miren el título y los dos dibujos, y después contesten las siguientes preguntas.

1. ¿Qué implicaciones tiene el cambio en el título?
2. ¿Creen que esta versión termina con un final feliz o un final triste? ¿Por qué?

Active reading

Parte B: Ahora, lee la nueva versión de Atxaga y piensa en las siguientes preguntas. Después de leer, en parejas, discutan las preguntas.

1. ¿Tiene el criado el mismo problema que tiene en la primera versión?
2. ¿En qué línea empiezan a ser diferentes las acciones?
3. ¿Atxaga le da un final sorpresivo o previsible?

Dayoub, el criado del rico mercader
Bernardo Atxaga

Érase una vez, en la ciudad de Bagdad, un criado que servía a un rico mercader. Un día, muy de mañana, el criado se dirigió al mercado para hacer la compra. Pero esa mañana no fue como todas las demás, porque esa mañana vio allí a la Muerte y porque la Muerte le hizo un gesto.

5 Aterrado, el criado volvió a la casa del mercader.

—Amo —le dijo—, déjame el caballo más veloz de la casa. Esta noche quiero estar muy lejos de Bagdad. Esta noche quiero estar en la remota ciudad de Ispahán.

—Pero ¿por qué quieres huir? —le preguntó el mercader.

10 —Porque he visto a la Muerte en el mercado y me ha hecho un gesto de amenaza.

El mercader se compadeció de él y le dejó el caballo, y el criado partió con la esperanza de estar esa noche en Ispahán.

El caballo era fuerte y rápido, y, como esperaba, el criado llegó a
15 Ispahán con las primeras estrellas. Comenzó a llamar de casa en casa,
pidiendo amparo.

—Estoy escapando de la Muerte y os pido asilo —decía a los que le
escuchaban.

Pero aquella gente se atemorizaba al oír mencionar a la Muerte y le
20 cerraban las puertas.

El criado recorrió durante tres, cuatro, cinco horas las calles de Ispahán,
llamando a las puertas y fatigándose en vano. Poco antes del amanecer llegó
a la casa de un hombre que se llamaba Kalbum Dahabin.

—La Muerte me ha hecho un gesto de amenaza esta mañana, en el
25 mercado de Bagdad, y vengo huyendo de allí. Te lo ruego, dame refugio.

—Si la Muerte te ha amenazado en Bagdad —le dijo Kalbum
Dahabin—, no se habrá quedado allí. Te ha seguido a Ispahán, tenlo por
seguro. Estará ya dentro de nuestras murallas, porque la noche toca a su fin.

—Entonces, ¡estoy perdido! —exclamó el criado.

30 —No desesperes todavía —contestó Kalbum—. Si puedes seguir vivo
hasta que salga el sol, te habrás salvado. Si la Muerte ha decidido llevarte
esta noche y no consigue su propósito, nunca más podrá arrebatarte. Ésa es
la ley.

—Pero ¿qué debo hacer? —preguntó el criado.

35 —Vamos cuanto antes a la tienda que tengo en la plaza —le ordenó
Kalbum cerrando tras de sí la puerta de la casa.

Mientras tanto, la Muerte se acercaba a las puertas de la muralla de
Ispahán. El cielo de la ciudad comenzaba a clarear.

—La aurora llegará de un momento a otro —pensó—. Tengo que darme
40 prisa. De lo contrario, perderé al criado.

Entró por fin a Ispahán, y husmeó entre los miles de olores de la ciudad
buscando el del criado que había huido de Bagdad. Enseguida descubrió su
escondite: se hallaba en la tienda de Kalbum Dahabin. Un instante después,
ya corría hacia el lugar. En el horizonte empezó a levantarse una débil
45 neblina. El sol comenzaba a adueñarse del mundo.

La Muerte llegó a la tienda de Kalbum. Abrió la puerta de golpe y... sus
ojos se llenaron de desconcierto. Porque en aquella tienda no vio a un solo
criado, sino a cinco, siete, diez criados iguales al que buscaba.

50 Miró de soslayo hacia la ventana. Los primeros rayos del sol brillaban ya en la cortina blanca. ¿Qué sucedía allí? ¿Por qué había tantos criados en la tienda?

No le quedaba tiempo para averiguaciones. Agarró a uno de los criados que estaba en la sala y salió a la calle. La luz inundaba todo el cielo.

55 Aquel día, el vecino que vivía frente a la tienda de la plaza anduvo furioso y maldiciendo.

—Esta mañana —decía— cuando me he levantado de la cama y he mirado por la ventana, he visto a un ladrón que huía con un espejo bajo el brazo. ¡Maldito sea mil veces! ¡Debía haber dejado en paz a un hombre tan bueno como Kalbum Dahabin, el fabricante de espejos!

Guessing meaning from overall context

Actividad 21 **Detalles del cuento** Después de leer el cuento una vez, escoge el sinónimo de cada expresión indicada. Vuelve a mirar el contexto del cuento si es necesario.

1. (línea 15) Comenzó a llamar de casa en casa, pidiendo **amparo.**
   a. refugio   b. comida   c. dinero
2. (línea 19) Pero aquella gente **se atemorizaba** al oír mencionar a la Muerte y le cerraban las puertas.
   a. tenía miedo   b. se aburría   c. se enojaba
3. (línea 30) No **desesperes** todavía.
   a. te despiertes   b. te pierdas   c. pierdas la esperanza
4. (línea 31) Si la Muerte ha decidido llevarte esta noche y no consigue su propósito, nunca más podrá **arrebatarte.**
   a. perderte   b. llevarte   c. pegarte
5. (línea 45) El sol comenzaba a **adueñarse del mundo.**
   a. ponerse   b. desaparecer   c. salir
6. (línea 46) Abrió la puerta de golpe y... sus ojos se llenaron de **desconcierto.**
   a. confusión   b. música   c. lágrimas
7. (línea 52) No le quedaba tiempo **para averiguaciones.**
   a. para investigar la situación   b. para mirarse más   c. para buscar a otras víctimas

Actividad 22 Primero, luego y después   Parte A: Pon las siguientes oraciones en orden lógico para formar un resumen del cuento.

Recognizing chronological organization

_____ Al salir el sol se vieron muchos reflejos del criado en los espejos.

_____ Se encontró con la Muerte, que le hizo un gesto de amenaza.

_____ Dayoub fue corriendo a su amo, el rico mercader, y le pidió el caballo más veloz que tenía para escaparse de la ciudad.

_____ El criado Dayoub fue al mercado de Bagdad para hacer la compra.

_____ Al llegar a Ispahán el criado buscó refugio, pero nadie quiso ayudarlo hasta que llegó a la casa de Kalbum Dahabin.

_____ La Muerte entró con mucha prisa, se equivocó y cogió un espejo en vez de coger al criado.

_____ Kalbum se dio cuenta de que la Muerte ya había llegado a Ispahán y llevó a Dayoub a su tienda de espejos, donde lo "escondió" en el centro de la tienda.

Parte B: Usen las oraciones de la Parte A para escribir un breve resumen del cuento de Dayoub. Usen expresiones y adverbios de tiempo como **un día, por la mañana/noche, luego, antes/después de, enseguida, inmediatamente, de repente, finalmente, tan pronto como, en cuanto**, etc.

Marking sequence with transition words

Actividad 23 Los dos cuentos   En parejas, comparen los dos cuentos respondiendo a las siguientes preguntas.

Identifying and interpreting main ideas

1. ¿En qué se parecen o diferencian los cuatro aspectos fundamentales de cada cuento: personajes, acción (principio, nudo, desenlace), lugar y tiempo? Hagan una lista de las diferencias más importantes.
2. ¿Qué cuento tiene un final más interesante? ¿Más pesimista?
3. ¿Qué valores refleja y enseña cada cuento?
4. ¿Qué relación tienen estos dos cuentos con la historia de España?

Actividad 24 Una experiencia personal   Se dice que los mejores cuentos tienen un final sorpresivo. En parejas, piensen en una experiencia personal que terminó con una sorpresa y cuéntenle a su compañero/a lo que pasó. ¿Qué les asustó o sorprendió? ¿Qué hicieron Uds.? ¿Los/Las ayudó alguien?

Cuaderno personal 2-3

¿Qué cuento te gustó más? ¿Por qué? ¿Cuál de los dos cuentos refleja mejor tu propia perspectiva sobre la vida?

Redacción: Un cuento

ESTRATEGIA DE REDACCIÓN

The first important event of a traditional story is often marked with **un día.**

Marking Sequence with Transition Words

When writing about events or activities that occurred in a particular sequence (as in a short story), transition words can help mark the chronological relationships between the actions. These include:

al principio	at first
primero	first
luego	then; next; later
enseguida	immediately; immediately afterward
antes	before
antes de eso	before that
después/más tarde	afterward; later
después de eso	after that
por último	finally (*last in a series*)
por fin/finalmente	finally (finally!)
al final	in the end

Avoid overusing sequence words. Reserve them primarily for clarification. You can also mark sequence by using verb tenses and time references such as **por la mañana** and **por la tarde** if the time sequence is clear.

Activating background knowledge

Actividad 25 Los cuentos y la moraleja A continuación hay una lista de cuentos folclóricos muy populares. En parejas, adivinen el equivalente de cada título en inglés. Luego, escojan uno de los cuentos y preparen un resumen utilizando expresiones de transición. Después de completarlo, léanselo a la clase para que los demás digan la moraleja o lección moral.

Títulos

Blancanieves y los siete enanitos
Ricitos de oro y los tres osos
La Cenicienta
El nuevo traje del emperador
Caperucita Roja
Los tres cerditos
El ratón de la ciudad y el ratón del campo
El patito feo
La bella durmiente

Actividad 26   La creación de un cuento original   Parte A: Vas a escribir un   Writing a story
cuento original. Escoge una moraleja que te parezca importante para tu cuento.
La moraleja puede ser tradicional o reflejar un tema moderno como el sexismo,
el ecologismo o la alta tecnología.

Parte B: Los cuentos folclóricos suelen construirse a base de ciertos elementos
tradicionales. Escoge varios de los siguientes para tu propio cuento.

un rey	un castillo	un tesoro
un reino	una princesa	un lobo
un príncipe	un brujo/mago	un jorobado
una bruja (*witch*)	(*magician*)	(*humpback*)
la invisibilidad	un pájaro que habla	una receta (*recipe*)
una alfombra mágica	un lago	un sapo (*toad*)
una paloma (*dove*)	una ventana	una serpiente
un bosque	una gota de sangre	un anillo
un pez que habla	un caballo que vuela	un dragón
una llave	un espejo mágico	una torre
una lámpara mágica	una espada mágica	un árbol con
un hada madrina	un pozo de los	fruta mágica
(*fairy godmother*)	deseos (*wishing well*)	
una reina	un encanto (*spell*)	

Parte C: Piensa en los acontecimientos de tu cuento y escribe la primera versión.
Recuerda que el cuento necesita los siguientes elementos.

- título
- protagonista (el/la bueno/a)
- antagonista (el/la malo/a)
- descripción del contexto o del mundo de los personajes (el lugar, el tiempo)
- moraleja

Usa expresiones de transición cuando sea necesario.

Once upon a time there
was/were . . . = **Érase una vez.../
Había una vez...**

. . . and they lived happily ever after.
= **... y vivieron felices y comieron
perdices.**

Capítulo **3**

La América indígena: Ayer y hoy

▲ Las ruinas de Tikal (Guatemala),
ciudad construida en la época
clásica de la civilización maya.

See the *Fuentes* website for related links and activities:
http://college.hmco.com/languages/spanish/students

Actividad 1 **¿Qué saben ustedes?** En parejas, miren la foto de la página   Activating background knowledge
anterior e intenten contestar las siguientes preguntas.

1. ¿Qué se ve en la foto?
2. ¿Dónde está?
3. ¿Cuándo fue construido?
4. ¿Para qué servía?
5. ¿Quiénes lo construyeron?
6. ¿Existe esa cultura hoy día?

Lectura 1: Un artículo de revista

ESTRATEGIA DE LECTURA

Using Sentence Structure and Parts of Speech to Guess Meaning

When using context to guess the meaning of unfamiliar vocabulary, you usually focus on the meaning of surrounding words. However, at times it is also useful to focus on the basic sentence structure and its parts. The larger parts of a sentence (subject, verb, object, prepositional phrase) can often be broken down into individual words, which can then be identified with a particular function or part of speech (noun, adjective, verb, adverb).

The parts of speech (**las partes de la oración**) include the following:

- **el sustantivo:** A noun is a person, place, thing, or concept: **el jefe, el parque, la albóndiga, el impresionismo.**
- **el verbo:** A verb refers to an action or state: **subir, correr, estar.** Verbs can be transitive (they take a direct object—**Canto ópera.**) or intransitive (no direct object—**Estoy bien.**)
- **el adjetivo:** An adjective describes (**grande, impresionante, completo**) or limits (**algunos, este, doce**) a noun.
- **el adverbio:** An adverb describes the action of a verb (**despacio, rápidamente, temprano**) or describes the degree of an adjective (**muy, poco, increíblemente**).
- **el artículo:** An article marks the gender, number, and definite or indefinite nature of a noun: **el, la, los, las, un, una, unos, unas.**
- **la preposición:** A preposition identifies the links between other words: **a, con, de, desde, en, entre, hacia, hasta, para, por, sin, sobre,** etc.
- **la conjunción:** A conjunction connects elements within a sentence: **y, o, pero, sino.**
- **el pronombre relativo:** A relative pronoun connects a subordinate verbal clause to another element in the sentence: **que, quien, donde, el cual,** etc.

Identifying parts of speech may give you just enough information to determine the basic relationships within a sentence. Try this sentence written in nonsense Spanish. What information can you safely determine about the words?

El manículo golupeó calamente a Paco en la cloba gara.

Start with the familiar: **El** and **la** mark the nouns **manículo** and **cloba. En** is a preposition and marks off at least **la cloba** as part of a prepositional phrase. **Paco** is a common Spanish name, so the **a** could be a preposition (*to*) or **a** personal. Where's the verb? **Golupeó** looks likely since it follows the first noun (often the subject), ends in the preterit **-ó,** and is followed by an adverb ending in **-mente. Gara** is probably an adjective since it follows a noun and agrees with it in gender and number.

This sort of analysis can be useful in helping you understand difficult passages. Often, in order to get the gist of an idea, it is enough to pick out key verbs and nouns in order to know who is doing what. Then you can read on and clarify these basic ideas, since the natural redundancy of language will often lead to the same concept being repeated or referred to with different vocabulary farther on in the passage.

Determining parts of speech

Actividad 2 **Las partes de la oración** Determina las partes de las siguientes oraciones que aparecen en la lectura sobre los mayas.

1. Cinco siglos después, su civilización desapareció misteriosamente.
2. Un millón de los actuales habitantes de la región habla un dialecto.
3. Los investigadores acaban de descubrir cuatro nuevos sitios arqueológicos.
4. Los últimos hallazgos clarifican las razones que llevaron a los mayas a abandonar su imperio.

Using parts of speech to guess meaning

Actividad 3 **Palabras y oraciones** **Parte A:** Usa el glosario al final del libro para determinar el significado y la parte de la oración de cada una de las siguientes palabras.

esclavizar	sequía	alimento
guerrero	sacerdote	hallazgo
sangriento	escasez	incendiado

Parte B: En cada oración, decide la parte de la oración que se necesita para cada espacio en blanco. Después, elige una palabra de la Parte A para completar la oración, adaptando cada palabra al contexto.

1. Normalmente los mayas presentaban _____ como sacrificios a sus dioses, pero en ocasiones especiales ofrecían, en sacrificio, seres humanos.
2. En la religión maya, los _____ eran las personas que hacían los sacrificios para los dioses.
3. Antes se creía que la civilización maya era muy pacífica, pero ahora se cree que era una cultura bastante _____.
4. Algunos _____ arqueológicos han revelado las causas de la desaparición de la civilización maya.
5. Los arqueólogos han encontrado evidencia de que las batallas y las guerras eran destructivas y _____.
6. Los arqueólogos han encontrado edificios _____, lo que demuestra que una táctica de la guerra era quemar los edificios de los adversarios.

7. Muchas veces las culturas indígenas mesoamericanas _____ a los enemigos capturados en las guerras.

8. Los mayas temían las _____, y por lo tanto construían muchos templos dedicados a Chac, dios de la lluvia.

9. Después de una sequía o un desastre natural, la gente suele sufrir _____ de alimentos.

Actividad 4 Hacia el significado Las siguientes oraciones aparecen en el artículo. Determina el significado de las palabras en negrita según el contexto.   *Guessing meaning from context*

1. ... los arqueólogos abrieron la tierra para **desenterrar** los misterios de una de las civilizaciones más complejas y desafiantes hasta ahora analizadas.
   a. ocultar   b. romper   c. descubrir

2. Sus habitantes se internaron en **la selva** para volver a sus orígenes más primitivos...
   a. el bosque tropical   b. el mar   c. la ciudad

3. ... las guerras eran batallas bien **orquestadas,** con la finalidad de conquistar el poder y esclavizar nobles rivales.
   a. musicales   b. organizadas   c. originales

4. ... las guerras llevaron a la completa destrucción del pueblo, provocando **un quiebre** en la estructura social.
   a. un colapso   b. un cambio   c. una renovación

5. Hoy se sabe que ellas [las ciudades mayas] funcionaban exactamente como **una urbe** moderna... Las ciudades eran circundadas por ciudades satélites que albergaban a la población suburbana como artesanos y obreros.
   a. una civilización   b. un estado   c. una ciudad

6. ... las **escaramuzas** entre las decenas de ciudades-estado de la región evolucionaron hacia guerras sangrientas que transformaron poderosos centros urbanos en aldeas fantasmas.
   a. distancias   b. comunicaciones   c. pequeñas batallas

Actividad 5 La muerte de una civilización **Parte A:** La lectura trata de una cultura que desapareció de América. En grupos de tres, contesten las siguientes preguntas.   *Activating background knowledge*

1. ¿Conocen Uds. algunas culturas desaparecidas?
2. ¿Qué factores podían causar la destrucción de una civilización en el pasado?

la guerra (nuclear)   la superpoblación   *superpoblación o sobrepoblación*
la conquista   el hambre
la destrucción del medio ambiente   las epidemias y enfermedades
la pérdida de valores morales   un desastre natural
el exceso de riqueza

Parte B: Mientras lees este artículo de la revista chilena *Qué pasa*, escribe una lista de todas las causas que se mencionan sobre la desaparición de la gran civilización maya. Después, en grupos de tres, comparen sus apuntes para ver si están de acuerdo.   *Active reading, Identifying main ideas*

Autopsia de una civilización

Tras años de investigaciones, un grupo de arqueólogos descubre dos nuevos sitios arqueológicos[...] que ayudan a desentrañar el misterio de la desaparición de los mayas.

[...] Con sus monumentales ciudades en el medio de la selva y ejerciendo el dominio sobre la mayoría de los pueblos contemporáneos de la región, los mayas vivieron su época dorada a partir del año 250 de la era cristiana. Cinco siglos después, su civilización desapareció misteriosamente. Sus habitantes se internaron en la selva para volver a sus orígenes más primitivos y dejaron sólo las pruebas de su cultura: los templos y pirámides. [...] Aunque un millón de los actuales habitantes de la región habla un dialecto que se desarrolló directamente del lenguaje maya original, el misterio se ha mantenido por décadas. Sin embargo, los últimos hallazgos clarifican las razones que llevaron a los mayas a abandonar su imperio e internarse en la selva en el siglo octavo.

Los investigadores acaban de descubrir cuatro nuevos sitios arqueológicos —dos de ellos intactos— en las montañas al sur de Belice. La lectura de los jeroglíficos hallados muestra que los mayas adoraban luchar. Sus gobernantes se esmeraban en el arte de torturar y matar a los enemigos. Inauguraciones, celebraciones esporádicas y ceremonias religiosas culminaban siempre con sacrificios rituales. Los estudios del arqueólogo de la Universidad de Vanderbilt, Arthur Demarest, [...] dividen la historia del Imperio en dos períodos: antes y después del año 761 d.C.

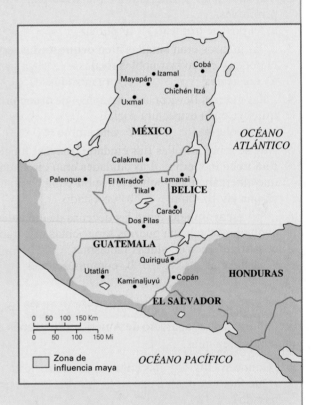

En la primera fase, las guerras eran batallas bien orquestadas, con la finalidad de conquistar el poder y esclavizar nobles rivales. "En la segunda etapa las guerras llevaron a la completa destrucción del pueblo, provocando un quiebre en la estructura social", dice Demarest[...] Lo que ocurrió fue una guerra civil, una insurrección tan violenta contra las clases dominantes de nobles y sacerdotes, que toda la cultura entró en crisis.

Sumado a lo anterior, el frágil lazo que representaba la religión se debilitó aún más. Una combinación de desastres naturales contribuyeron a ello, principalmente sequías severas provocadas por la desforestación, y la superpoblación, que elevó las tensiones sociales a niveles explosivos. La tierra ya no producía granos en cantidad suficiente para satisfacer a los sacerdotes y sus ceremonias de abundancia, en las que se quemaban grandes cantidades de alimentos, mientras el pueblo tenía hambre. La organización maya era similar a la de la antigua Grecia. Formaban ciudades-estado, organizadas independientemente y unidas sólo por la religión y la lengua, pero con enormes rivalidades. Las ciudades mayas no sólo estaban formadas por templos religiosos y por los palacios de la élite. "Hoy se sabe que ellas funcionaban exactamente como una urbe moderna", explica el antropólogo Antonio

Porro. "Las ciudades eran circundadas por ciudades satélites que albergaban a la población suburbana como artesanos y obreros." Después de la era clásica, situada alrededor del año 750, las escaramuzas entre las decenas de ciudades-estado de la región evolucionaron hacia guerras sangrientas que transformaron poderosos centros urbanos en aldeas fantasmas. Prueba de ello fueron edificaciones incendiadas, arsenales militares y el aumento de las imágenes guerreras en los monumentos, evidencia encontrada en las ruinas de la ciudad de Caracol, en Belice.

Aunque existe consenso en que una de las principales causas de la decadencia de la

▼ Los famosos murales de Bonampak, que datan del siglo VIII, fueron descubiertos en la jungla de Chiapas (México) en 1946. Los murales muestran diversos aspectos de la vida diaria, la jerarquía social y, como en este mural, el conflicto violento que caracterizaba las relaciones entre las diferentes ciudades mayas de la época clásica.

civilización maya fue su descontrolado instinto guerrero, ninguno de los investigadores piensa que ésa es la única respuesta. Otro factor decisivo para la decadencia fue la superexplotación de la flora tropical, fuente de alimento y protección. Al comienzo de este año, investigadores ingleses analizaron sedimentos depositados en el lago Pátzcuaro, en México, y descubrieron que las antiguas prácticas agrícolas de la zona provocaron altas tasas de erosión del suelo, que no fueron igualadas ni por los invasores españoles.

Al analizar el polen enterrado entre los escombros de Yucatán, arqueólogos norteamericanos concluyeron que no existía flora tropical cerca de las principales ciudades mayas. "El polen encontrado muestra claramente que casi no existían más bosques para explotar", afirma Patrick Culbert, arqueólogo de la Universidad de Arizona. Desertificación, erosión, destrucción de bosques y hasta acidificación del suelo—problemas familiares para el hombre moderno—fueron responsables por la declinación de una de las sociedades más organizadas y avanzadas del pasado. Tal vez la guerra y un medio ambiente agotado impulsaron a los mayas a escapar de un mundo adverso que ya no tenía nada que entregar, y donde la única forma de renacer era volver al origen en la profunda selva tropical.

Recognizing chronological order, Describing past states

Actividad 6 Dos épocas distintas Según el arqueólogo Arthur Demarest, la vida maya era muy distinta antes y después del año 761. Decide si cada oración describe la situación **antes** (A) o **después** (D) de esta fecha clave.

1. _A_ Un ritual importante de la vida eran batallas bien orquestadas y controladas.
2. _D_ Se creaban arsenales militares y se hacían cada vez más imágenes guerreras en los templos.
3. _D_ Destruían los bosques, dañaban su medio ambiente y sufrían una escasez de comida.
4. _A_ Las guerras tenían el objetivo limitado de capturar y esclavizar nobles rivales.
5. _A_ Los mayas formaban ciudades-estado que coexistían en relativa estabilidad.
6. _D_ Los sacerdotes pedían y quemaban grandes cantidades de alimentos, mientras el pueblo tenía hambre.
7. _A_ Las ciudades eran circundadas por ciudades satélites donde vivían los artesanos y trabajadores.
8. _D_ Las guerras se hacían con el objetivo de destruir completamente las ciudades rivales.

Summarizing

Actividad 7 Las causas de la decadencia El párrafo de la página 45 es un breve resumen de las ideas importantes de la lectura. Escoge y adapta una expresión de la lista para cada espacio en blanco.

Las investigaciones recientes parecen indicar que la civilización maya era bastante _____. En una primera etapa, sus guerras eran bien orquestadas, parte integral de una sociedad rígida y estable, y servían para obtener víctimas para los _____ rituales. Sin embargo, en el siglo _____ las escaramuzas empezaron a convertirse en guerras _____. Después de cinco siglos de relativa estabilidad, la población ya _____ en exceso y la tierra se había cultivado cada vez más intensamente, llevando a la desforestación. Como resultado, la tierra había sufrido _____ y acidificación, y _____ producir suficientes alimentos, precisamente cuando la población llegaba a su número más alto. Como no había suficiente comida para todos los habitantes, las guerras dejaron de ser un _____ religioso y se convirtieron en una manera de buscar recursos y alimentos. Esta _____ desesperada llevó a la destrucción de la civilización clásica de los mayas.

búsqueda
crecer
dejar de
empezar a
erosión
guerrero/a
octavo/a
pacífico/a
ritual
sacrificio
sangriento/a

Actividad 8 Los detalles y sus implicaciones Para entender bien una lectura, es necesario prestar atención a los detalles. En grupos de tres, terminen las siguientes oraciones, y justifiquen sus respuestas.

Scanning, Making inferences

1. Durante el declive de la civilización clásica de los mayas, los españoles...
2. Durante los sacrificios rituales, los sacerdotes les ofrecían a los dioses...
3. El autor opina que los mayas clásicos eran...
4. El autor sugiere que los mayas posclásicos eran...

Actividad 9 Un destino misterioso Uds. son arqueólogos profesionales que han estudiado a los mayas y hablan sobre lo que posiblemente les pasó después de la destrucción de su civilización. En grupos de tres, túrnense para decir cuál creen que fue su destino. Especulen sobre los siguientes aspectos de la cultura maya: la religión, los trabajos, la comida, las ceremonias, las casas, la familia, el arte, la lengua, la arquitectura.

▶ — Es obvio que todos los mayas se enfermaron y se murieron.
   — No es verdad. Los mayas dejaron de construir grandes templos, pero...

Cuaderno personal 3-1

En tu opinión, ¿hay semejanzas entre el destino de la civilización maya y la nuestra? ¿Vamos por el mismo camino?

VIDEOFUENTES 🔲

¿Qué semejanzas y diferencias existen entre el artículo y el video respecto a los motivos de la desaparición de la civilización maya clásica? ¿Qué manifestaciones de la cultura maya existen hoy día?

Lectura 2: Panorama cultural

Identifying parts of speech

Actividad 10 Partes relacionadas La lectura "La presencia indígena en Hispanoamérica" contiene palabras relacionadas con los siguientes verbos. Para cada verbo en infinitivo (por ejemplo, **leer**), busca en el glosario o en un diccionario un sustantivo como **lector** (*reader*) o **lectura** (*reading*), y un adjetivo como **legible** (*legible*) o **leído** (*read*).

desaparecer   establecer
aislar   conservar
dominar   despreciar

Building vocabulary

Actividad 11 Palabras útiles Después de mirar la siguiente lista, completa las oraciones que siguen con las palabras apropiadas.

los antepasados	ancestors	**el culto**	worship, adoration
el/la portavoz	spokesperson	**la prueba**	proof, evidence
el rasgo	trait, feature	**autóctono**	native
la supervivencia	survival	**el esfuerzo**	effort

1. _____ del gobierno anunció que las negociaciones iban bien.
2. Una de las características de muchas religiones es el _____ a los antepasados.
3. Un _____ importante de la cultura norteamericana es la afición a la tecnología.
4. El científico Charles Darwin definió la teoría de la _____ del más fuerte.
5. Algunos de los _____ de Juan Ferreira eran españoles, pero otros eran portugueses.
6. El éxito que tiene en su trabajo es _____ de su talento.
7. La papa y el maíz no se conocían en Europa antes del siglo XVI porque son comidas _____ del continente americano.
8. A pesar de sus _____, el presidente no pudo resolver la crisis.

Actividad 12 ¿Indígenas o indios? Últimamente, tanto en Norteamérica como en Centro y Suramérica, ha habido una revaloración del indio; incluso se prefiere usar el termino **indígena** en vez de **indio.** En parejas, antes de leer la lectura siguiente, contesten estas preguntas.

Activating background knowledge

indígena americano = Native American

1. ¿Cuáles eran algunas de las características negativas que se asociaban con el término **indio** en la cultura norteamericana?
2. ¿Cuáles son algunos aspectos positivos de la cultura indígena que se aprecian hoy día?
3. Actualmente, ¿a qué problemas se enfrenta la población indígena de Norteamérica? ¿la de Hispanoamérica?

Actividad 13 Las ideas principales Mientras lees, escribe la idea principal de cada párrafo en el margen. Después, en grupos de tres, comparen sus apuntes para ver si están de acuerdo.

Active reading, Identifying main ideas

La presencia indígena en Hispanoamérica

Cuando Cristóbal Colón llegó al Nuevo Mundo, encontró una tierra habitada por pueblos que llevaban allí más de 30.000 años. Pueblos pequeños alternaban con los imperios de los aztecas y los incas. La conquista española y las enfermedades europeas causaron la desaparición de
5 numerosos pueblos indígenas, la destrucción de las grandes civilizaciones y el establecimiento de la lengua y la cultura españolas en gran parte de América. Sin embargo, no se borró la presencia indígena, ya que sobrevivió en el mestizaje y en la conservación de algunas de sus sociedades.

▲ En los Andes, se siguen usando instrumentos de cuerda de procedencia española, así como flautas y tambores de origen indígena.

Vocablos del taíno (Caribe): **canoa, tabaco, maíz, ají, maní.** Vocablos del náhuatl (México): **chocolate, tomate, chile, cacahuete, aguacate.** Vocablos del quechua (los Andes): **papa, chino/a** (= chico/a), **chacra** (= finca).

Un producto más conocido del mestizaje es la combinación del chocolate con el azúcar.

10   La unión entre españoles y mujeres naturales de América produjo una nueva población de mestizos, personas que llevaban en las venas una mezcla de sangre europea y sangre indígena. De esta unión racial nacieron nuevas culturas, y el mestizaje llegó a sentirse en todos los aspectos de la cultura. En primer lugar, la lengua española adoptó vocablos de origen indígena, mientras que, a su vez, en la agricultura y la cocina, aparecieron pro-
15 ductos y comidas propios del mestizaje. Los productos lácteos y el arroz que trajeron los conquistadores se combinaron con maíz, papas, tomate y otros productos autóctonos para preparar nuevas comidas. Elementos igualmente inseparables se manifestaron en el campo de la expresión artística. Para dar un ejemplo, aún hoy la música andina combina instrumentos indí-
20 genas, como la flauta, con instrumentos españoles como la guitarra, en tanto que la literatura y las artes plásticas y artesanales de los diversos países muestran la riqueza de la fusión de las culturas.

    Pero si la lengua y las costumbres reflejan bien esta fusión, quizás sea la religión una de las pruebas más evidentes del mestizaje. La religión
25 católica, impuesta por los españoles, fue aceptada por los indígenas como un vehículo de su expresión religiosa y las imágenes cristianas se interpretaron como representaciones de los dioses tradicionales. Así tenemos a la Virgen de Guadalupe, patrona de México, quien se reveló a un indígena en el lugar donde antes había existido un templo a Tonantzin, diosa madre de
30 los aztecas. Asimismo, la celebración católica del Día de los Muertos tomó en ese país rasgos indígenas del culto de los antepasados, convirtiéndose en una celebración de gran importancia para el mexicano actual. Por otro lado, en el Perú, la Virgen María fue asociada con Pachamama, diosa incaica de la tierra y, como tal, se la venera actualmente en muchas comunidades.

Países con una importante población indígena son México, Guatemala, Ecuador, Perú, Bolivia y Paraguay.

35   A pesar de que en algunos países predomina una cultura mestiza, la inmensa contribución indígena no se ha reconocido debidamente. Es verdad que las historias nacionales incorporan las historias de las grandes civilizaciones
40 perdidas, pero no existe una actitud positiva hacia las sociedades indígenas que sobreviven hoy. Éstas se han mantenido separadas, ya sea viviendo en la selva, en el campo o al margen de la sociedad
45 dominante, y sólo así han podido conservar más o menos intactas sus lenguas y tradiciones. Sin embargo, el mismo aislamiento físico y cultural que ha permitido su supervivencia también ha impe-
50 dido su participación en la vida política, económica e intelectual de sus países. A causa de su pobreza y falta de educación, se ha visto a los grupos indígenas como un obstáculo al progreso —"el
55 problema del indio"— y actualmente siguen siendo despreciados por gran parte de la sociedad.

► La conocidísima imagen de la Virgen de Guadalupe (Villa de Guadalupe Hidalgo, México).

◄ Un cementerio en Tzintzuntzan cerca de Pátzcuaro, Morelia, México, donde se observa la gran importancia que tiene la celebración del Día de los Muertos.

No es verdad, sin embargo, que los indígenas siempre hayan aceptado su marginación con resignación, y desde la época colonial ha existido una tradición de rebelión violenta. Los indígenas andinos siempre han recordado la resistencia del último inca Túpac Amaru. Los de México recuerdan la legendaria lucha de Cuauhtémoc contra Cortés, además de la más reciente lucha de Emiliano Zapata por defender los derechos de los indígenas durante la Revolución mexicana. Hoy, el espíritu de Zapata sigue inspirando al Ejército Zapatista de Liberación Nacional (EZLN), que desde 1994 mantiene en Chiapas una lucha contra el gobierno mexicano. Los rebeldes protestan por el continuo deterioro de su situación económica y por la poca atención que en general les presta el gobierno de México.

Afortunadamente, en años recientes han aparecido iniciativas que buscan una resolución pacífica de los problemas. Una táctica ha sido ganar el apoyo de la comunidad internacional, y en esto nadie ha tenido tanto éxito como la mujer quiché Rigoberta Menchú. Menchú huyó de Guatemala en 1981, en medio de la lucha violenta entre el gobierno y los indígenas, después de que las fuerzas militares mataron a sus padres y a su hermano. En el exilio contó la historia trágica de su pueblo y en 1992 ganó el Premio Nobel de la Paz por sus esfuerzos a favor de las comunidades indígenas, convirtiéndose así en portavoz principal de las comunidades indígenas del mundo.

Otra táctica ha sido la formación de federaciones de indígenas que defienden sus intereses por medio de la participación activa en la política de sus países. En el Ecuador, caso ejemplar del fenómeno, los pueblos indígenas empezaron a organizarse para combatir la explotación del petróleo y la destrucción del hábitat natural, en los últimos años su partido político Pachakutik se ha transformado en una fuerza política fundamental del país. El éxito de los indígenas ecuatorianos ha servido de modelo para otros, y desde México hasta Chile nuevos movimientos indigenistas van ganando influencia. Cada vez hay más representantes indígenas en el gobierno de los

La Revolución mexicana empezó en 1910.

Chiapas, cerca de Guatemala, está habitado principalmente por grupos mayas.

Los quichés son uno de más de 20 grupos mayas de Guatemala.

Menchú narró la historia de su vida y del pueblo quiché en su libro *Me llamo Rigoberta Menchú y así me nació la conciencia* (1983).

▲ Rigoberta Menchú, portavoz de los pueblos indígenas de Guatemala y del mundo.

diferentes países, y en Bolivia un indígena aymara, Evo Morales, se ha convertido en líder del segundo partido
90 político del país. Gracias a estos cambios, muchos países han modificado su Constitución para dar mayor protección a los descendientes de sus pobladores originales.

Éstos y otros acontecimientos anuncian un cambio importante en las relaciones entre los diversos grupos que
95 componen la población hispanoamericana. Durante siglos, los indígenas tuvieron que aceptar su absoluta subordinación; ahora están recobrando su voz y defendiendo sus culturas. Al mismo tiempo, se están convirtiendo en una fuerza política que tendrá que tomarse en cuenta dentro y
100 fuera de América "Latina" durante el siglo XXI.

Los aymaras representan más del 30% de la población boliviana.

El creciente contacto y cooperación entre grupos indígenas se revela en su uso de Internet para divulgar sus programas. (Ve a la página web de *Fuentes* para encontrar enlaces a varios sitios relacionados con el tema de los indígenas.)

Scanning

Actividad 14 **Detalles importantes** Después de leer, determina si las siguientes oraciones son ciertas (C) o falsas (F), de acuerdo con la información que aparece en la lectura. Corrige las oraciones que sean falsas.

1. _____ La conquista española no tuvo mucho impacto en los pueblos indígenas de América.
2. _____ Pocos hispanoamericanos llevan sangre indígena en sus venas.
3. _____ El mestizaje ha tenido efecto en muchos aspectos de la cultura.
4. _____ Las comunidades indígenas nunca aceptaron la religión católica.
5. _____ Todavía hoy existen comunidades indígenas separadas de la cultura hispana.
6. _____ Muchos indígenas son pobres y analfabetos.
7. _____ El EZLN atacó a los indígenas por protestar contra el gobierno.
8. _____ El portavoz y líder más conocido de los indígenas americanos es un indígena boliviano.
9. _____ En años recientes la respuesta principal de los indígenas a su marginación ha sido la lucha armada.

Making inferences

Actividad 15 **Implicaciones** Las siguientes oraciones representan deducciones o inferencias que se basan en la información del texto anterior. Busca la información que apoya cada inferencia.

1. La conquista española fue bastante violenta.
2. La mayoría de la población mexicana es católica.
3. En Cuba, Costa Rica y Argentina, ya no hay una presencia indígena importante.
4. Muchos mestizos hispanoamericanos tienen vergüenza de su sangre indígena.
5. Para los indígenas modernos, la globalización representa una amenaza y una ayuda.

Actividad 16 Comparaciones En grupos de cuatro, dos personas son indígenas de los Estados Unidos y dos indígenas de Hispanoamérica. Comparen cómo eran sus relaciones con los europeos, cómo es su vida actual y cuál será su futuro. Temas posibles de discusión: el *mestizaje* o la separación, la comida, la religión, la música, el activismo político. Usen las expresiones:

Me parece que...	It seems to me that . . .
Creo que...	I think that . . .
En mi opinion...	In my opinion . . .
Es decir...	That is . . .
O sea...	That is . . ./In other words . . .
Ud. me dice que...	You're telling me that . . .

Cuaderno personal 3-2

¿Crees que los indígenas pueden defender sus culturas sin integrarse a la cultura dominante? ¿Por qué sí o no?

Lectura 3: Literatura

ESTRATEGIA DE LECTURA

Using the Bilingual Dictionary

Reading exposes you to new ideas and new words. As a general rule, the most efficient strategy for dealing with unfamiliar words is to try to guess their meaning from the context, or to skip over them if they do not seem important. However, there will be cases when you either need to look up a word in order to understand the passage or you are simply curious to know more. If you finally decide to use the dictionary, here are some guidelines to help you.

1. Determine the part of speech.
2. Consider the context and try to guess its meaning. This may help you when you look up the word and are presented with numerous possibilities.

3. Look up the word in the Spanish half of a good bilingual dictionary. Be sure to check and compare all the possibilities given. Use the dictionary abbreviations to help you:

m. masculine noun
f. feminine noun
adj. adjective (often given in masculine form)
adv. adverb
v. tr. transitive verb
v. int. intransitive verb
v. r. (ref., pr. or prn.) reflexive verb

The **pr.** or **prn.** refers to the reflexive pronoun that accompanies reflexive verbs.

4. Scan the entry to see if the word you are looking up is actually part of an idiom. Idioms are included toward the end of an entry.

Using the dictionary

cho·rre·ar intr. *(fluir)* to gush, spout; *(gotear)* to drip, trickle —tr. *(derramar)* to pour; FIG., COLL. *(dar poco a poco)* to give in dribs and drabs; CUBA to tell off; ECUAD. to soak; ARG., URUG. to steal —reflex. COL. to steal.

con·fia·do, -da I. past part. see **confiar** II. adj *(presumido)* confident, assured; *(crédulo)* gullible, unsuspecting; *(que se fía)* trusting.

con·fiar §30 intr. *(fiar)* to trust, feel confident <*confiamos en que el plan tendrá éxito* we feel confident that the plan will succeed>; *(contar con)* to count, rely <*confío en mis amigos* I count on my friends>; to commit <*c. a la memoria* to commit to memory>—tr. *(encargar)* to entrust <*confiaron la tarea a un amigo íntimo* they entrusted the task to a close friend>; to confide <*c. un secreto* to confide a secret> —reflex. to trust, have faith <*me confío en usted* I have faith in you>.

en·ga·ñar tr. *(burlar)* to deceive, trick; *(encornudar)* to cuckold, be unfaithful to; *(distraer)* to ward or stave off< *e. el hambre* to stave off hunger>; *(pasar)* to kill, while away <*e. las horas* to while away the hours> —intr. to be deceptive or misleading —reflex. *(cerrar los ojos)* to deceive oneself; *(equivocarse)* to be mistaken *or* wrong.

fi·ja·men·te adv. *(con seguridad)* firmly, assuredly; *(atentamente)* fixedly, steadfastly; *(intensamente)* intensely, attentively.

fi·jo, -ja I. past part. see **fijar** II. adj. *(firme)* fixed, steady <*la mesa está f.* the table is steady>; *(permanente)* permanent <*un empleado f.* a permanent employee>; *(inmóvil)* stationary, fixed (*una estrella f.* a fixed star); *(invariable)* fixed, set <*un precio f.* a set price>; *(estable)* stable, steady <*una renta f.* a steady income>; *(de colores)* fast, indelible; CHEM. fixed, nonvolatile ◆ **de f.** certainly, surely III. m. fixed salary —f. see **fija** IV. adv. fixedly, pointedly; PERU certainly.

le·cho m. *(cama)* bed; *(fondo)* bed (of a river, lake); *(capa)* layer, coat; ARCHIT. base; GEOL. bed, layer ◆ **abandonar el l.** FIG. to get up, get out of bed • **l. de roca** GEOL. bedrock.

ro·de·ar intr. *(dar la vuelta)* to go around; *(ir por el camino más largo)* to go by a roundabout way; FIG. *(hablar con rodeos)* to beat around the bush —tr. *(acorralar)* to surround <*los guardias rodearon al ladrón* the guards surrounded the thief>; *(encerrar)* to enclose, surround <*una muralla rodea el jardín* a wall encloses the garden>; *(dar la vuelta)* to go around; AMER. to round up (cattle) ◆ **r. de** to surround with —reflex. *(revolverse)* to toss and turn (in one's sleep); *(volverse)* to turn around ◆ **rodearse de** to surround oneself with <*rodearse de amigos* to surround oneself with friends>.

Actividad 17 A buscar palabras   Las palabras en negrita en las siguientes oraciones aparecen en el cuento que vas a leer. Intenta adivinar el significado de cada palabra por el contexto, determina la parte de la oración, y después busca la palabra en el vocabulario que sigue o en un diccionario bilingüe. Escribe el mejor equivalente inglés al final de la oración.

1. Después del accidente, la sangre **chorreaba** de la pierna de la víctima.

2. Todos los parientes entraron en la casa para despedirse del hombre enfermo, quien estaba ya en su **lecho** de muerte.

3. El hombre se presentó muy **confiado** ante el tribunal, pero al final le condenaron a muerte.

4. Cuando la mujer se despertó, se encontró **rodeada** de todos sus amigos.

5. El prisionero intentó **engañar** a los guardias, pero no logró escaparse.

6. Los habitantes del pueblo miraban **fijamente** al recién llegado sin decir nada.

Actividad 18　Con la ayuda del contexto　Lee bien las siguientes oraciones Guessing meaning from context para determinar el significado de las palabras en negrita.

1. Los hombres buscaban al criminal y por fin lo **apresaron** y lo llevaron a la prisión.
   a. mataron　　　　　b. capturaron　　　　　c. perdieron
2. El profesor tenía un gran **conocimiento** de la filosofía precolombina.
   a. lo que sabe una　　b. el grupo de amigos　c. la conciencia
   persona　　　　　　　de una persona
3. Las plantas suelen **florecer** en la primavera.
   a. perder las hojas　　b. morir　　　　　　　c. echar flores
4. Muchos frailes españoles adquirieron un **dominio** sorprendente de lenguas indígenas como el quechua, el náhuatl y las lenguas mayas.
   a. poder sobre alguien　b. capacidad de usar　c. superioridad
5. Los indígenas **se disponían** a empezar la ceremonia cuando llegó el fraile.
   a. se preparaban　　　b. tomaban decisiones　c. se disputaban
6. El **rostro** impasible de ese hombre molesta a la gente, ya que es imposible saber lo que piensa.
   a. la lista　　　　　　b. la nariz　　　　　　c. la cara

Actividad 19　La invención de una trama　**Parte A:** Las siguientes palabras Activating background knowledge aparecen en el cuento que van a leer. En grupos de tres, digan o adivinen qué significa cada palabra o a quién se refiere cada nombre.

fray Bartolomé	perdido	el sol	el corazón
la selva	el eclipse	chorrear	Guatemala
engañar	el sacrificio	Aristóteles	oscurecerse
el desdén	Carlos V	salvar	prever
España	indígenas	el calendario	astrónomos

Parte B: En parejas, miren la imagen y la lista de vocabulario, y digan qué creen que pasa en el cuento.

Predicting

Parte C: Trabajando individualmente, y antes de leer el cuento, escribe un párrafo contando brevemente lo que crees que va a pasar en el cuento. Usa de seis a ocho palabras de la lista y subráyalas.

Parte D: Después de terminar tu versión del cuento, lee el cuento original para ver cuántas de tus predicciones son correctas.

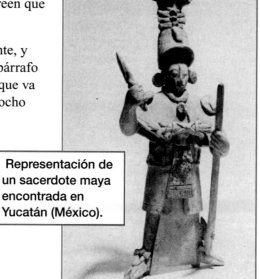

▶ Representación de un sacerdote maya encontrada en Yucatán (México).

Augusto Monterroso (1921–2003) fue el escritor guatemalteco más importante del siglo XX. Desde muy joven se dedicó a la actividad política, la búsqueda de la justicia y la literatura. En 1944 tuvo que marcharse de su país natal a causa de la difícil situación política, para luego pasar el resto de su vida en México. En el exilio, Monterroso se hizo famoso por su especial cultivo de los minicuentos y tiene fama de haber escrito el cuento más corto de la historia: "Cuando despertó, el dinosaurio todavía estaba allí." Comenzó a publicar sus textos a partir de 1959, cuando salió su colección Obras completas (y otros cuentos), *en la que apareció "El eclipse", el más conocido de sus cuentos. En este cuento se pueden apreciar algunos rasgos fundamentales de su escritura: el humor negro, la paradoja y el interés en la justicia.*

El eclipse

Augusto Monterroso

Cuando fray Bartolomé Arrazola se sintió perdido aceptó que ya nada podría salvarlo. La selva poderosa de Guatemala lo había apresado, implacable y definitiva. Ante su ignorancia topográfica se sentó con tranquilidad a esperar la muerte. Quiso morir allí, sin ninguna esperanza, ais-
5   lado, con el pensamiento fijo en la España distante, particularmente en el convento de los Abrojos, donde Carlos Quinto condescendiera una vez a bajar de su eminencia para decirle que confiaba en el celo religioso de su labor redentora.

Al despertar se encontró rodeado por un grupo de indígenas de rostro
10 impasible que se disponían a sacrificarlo ante un altar, un altar que a Bartolomé le pareció como el lecho en que descansaría, al fin, de sus temores, de su destino, de sí mismo.

Tres años en el país le habían conferido un mediano dominio de las lenguas nativas. Intentó algo. Dijo algunas palabras que fueron comprendidas.
15 Entonces floreció en él una idea que tuvo por digna de su talento y de su cultura universal y de su arduo conocimiento de Aristóteles. Recordó que para ese día se esperaba un eclipse total de sol. Y dispuso, en lo más íntimo, valerse de aquel conocimiento para engañar a sus opresores y salvar la vida.

—Si me matáis —les dijo— puedo hacer que el sol se oscurezca en su
20 altura.

Los indígenas lo miraron fijamente y Bartolomé sorprendió la incredulidad en sus ojos. Vio que se produjo un pequeño consejo, y esperó confiado, no sin cierto desdén.

Dos horas después el corazón de fray Bartolomé Arrazola chorreaba su
25 sangre vehemente sobre la piedra de los sacrificios (brillante bajo la opaca luz de un sol eclipsado), mientras uno de los indígenas recitaba sin ninguna inflexión de voz, sin prisa, una por una, las infinitas fechas en que se producirían eclipses solares y lunares, que los astrónomos de la comunidad maya habían previsto y anotado en sus códices sin la valiosa ayuda de
30 Aristóteles.

Actividad 20   Personajes   Termina las siguientes oraciones según la   Scanning
información en el cuento.

Fray Bartolomé era...
Al principio del cuento, fray Bartolomé estaba...
Al final del cuento fray Bartolomé estaba...
Las personas que rodeaban a fray Bartolomé eran...
Los indígenas eran/estaban...

Actividad 21   ¿Qué pasó?   Parte A: Pon las siguientes frases en orden   Recognizing chronological order
cronológico para formar un resumen del cuento.

_____ Se perdió fray Bartolomé en la selva de Guatemala.

_____ Los sacerdotes esperaron el momento exacto del eclipse, y entonces
le sacaron el corazón a fray Bartolomé.

_____ Recordó su juventud en un convento de España y el momento en que
había conocido al emperador Carlos V.

_____ El fraile se sentó a esperar la muerte.

_____ Se durmió en la selva.

_____ Como había estudiado la ciencia de Aristóteles, recordó que iba a
ocurrir un eclipse solar.

_____ Los sacerdotes mayas reaccionaron sin sorpresa, porque ya habían
previsto el eclipse y sabían cuándo iba a ocurrir.

_____ Cuando se despertó, estaba en un altar, rodeado de sacerdotes
indígenas que preparaban el sacrificio.

_____ Decidió engañar a los sacerdotes mayas y les dijo que iba a causar un
eclipse si no lo ponían en libertad.

Parte B: Después de poner los acontecimientos en orden, usa expresiones de
transición como **al principio, luego, después, en seguida, por fin** y **al final**
para crear un resumen coherente.

Actividad 22   Consideraciones y especulaciones   Los cuentos siempre   Making inferences
comunican las perspectivas de sus autores, pero también tienen implicaciones
no previstas por el autor, al mismo tiempo que nos hacen pensar en cuestiones
relacionadas. En parejas, comenten las siguientes preguntas.

1. ¿Cuál es el mensaje que Monterroso nos quiere comunicar sobre los
   indígenas? ¿Es positiva o negativa su perspectiva de los indígenas?
2. ¿Qué —o a quiénes— representa el personaje de fray Bartolomé? ¿La
   Iglesia Católica? ¿Los conquistadores? ¿Los españoles? ¿La cultura y la
   civilización europeas? ¿Cuál es la perspectiva de Monterroso sobre cada
   uno de estos grupos?
3. Muchos frailes católicos no tuvieron la mala suerte de fray Bartolomé. De
   hecho, las comunidades indígenas de Mesoamérica adoptaron la fe católica
   con gran rapidez. Se ha dicho que esto ocurrió porque el cristianismo y las
   religiones de los aztecas y mayas compartían una creencia fundamental en
   la importancia del sacrificio humano. ¿Están de acuerdo?

Cuaderno personal 3-3

¿Crees que es válido hablar de sociedades "primitivas" y sociedades "avanzadas"? ¿Por qué sí o no?

Redacción: Un mito

Listening, Note taking

Actividad 23 El origen del ser humano La literatura empezó en muchas culturas para explicar los orígenes y enseñar los valores, y se transmitía de generación en generación por vía oral. En el *Popol Vuh*, el libro sagrado de los mayas quiché, se cuenta el mito de la creación de los hombres. Así como los mayas, todas las culturas tienen historias que explican el origen de la humanidad. En este país, la tradición judeocristiana es la que mejor se conoce.

la historia = the story; history

Parte A: Ahora tu profesor/a va a contar la historia de la creación de los hombres según el *Popol Vuh*. Escucha y toma apuntes para poder volver a contar la historia después. Usa el siguiente esquema para tus apuntes.

- dos o tres características del mundo que crearon los dioses
- lo que decidieron hacer los dioses después de crear el mundo y por qué
- cómo resultó esta creación
- otra decisión de los dioses
- características de los tres tipos de Hombre y cómo resultó ser cada uno

Características	Resultados
1.	
2.	
3.	

Parte B: Ahora, usando tus apuntes, ayuda a recrear la leyenda con el resto de la clase.

ESTRATEGIA DE REDACCIÓN

Using the Bilingual Dictionary

When you write, try to express yourself as much as possible with vocabulary that is already known to you. This will make it easier for you to compose directly in Spanish. Nevertheless, there will be cases when you need to look up specific vocabulary in order to communicate your thoughts. Here are some guidelines to help you better use the dictionary when writing.

1. Determine the part of speech of the word you want. If you need to look up a phrase or idiom, look under the key word or words.

2. Look up the word in the English-Spanish section of the dictionary. Find the equivalents that match the same part of speech. If the word you are seeking is part of an English idiom, it may be listed later in the entry or under another key word. Remember that the Spanish equivalent may be quite different from the English, as in *to be 10 years old* and **tener 10 años.**

3. If you find more than one Spanish equivalent, you may need to cross-check each of these in the Spanish-English section of the dictionary.

4. When looking up a verb, determine whether you need to use it as transitive, intransitive, or reflexive, in which case the verb is used with a reflexive pronoun. Read the examples to determine if preposition(s) should be used with the verb. Make sure you do not try to translate English phrasal verbs (such as *to get up, to get off, to get over,* etc.) too literally. Many such verbs have a specific Spanish equivalent that may or may not be accompanied by a preposition.

Actividad 24 Los equivalentes en español   La palabra *light* tiene varios equivalentes en español. Usa el vocabulario que aparece al lado para buscar la traducción española de *light* según el contexto de cada oración.

Using the dictionary

1. Could you turn off the lights?
2. Have you got a light?
3. Then he saw things in a different light.
4. Priests often light candles during religious ceremonies.
5. They decided to paint the room light blue.
6. Experienced tourists prefer to travel light.

Actividad 25 Tu propio mito   Ahora, vas a escribir tu propio mito. Primero, piensa en el aspecto del mundo o de la vida que quieres explicar. Luego, haz un esquema de los puntos importantes que vas a desarrollar en la historia, con una lista del vocabulario necesario. Usa el diccionario para encontrar nuevas palabras. Luego, escribe el mito, usando palabras de transición y el pretérito y el imperfecto.

Using the dictionary

light¹ (līt) **I.** s. *(lamp)* luz *f <turn the lights on* enciende las luces>; *(radiation)* luz *<ultraviolet l.* luz ultravioleta>; *(illumination)* luz, iluminación *f; (daylight)* luz *<the l. of the day* la luz del día>; *(streetlamp)* luz, farol *m; (traffic light)* luz, semáforo; *(window)* ventana; *(skylight)* claraboya; *(headlight)* luz, faro; *(lighthouse)* faro, fanal *m; (flame)* fuego *<have you got a l.?* ¿me puedes dar fuego?>; FIG. *(spiritual awareness)* luz, iluminación; *(viewpoint)* aspecto, punto de vista *<I never saw the matter in that light* nunca vi el asunto desde ese punto de vista>; *(luminary)* lumbrera, eminencia *<he is one of the leading lights of science* él es una de las destacadas lumbreras de la ciencia>; *(gleam)* brillo *<the l. in her eyes* el brillo en sus ojos>; PINT. luz *<l. and shade* luz y sombra> ♦ **at first l.** al rayar la luz del día • **in l. of** en vista de, considerando • **in the cold l. of day** FIG. friamente, desapasionadamente • **lights** FIG. *(opinions)* luces, conocimientos • **to bring to l.** FIG. sacar a luz, revelar • **to shed** *o* **throw l. on** FIG. arrojar luz sobre, aclarar • **to come to l.** salir a la luz, ser revelado • **to give the green l.** FIG. aprobar la realización (de un proyecto) • **to see in a different l.** FIG. mirar con otros ojos, mirar desde otro punto de vista • **to see the l.** FIG., RELIG. iluminarse; *(to understand)* comprender, darse cuenta • **to see the l. of day** salir a luz, nacer **II.** tr. **light·ed** *o* **lit** (līt), **light·ing** *(to ignite)* encender; *(to turn on)* encender, prender *<who lit this lamp?* ¿quién encendió esta lámpara?>; **light²** (līt) **I.** adj. **-er, -est** *(lightweight)* ligero, liviano; FIG. *(easily digested)* ligero, liviano; *(not forceful)* suave, leve; *(slight)* fino *<a l. rain* una lluvia fina>; *(faint)* débil; *(easy)* ligero, liviano *<l. work* trabajo liviano>; *(frivolous)* superficial, de poca importancia *<a l. chat* una charla de poca importancia>; *(blithe)* alegre, contento *<a l. heart* un corazón alegre>; *(low in alcohol)* de bajo contenido alcohólico ♦ **as l. as air** liviano como el aire • **l. in the head** mareado • **to be l. on one's feet** ser ligero de pies, moverse con agilidad • **to make l. of** no tomar en serio, restar importancia a **II.** adv. **-er, -est** ligeramente ♦ **to travel l.** viajar con poco equipaje

Capítulo 4

África en América: el Caribe

OCÉANO
ATLÁNTICO

REPÚBLICA
DOMINICANA

CUBA

PUERTO
RICO

JAMAICA

HAITÍ

Mar Caribe

HONDURAS

NICARAGUA

COSTA RICA

VENEZUELA

PANAMÁ

COLOMBIA

Zonas de fuerte
influencia africana

See the *Fuentes* website for related links and activities:
http://college.hmco.com/languages/spanish/students

Actividad 1 **¿Qué saben del Caribe?** Usando sus conocimientos y la   Activating background knowledge
información del mapa, en grupos de tres miren el mapa, lean las siguientes
oraciones y determinen cuáles son ciertas y cuáles son falsas. Si no están
seguros, adivinen.

1. _____ Haití y Jamaica son los únicos países del Caribe que tienen una
fuerte influencia africana.
2. _____ La comida caribeña es muy similar a la comida mexicana.
3. _____ La salsa es muy popular en el Caribe.
4. _____ El español es el idioma oficial de todas las naciones caribeñas.
5. _____ Hay grandes comunidades indígenas en las islas caribeñas.
6. _____ En el pasado, había muchas plantaciones con esclavos en el Caribe.
7. _____ La música caribeña no conserva las tradiciones de la música
española.
8. _____ En el Caribe, la influencia africana ha sido más importante que la
influencia indígena.

Lectura 1: Una reseña biográfica

ESTRATEGIA DE LECTURA

Using Syntax and Word Order to Understand Meaning

In the previous chapter, you practiced analyzing sentences in terms of parts
of speech. These small units are organized into larger units that are fundamental to the meaning of a sentence.

- **El verbo:** The verb describes an action or state; it may be simple, compound, or linked in a series to form a verb phrase (**frase verbal**) as in **El
hijo de Carmen no *pudo ir.*** All sentences contain either a verb or verb
phrase.
- **El sujeto:** Nearly every verb has a subject with which it agrees. A subject may be one word or several: ***El hijo de Carmen* no pudo ir.**
Remember that the subject is often not explicitly expressed in Spanish.
In this case, it is necessary to look at surrounding context to determine
the subject. A few verbs have no subject: ***Hay* veinte personas aquí.**
- **El complemento directo:** The direct object receives the action of the
verb. It can be one word or more as in **Yo vi *al hijo de Carmen.*** Notice
that persons or person-like things are introduced by the **a personal.**
- **El complemento indirecto:** The indirect object is the recipient of the
direct object or the beneficiary of the action of the verb: **Paco *le* dio un
libro *al hijo de Carmen.*** Notice in the example that the indirect object
is preceded by the preposition **a** and marked redundantly with the
indirect-object pronoun **le.**

- **El complemento circunstancial:** This unit tells under what circumstances the action occurs (when, where, how, why) and often begins with a preposition such as **a, de, en, con, por, para. El hijo de Carmen llegó *a la fiesta* y se quedó *hasta las doce.***

If you have problems understanding a sentence, you may want to slow down, analyze the sentence, and figure out *when* or *where who* did *what* to *whom,* while remembering that the subject, verb, and objects are often groups of words. It helps to locate the verb first, determine its number, and look for a subject that corresponds. In Spanish, the subject may appear before the verb (as in English), after the verb, or at the end of the sentence. For example, these two sentences are both true of Celia Cruz and Tito Puente, yet they differ in meaning:

> Conoció Celia a Tito Puente.
> Conoció a Celia Tito Puente.

Can you explain this difference in meaning?

Using syntax and word order to understand meaning

Actividad 2 **La estructura de las oraciones** En parejas, analicen las siguientes oraciones que van a ver en la lectura sobre la cantante cubana Celia Cruz e identifiquen en cada una si hay sujeto (S), verbo (V), complemento directo (CD), complemento indirecto (CI) o complemento circunstancial (CC). Subráyenlos si aparecen.

1. Esta mujer tiene un significado trascendental en la historia de la música caribeña.
2. En esa época empezaban... el chachachá y el mambo.
3. La salsa empezó en 1967, en Nueva York.
4. Toda la música tiene su encanto.
5. Cuando todavía era estudiante, un familiar la inscribió en un concurso radial.
6. Desde hace años ha incluido en ese trabajo a algunos puertorriqueños.

Guessing meaning from context

Actividad 3 **¡Adivina!** Lee estas oraciones basadas en el artículo sobre la cantante cubana Celia Cruz y escoge el sinónimo de las expresiones indicadas en negrita.

1. Su carrera profesional empezó cuando ganó el primer lugar en **un concurso** de radio.
   a. un canal   b. un curso   c. una competición
2. La salsa es **el conjunto** de todos los ritmos cubanos mezclados en uno solo.
   a. el grupo musical   b. la conjunción   c. la combinación
3. Los instrumentos de la salsa incluyen instrumentos de cuerda, como la guitarra y **el bajo.**
   a. un tipo especial   b. un tipo especial   c. un tipo especial
      de tambor   de guitarra   de flauta
4. Los arreglos de sus canciones son **realizados** por un músico cubano.
   a. hechos   b. apreciados   c. financiados
5. Esta música la **tildaban** de callejera, de música cualquiera, sin crédito.
   a. decoraban   b. apreciaban   c. caracterizaban

Actividad 4 **La palabra apropiada** Lee las siguientes oraciones sobre la vida de Celia Cruz, y complétalas con una palabra de la lista.

Celia Cruz murió en 2003, pero el artículo que vas a leer fue publicado antes de su muerte.

grabación   salida
arreglos   encanto
bondad   incansable
significado

1. Le gusta mucho esta _____ de la canción. Se oye muy bien.

2. Una canción puede tener muchos _____ distintos, según los instrumentos que se usen.

3. Esa mujer nunca para. Es verdaderamente _____.

4. Celia era honesta, paciente y generosa. Su gran _____ era bien conocida por todos.

5. Después de su _____ de Cuba, Celia se fue a vivir a Estados Unidos.

6. Su música tiene un _____ especial que sigue atrayendo a la gente.

7. Es difícil exagerar el _____ que ha tenido Celia Cruz para la música afrocaribeña.

Actividad 5 **Los nombres de Celia** **Parte A:** Mira el título, el primer párrafo y la foto del artículo. Luego, en parejas, hagan una lista de todos los nombres y títulos de Celia y digan qué temas se comentan en el artículo.

Skimming and scanning

Parte B: Mientras lees el artículo, decide cuántos de los siguientes temas se comentan en la lectura.

Active reading

_____ los orígenes de la salsa

_____ las características de la salsa

_____ los planes de Celia

_____ los orígenes de la música cubana o caribeña

_____ la historia de la carrera profesional de Celia

_____ lo que dicen los críticos de la música de Celia

La Reina Rumba habla de la 'salsa'

Norma Niurka
Redactora de El Miami Herald

▲ Celia, embajadora de la música caribeña, durante un concierto en Hamburgo, Alemania.

Celia Cruz es algo más que una cantante de "salsa", término que era desconocido cuando empezó su carrera interpretando ritmos que se conocían como la rumba y la guaracha. Aún en vida, se ha convertido en leyenda: *la Reina Rumba, la Guarachera de Cuba, la Reina de la Salsa.*

Admirada por antillanos[1], suramericanos, europeos y estadounidenses, esta mujer tiene un significado trascendental en la historia de la música caribeña. El Olympia de París, el Madison Square Garden de Nueva York; el Palacio de la Salsa en México; han temblado ante esa figura incansable, llena de energía, gracia y bondad, que canta, baila a su aire y despliega una fascinante personalidad escénica.

Cuando Celia se iniciaba en el ambiente artístico, en la radio cubana, estaba familiarizada con la guaracha y la rumba; en esa época empezaban a ponerse de moda el chachachá y el mambo.

"Lo que ahora se llama salsa, en la época en que empecé a cantar era la rumba. La salsa, para mí, es el conjunto de todos los ritmos cubanos metidos en uno solo." Celia tiene sus teorías acerca del surgimiento de la palabra "salsa".

"La salsa empezó en 1967, en Nueva York, yo ya estaba en Estados Unidos. En ese año, estuve en Venezuela, en un programa de Fidias Danilo Escalona, que se llamaba *La hora de la salsa...* Para mí no hubo cambio, yo seguí cantando de la misma forma que he cantado siempre."

Celia cita tres cambios en el proceso de rumba a salsa: los instrumentos, los arreglos y una cierta influencia de Estados Unidos.

"Los arreglos te dan más oportunidad de desarrollar un número. Cuando

grabé *La bemba colorá* duraba tres minutos, ahora dura diez. Los instrumentos para la salsa son electrónicos. Yo nunca con la Sonora toqué con bajo eléctrico. Antes los pianos eran grandísimos, el pianista necesitaba un camión para él solo. Ahora son electrónicos, pequeños, y se llevan como un violín."

Sus arreglos son realizados por el cubano Javier Vázquez (pianista de la Sonora Matancera), pero desde hace años ha incluido en ese trabajo a algunos puertorriqueños que se han formado en Estados Unidos. Éstos, según Celia, han impregnado su música de otros sonidos.

"En estos pasajes de arreglos de salsa hay un poco de la esencia del jazz, por haber ellos estudiado aquí, aunque sea música del Caribe. La música cubana no pierde sus raíces, ahí están el bajo, la tumbadora, el bongó y, a veces, la maraca; pero yo a esta música le pondría jazz latino si no tuviera el nombre de salsa."

Sin embargo, aclara que no ha cantado jazz ni lo hará.

"En Cuba éramos muy adeptos a oír la música americana. Conocimos muy bien a Ella Fitzgerald y a Count Basie. Toda la música tiene su encanto, pero nunca me interesó cantar ese tipo de música. Si no lo haces en inglés, no sale igual. Si yo hago una guaracha en inglés no me va a salir lo mismo." Con su buen sentido del humor, comenta: "No es lo mismo que en vez de decir ¡Azúca!, diga ¡Sugar!"[2]

A pesar de aceptar que entre sus admiradores se encuentran muchos americanos, Celia no es optimista en cuanto al interés del país en la salsa. "Cuesta trabajo entrar un disco de salsa en español en el mercado americano. El idioma es la barrera."

De origen muy humilde, Celia se crió entre catorce primos y hermanos, en una casa que compartía su madre, con su hermana y su prima. Cuando todavía era estudiante, un familiar la inscribió en un concurso radial y ése fue el comienzo de una carrera brillante en el campo de la música popular.

Continuó interpretando ritmos afrocubanos y muy pronto se estableció su estilo en la guaracha. Su nombre siempre estuvo asociado a la orquesta La Sonora Matancera, con quien grabó hasta su salida de Cuba, continuando la unión más tarde, en el exilio.

"Si hoy tengo un par de aretes me lo he ganado cantando", dice. "He dado un ejemplo, no sólo con mi música, sino porque me he dado a respetar. Esta música la tildaban de callejera, de música cualquiera, sin crédito. Hoy es música de mucho valor, es folklore y es cultura, es una música que todo el mundo respeta. Y yo me he dado a respetar comportándome como una dama. En el escenario canto y bailo, pero cuando me bajo de ahí todos me tienen que respetar."

1 **antillano** = de las Antillas (las islas del Caribe)
2 Celia solía gritar **¡Azúca(r)!** cuando interpretaba una canción.

Celia Cruz murió en 2003, pero este artículo fue publicado cuando aún vivía.

Actividad 6   Celia   Determina si las siguientes oraciones son ciertas o falsas.   Scanning
Corrige las oraciones falsas.

1. __F__ Celia era de familia bastante rica.
2. __C__ Celia empezó su carrera musical cantando guarachas y rumbas en los
años 50.
3. __F__ Celia se hizo famosa sólo en Cuba, Miami y Nueva York.
4. __C__ Celia nació y vivió en Cuba hasta que se fue a Estados Unidos.
5. __F__ Celia cantaba bien, pero tenía una personalidad difícil.
6. __C__ A Celia no le gustaba cantar en inglés.

Actividad 7   La salsa según Celia   Celia explica la historia de la salsa,   Scanning
dando información y opiniones propias. Lee cada detalle y contesta la pregunta
que le sigue.

1. Había cuatro ritmos cubanos que eran populares antes de la salsa. ¿Cuáles
eran?
2. Hubo tres cambios que llevaron a la creación de la salsa. ¿Cuáles fueron?
3. Existía otro nombre posible para la salsa. ¿Cuál era?
4. La salsa y la música caribeña no entraban fácilmente en los EE.UU. ¿Por qué?
5. La música que cantaba era especial. ¿Por qué?
6. Hubo varios lugares y culturas que contribuyeron a la creación de la salsa.
¿Cuáles fueron?

Actividad 8   Una canción de Celia   **Parte A:** Ahora vas a escuchar una
canción de Celia Cruz, típica del Caribe. Primero, mira el cuadro de abajo y
de la página siguiente.

¿Cómo describes esta canción?

Título: _____

Marca todas las palabras que reflejen tus reacciones a la canción.

_____ aburrida	_____ cómica
_____ dulce	_____ monótona
_____ religiosa	_____ sabrosa
_____ sosa	_____ triste
_____ apasionante	_____ desagradable
_____ inspiradora	_____ política
_____ repetitiva	_____ salvaje
_____ trágica	_____ con buen ritmo
_____ bailable	_____ divertida
_____ lenta	_____ rápida
_____ romántica	_____ sensual
_____ tranquila	_____ de mensaje social

(continúa en la página siguiente)

Marca todas las frases que reflejen tus opiniones.

_____ Es demasiado larga.

_____ Tiene buen arreglo.

_____ Tiene buena letra.

_____ Tiene una letra tonta.

_____ Quiero escucharla otra vez.

_____ Se la regalaría a un amigo.

_____ Me gustaría asistir a un concierto.

Creo que la persona que canta:

_____ es sincera

_____ es aburrida

_____ está aburrida

_____ está enojada

_____ está enamorada

_____ está divirtiéndose

Using additive connecting words

Parte B: Ahora, en parejas, comparen sus reacciones y digan por qué reaccionaron así. Para conectar sus ideas, usen las siguientes expresiones: **también, además (de)** (*in addition, besides*), **es más** (*what's more*).

Actividad 9 Influencias en la música   En la lectura sobre Celia Cruz se dice que la salsa y la música caribeña, en general, muestran gran influencia africana. En grupos de tres, discutan si existe o no esta misma influencia y otras influencias en la música de su país. Den ejemplos concretos y expliquen cómo se manifiestan esas influencias. Piensen en el rock, el jazz, el reggae, etc.

Cuaderno personal 4-1

Muchos músicos respetaban a Celia Cruz tanto por su talento como por su personalidad. ¿A qué músico o cantante respetas? ¿Por qué?

VIDEOFUENTES ☐

¿Qué aspectos del artículo se reflejan bien en el video? ¿Qué muestra el vídeo que no muestra el artículo? ¿Por qué Celia es una figura tan importante para la gente hispana y latina?

Lectura 2: Panorama cultural

Actividad 10 Del contexto al significado Adivina el significado de las

Guessing meaning from context

palabras en negrita según el contexto de la oración.

1. Los esclavos africanos **aportaron** varios elementos de sus propias culturas a las culturas caribeñas.
   a. eliminaron   b. copiaron   c. contribuyeron
2. Los instrumentos son de variada **procedencia:** el güiro parece ser de origen indígena, pero la guitarra vino de España.
   a. origen   b. forma   c. manera de tocar
3. Luego se sofríen en aceite cebolla, pimientos, tomate y jamón en una **olla** grande.
   a. recipiente para   b. recipiente para   c. recipiente para
      la basura   servir comida   cocinar
4. De África se adoptaron todos los instrumentos que marcan el ritmo, todo tipo de **tambores...**
   a. instrumentos   b. instrumentos   c. instrumentos
      de cuerda   de viento   de percusión
5. El ritmo es **primordial** en la música caribeña, mientras que la melodía ocupa un nivel secundario.
   a. de principal   b. de muy poca   c. de interés para
      importancia   importancia   el especialista

Actividad 11 El verdadero significado Busca las siguientes palabras en

Guessing meaning from context, Using the dictionary

la lectura de esta sección, "El sabor africano del Caribe", y trata de deducir su significado según el contexto. Después, usa un diccionario bilingüe o el glosario para determinar si has deducido correctamente. Escribe el significado correspondiente en el espacio en blanco.

1. (línea 8) la cuenca   _____
2. (línea 30) la yuxtaposición _____
3. (línea 39) comestible   _____
4. (línea 44) el culto   _____
5. (línea 65) fundirse   _____
6. (línea 67) la bahía   _____

ESTRATEGIA DE LECTURA

Distinguishing Main Ideas and Supporting Details

Texts that seek to inform and explain (as opposed to narratives, which tell stories) are normally organized around a central topic and certain main ideas. The main idea is often the topic of a paragraph, though several paragraphs may also develop one main idea. The body of the paragraph is made up of supporting details. Correctly distinguishing main ideas from supporting details and ideas can greatly improve your overall comprehension of a text.

Distinguishing main ideas and
supporting details, Skimming and
scanning

Actividad 12 ¿Idea principal o detalle? Lee rápidamente cada párrafo de la lectura para ver cuál de las dos frases es la idea principal del párrafo y cuál es un detalle de apoyo. Luego lee todo el texto sin interrupción para ver la interrelación entre las ideas.

Párrafo 1
a. la mezcla cultural del Caribe
b. los ingredientes del sancocho

Párrafo 2
a. orígenes y definición de "mulato"
b. orígenes y naturaleza de la presencia africana

Párrafo 3
a. los "moros y cristianos", resultado de la mezcla cultural
b. el tipo de mezcla cultural

Párrafo 4
a. el impacto culinario de los africanos
b. métodos de cocinar de los africanos

Párrafo 5
a. la importación de los orishas
b. la creación de religiones sincréticas

Párrafo 6
a. los instrumentos musicales de origen africano
b. las características africanas de la música caribeña

Párrafo 7
a. el desarrollo de bailes y ritmos cubanos
b. el origen de la salsa en Nueva York

El sabor africano del Caribe

Hay muchas variaciones de este plato.

"Se cocinan carne de res, un rabo de buey y un pollo picado en pedazos. Luego, en una olla grande, se sofríen en aceite un pedazo de jamón, cebolla picada, pimientos, tomate y tocino. Se añaden las carnes, y se echa agua para hervir pedazos de papa, batata, ñame, yautía, yuca, plátano y
5   mazorcas de maíz..." Así empieza la receta para lo que se llama ajiaco en Cuba y Colombia, o sancocho en la República Dominicana y Puerto Rico. Esta "supersopa" es un plato típico del Caribe. Y como en la sopa, en la cuenca del Caribe se han mezclado elementos de muchas culturas: las indígenas, pero también las de los muchos inmigrantes que llegaron a la región
10 después del año 1492. Se nota, desde luego, la presencia europea, ya que llegaron no sólo españoles sino también portugueses, holandeses, ingleses y franceses. Hoy día se hablan allí varias lenguas europeas —el inglés en Jamaica, el francés en Haití— aunque el idioma español y la cultura hispana todavía predominan en la región. Sin embargo, todas las islas y gran
15 parte de la costa caribeña comparten una importante influencia africana que se refleja en la comida, la religión, la música y el baile.

Los indígenas caribeños taínos y caribes desaparecieron, pero dejaron contribuciones a la cultura regional: instrumentos musicales, el uso de varias comidas y el cultivo y uso del tabaco. Sólo hubo un breve período de mestizaje antes de la destrucción de los pueblos indígenas.

Durante los años de la colonia (siglos XV–XIX), los españoles —y más tarde los franceses, ingleses y holandeses— necesitaban trabajadores para sus plantaciones de caña de azúcar, café y tabaco. Al principio usaron a los
20 indígenas, pero sus comunidades desaparecían a causa de las enfermedades europeas y las duras condiciones de trabajo. Por esa razón, se llevaron esclavos africanos al Caribe, práctica que se mantuvo hasta el siglo XIX. Los esclavos provenían especialmente de la cultura yoruba (o lucumí), de países de África Occidental, en lo que hoy se conoce como Nigeria y Benin.
25 Con el tiempo, la población africana creció enormemente y empezó a mezclarse con la europea. Como resultado, los mulatos o personas que llevan en sus venas tanto sangre europea como africana, forman hoy día gran parte de la población caribeña.

En el Caribe, sin embargo, una cultura no absorbe a la otra, sino que se
30 crea un sincretismo, una yuxtaposición de elementos de las dos culturas en la que ambas coexisten conservando cada una elementos propios. Esta mezcla racial y cultural se ve reflejada en el plato cubano "moros y cristianos" que consiste en cocinar arroz blanco con frijoles negros: un ingrediente no absorbe al otro, sino que los dos se complementan.

35 Así pues, la llegada de los africanos contribuyó no sólo a la riqueza racial sino también a la riqueza culinaria. Y aunque la dieta caribeña contiene productos autóctonos que consumían los indígenas, como la malanga y la guayaba, e ingredientes y métodos de cocinar de los españoles, los africanos introdujeron productos comestibles como el ñame, los gandules,
40 el plátano y el banano, y aportaron sus costumbres culinarias como el uso de mucho aceite y la frecuente mezcla de los frijoles con el arroz.

La influencia africana se extiende además a las creencias religiosas. La santería, culto muy popular en Cuba,
45 Puerto Rico y en comunidades cubanas y puertorriqueñas de los Estados Unidos, es un buen ejemplo del sincretismo entre las culturas española y africana occidental.
50 Cuando los africanos entraron en contacto con los santos de la religión católica, los esclavos empezaron a identificar elementos similares entre los santos cristianos y los orishas o
55 dioses yorubas. De esa manera —y a pesar de las prohibiciones de la Iglesia Católica— los esclavos comenzaron a adorar a los santos en reuniones secretas llamadas cabildos,
60 sin abandonar sus ritos africanos ni sus dioses lucumíes. Sus ritos incluían música y baile, altares con flores y comida, oraciones y magia. Los españoles denominaron como santería a esos ritos y a esa fusión de figuras religiosas. Así, por ejemplo, aun
65 hoy día, San Lázaro, santo patrón de los enfermos, se funde con Babalú Ayé, el dios que causa y cura las enfermedades, y la Virgen de Regla, patrona de la Bahía de La Habana, es en santería Yemayá, diosa del mar y fuente de la vida.

El tabaco es una planta autóctona del Caribe y América. La caña de azúcar, de origen asiático, fue llevada a España por los árabes, y los españoles la llevaron al Caribe, donde se convirtió en el producto más importante de la región. El café, originalmente de Etiopía, fue llevado al Nuevo Mundo por los franceses, y en el siglo XVIII se empezó a cultivar en Cuba, Colombia y Brasil.

◀ Un altar casero de santería dedicado a Santa Bárbara, la patrona de los militares, quien se sincretiza con Changó, el dios lucumí del trueno y de la guerra.

La música caribeña refleja también la mezcla de culturas. Los instru-
70 mentos son de variada procedencia: el güiro y las maracas parecen ser de
origen indígena, mientras que la guitarra proviene de España. De África se
adoptaron los instrumentos de percusión, todo tipo de tambores que luego
se convirtieron en bongoes, congas, timbales y tumbadoras. El ritmo que
establece el tambor es primordial en este tipo de música, en tanto que la
75 melodía tiene un papel secundario.Y puesto que el ritmo se crea con los
instrumentos de percusión, la improvisación musical, tan típica de la música
caribeña, también se deriva en gran parte de la influencia africana.

La cumbia es de origen colombiano, pero se ha convertido, con adaptaciones, en uno de los ritmos y bailes más populares de los mexicanos y los mexicoamericanos.

Debido a su fuerte ritmo, la música del Caribe está íntimamente asociada con el baile. Aunque la República Dominicana ha contribuido con el
80 merengue, Puerto Rico con la plena y Colombia con la cumbia, fue en Cuba
donde se crearon más bailes basados en ritmos africanos. A partir de los
años treinta, bailes cubanos como la rumba, el mambo y el chachachá se
hicieron famosos en todo el mundo. A finales de los sesenta se comenzó a
desarrollar la salsa, un producto de la fusión de todos esos bailes y ritmos.
85 La salsa es popularísima en el Caribe, pero se inició entre los hispanos—
principalmente cubanos y puertorriqueños— que vivían en Nueva York.
Algunos de los iniciadores de la salsa neoyorquina
son Celia Cruz, Willie Colón, Johnny Pacheco y
Héctor Lavoe. Más tarde, éstos y otros artistas
90 difundieron la salsa por todo el Caribe y el resto
de Hispanoamérica. Una segunda generación de

◄ En esta procesión santera de Trinidad, Cuba, los
hombres tocan los tambores batá, instrumentos
sagrados de origen africano que sirven para llamar
y alabar a los orishas.

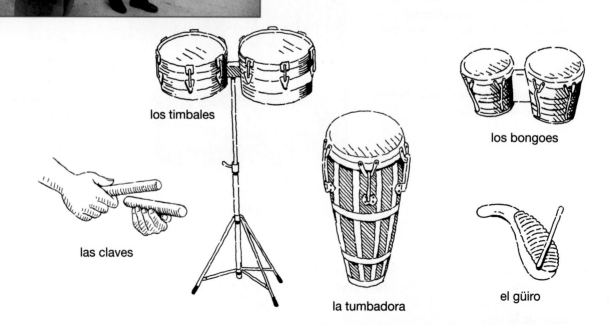

los timbales

los bongoes

las claves

la tumbadora

el güiro

músicos elaboraron aun más la salsa; Rubén Blades
introdujo el mensaje de protesta social y política a la
salsa, Lalo Rodríguez fue uno de los cantantes de la
95 "salsa cama", de sentido más sensual y romántico, y Juan
Luis Guerra combinó canciones de mensaje social con
otras de amor. Ahora salseros tan conocidos como
Marc Anthony y La India continúan esta tradición, y hay
también intérpretes que mezclan los ritmos de salsa con
100 rap, techno y otros estilos musicales.
        Hoy en día, la música caribeña ha llegado a ocupar un
lugar de importancia mundial. Sin embargo, el Caribe es
mucho más que su música: es un mundo rico y vibrante
cuya riqueza cultural, ya sea religiosa, culinaria o musical,
105 proviene de la unión de razas de
África y Europa sobre la tierra
del continente americano.

▶ **Bailando la conga en Santiago de Cuba.**

Actividad 13 ¡Datos incorrectos! Las siguientes oraciones son todas
incorrectas. Corrígelas de acuerdo con la información de la lectura.

1. Todas las naciones del Caribe son de habla española.
2. La mayor parte de los esclavos africanos en el Caribe eran del norte de África.
3. Los mulatos son personas de origen indígena y europeo.
4. La comida caribeña es una combinación de contribuciones africanas, asiáticas e indígenas.
5. Los esclavos africanos adoptaron totalmente la religión cristiana.
6. La santería ya no se practica.
7. La melodía tiene especial importancia en la música africana.
8. Puerto Rico ha sido la fuente de la mayoría de los ritmos y bailes afrocaribeños.

Actividad 14 La cultura caribeña Los términos de la siguiente lista
representan detalles y ejemplos de la lectura. Para ver si has entendido
bien, haz un mapa mental que refleje la organización de la lectura.
Comienza con el siguiente esquema y relaciona cada elemento con
la categoría correspondiente.

(la historia)   (la comida)

La cultura afrocaribeña

(la religión)   (la música)   (el baile)

Elementos

la rumba	las plantaciones	los mulatos	el ajiaco
la malanga	los cabildos	mucho aceite	Nueva York
los esclavos	moros y cristianos	la improvisación	Yemayá
el merengue	la caña de azúcar	el plátano	San Lázaro
el sincretismo	bongoes	Willie Colón	el café
el banano	la salsa	el ritmo	el mambo
la plena	el tabaco	timbales	Juan Luis Guerra
Marc Anthony	Celia Cruz	tumbadoras	Rubén Blades
los yorubas	la Virgen de Regla	Babalú Ayé	???

Actividad 15 Tu propia herencia En parejas, usen el esquema básico de la Actividad 14 para hablar de las tradiciones étnicas y culturales que han influido en sus propias familias. También pueden mencionar otros aspectos, como lenguas o costumbres típicas que se mantienen en sus familias.

Cuaderno personal 4-2

¿Sobre qué aspectos de la cultura norteamericana han tenido influencia las culturas y las tradiciones africanas?

Lectura 3: Literatura

Identifying register and genre

Actividad 16 Frases conocidas El cuento "Habanasis" que vas a leer, se basa en una historia muy conocida. Las siguientes frases aparecen en esa historia judeocristiana. Lee todas las frases e identifica el nombre de esa historia o el libro donde se incluye esa historia. Después, escribe una traducción inglesa de cada frase.

1. "En el principio creó Dios los cielos y la tierra."
2. "Que haya luz."
3. "Júntense en un solo lugar las aguas que están debajo del cielo, y descúbrase lo seco. Y así fue."
4. "Y vio Dios que era bueno."
5. "Fructificad y multiplicaos."
6. "Y Dios quedó complacido."

En España, las formas de vosotros se asocian con el trato informal, pero en Latinoamérica su uso se asocia más bien con el lenguaje bíblico o literario.

Using syntax and word order to understand meaning

Actividad 17 El orden de las palabras Para entender las oraciones y las historias, es importante poder determinar quién hizo qué. Determina los componentes de las siguientes oraciones: S, V, CD, CI y/o CC.

1. Dios... dijo: "Que haya música."
2. Dijo Dios: "Que haya luna y estrellas..."
3. Le daré buenos compañeros.
4. Dios formó un Taíno de un puñado de arcilla roja.
5. El séptimo día, Dios sonrió.

Guessing meaning from format

Actividad 18 A leer Parte A: En parejas, miren el título, las fotos y la primera línea del cuento, y decidan a qué se refiere el título.

Active reading, Identifying tone

Parte B: Mientras lees el cuento, piensa en el tono en el que el autor lo ha escrito. ¿Tiene un tono serio, trágico, cómico, irónico, positivo, negativo...?

Richard Blanco es un poeta cuya historia personal es todo un símbolo de la mezcla cultural. Según el mismo autor, él fue "creado en Cuba, ensamblado en España, e importado a los Estados Unidos". Esto significa que su madre, embarazada de siete meses, y su familia se fueron de Cuba al exilio, primero a Madrid, donde nació el poeta en 1968, y después a Nueva York. Blanco también ha vivido en Miami y Washington, D.C. Ha trabajado como ingeniero y poeta, y también se divierte fabricando muebles, tocando el bongó y sacando fotos submarinas. Su primer libro de poemas y cuentos, City of a Hundred Fires *(1997), recibió muchos elogios, ganó un premio importante y lanzó su carrera como poeta. El cuento/poema de "Habanasis" es una celebración de Cuba, tierra de origen de su familia.*

Habanasis
Richard Blanco

En el principio, antes de que Dios creara Cuba, la tierra era un caos, vacía y sin forma, y sin música. El espíritu de Dios despertó sobre las oscuras aguas tropicales, y dijo: "Que haya
5 música". Y se oyó el ritmo suave de una conga, que comenzó a marcar un uno-dos en lo más profundo del caos.

Entonces Dios convocó a Yemayá y dijo: "Júntense todas las aguas bajo los cielos, y
10 descúbrase la tierra". Y así fue. La fértil tierra roja Dios la llamó Cuba, y las aguas las llamó el Caribe. Y Dios quedó complacido, marcando suavemente con los pies el ritmo de la conga.

Después dijo Dios: "Que haya papaya, coco y
15 la masa blanca del coco; malanga y mango en tonos de oro y ámbar; que haya tabaco y café, y azúcar para el café; que haya ron; que haya ondulantes plataneros y guayabos y todo lo tropical". Y Dios quedó complacido y entonces creó las palmeras —su *pièce de résistance.*
20 Dijo Dios: "Que haya luna y estrellas para alumbrar las noches tropicales sobre Tropicana, y sol los 365 días del año". Y Dios quedó complacido. Y Dios nombró la noche vida nocturna, y el día lo llamó paraíso.

Luego Dios dijo: "Que haya peces y aves de todo tipo".

Y hubo enchilado de camarones, fricasé de pollo y frituritas de bacalao.
25 Pero Dios quiso algo aun más sabroso y dijo: "Basta. Que haya carne de puerco". Y hubo masitas de puerco fritas, hubo asados, chicharrones y chorizos. Dios creó los chivos y usó sus pieles para bongoes y batúes; hizo claves y maracas y todos los cueros habidos y por haber.

Entonces, de un puñado de arcilla roja, Dios formó un Taíno, y lo puso
30 en una ciudad que llamó La Habana. Luego Dios dijo: "No es bueno que Taíno esté solo. Le daré buenos compañeros". Y así Dios creó la mulata

▲ **Las hermosas palmeras de la isla de Cuba.**

papaya, coco, mango, guayaba = frutas tropicales

malanga = una raíz similar a la papa o patata

ron = una bebida alcohólica hecha a base de caña de azúcar

Tropicana = club de espectáculos de La Habana

bacalao = un tipo de pescado

chivo = un animal cuya piel o cuero se usa para fabricar tambores

cuero = tambor

Taínos = el pueblo indígena más importante de Cuba

guaguancó y son = ritmos y bailes afrocubanos

quajiro = campesino cubano

Cachita = nombre coloquial de la Virgen de la Caridad del Cobre,
patrona de Cuba, asociada en santería con
Ochún, diosa del amor y la maternidad

para bailar el guaguancó y el son
con Taíno; el guajiro para cultivar
su tierra y su folklore, la santera
35 Cachita para marcar el compás de
su música, y un poeta para elaborar
los versos de su paraíso.

Dios les otorgó poder sobre
todas las criaturas y todos los
40 instrumentos musicales y les dijo:
"Creced y multiplicaos, comed
carne de puerco, tomad ron, tocad
música y bailad". El séptimo día, al
contemplar los festejos y escuchar
45 la música, Dios sonrió y descansó
de sus labores.

▲ Se ve una rica variedad de
frutas y comidas en los
mercados callejeros de Cuba.

Organizing information, Making
inferences

Actividad 19 Lo cubano En "Habanasis" el autor representa lo cubano
como una fusión de muchos elementos de origen variado. En grupos de tres,
comenten las siguientes preguntas sobre el cuento.

1. ¿Por qué creen Uds. que el autor escogió el título "Habanasis"?
2. Según el cuento, ¿cuáles son los elementos esenciales de Cuba?
3. ¿Cuáles son tres cosas mencionadas en la lectura que se asocian con lo
   indígena? ¿Lo europeo? ¿Lo africano?
4. ¿El autor presenta las cosas y los elementos en el orden en que aparecieron
   en Cuba (primero lo indígena, después lo español, y luego lo africano), o
   los mezcla libremente? ¿Por qué?
5. ¿Hay algunos elementos que no tienen un solo origen? ¿Hay algunos que se
   crearon por primera vez en Cuba o el Caribe?

Making inferences

Actividad 20 Más allá de lo bonito El cuento de "Habanasis" es una gran
celebración de lo cubano. En parejas, reflexionen sobre su significado al
contestar las siguientes preguntas.

1. ¿Por qué o para qué creen que el autor escribió este cuento? ¿Creen que su
   historia personal influyó en el tono del cuento?
2. ¿Por qué decidió usar como base la historia judeocristiana de Génesis en
   vez de alguna leyenda de creación africana o indígena?
3. En el cuento el autor nos presenta una imagen de Cuba como un "paraíso".
   ¿Creen que esta presentación de Cuba está completa? ¿Por qué creen que se
   enfoca en los aspectos presentados y no en otros?

Cuaderno personal 4-3

¿Cuáles son los elementos o ingredientes
fundamentales de la cultura de tu país? ¿Crees que
tu país se puede presentar como un "paraíso"?

Redacción: Una biografía

Actividad 21 **La biografía y sus elementos**   **Parte A:** En parejas, contesten las siguientes preguntas.   Defining purpose

1. ¿Por qué se escriben biografías?
2. ¿Qué tipos de personas se escogen para las biografías?
3. ¿En qué consiste una buena biografía?
4. ¿Qué elementos o tipo de información contiene una biografía? Hagan una lista de cinco elementos.

Parte B: Ahora, en parejas, comparen su lista de tipos de información con la lista de tipos y preguntas que aparece abajo. ¿Creen que hay que incluir más elementos?   Organizing information

1. **Nacimiento:** ¿Dónde nació? ¿Cuándo nació?
2. **Historia de su familia:** ¿Dóndo vivió su familia? ¿De dónde era su familia? ¿Qué efecto tuvo (o ha tenido) la historia familiar sobre su personalidad y perspectiva sobre la vida?
3. **Fechas claves:** ¿Cuándo empezó sus estudios? ¿Cuándo se casó/divorció/mudó? ¿Cuándo murió?
4. **Educación:** ¿Cómo influyeron sus estudios en su perspectiva sobre la vida?
5. **Experiencias importantes:** ¿Cómo influyeron sus experiencias en su perspectiva sobre su vida?
6. **Metas y objetivos:** Cuando era joven, ¿qué quería hacer? ¿A qué se dedicó?
7. **Personalidad:** ¿Qué tipo de persona era? ¿Cómo era?
8. **Creencias:** ¿En qué creía? ¿Qué era lo más importante de su vida?
9. **Éxitos:** ¿Qué pudo o quiso hacer en la vida? ¿Qué éxitos o logros tuvo?
10. **Remordimientos:** ¿Qué iba a hacer o quería hacer que nunca pudo hacer? ¿Qué hizo que lamentaba o se arrepintió de haber hecho?

ESTRATEGIA DE REDACCIÓN

Providing Smooth Transitions

Transition words provide the glue that holds a piece of writing together. Transition words often refer to sequence; however, there are others that can be used to express other types of relations and that can be important for describing and explaining actions in a biography.

así que...	so . . . (*result*)
como resultado	as a result
entonces	so (*logical result*)
por eso	that's why
por lo tanto	therefore
sin embargo/no obstante	however
a pesar de (eso)	despite, in spite of (that)

Providing smooth transitions

Actividad 22   La inmigración y sus consecuencias   **Parte A:** La biografía de los inmigrantes y de sus descendientes suele ser muy marcada por su historia de inmigración. Por ejemplo, en la Lectura 1 leímos una reseña biográfica de Celia Cruz, para quien el tema de la inmigración tuvo gran importancia. Termina las siguientes oraciones con una expresión de transición apropiada.

1. Celia se opuso a Fidel Castro, _____ decidió abandonar su país y emigrar a los Estados Unidos.

2. Celia salió de Cuba en 1960. _____ ella nunca olvidó su país de origen y lo recordó en casi todos sus conciertos.

3. A diferencia de algunos inmigrantes, Celia no quería salir de su país de origen. _____ conservó una gran nostalgia por Cuba y todo lo cubano durante sus más de cuarenta años en los Estados Unidos.

4. Los antepasados y parientes de Celia eran de origen africano y eran santeros, _____ ella también era santera y cantaba música afrocubana.

Activating background knowledge

Parte B: En grupos de tres, completen las siguientes actividades sobre la biografía y la inmigración.

1. Hagan una lista de inmigrantes famosos (del pasado o del presente) cuyas vidas son muy interesantes para Uds.

2. Escojan una de esas personas. ¿Qué efectos tuvo la inmigración sobre su vida? Den dos ejemplos.

Organizing information

Actividad 23   La investigación y la escritura   Ahora escoge a un/a inmigrante famoso/a y escribe una breve biografía. Puede ser un/a pariente o una persona famosa que identificaron en la actividad anterior. Presta atención a las siguientes sugerencias al preparar la biografía.

1. Usa Internet o enciclopedias para encontrar información sobre la persona.

2. Decide qué efectos tuvo la inmigración sobre su historia familiar y personal.

3. Decide qué es lo más interesante o lo más importante de su vida.

4. Decide la relación entre sus logros y su experiencia como inmigrante. ¿Tuvo éxito o problemas a causa de ser inmigrante o a pesar de ser inmigrante?

5. Decide qué información hay que incluir en la biografía y qué información se puede excluir y escribe su biografía.

Capítulo 5

Latinos americanos

◄ Juan Luis Gómez Pereira
Lugar de nacimiento: Guanajuato, México
Fecha de nacimiento: 1974
Ocupación: Ingeniero civil
Residencia actual: Los Ángeles

► María Eugenia Zamora Li
Lugar de nacimiento: La Habana, Cuba
Fecha de nacimiento: 1989
Ocupación: Estudiante
Residencia actual: Miami

◄ Mercedes Roca Salinas
Lugar de nacimiento: San Antonio, Texas
Fecha de nacimiento: 1974
Ocupación: Banquera
Residencia actual: Houston

► Gonzalo Perales Cruz
Lugar de nacimiento: Ponce, Puerto Rico
Fecha de nacimiento: 1982
Ocupación: Modelo
Residencia actual: Nueva York

See the *Fuentes* website for related links and activities:
http://college.hmco.com/languages/spanish/students

Activating background knowledge   **Actividad 1** **¿De quiénes estamos hablando?**   **Parte A:** En parejas, definan cada término y digan los idiomas que se hablan en cada grupo.

hispanos   hispanoamericanos
latinos   latinoamericanos
mexicanos   mexicoamericanos
chicanos   centroamericanos
caribeños   suramericanos
cubanos   cubanoamericanos
puertorriqueños   neorriqueños
norteamericanos   americanos

Parte B: Miren las fotos e información de la página anterior y digan cuáles de los términos de la Parte A se pueden usar para caracterizar a cada individuo. ¿Son todos inmigrantes?

Lectura 1: Una entrevista

Guessing meaning from context   **Actividad 2** **Palabras y nombres**   Busca una definición de la primera lista que corresponda con una palabra en negrita de las oraciones. Luego escribe la letra de la definición en el espacio. Estas palabras aparecen en la entrevista que vas a leer sobre el spanglish.

    a. dos autores del siglo de oro de España, famosísimos por su uso elegante del español
    b. la Real Academia (de la Lengua) Española, institución oficial fundada en Madrid en 1713 que publica diccionarios y gramáticas
    c. un lenguaje muy coloquial y poco prestigioso que cambia rápidamente
    d. desear algo que tiene otra persona
    e. el sistema de computadoras conectadas por medio de la telecomunicación
    f. un golpe en la cara
    g. palabra o frase que se identifica o se asocia con un grupo u organización

1. _____ En el mundo hispano, el diccionario de mayor prestigio es el publicado por la **RAE.**
2. _____ El **lema** de la RAE es "limpia, fija y da esplendor".
3. _____ En el mundo hispano, las obras de **Góngora** y **Quevedo** se consideran ejemplos del buen uso del español.
4. _____ Los estudiantes universitarios tienen fama de usar mucho **argot,** como "uni", "biblio" y "facu".
5. _____ El español se usa cada vez más para el envío de mensajes electrónicos en la **red.**
6. _____ Muchas personas **envidian** a Bill Gates por su dinero y su poder.
7. _____ En las películas tradicionales de Hollywood, las mujeres enojadas les daban **bofetadas** a los hombres "frescos".

ESTRATEGIA DE LECTURA

Recognizing Symbols, Similes, and Metaphors

When reading, you must be careful not to take everything too literally.
Many words and expressions are used for their symbolic potential. A symbol (**un símbolo**) signifies or represents something else, often more power-
fully than a direct reference. For example, the skull and crossbones is a
visual symbol used to warn of dangerous poisons. Similes and metaphors
are comparisons between elements, which are often used with symbolic significance in writing. A simile (**un símil**) is explicit and uses the words *like*
or *as* (**como**): *He's as cold as ice.* A metaphor (**una metáfora**) directly
equates two elements <u>without</u> the use of *like* or *as*: *All the world's a stage.*
Symbols, similes, and metaphors are used in all types of writing, though
they are especially frequent in songs and poetry.

Actividad 3   **Más allá de lo literal**   **Parte A:** En parejas, miren el título y la
foto del artículo y comenten las siguientes preguntas.

Activating background knowledge, Predicting

1. ¿Qué simboliza el título?
2. ¿De qué va a tratar la lectura?
3. ¿Qué opinan del spanglish? ¿Quiénes lo hablan?
4. ¿Conocen algún ejemplo de spanglish?

Parte B: Mientras lees individualmente, subraya las palabras o expresiones que
se usan como símbolos, símiles o metáforas.

Active reading, Identifying symbols, similes and metaphors

"¿Cómo estás you el día de today?"

Entrevista con Ilán Stavans

Ima Sanchís, *La Vanguardia*

Nacido en Ciudad de México, Ilán Stavans es pro-
fesor en Amherst College, Massachusetts, donde tiene
la primera cátedra de spanglish en Estados
Unidos.
—*Buenas tardes, señor Stavans.*
—Hallo, gringa. ¿Cómo estás you el día de today?
—*Sin respuesta.*
—Verá, el spanglish no son sólo unas cuantas palabras

en argot, es un mestizaje verbal entre el inglés y el
español, un cruce de dos lenguas y dos civilizaciones. Es una revolución subversiva. ¿Y sabe qué es
lo mejor?
—*Pues no.*
—Que el spanglish va más allá de la clase social, la
raza, el grupo étnico y la edad. Lo hablan 40 millones de personas.
—*¿Y cuándo empezó a hablarse?*
—En 1848, en el momento

en que México le vende por 15 millones de dólares
a Estados Unidos dos ter-
ceras partes de su territorio
con sus pobladores. Luego en 1898 la guerra hispanoamericana arraiga todavía más la cohabitación verbal
y cultural.
—*Pero otras lenguas han desaparecido de Estados
Unidos.*
—Sí, el alemán, el francés, el polaco, el ruso, el italiano o el yiddish terminaron por desaparecer a partir de

la segunda generación de inmigrantes. Sin embargo,
el castellano tiene muchísima presencia, hay
más emisoras de radio en California que en toda
Centroamérica, dos cade-
nas nacionales de televisión
y periódicos de amplia difusión.
—*¿Escriben y hablan en spanglish?*
—Sí, el otro día en un diario puertorriqueño leí:
"Una de las actividades favoritas de la región es el

▲ Ilán Stavans

jangueo en los malls..."
—*¿Y qué significa?*
—Janguear, que viene del verbo inglés "to hang out", significa pasar el rato, divertirse, perder el tiempo. En su mayoría esas expresiones son adaptaciones literales del inglés, como "llamar pa'tras", que viene de "to call you back"; o "vacunar la carpeta", que significa

pasar el aspirador por la alfombra.
—*La RAE no debe estar muy contenta.*
—No, pero es absurdo. ¿Cuál es el español puro y legítimo, el de Góngora y Quevedo? ¿Y quién lo habla en la actualidad? Que el lema de la RAE sea todavía el de "limpia, fija y da esplendor" me parece ofensivo.

—*¿Y cómo lo llevan los americanos?*
—En algunos estados se ha llegado a promulgar la ley English Only, pero EE.UU. es un país bilingüe... La realidad está en la calle y también tiene mucho que ver con los webones.
—*¿?*
—Los que se pasan todo el día conectados a la red... Pero todos somos webones, la cultura se ha webatizado en los últimos diez años.
—*¿Ciber-spanglish?*
—Sí, un lenguaje que se disemina por todo el mundo. Incluso ustedes hablan de "chatear" en lugar de charlar, del "maus" en lugar del ratón y "printean" en vez de imprimir.
—*¿Y los anglosajones hablan spanglish?*
—En los últimos años muchos lo hablan porque es muy cool.
—*¿Se ha puesto de moda?*
—Muchísimo. Veo que esa palabra la conoce. ¿Conoce coolísimo?
—*Ésa ya no.*

—Es un mexicanismo. Y los cubanos llaman al traidor "kenedito". El spanglish tiene muchas tipologías según el territorio en el que se desenvuelve; está el dominicanish, el spanglish cubano, el chicano.
—*¿Y hay literatura?*
—Hay novelas escritas en spanglish que tiran 3.000 ejemplares y los poetas nuyorriqueños están empezando a destacar.
—*¿Se convertirá en un idioma?*
—Yo creo que tiene futuro. Hay mucho que escribir y que soñar, y cuando se sueña en spanglish el sabor de los sueños es distinto, es más divertido porque es un idioma muy imaginativo, muy creativo, muy espontáneo, muy libre, se parece al jazz.
—*¿Y usted? ¿Se ha lanzado a hablar en spanglish?*
—Antes de que me entrara esta pasión por el spanglish tenía la sensación de vivir

We e la gente de los Unaited Esteits, pa'formar una unión más perfecta, establisheamos la justicia, aseguramos tranquilidá doméstica, provideamos pa'la defensa común, promovemos el welfér, y aseguramos el blessin de la libertad de nosotros mismos y nuestra posterity, ordenando y establisheando esta Constitución de los Unaited Esteits de América.

▲ ¿Se debe usar el spanglish en documentos importantes?

encerrado en dos prisiones, la del idioma español y la del idioma inglés.

—*Así que estudiaba el spanglish, pero no lo hablaba.*

—Sí, y envidiaba a la generación de mis sobrinas y a mis estudiantes porque hablaban spanglish, pero

yo como profesor y como intelectual tenía que mostrar la corbata, el buen corte de pelo, el afeitado...

—*¿Se atrevió?*

—Sí, de repente me lancé y decidí utilizarlo incluso en mis clases, y en ese momento una libertad interior me invadió... Le pare-

cerá una estupidez, pero soy más feliz.

—*¿Difícil atraparlo en un diccionario?*

—Sí, se reinventa continuamente. Yo sé que en el momento en que se publique mi diccionario, el idioma se habrá transformado nuevamente.

—*Pues dígame: a día de hoy, ¿qué se le dice a una mujer para conquistarla?*

—"Olle, yo te lovyu muchísimo", y si no te da una bofetada es que la has conquistado.

Actividad 4 ¿En qué consiste el spanglish? **Parte A:** Los expertos dicen que el spanglish consiste en dos tipos de mezcla:

Analyzing

- **los préstamos:** palabras o expresiones tomadas de un idioma y usadas en otro, típicamente con cambios de pronunciación y forma. Por ejemplo, el inglés usa varios préstamos del español: *burrito, taco, tapa, patio, plaza, ranch.* Las traducciones literales también son préstamos.

préstamo = borrowing or loanword

- **el cambio de código:** la alternancia entre un idioma y otro, entre oraciones, dentro de una oración o con una sola palabra; cada palabra, expresión u oración mantiene su pronunciación y gramática original: "María llegó tarde. *I was really angry.* Siempre está *promising* cosas, pero *then she doesn't follow through.*"

cambio de código = code-switching

En grupos de tres, decidan qué tipo de mezcla se usa en cada ejemplo tomado de la entrevista con Ilán Stavans.

1. ¿Cómo estás *you* el día de *today*?
2. el jangueo en los malls
3. vacunar la carpeta
4. chatear, maus, printear
5. llamar pa'trás

pa'trás = **para atrás** = back, backwards

Parte B: En grupos de tres, contesten las siguientes preguntas sobre el cambio de código.

1. ¿Por qué no aparecen muchos ejemplos del cambio de código en la entrevista?
2. ¿Qué requiere el cambio de código que no requiere el uso de los préstamos?
3. Muchos dicen que se usa el spanglish porque sus hablantes no saben usar ni inglés ni español. ¿Creen que esto es verdad?

Actividad 5 Siete ideas populares Las siguientes oraciones representan creencias populares sobre el spanglish. Después de leer la entrevista, imagina que eres Ilán Stavans y responde a cada idea.

Skimming and scanning, Summarizing

1. El spanglish no es más que un argot.
2. El spanglish sólo lo usan los pobres y los ignorantes.
3. El spanglish es un fenómeno muy reciente.
4. El spanglish se habla igual en todas partes.
5. El español y el spanglish van a desaparecer pronto en los Estados Unidos.
6. El spanglish se habla pero no se escribe.
7. El español siente la influencia del inglés sólo en los Estados Unidos.

Distinguishing fact from opinion

Actividad 6 Diferencias de opinión **Parte A:** El spanglish es un tema que inspira reacciones muy fuertes en diferentes personas y grupos. En parejas, comenten las siguientes preguntas.

1. ¿Qué opina la RAE del spanglish? ¿Por qué?
2. ¿Qué opina Ilán Stavans? ¿Cómo se sentía antes de usar el spanglish en sus clases? ¿Cómo se siente ahora? ¿Por qué?
3. ¿Qué opinaban Uds. del spanglish antes de leer la entrevista? ¿Qué opinan ahora? ¿Por qué?
4. ¿Qué opina su profesor/a del spanglish? ¿Por qué?
5. En su opinión, ¿por qué surgió el spanglish? ¿Por qué se sigue usando?
6. ¿El spanglish va a sobrevivir en este país? ¿Por qué?

Recommending

Parte B: En parejas, completen las siguientes oraciones según la información dada en la entrevista y la información que ha salido durante la discusión en clase.

1. La Real Academia Española les exige a los hispanohablantes que...
2. Ilán Stavans les recomienda a los hablantes que...
3. Nosotros les aconsejamos a los otros estudiantes de la clase que...
4. Nuestro/a profesor/a nos pide que...

Cuaderno personal 5-1

¿Tiene más sentido llamar esta mezcla lingüística spanglish, espanglish o espanglés? ¿Por qué? ¿Hay otras posibilidades?

Lectura 2: Panorama cultural

Building vocabulary

Actividad 7 La palabra adecuada Estudia la siguiente lista de palabras y expresiones de la lectura "La cara hispana de los Estados Unidos", y luego termina las oraciones de la página 81.

el crisol	melting pot
el desafío	challenge
el desempleo	unemployment
fomentar	to encourage, to promote
la herencia	heritage; inheritance
hispanohablante/hispanoparlante	Spanish-speaking, Spanish speaker
humilde	humble, modest, lowly
el orgullo	pride

1. Desde los años 60, los miembros de grupos étnicos de los Estados Unidos han mostrado más _____ de sus orígenes e historia.

2. Desde los años 70 _____ ha sido un gran problema en varias de las antiguas ciudades industriales del noreste de los Estados Unidos.

3. Los habitantes de gran parte de los Estados Unidos y Canadá son angloparlantes, mientras que los habitantes de Honduras, Venezuela y Uruguay son _____.

4. En los Estados Unidos la imagen o metáfora dominante para describir o comprender los procesos de inmigración y americanización es _____.

5. La comida es un aspecto esencial de _____ cultural de muchas comunidades de inmigrantes.

6. En las comunidades hispanas de los Estados Unidos existen organizaciones para _____ la cooperación y la ayuda mutua.

7. Con frecuencia, los inmigrantes son personas _____, sin mucho dinero ni otras ventajas como estudios avanzados.

8. Para la sociedad norteamericana es un gran _____ facilitar la convivencia entre tantos grupos étnicos diferentes.

Actividad 8   ¿Qué saben Uds. de los hispanos?   En grupos de tres, contesten y comenten las siguientes preguntas. Luego, lean la siguiente lectura para ver si contestaron correctamente las preguntas 2, 3 y 4. ¿Hay información que les llame la atención?

Activating background knowledge, Active reading

1. ¿Conocen a algunos hispanos? ¿De dónde son? ¿Qué idioma hablan?
2. ¿En qué partes de los Estados Unidos viven los hispanos?
3. ¿De dónde son los hispanos que viven en los Estados Unidos?
4. ¿Cuándo llegaron los primeros hispanos a los Estados Unidos?

La cara hispana de los Estados Unidos

Nueva York, Miami, Los Ángeles, Chicago, San Antonio... Por todo el país encontramos evidencia de que los Estados Unidos son un país multilingüe y multicultural. La nación tiene una larga tradición de abrir sus puertas a los extranjeros, y durante las últimas décadas ha visto la entrada
5   de un número mayor de inmigrantes que durante cualquier época anterior. La mayor parte de ellos han llegado de Latinoamérica y el Caribe, y de éstos, la gran mayoría habla español. Su presencia ha hecho de los Estados Unidos el quinto de los países de habla española, y su llegada en masa ha convertido a los hispanos en el grupo étnico más grande del país, con unos
10   40 millones de personas de origen hispano. No obstante, es erróneo verlos a todos como miembros de un solo bloque monolítico, ya que su país de origen no es siempre el mismo, no todos son inmigrantes, no todos hablan español y no todos se identifican de la misma manera.

Los cuatro primeros países hispanohablantes: México, España, Colombia y Argentina.

La creciente población hispana de EE.UU.: 22.000.000 (1990), 35.000.000 (2000), 44.000.000 (2010), 55.000.000 (2020). La población hispana de Canadá: casi 1.000.000 de los 30.000.000 de canadienses (2000).

la guerra de 1846 = the Mexican American War. La guerra terminó con el Tratado de Guadalupe Hidalgo y les cedió a los EE.UU. los territorios de Nuevo México, Arizona, California, Nevada, Utah y parte de Colorado.

Anglosajón = una persona de origen europeo que no es hispana.

chicanos = término preferido por muchos mexicoamericanos nacidos en EE.UU., que también se asocia con una tradición de protesta política.

la guerra de 1898 = the Spanish American War (between Spain and U.S.)

Boricua (puertorriqueño) y **Borinquen** (la isla de Puerto Rico) son términos que usaban los taínos, habitantes originales de la isla.

Estado Libre Asociado = Commonwealth

Orígenes de la población hispana de los Estados Unidos

Los primeros hispanos "americanos" fueron los mexicanos, quienes estaban
15 establecidos desde 1598 en los territorios que perdió México después de la
guerra de 1846. El núcleo español/mexicano más importante era el de Nuevo
México, pero, por lo general, la región del suroeste tenía una población
escasa hasta la segunda mitad del siglo XIX, cuando llegaron numerosos
pioneros anglosajones. A principios del siglo XX, empezaron a llegar inmi-
20 grantes mexicanos que cruzaban la frontera para trabajar en la nueva industria agrícola de California y para construir y mantener los ferrocarriles. En
un principio, los hispanos del suroeste vivían y trabajaban en el campo,
donde no tenían acceso ni a la educación ni a las demás oportunidades que
ofrecía la ciudad. Sin embargo, a partir de los años 60, este grupo comenzó
25 a urbanizarse a grandes pasos. Ahora, la gran mayoría de la población de
origen mexicano vive en las ciudades, y un número creciente de ellos
forma parte de la clase media. Al mismo tiempo, la llegada de inmigrantes
mexicanos ha continuado y ha convertido a los mexicoamericanos y chicanos en el grupo hispano más importante de Estados Unidos.

A diferencia de los mexicanos, los puertorriqueños o boricuas han lle-
30 gado a los Estados Unidos siendo ya ciudadanos estadounidenses. La isla
de Puerto Rico fue convertida en territorio de los Estados Unidos después
de la guerra de 1898; en 1917 sus residentes fueron declarados ciudadanos
de este país, y en 1948 la isla fue declarada Estado Libre Asociado.
35 Después de 1945, se inició una migración masiva de puertorriqueños a las
ciudades del norte, especialmente a Nueva York, donde se necesitaban trabajadores industriales. Los puertorriqueños llegaron con vistas a mejorar

▶ Las identidades y las lealtades hispanas son diversas y cambiantes. Aquí, un niño latino lleva ropa mexicana tradicional mientras agita una bandera tejana durante las celebraciones del Día de la Independencia de Texas, en Austin, Texas.

sus posibilidades económicas, las cuales se hallaban limitadas en la isla
debido al constante desempleo. Con el pasar de los años, muchos puerto-
40 rriqueños pudieron abandonar los barrios pobres de Nueva York y formar
parte de la clase media, dispersándose por otras partes de los Estados
Unidos, al mismo tiempo que gran número de profesionales huían de la
isla y se extendían por el país. Por otro lado, muchos pobres sin formación
profesional se quedaron atrapados en los barrios pobres de las ciudades
45 norteñas después del declive del sector industrial en los años 70.
Actualmente, la comunidad boricua de Nueva York, más que ninguna otra
comunidad hispana, se ve plagada de problemas de pobreza y desempleo.
A pesar de estos problemas, los "nuyoricans" mantienen un fuerte orgullo
étnico y luchan por curar los males que afligen a su comunidad.
50   Los cubanos forman el tercero de los tres grandes grupos hispanos de los
Estados Unidos. Los primeros inmigrantes cubanos se escaparon del régimen
comunista de Fidel Castro después de 1959 y llegaron a Miami y Nueva York
como refugiados políticos. A diferencia de otros grupos de inmigrantes, los
primeros inmigrantes cubanos eran en su mayoría de las clases alta y media y
55 trajeron consigo conocimientos y experiencia de las profesiones y los negocios. Pronto se dieron cuenta de que no podían volver a Cuba y se dedicaron a
crear una nueva vida. Su éxito ha sido notable: llegaron a extender sus negocios a toda Latinoamérica y convirtieron a la ciudad de Miami en una de las
principales capitales financieras del continente. El panorama cambió algo a
60 partir de 1980, cuando empezaron a llegar cubanos de origen más humilde,
pero los cubanoamericanos siguen constituyendo hoy día el único grupo hispano de los Estados Unidos que, por lo general, disfruta de un nivel de vida
parecido al de los americanos anglosajones.

La forja de la cultura latina en los Estados Unidos

Además de las tres comunidades principales de hispanos en los Estados
65 Unidos, hay varios millones de inmigrantes de diversos países, como la
República Dominicana, Colombia, Ecuador, Guatemala, Honduras, El
Salvador y Nicaragua. Sus razones de emigrar a los Estados Unidos varían
según el país de origen. Los disturbios políticos han causado el éxodo de
algunos, pero por lo general, la oportunidad económica ha atraído a los
70 demás. En todos los centros de población hispana, la presencia de estos inmigrantes ha contribuido a crear y extender el concepto de comunidad latina o
hispana, a diferencia de la estrictamente mexicana, cubana o puertorriqueña.
    La nueva identidad latina se ve expresada en su producción cultural. La
salsa, música creada entre las islas caribeñas y Nueva York, combina ritmos
75 de muchos países sin ser de ninguno de ellos. En la literatura, autores como
Sandra Cisneros (chicana de Chicago), Cristina García (cubana de Miami),
Oscar Hijuelos (cubano de Nueva York) y Tato Laviera (puertorriqueño)
publican libros que tratan de las experiencias de los latinos en los Estados
Unidos. El arte mural que durante mucho tiempo se asoció sólo con México,
80 ahora se ha convertido en medio de expresión no sólo de la comunidad
chicana sino de otras comunidades hispanas, sobre todo la puertorriqueña.
    El gran desafío que la cultura latina ha presentado al país ha sido su
ataque a la imagen y al mito del gran crisol norteamericano. En vez de aceptar la supuesta necesidad de abandonar su propia cultura para asimilarse y
85 desaparecer dentro de la cultura dominante de los Estados Unidos, muchos
latinos, junto con los representantes de otras minorías, han propuesto un

Los residentes de Puerto Rico
eligen a sus líderes locales y
participan en las fuerzas armadas
de los EE.UU., pero no votan para
elegir presidente de los EE.UU. ni
pagan impuestos federales.

La palabra **barrio** significa
vecindario, pero en los EE.UU. tiene
la connotación negativa de *ghetto*.

Roberto Goizueta, antiguo
presidente de Coca-Cola, inmigró a
los EE.UU. después de 1959.

Miami es la "capital cubana" de
EE.UU. Se caracteriza por el
bilingüismo, aunque no se reconoce
a nivel oficial, y ha tenido más de
un alcalde de origen cubano.

► El arte mural empezó como forma de expresión de la comunidad mexicoamericana, pero se ha extendido a otros grupos latinos. Este mural celebra la vida cultural puertorriqueña del Barrrio (*East Harlem*) en Nueva York.

modelo según el cual los distintos grupos étnicos pueden conservar su cultura y su lengua, formando así una "ensalada" o un "mosaico" cultural que permite la diferencia dentro de la unidad. Conservando su lengua y su cul-
90 tura no sólo mantienen viva la herencia de sus antepasados, sino que aportan a su país adoptivo la riqueza de una población bilingüe y bicultural.

La realidad, sin embargo, es que, a pesar de las apariencias, los latinos están asimilándose y adoptando el inglés como otros grupos inmigrantes. Lo que los diferencia de los grupos anteriores es que conservan el uso de la
95 lengua materna a la vez que aprenden el inglés. Esto ocurre por varias razones: la inmigración de los hispanos es superior a la de cualquier grupo anterior; el número de hispanohablantes y la constante llegada de nuevos inmigrantes fomentan el uso continuo del español; el avión, el teléfono e Internet hacen posible mantener fácilmente el contacto con la tierra natal,
100 cosa que no ocurría con los inmigrantes anteriores. Además, el concepto del multiculturalismo que surgió de los movimientos de los años 60, también ha fomentado una nueva actitud hacia la diferencia cultural al ver en ella un motivo de orgullo. Todos estos factores han contribuido a mantener vivo el uso del español en los Estados Unidos, pero la realidad es que la mayoría de
105 los hijos de los inmigrantes aprenden a usar el inglés junto con el español, y que los nietos ya tienen el inglés como primer, y a veces, único idioma. De hecho, los autores latinos más importantes tienden a escribir mayormente en inglés.

La importancia de la población hispana es innegable. Se manifiesta en
110 la elección de numerosos candidatos políticos de origen latino y en una mayor dispersión de su influencia cultural y económica. Los hispanos, como tantos grupos anteriores, están haciendo contribuciones importantes a la cultura de los Estados Unidos, cambiándola al mismo tiempo que se asimilan a ella. De hecho, la mutua adaptación y asimilación entre la
115 sociedad mayoritaria de los Estados Unidos y su minoría principal es uno de los grandes desafíos del siglo XXI.

Actividad 9 **Los tres grupos originales** **Parte A:** Asocia cada uno de los *Scanning*
siguientes rasgos o hechos con los mexicanos o mexicoamericanos (M), los
cubanos o cubanoamericanos (C) o los puertorriqueños (P).

1. _____ antepasados que llegaron antes del siglo XIX
2. _____ la revolución de 1959, refugiados políticos
3. _____ ciudadanos de los Estados Unidos antes de llegar
4. _____ la guerra de 1846 y el Tratado de Guadalupe Hidalgo
5. _____ la guerra de 1898, el Estado Libre Asociado
6. _____ Miami y Nueva York, una comunidad comercial de gran éxito
7. _____ Nueva York y ciudades norteñas, dispersión de la clase media por
   los EE.UU.
8. _____ la industria agrícola y los ferrocarriles del suroeste, urbanización
   posterior

Parte B: En parejas, reconstruyan la historia de uno de los tres grupos *Summarizing*
principales, usando como base la lista de detalles de la Parte A.

Actividad 10 **Una nueva identidad** En grupos de tres, contesten las
siguientes preguntas.

1. ¿En qué sentido es nueva la identidad latina?
2. ¿A qué se debe esta nueva identidad?
3. ¿Cuáles son algunas manifestaciones de la cultura latina?
4. ¿Cuál es el problema o desafío que presenta la cultura latina en los Estados
   Unidos?
5. ¿Creen que va a sobrevivir la cultura latina o representa sólo un paso hacia
   la asimilación total?

Actividad 11 **¿Americanización?** **Parte A:** En la historia de los Estados
Unidos, la mayoría de los inmigrantes se han asimilado a la cultura dominante.
En parejas, digan cuáles de los aspectos siguientes u otros son los más
importantes para mostrar que se es plenamente norteamericano. Si es posible,
usen expresiones como **Se habla..., Se viste..., Se come..., Se maneja...**

la comida (las bebidas)   tener ciudadanía legal
la ropa   tener hijos nacidos en Estados Unidos
manejar un carro   estar casado/a con un/a norteamericano/a
otras costumbres (¿cuáles?)   tener padres norteamericanos
el número de años que lleva   hablar inglés
   en los Estados Unidos   no hablar otro idioma
tener pasaporte

Parte B: En parejas, comenten las siguientes preguntas.

1. ¿Es posible ser latino (o chino, coreano, ruso, etc.) y norteamericano al
   mismo tiempo? ¿Por qué sí o no?
2. ¿Qué significa ser "plenamente (norte)americano"?
3. ¿Es posible definir una identidad latina —diferente de la "angloamericana"—
   a base de lo que se habla, se come o se viste?

Actividad 12 ¿Cómo debe ser? En parejas, contesten las siguientes preguntas, imaginándose que son de El Salvador y que llegaron a los Estados Unidos a la edad de 13 años.

1. ¿Hablan mejor español o inglés?
2. ¿Se identifican como salvadoreños, hispanos, latinos u otra cosa?
3. ¿Se sienten "americanos"?
4. ¿Qué opinan de la cultura y las personas norteamericanas?
5. ¿Qué opinan de su cultura salvadoreña?

Cuaderno personal 5-2

¿Cómo ves a la sociedad norteamericana, como un crisol o como un mosaico (o una ensalada)? ¿Crees que a largo plazo los latinos van a mantener una identidad distinta o van a asimilarse completamente a la cultura general?

VIDEOFUENTES

¿Cómo refleja la experiencia personal de John Leguizamo la historia de los grupos hispanos en los Estados Unidos? ¿Las opiniones de Leguizamo sobre los hispanos reflejan o contrastan con las perspectivas presentadas en la lectura "La cara hispana de los Estados Unidos"? ¿Cómo?

Lectura 3: Literatura

ESTRATEGIA DE LECTURA

Approaching Poetry

Poetry is often written to express deep feelings. Relative to prose writing, it is marked by its careful, limited use of vocabulary and powerful use of symbols. Fewer words and more metaphors can make interpretation more challenging and more interesting. Some familiarity with the topic and with basic poetic devices (**recursos poéticos**) can aid comprehension. Many poems are characterized by:

- a rhythmic use of language (**el ritmo**)
- the grouping of words into lines (**versos**), stanzas (**estrofas**), and refrains or repeated lines (**estribillos**)
- the repetition (**la repetición**) of sounds, words, phrases, or structures to emphasize important aspects
- rhyme (**la rima**)
- frequent use of metaphors (**metáforas**) and symbols (**símbolos**)

This poem, actually the lyrics of a song by Willie Colón and Héctor Lavoe, contains examples of some poetic devices.

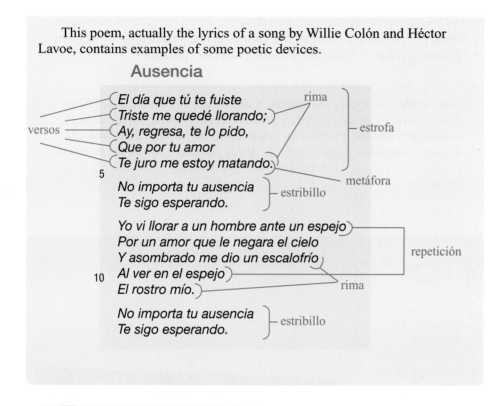

Ausencia

versos — El día que tú te fuiste / Triste me quedé llorando; / Ay, regresa, te lo pido, / Que por tu amor / Te juro me estoy matando.

rima — estrofa — metáfora

5

No importa tu ausencia / Te sigo esperando. — estribillo

Yo vi llorar a un hombre ante un espejo / Por un amor que le negara el cielo / Y asombrado me dio un escalofrío / Al ver en el espejo / El rostro mío.

10

repetición — rima

No importa tu ausencia / Te sigo esperando. — estribillo

Actividad 13 Dos poemas bilingües   Los dos poemas que Uds. van a leer fueron escritos por hispanos de los Estados Unidos y hablan de sus experiencias bilingües y biculturales. Teniendo en cuenta esta información, en parejas, hagan una lista de temas, ideas o elementos que piensan que van a aparecer en estos poemas.

Actividad 14 Contenido y forma   Parte A: Lee los dos poemas "Where you from?" y "Bilingual Blues". Después, en parejas, decidan las semejanzas y las diferencias entre los dos poemas, enfocándose en los siguientes aspectos.

Approaching poetry

- el origen del/de la poeta: ¿De dónde es?
- su mensaje: temas y sentimientos
- el uso del inglés y el español: ¿Por qué se usan los dos? ¿Cuándo se usa cada uno? ¿Cuál domina?
- el tono: enojado, amargado, triste, cómico, juguetón, serio, irónico, nostálgico

Parte B: En parejas, identifiquen los recursos poéticos que emplea cada poema. Busquen por lo menos un ejemplo de cada uno de los siguientes recursos.

	"Where you from?"	"Bilingual Blues"
el estribillo		
la repetición de palabras o expresiones		
la rima o la repetición de sonidos		
el ritmo		
símbolos o metáforas		

Parte C: En parejas, identifiquen las relaciones entre el contenido del poema y su forma. ¿Cómo refleja y refuerza la forma las ideas contenidas en el poema? ¿Es posible separar el contenido y la forma de cada poema?

Gina Valdés nació en Los Ángeles, California y se crio a los dos lados de la frontera entre Estados Unidos y México. Estudió en la Universidad de California–San Diego y ha enseñado cursos de literatura chicana y de escritura en universidades a través de los Estados Unidos. En su poesía explora las múltiples barreras que existen entre las personas, las culturas y los países.

Where you from?

Gina Valdés

Soy de aquí
y soy de allá
from here
and from there
5 born in L.A.
del otro lado
y de éste
crecí en L.A.
y en Ensenada
10 my mouth
still tastes
of naranjas
con chile
soy del sur
15 y del norte
crecí zurda°
y norteada°
cruzando fron
teras crossing
20 San Andreas
tartamuda°
y mareada°
where you from?
soy de aquí
25 y soy de allá
I didn't build
this border
that halts me
the word fron
30 tera splits
on my tongue.

left-handed ("wrong, clumsy")
affected by the cold north wind

stuttering
dizzy

▲ Barrera cerca de Tijuana y San Diego que marca la frontera entre México y los Estados Unidos.

Gustavo Pérez Firmat nació en La Habana pero se crio en Miami. Tiene doctorado en literatura comparada de la Universidad de Michigan y enseñó durante muchos años en la Universidad de Duke en Carolina del Norte. Ahora es profesor de la Universidad de Columbia en Nueva York. Además de escribir obras de crítica literaria, se ha dedicado a explorar la vida cubanoamericana a través de la poesía.

Bilingual Blues
Gustavo Pérez Firmat

Soy un ajiaco° de contradicciones   *sopa caribeña de muchos*
I have mixed feelings about everything.   *ingredientes*
Name your tema, I'll hedge;
name your cerca°, I'll straddle it   *fence*
5 like a cubano.
I have mixed feelings about everything.
Soy un ajiaco de contradicciones.
Vexed, hexed, complexed,
hyphenated, oxygenated, illegally alienated,
10 psycho soy, cantando voy:
You say tomato,
I say tu madre;
You say potato,
I say Pototo°.   *Personaje cómico del teatro*
15 Let's call the hole   *cubano*
un hueco, the thing
a cosa, and if the cosa goes into the hueco,
consider yourself en casa,
consider yourself part of the family.
20 Soy un ajiaco de contradicciones.
un puré de impurezas:
a little square from Rubik's Cuba
que nadie nunca acoplará°.   *fit together*
(Cha-cha-chá)

▶ ¡CHA-CHA-CHÁ!

Making inferences

Actividad 15   Reacciones personales En parejas, comenten las siguientes preguntas.

1. ¿Creen que las fotos que acompañan cada poema representan bien sus ideas? ¿Qué otras imágenes visuales se pueden usar para representar cada poema? ¿En qué línea(s) se basa su selección?
2. Imaginen que alguien quiere usar uno de los poemas como la letra de una canción. ¿Con qué tipos de música se puede combinar cada poema? ¿Cuál les parece mejor a Uds.?
3. Imaginen que Uds. tienen la oportunidad de conocer a uno de los dos poetas. ¿Cuál les parece más interesante como persona? ¿Qué preguntas sobre el poema tienen para ella o él?

Analyzing

Actividad 16   Voces dramáticas Cada poema incluye una variedad de voces: una voz en español, otra en inglés, una voz hispana, otra anglosajona. En grupos de cuatro, hagan una representación dramática de uno de los poemas.

1. Decidan qué voz o voces dice(n) cada línea o palabra, y con qué tono se debe leer cada línea o palabra (con alegría, tristeza, irónicamente, etc.).
2. Asignen cada verso o palabra a una persona o combinación de personas, y practiquen, enfatizando la pronunciación y la expresión.
3. Decidan si los movimientos físicos pueden ayudar a comunicar el significado del poema.

Actividad 17   Una identidad desdoblada **Parte A:** En cada poema se revela una personalidad desdoblada (*split*) entre diferentes fuerzas culturales. En parejas, compartan sus reacciones a las siguientes preguntas.

¿Se pueden sentir igualmente divididas las personas que no son inmigrantes? ¿Cómo? ¿Cuándo?

¿Te has sentido alguna vez "desdoblado" entre diferentes culturas o fuerzas culturales?

Parte B: Individualmente, escribe un breve poema bilingüe en el que expreses tus sentimientos de desdoblamiento o tus diferentes sentimientos respecto a algún aspecto de la vida. Para hacerlo debes:

• decidir el tema y la idea más importante: se puede expresar en una frase repetida o un estribillo
• escoger una metáfora central para expresar la idea principal y la idea de mezcla: se puede usar una imagen basada en una comida y sus ingredientes
• decidir cómo puedes usar la combinación de inglés y español para expresar diferentes perspectivas y sentimientos

Cuaderno personal 5-3

¿Qué símbolo o metáfora representa mejor tus sentimientos sobre tu identidad? ¿Por qué?

Redacción: Una entrevista

ESTRATEGIA DE REDACCIÓN

Interviewing

Interviews are the most effective means of finding out what individuals think about a specific topic. A successful interview begins with planning <u>before</u> the interview.

1. Decide the main topic(s) of the interview. The topic guides all other decisions. For example, for the interview you will conduct, the main topics are Hispanic cultural identity and Spanish language.

2. Find an appropriate Spanish speaker to interview. Explain to your candidate that the interview is for a Spanish class and what it is about, and politely ask if he or she can participate. Tell him/her that you would like to conduct the interview in Spanish but that some English is acceptable. Arrange a mutually convenient time and place for the interview.

3. Develop a list of questions to guide the interview. Decide if you will use both Spanish and English during the interview. Use open-ended questions whenever possible (yes-no questions lead to short, uninteresting answers).

4. Decide how long the interview should last.

5. Decide if you will take notes, record, or videotape the interview.

During the interview you should keep in mind the following tips.

1. Greet and thank your interviewee politely.

2. Ask one clear question at a time.

3. Listen carefully to your interviewee and be flexible. Ask a few questions that are not on your list in order to get more details, or simply respond appropriately to what is being said.

4. Avoid inappropriate and offensive questions. For example, in the interview you will conduct, do not assume that a person of Hispanic background is an immigrant, and do not ask directly about a person's immigration or residency status.

5. Don't talk about yourself: the interview is about what the other person thinks.

After the interview, prepare a written version, keeping in mind the following points.

1. Write up the interview (or at least your notes) as soon after the interview as possible.

2. Decide who your audience is and consider how this should affect your presentation.

3. Think of an interesting title.

4. Decide what parts of the interview are relevant to the topic. Discard those parts which are not.

5. Edit your content. Exclude filler words and sounds such as **este, aahhh, pues..., well, um,** etc. Eliminate unnecessary words or comments, but try not to alter the meaning of what the person said. You may need to change the order of actual questions and answers in order to keep the written version short and interesting.

Planning the interview

Actividad 18   Quién, dónde, cómo, cuándo   Uds. van a hacer entrevistas con personas hispanas que viven en los Estados Unidos. Las entrevistas deben enfocarse en cuestiones de identidad y lengua. Aunque hay muchas personas hispanas en los Estados Unidos que no hablan español, para esta entrevista deben buscar una persona que hable español. En parejas, respondan a las siguientes preguntas para prepararse.

1. ¿Dónde y cómo se pueden poner en contacto con personas que hablan español?
2. ¿Es necesario grabar la entrevista o es suficiente tomar apuntes?
3. ¿Cuánto tiempo debe durar la entrevista? ¿Cuándo se puede hacer?
4. ¿Se puede usar algo de inglés durante la entrevista?

Preparing interview questions

Actividad 19   Preguntas apropiadas... e inapropiadas   Es necesario llegar a la entrevista con una lista de preguntas preparadas. En parejas, decidan cuáles de las siguientes preguntas son apropiadas y cuáles no, y expliquen por qué. Una pregunta puede ser inapropiada por ser irrelevante, de poca importancia o por ser (posiblemente) ofensiva.

1. ¿Cómo se llama Ud.?
2. ¿Cuántos años tiene?
3. ¿Tiene familia? ¿Cómo es?
4. ¿De dónde es Ud.? ¿Dónde nació? ¿Cuánto tiempo lleva en Estados Unidos?
5. ¿Cómo se identifica Ud.? (como hispano, latino, American, americano, mexicoamericano, guatemalteco) ¿Se asocia mucho con otras personas de origen _____?
6. ¿Qué tradiciones culturales conserva de [su país de origen]?
7. Generalmente, ¿habla español o inglés?
8. Cuando Ud. era niño/a, ¿qué lenguas se hablaban en su casa?
9. ¿Prefiere Ud. hablar español o inglés? ¿En qué situaciones habla español? ¿e inglés?
10. ¿Ha tenido Ud. problemas o experiencias positivas por hablar español?
11. ¿Ud. mira la televisión o escucha la radio en español? ¿En inglés?

12. ¿Quiere que sus hijos aprendan a hablar español? (¿Es probable que lo hagan?)
13. ¿Qué opina Ud. del spanglish?
14. ¿Qué aspectos de la vida de este país le gustan más? ¿menos?
15. ¿Prefiere la vida en Estados Unidos o en su país de origen?
16. ¿Quisiera hacer un comentario final?

Actividad 20   De lo oral a lo escrito   Después de la entrevista, prepara   Writing the interview
una versión escrita de la entrevista. Imagina que escribes una entrevista para
estudiantes de español. Para hacerlo, piensa en los siguientes aspectos.

1. Decide si tienes mejor información sobre el tema de la identidad o el tema de la lengua. Puedes enfatizar uno de los dos temas.
2. Escribe un título interesante que refleje las opiniones de la persona entrevistada. El título puede ser una cita directa.
3. Decide qué comentarios son más importantes e interesantes. La entrevista escrita no necesita incluir todo lo que se ha dicho en la entrevista oral. Además, es probable que tengas que cambiar el orden de algunas preguntas y respuestas para ayudar a los lectores de tu entrevista escrita.

Capítulo 6

Dictadura
y democracia

▲ Una manifestación de las
Madres de Plaza de Mayo,
Buenos Aires, Argentina.

See the *Fuentes* website for related links and activities:
http://college.hmco.com/languages/spanish/students

Actividad 1 **Las responsabilidades de un gobierno**   **Parte A:** En grupos

Activating background knowledge
de tres, numeren las responsabilidades de un buen gobierno según su importancia
(1 = la más importante; 11 = la menos importante). Después, decidan qué tipo de
gobierno —dictadura o democracia— cumple mejor esas responsabilidades.

a. _____ la distribución justa de los recursos de la sociedad
b. _____ el mantenimiento de una economía estable
c. _____ el control del crimen
d. _____ la protección de los derechos humanos
e. _____ el mantenimiento de los valores dominantes de la sociedad
f. _____ la protección de los derechos civiles
g. _____ la conservación del medio ambiente
h. _____ la adquisición de nuevos recursos o territorios
i. _____ el mantenimiento de relaciones de paz con otros países
j. _____ la protección de la salud de los ciudadanos
k. _____ la defensa de las libertades (de palabra, de religión, etc.)

Parte B: La foto de la página anterior es de las Madres de Plaza de Mayo de
Argentina. Los hijos de estas mujeres eran, en su mayoría, intelectuales y
estudiantes que desaparecieron misteriosamente por protestar contra la junta
militar de 1976–1983. Hubo más de diez mil desaparecidos, la mayoría de los
cuales murieron después de ser torturados. Las manifestaciones de las
madres ayudaron a poner fin a la dictadura y a restaurar la democracia.
¿Qué responsabilidades de la Parte A no cumplió el gobierno de la junta
militar argentina?

Actualmente, las madres y abuelas siguen protestando contra la injusticia y mantienen un sitio de web: www.madres.org

Lectura 1: Una reseña de cine

ESTRATEGIA DE LECTURA

Dealing with False Cognates

English and Spanish have many cognates or words that have a similar form
and meaning: **posible** = *possible*, **generosidad** = *generosity*. As you've
studied, recognizing cognates can make reading much easier. However,
some words, though of similar form, have slightly or completely different
meanings: **asistir a** = *to attend*, **atender** = *to wait on/pay attention*,
embarazada = *pregnant*. If you encounter an apparent cognate that does
not seem to make sense in a particular context, it is likely to be a false cognate. The context may be sufficient to guess the meaning, but, if not, you
will need to look up the word in the dictionary.

Dealing with false cognates, Using the dictionary

La historia oficial se estrenó en el año 1984.

Actividad 2 **Amigos falsos** Las siguientes oraciones contienen cognados falsos que aparecen en la reseña de la película *La historia oficial*. Piensa en el contexto de la oración para adivinar el significado de cada palabra en negrita. Luego, busca la palabra en un diccionario bilingüe o en el glosario para ver si adivinaste.

1. En la película, vemos a una madre que le cuenta **historias** a su hija, como las de "El patito feo" y "Los tres cerditos".
2. El director narra la triste historia de una **forma** muy elegante.
3. La actriz Salma Hayek hizo el **papel** de Frida en la película del mismo nombre.
4. La **actuación** de Ian McKellan en *El señor de los anillos* me pareció muy buena.
5. A veces hay **manifestaciones** y protestas cuando se estrena una película de tema político o religioso.
6. A ese actor no le dieron el trabajo porque tenía malos **antecedentes.**

Guessing meaning from context

Actividad 3 **Del contexto al significado** Antes de leer la reseña, escribe la traducción de las palabras en negrita, usando el contexto como guía.

1. _____ Cuando vuelvo a casa, siempre digo: "**Hogar,** dulce hogar".
2. _____ Los políticos suelen odiar a los reporteros y otros miembros de la **prensa.**
3. _____ No es lo mismo ver una película en video que en **pantalla** grande.
4. _____ Llegué tarde a la reunión porque **no me di cuenta de** la hora.
5. _____ Él buscó trabajo, pero su **búsqueda** no sirvió de nada.
6. _____ La cuestión de los desaparecidos es un **asunto** muy complicado.
7. _____ La película se basa en una novela, pero el **guion** de la película no fue escrito por el autor de la novela.
8. _____ Arnold Schwarzenegger solía **desempeñar** el papel del macho fuerte.
9. _____ Es una mujer **afligida:** no deja de llorar.

Activating background knowledge

Actividad 4 **Los filmes políticos** La siguiente lectura es una reseña de una película argentina de contenido político. Esas películas suelen personalizar la política, es decir, mostrar los resultados de las acciones o pensamientos de un individuo en ciertas situaciones causadas por la política del país. Al mismo tiempo suelen enseñar una lección. En parejas, escojan una película de contenido político y describan su trama y cómo afecta la política a los personajes. ¿Cuál es la moraleja de la película? Posibilidades:

El pianista   *La lista de Schindler*
Malcolm X   *Bowling for Columbine*

Actividad 5 Durante la lectura Mientras lees la reseña tomada de *El Nuevo Herald* de Miami, Florida, busca los siguientes datos.

Active reading

La historia oficial
Director:
Guionistas:
Lugar de producción:
Actores y papeles:
Premios recibidos:
Opinión de la redactora de la reseña:

LA HISTORIA OFICIAL

Por Beatriz Parga
Redactora de *El Nuevo Herald*

Ganadora de un Oscar a la mejor película extranjera, *La historia oficial,* una producción sobre el drama de "los desaparecidos" en Argentina, narra la tragedia de una madre que de pronto se enfrenta a esa dolorosa verdad cuando decide averiguar el origen de su hija adoptiva.

Los interrogantes del filme

El drama comienza cuando Alicia, la valiente madre protagonizada en la película por la galardonada actriz Norma Aleandro, empieza a preguntarse la razón por la que su hija adoptiva llegó hasta su hogar, después de ver una manifestación de familiares de los desaparecidos durante la dictadura militar, en la década de los setenta.

Impecable actuación

El papel desempeñado por Aleandro en la película, ha recibido la mejor crítica de la prensa mundial. Además, por su actuación en *La historia oficial,* la actriz argentina obtuvo un Oscar y premios en Cannes, Italia y Cartagena.

Entre los comentarios favorables que ha recibido esta película, se destaca la forma en que el drama fue llevado a la pantalla, en una forma mesurada y digna. La decidida investigación de Alicia sobre los antecedentes de la niña pone fin a su tranquilidad, dentro del ambiente cómodo en el que disfruta de las ventajas propias de una familia de buena posición económica y buenas conexiones.

Ese mundo feliz en el que ella vive, empieza a derrumbarse en la medida que va recogiendo las evidencias y se da cuenta de que una terrible verdad rodea el pasado de la pequeña Gaby, esa niña que desde su adopción se ha convertido en el centro de su vida.

El dolor de una madre

Solamente la angustia y el amor de una madre pueden hacer que la búsqueda se convierta en una faena realizada con la meticulosidad de un diestro investigador. Comenzando por los archivos del hospital donde nació la niña, Alicia empieza a encontrar las verdaderas raíces familiares de la niña que tiene bajo su tutela maternal.

▲ Alicia con su hija adoptiva Gaby.

Todo se complica cuando ella empieza a hacer preguntas, tropezando siempre con la preocupación y el hermetismo de su esposo Roberto, interpretado por Héctor Alterio, artista con otras dos grandes películas en su historia profesional: *Cría cuervos* y *Camila.*

Dudas y conflictos

Las dudas y conflictos de Alicia no encuentran en Roberto respuesta ni apoyo. Poco a poco, se va dando cuenta de que esa verdad que ella quiere descubrir a toda costa, no es vista con buenos ojos por su esposo, que prefiere que el pasado de la niña continúe permaneciendo en el misterio.

Finalmente, Alicia llega hasta la abuela legítima de su hija adoptiva, una mujer afligida que —entre lágrimas— habla de sus recuerdos mientras muestra fotos y papeles arrugados, el único testimonio que le queda de su hija y de su yerno, ambos desaparecidos en una forma inexplicable.

Pero ningún descubrimiento logra impactar tanto a Alicia como el conflicto que surge al sospechar la razón por la que su esposo prefiere el silencio a la descarnada verdad y la pared que se ha interpuesto entre ambos. Mientras que para ella la honesta búsqueda de la verdad es un asunto vital, Roberto está demasiado ligado a las fuerzas paramilitares y a los comerciantes que se han beneficiado de la corrupción oficial.

Desesperado final

Dirigida por Luis Puenzo, con guion de Puenzo y Aida Bortnik, esta película —con subtítulos en inglés— culmina cuando Alicia decide confrontar a su esposo con la verdad y éste reacciona con violencia y crueldad, reprochándole su intromisión en un mundo en el que el silencio es más importante que la misma existencia. Afligida, Alicia se da cuenta de que la búsqueda del pasado de su hija no solamente ha dejado una dolorosa cicatriz en su vida y un interrogante sin respuesta, sino que, además, ha destruido su matrimonio, la ha dejado con un sabor amargo y las manos vacías.

Identifying chronological organization

Actividad 6 La trama de la película La reseña de *La historia oficial* incluye un resumen bastante completo de la trama (*plot*) de la película. Pon los siguientes sucesos en orden lógico y luego compara tus resultados con los de un/a compañero/a.

a. _____ Un día, Alicia ve una manifestación de las madres de los desaparecidos.
b. _____ Preocupada, se dedica a investigar el pasado de Gaby.
c. _____ También le hace preguntas a su marido, pero él no la quiere ayudar.
d. _____ Entonces, ella se da cuenta de que su marido no quiere que ella descubra la verdad.
e. _____ Como resultado, empieza a pensar en los orígenes de su hija.
f. _____ Alicia y Roberto adoptan a una niña, Gaby.
g. _____ Al final, Alicia se encuentra sola con su dolor.
h. _____ Comienza su búsqueda en los archivos del hospital donde nació la niña.
i. _____ Sin embargo, con el tiempo, Alicia encuentra a la abuela de Gaby, quien le muestra fotos de su hija y su yerno.
j. _____ Después de eso, Alicia confronta a su marido con la verdad y él se pone furioso.

Making inferences, Reacting to reading

Actividad 7 Deducciones y opiniones En parejas, busquen en la reseña la información que apoye cada una de las siguientes deducciones. Después reaccionen a estas deducciones y a lo que pasó en la película, usando expresiones como **es lamentable / sorprendente / bueno / malo / fantástico / horrible / una pena que...**

▶ Es lamentable que mucha gente de negocios haya apoyado a la dictadura.

1. Al principio de la dictadura, Alicia vivía sin muchas preocupaciones.
2. Bajo la dictadura, los niños recién nacidos de los desaparecidos fueron robados.
3. Muchos miembros del mundo de los negocios apoyaron la dictadura.
4. Hubo diferencias de opinión hasta dentro de las familias.
5. El director de la película hizo una crítica de la dictadura.

Actividad 8 El dolor de varias generaciones Las acciones de la dictadura tuvieron un impacto terrible sobre la vida de tres generaciones de personas, por lo menos: los abuelos, los hijos/padres y los nietos (como Gaby). En parejas, hagan una lista de efectos, con un efecto para cada generación. Después, expresen su opinión sobre cada efecto, usando expresiones como **nos da pena que..., lamentamos que..., estamos tristes de que...** Finalmente, expresen un deseo para las víctimas, usando la expresión **esperamos que...**

▶ Es terrible que los abuelos hayan perdido a sus hijos y nietos.

Actividad 9 Mi película Individualmente, piensa en una película que hace un comentario político. Luego, busca una pareja y cuéntale brevemente la trama de la película. Explícale el comentario político que hace la película y después dile tu opinión de la actuación, del guion, del mensaje y por qué piensas asi. Después, escucha los comentarios que hace tu compañero/a sobre su película.

Cuaderno personal 6-1

Imagina que tú eres Alicia al final de la película. ¿Cómo te sientes? ¿Qué vas a hacer?

VIDEOFUENTES

¿En qué se parecen o se distinguen la historia de Gaby en la película y la de Horacio en la vida real? ¿Por qué fue tan importante para Horacio descubrir la verdad? ¿Estás de acuerdo con él?

Lectura 2: Panorama cultural

ESTRATEGIA DE LECTURA

Recognizing Word Families

Many words with similar spelling and meaning share a common stem (**la raíz**) which is found in a base word. The base word is usually a shorter form, often a noun or verb and sometimes an adjective. For example: **enfermar, enfermo/a, un enfermo, enfermedad, enfermero** form a word family. **Enfermar(se)** (*to get sick*) is a verb and **enfermo/a** (*sick*) is an adjective. Either can be considered the base form for others in this group. **Un enfermo** (*a sick person*) is a noun, as are **una enfermedad** (*an illness*) and **un enfermero** (*a nurse*). Though each form has a precise meaning, they are all related to the concept of sickness. By combining your knowledge of base forms with information from the context, you can often guess the exact meaning of related words.

Adjectives such as **rico** and **desaparecido** can be turned into nouns: **el rico, los desaparecidos.**

Actividad 10 **Familias de palabras** **Parte A:** Mira esta lista de palabras emparentadas y decide el significado de cada una. Algunas de sus formas aparecen en la lectura "Política latinoamericana: Pasos hacia la democracia". Si sabes el significado de cada palabra base (la que está en negrita), debes poder adivinar el significado de las otras formas, pero también puedes consultar el glosario o un diccionario.

Sustantivo	Verbo	Adjetivo
el asesinato / el **asesino**	asesinar	asesinado/a
la desaparición	**desaparecer**	desaparecido/a
el desarrollo	**desarrollar**	desarrollado/a
la elección	**elegir**	elegido/a
la (in)estabilidad	estabilizar	(in)**estable**
el gobierno / el gobernador	**gobernar**	gobernado/a
la (des)igualdad	igualar	(des)**igual**
la riqueza	enriquecer(se)	**rico/a**

Parte B: Completa las siguientes oraciones con una forma apropiada de las familias de palabras que aparecen en la Parte A.

1. La _____ económica es una de las causas de la inestabilidad política.
2. Los _____ militares de los años 70 y 80 encarcelaron y torturaron a muchas personas.
3. Se suele decir que el _____ de una tradición democrática requiere tiempo y cierta igualdad social y económica.
4. Decimos que existe un problema de corrupción cuando las miembros de un gobierno usan su posición para _____.
5. El _____ de John F. Kennedy ocurrió en 1963.
6. Entre 1976 y 1983, _____ muchas personas que habían protestado contra la dictadura de Argentina.
7. En el momento actual, casi todos los países latinoamericanos tienen un presidente _____.

Actividad 11 **La política** Después de estudiar esta lista de palabras que aparecen en la lectura sobre la política latinoamericana, escoge la palabra adecuada para completar cada una de las oraciones.

derechista (de derecha)	rightist
exigir	to demand
la guerrilla	guerrilla warfare
la ira	ire, anger, wrath
izquierdista (de izquierda)	leftist
la jerarquización	hierarchization
la junta	board, council
la medida	measure, step
la renuncia	resignation
el soborno	bribery, bribe

1. En los parlamentos franceses, los conservadores se sentaban hacia la derecha y por lo tanto se llamaban _____.

(continúa en la página siguiente)

2. En el siglo XX los socialistas y los comunistas se consideraban
   _____ .

3. En 1998, algunos políticos querían _____ la
   _____ del entonces presidente Clinton.

4. La _____ lucha contra un gobierno establecido por medio
   de pequeños ataques militares contra las instalaciones del gobierno.

5. El _____ ocurre cuando uno tiene que pagar por servicios o
   autorizaciones que normalmente no se pagan.

6. Una _____ militar es un grupo de generales u oficiales
   militares que gobiernan un país.

7. La _____ consiste en una división de la sociedad en varias
   clases desiguales, con una élite que controla la riqueza y el poder.

8. El aumento de los impuestos y otras _____ implementadas
   por el gobierno provocaron la _____ de los ciudadanos.

Actividad 12 Formas de gobierno En grupos de tres, contesten y
comenten las siguientes preguntas antes de leer el texto.

Activating background knowledge

1. ¿Qué es una democracia?
2. ¿Qué es una dictadura?
3. ¿Cuál de estas formas de gobierno es más difícil de establecer? ¿Por qué?
4. ¿Cuál de estas formas de gobierno asocian Uds. con Latinoamérica? ¿Por
   qué?

Actividad 13 Las ideas principales La siguiente lectura contiene diez
párrafos. Para cada párrafo, subraya la oración que resume la idea general o
escribe al lado una oración original que resuma la idea general del párrafo.

Active reading, Identifying main ideas

Política latinoamericana: Pasos hacia la democracia

Golpes de estado, dictaduras, revoluciones, violencia e inestabilidad:
estas son las nociones que se han asociado con la política latinoamericana durante los dos últimos siglos. Sin embargo, al empezar el siglo XXI,
casi todas las naciones de Latinoamérica gozan de presidentes elegidos y de
5 gobiernos democráticos, y se puede afirmar que la extensión general de la
democracia representa la nueva tendencia "revolucionaria" de la política
latinoamericana.

Las dictaduras

Aunque la democracia ha sido el ideal de casi todas las repúblicas latinoamericanas desde su nacimiento a principios del siglo XIX, es un ideal
10 que ha tardado mucho en hacerse realidad. Es difícil generalizar sobre todos
los países, pero se pueden señalar varios factores que han contribuido a su
historia turbulenta. En primer lugar, trescientos años de dominio imperial
español impidieron el desarrollo de tradiciones e instituciones democráti-
cas, dejando en cambio una fuerte tradición de control autoritario y patriar-

La mayoría de los países hispanoamericanos se independizaron entre 1810 y 1828, aunque Cuba no logró su independencia hasta 1898, y Puerto Rico forma parte de los Estados Unidos desde ese año.

A excepción de Costa Rica, Centroamérica se ha conocido por numerosas y largas dictaduras tradicionales, como la de la familia Somoza en Nicaragua (1933–1979).

México no encaja bien en estas generalizaciones. Aunque hubo elecciones, durante la mayor parte del siglo XX, el país estuvo bajo el control de un solo partido político, el Partido Revolucionario Institucional (PRI). En el año 2000 Vicente Fox y su Partido de Acción Nacional ganaron las elecciones presidenciales, iniciando así una época de nuevas opciones políticas.

15 cal. La tradición autoritaria se ha manifestado en la figura del caudillo político o líder de un ejército que mantenía la paz social por medio de la fuerza. Otro factor que ha impedido el desarrollo de una tradición estable ha sido la enorme división entre pobres y ricos, complicada por el problema racial en algunos países, y la acumulación de riqueza y poder político en
20 manos de pequeñas élites. En tercer lugar, la inseguridad económica ha contribuido a la inestabilidad política, ya que es difícil para un gobierno elegido mantener el orden en momentos de crisis económica.

Estas generalizaciones, sin embargo, sólo son más o menos válidas según el país del que se hable. En el siglo XIX, surgieron fuertes democra-
25 cias en algunos países, como Costa Rica, Chile y Uruguay. En otros, como Paraguay, Bolivia y algunos países de Centroamérica, diversos tipos de dictadura se establecieron como norma desde el momento de su fundación como repúblicas independientes. En la mayoría de los países latinoamericanos, sin embargo, generalmente ha existido una alternancia entre gobier-
30 nos elegidos y gobiernos autocráticos bajo un caudillo o dictador.

Un elemento común ha caracterizado a casi todos estos gobiernos: la necesidad del apoyo de las fuerzas militares. El ejército siempre ha tenido gran importancia en los países de la región y su función ha sido no tanto defender al país de enemigos externos como mantener el orden interno.
35 Tradicionalmente, el ejército sólo intervenía directamente en la política nacional durante breves períodos para restablecer el orden, pero a partir de 1960, el ejército de varios países suramericanos empezó a tomar el poder y a establecer juntas militares para gobernar de forma relativamente permanente. Esto ocurrió en Brasil, Argentina, Perú, Ecuador, Uruguay y Chile.
40 De estas dictaduras, fueron especialmente sorprendentes las de Uruguay y Chile, países que se reconocían como tradicionalmente democráticos. En Uruguay, los militares tomaron el poder en 1973 para combatir a grupos revolucionarios que buscaban el cambio social radical. En el mismo año, el ejército de Chile, bajo el mando del general Augusto
45 Pinochet, asesinó al presidente legalmente elegido, Salvador Allende, durante un período de disturbios sociales, económicos y políticos. La dictadura de Pinochet, que duró
50 dieciséis años, se conoció por su abuso de los derechos humanos, la tortura y la desaparición de más de tres mil personas.

Aun más notorio fue el régimen
55 militar que se estableció en Argentina en 1976. Una junta militar se apoderó

► Muchos artistas y cantantes latinoamericanos lucharon contra los abusos de los derechos humanos de los años 70 y 80, entre ellos, la conocida cantante argentina Mercedes Sosa. Sus apasionadas interpretaciones de canciones de resistencia como "Solo le pido a Dios" animaron la lucha por la justicia.

del gobierno durante una crisis política y económica, agravada por ataques de la guerrilla. Durante la campaña de represión y terror del gobierno contra los disidentes, desaparecieron unas treinta mil personas,
60 muchas de ellas jóvenes estudiantes. Finalmente, en 1983, las protestas de las familias de los desaparecidos, la pérdida de la guerra de las Malvinas contra Gran Bretaña y una economía en estado de caos llevaron a la caída de la junta militar.

Las democracias

Los años 80 y 90 vieron el retorno de gobiernos constitucionales. Hubo
65 elecciones en casi todos los países que habían vivido bajo la dictadura y, en gran parte, los militares se alejaron del campo político. Casi la última dictadura en caer fue la de Chile, donde en 1988 se realizó un histórico plebiscito, por medio del cual los ciudadanos rechazaron el gobierno de Pinochet. El regreso a la democracia en Latinoamérica se debe a diversos
70 factores. En primer lugar, la violación de los derechos humanos provocó la ira de la población contra las dictaduras. En segundo lugar, los militares fueron generalmente incapaces de manejar la economía. Y, por último, la caída de la Unión Soviética y el fin de la Guerra Fría hicieron que los Estados Unidos, que habían temido los movimientos revolucionarios
75 izquierdistas, no vieran la necesidad de apoyar a gobiernos represivos de la extrema derecha.

Aunque los países recibieron a la democracia con aclamación casi total, los gobiernos se siguen enfrentando a graves problemas que amenazan la estabilidad. Desde los años 80, se ha observado un aumento constante en la
80 desigualdad entre pobres y ricos, un factor que siempre ha sido causa de inestabilidad; y, en las dos últimas décadas, la adopción de medidas económicas para establecer un mercado competitivo ha empeorado aun más la situación de los pobres. Entonces, si se presentan disturbios sociales que el gobierno civil no pueda controlar, es posible que los ejércitos, que todavía
85 tienen poder, estén dispuestos a imponer el orden, o que aparezcan políticos "populistas" que sepan aprovechar la frustración popular para llegar al poder y acabar con la democracia.

Otro gran desafío al que se enfrenta
90 Latinoamérica es la eliminación de la corrupción. En toda la región, existe una larga historia de favoritismo y soborno causada por la jerarquización social, en que los caudillos y una élite de grandes familias
95 controlaban los recursos y el poder, y quien tenía un cargo político lo usaba para enriquecerse y ayudar a sus familiares. Para tener éxito, tradicionalmente ha sido más importante tener buenos contactos
100 que estar bien capacitado y preparado. De esta manera, no se desarrolló el sentido de responsabilidad cívica necesaria en toda democracia. Sin embargo, en años recientes se han creado grupos cívicos que exigen una
105 conducta más responsable de parte de sus

Las protestas más eficaces contra la dictadura argentina fueron las de las Madres y Abuelas de Plaza de Mayo.

la guerra de las Malvinas = The Falkland Islands War (1982)

En varios países, hubo un intento de castigar a los militares por sus abusos contra los derechos humanos y, en Argentina, algunos fueron juzgados y encarcelados. Pero en general no se castigaron. En 1998, el juez español Baltasar Garzón intentó procesar a Pinochet por crímenes contra ciudadanos españoles ocurridos durante su dictadura, pero ese intento fracasó.

El favoritismo también se ve reflejado en el frecuente uso de las expresiones **tener palanca** y **tener enchufe,** que significan *to have connections.*

▲ La renovación política de Latinoamérica se pudo constatar en la reunión en 2004 de la Organización de los Estados Americanos, donde todos los líderes presentes habían sido elegidos democráticamente.

▶ Durante los años 80 el argentino Luis Moreno-Ocampo sirvió como fiscal que procesó a los antiguos jefes de la dictadura militar de su país. En los años 90 se convirtió en un líder del nuevo grupo Transparencia Internacional, que lucha contra la corrupción. Ahora sirve como el primer Fiscal General de la Corte Penal Internacional en La Haya, Holanda, donde investiga casos de genocidio, abusos de los derechos humanos y crímenes de guerra en todas partes del mundo.

El presidente venezolano Hugo Chávez, elegido en 1998, ha sido una figura polémica. Muchos venezolanos lo ven como un líder que puede acabar con la corrupción y los privilegios de la élite tradicional, pero otros lo ven como un político oportunista que ha prometido lo que no puede cumplir —una resolución inmediata de los problemas económicos— para ganar el poder y acabar con la democracia.

representantes elegidos. Por ejemplo, en los años 90 la activista indígena Rigoberta Menchú y la élite financiera de Guatemala se unieron para forzar la renuncia del presidente Jorge Elías Serrano por corrupción. Y en los últimos años, se han formado nuevos grupos internacionales, como
110 Transparencia Internacional (TI) y Periodistas Frente a la Corrupción (PFC), que luchan por eliminar la corrupción. La formación de grupos como éstos representa un gran cambio cultural, ya que por primera vez los ciudadanos están exigiendo una conducta responsable por parte de sus representantes.
115 No cabe duda de que el siglo XXI representa un momento de optimismo e incertidumbre para Latinoamérica. Por primera vez en su historia, casi todas las naciones gozan de un presidente legítimamente elegido, aunque hay que reconocer que algunos de ellos disfrutan de un poder tal vez excesivo y que la corrupción podría llevar de nuevo a la intervención
120 militar. Sin embargo, si se logra la estabilidad económica y un mejor nivel de vida, quizá la democracia sobreviva y se establezca como la nueva norma de la vida latinoamericana.

Scanning

Es verdad = es cierto

Actividad 14 Datos y detalles Decide si cada oración es correcta o incorrecta según la lectura, y evalúa cada oración usando las expresiones **Es verdad que...** o **No es verdad que...** Después corrige todas las oraciones incorrectas con información de la lectura.

▶ La guerra de las Malvinas ocurrió en 1999.
No es verdad que la guerra de las Malvinas haya ocurrido en 1999. Ocurrió en 1982.

1. La vuelta a la democracia empezó en la década de los años 70.
2. La desigualdad entre ricos y pobres ha sido la única causa del lento desarrollo de la democracia en Latinoamérica.
3. Los caudillos eran figuras autoritarias tradicionales.
4. Durante la mayor parte de su historia, Chile, Uruguay y Costa Rica han funcionado como democracias.

5. Los grupos TI y PFC organizaron una campaña de terror y la desaparición de unas treinta mil personas en Argentina entre 1976 y 1983.

6. En 1988, los ciudadanos de Chile rechazaron el régimen de Pinochet en un plebiscito histórico.

7. La vuelta a la democracia durante los años 80 y 90 se puede explicar como el resultado de un solo factor: el fin de la Guerra Fría.

8. En la actualidad pocas personas o grupos se preocupan por el problema de la corrupción.

ESTRATEGIA DE LECTURA

Distinguishing Fact from Opinion

When reading informational texts, it is easy to assume that all the information is factual or true. However, nearly all texts contain opinions of the author. These are not necessarily flaws, since even in deciding what information to include and what not, the writer expresses an opinion. However, as a reader you must be alert to this distinction so that you can make decisions about the validity of what is being said. For example, it is a fact that there have been numerous dictatorships in Latin America. However, whether these dictatorships were necessary, good, bad, or counterproductive is a matter of opinion. In this sense, histories are often opinions that attempt to make sense of sets of observable facts.

Actividad 15 Hechos u opiniones Parte A: En parejas, miren las oraciones   Distinguishing fact from opinion
de la Actividad 14 ya corregida y decidan qué ideas describen hechos y cuáles dan opiniones.

Parte B: Ahora, miren las siguientes oraciones y decidan si describen hechos, opiniones o una mezcla de los dos. Luego, si son opiniones, decidan si están de acuerdo o no.

1. En 1973, el ejército de Chile, bajo el mando del general Augusto Pinochet, asesinó al presidente legalmente elegido, Salvador Allende, durante un período de disturbios sociales, económicos y políticos.

2. En los años 80 hubo elecciones en casi todos los países que habían vivido bajo la dictadura.

3. En 1983, las protestas de las familias de los desaparecidos, la pérdida de la guerra de las Malvinas contra Gran Bretaña y una economía en estado de caos llevaron a la caída de la junta militar de Argentina.

4. En su lucha contra los comunistas e izquierdistas durante la Guerra Fría, los Estados Unidos tuvieron que apoyar muchas dictaduras latinoamericanas.

5. La corrupción es uno de los mayores problemas de los gobiernos latinoamericanos.

6. El nepotismo es una clara señal de corrupción.

7. La libertad de prensa es fundamental para combatir la corrupción.

8. Es evidente que los países latinoamericanos necesitan un poder político central y un líder fuerte.

Actividad 16 Desde otra perspectiva **Parte A:** En grupos de tres, definan qué son los derechos humanos y decidan si el gobierno tiene la obligación de defenderlos. ¿Qué debe hacer un gobierno para defender los derechos humanos a nivel internacional?

Parte B: Aunque algunos dicen que las relaciones entre los Estados Unidos y los países latinoamericanos están mejor que nunca, no todos están de acuerdo. Hay muchos latinoamericanos que desconfían de la política exterior de los Estados Unidos. Lean la tira cómica y comenten la opinión del artista hacia los Estados Unidos. Según el artista, ¿qué es lo que quieren los Estados Unidos? ¿A Uds. les parece justa o injusta la opinión del artista?

Chenchito   **Joaquín Velasco**

Reacting to reading

Actividad 17 ¿Qué opinan ustedes? **Parte A:** En grupos de tres, hagan una lista de tres hechos históricos o políticos comentados en la lectura y expresen sus opiniones.

- ▶ Nos sorprende que no hayan castigado a los dictadores como Pinochet.
- ▶ Esperamos que duren las democracias latinoamericanas.

Parte B: En grupos de tres, piensen en algunos hechos históricos o políticos mundiales y expresen sus opiniones. Por ejemplo, el comunismo, el Holocausto, los conflictos de los Balcanes, el 11 de septiembre, la invasión de Afganistán, la guerra de Irak, etc.

- ▶ Dudamos que el comunismo tenga importancia en el futuro.
- ▶ Esperamos que jamás vuelvan a ocurrir incidentes terroristas como el del 11 de septiembre.

Cuaderno personal 6-2

¿Es posible que un dictador tome el poder en los EE.UU.? ¿Por qué sí o no?

Lectura 3: Literatura

Actividad 18 Palabras fundamentales Usa las palabras de la siguiente lista para terminar las oraciones.

Building vocabulary

el baldío	empty land, wasteland
jactarse de algo	to brag about something
la mancha de sangre	blood stain
el matorral	thicket, bushes, scrubland
el mendigo	beggar
la picana eléctrica	electric (cattle) prod
el puesto de canje	stall or booth for small trades or exchanges
el orificio de bala	bullet hole

1. Los _____ suelen pedir dinero a la gente que pasa por la calle.
2. Los habitantes de Buenos Aires adoran a su ciudad y suelen _____ sus glorias.
3. Muchas personas abandonan cosas inútiles y basura en los _____ de las afueras de la ciudad.
4. El policía, quien había estado en una pelea violenta, tuvo que tirar su camisa a la basura, ya que tenía varias _____.
5. Aunque uno puede comprar todo tipo de ropa en los grandes almacenes, las personas más humildes tienen que comprar ropa usada en pequeños _____.
6. El vaquero usaba una _____ para obligar a las vacas a moverse.

Actividad 19 Familias de palabras Busca el significado de la palabra base de estas familias de palabras, y después termina las oraciones con formas apropiadas de cada familia de palabras.

Identifying word families

Remember that adjective forms can be turned into nouns by adding articles such as **el** or **la**.

el calzado	**calzar**	calzado/a
el consuelo	**consolar**	consolado/a
_____	**enterar**	enterado/a
el entierro	**enterrar**	enterrado/a
el **fin**	finar	finado/a
la quemadura	**quemar**	quemado/a

1. _____ de la desaparición de su hijo, los padres de Jaime Coretti llamaron inmediatamente a la policía para denunciar el caso.
2. Los padres describieron el físico de su hijo, y declararon que había salido de casa muy bien vestido, con un traje elegante, y bien _____, con unos zapatos de cuero negro.
3. Pocos días después, unos pobres descubrieron un cadáver sin _____ abandonado en un baldío.

(continúa en la página siguiente)

4. La autopsia reveló que el _____ era el estudiante universitario Jaime Coretti.

5. Al examinar el cadáver, los médicos descubrieron muchas _____, aparentemente causadas por una picana eléctrica.

6. Los padres de Jaime lloraron mucho, pero a diferencia de muchos padres de "desaparecidos", tuvieron el triste _____ de haber recuperado el cuerpo de su hijo.

Predicting, Skimming and scanning

Actividad 20 Aproximación al texto **Parte A:** En grupos de tres, comenten las siguientes preguntas antes de leer "Los mejor calzados".

1. El cuento trata de acontecimientos que ocurrieron durante la dictadura militar de Argentina entre 1976 y 1983. ¿A qué se puede referir el título "Los mejor calzados"? ¿Cómo se traduce "Los mejor calzados"?

2. Miren el texto por encima. ¿Parece ser un monólogo o un diálogo?

3. Lean las tres primeras oraciones. ¿Por qué todos los mendigos tienen zapatos? ¿De dónde vienen?

Focused reading, Identifying tone

Parte B: Ahora, lee el texto de "Los mejor calzados". Al leer, trata de contestar las siguientes preguntas sobre el contenido y el tono. ¿De qué trata el cuento? ¿Parece un cuento tradicional? ¿Por qué sí o no? ¿Es cómico, serio, triste, melancólico, irónico, alegre o amargo?

Luisa Valenzuela nació en Buenos Aires en 1938. Desde muy joven, trabajó de periodista, colaborando con el famoso diario argentino La Nación. *Pasó temporadas fuera de Argentina: en Francia escribió su primera novela a los 21 años y en los Estados Unidos, adonde se escapó durante la dictadura militar en Argentina, dictó clases en la Universidad de Columbia y la Universidad de Nueva York entre 1979 y 1989. Luego volvió a Argentina. Los escritos de Valenzuela tratan los temas de la libertad, la censura y la opresión, y critican los aspectos de la sociedad que apoyan esa opresión. Es conocida por su uso de la ironía, juegos de palabras, metáforas, y su preferencia por narrativas que evitan las estructuras claras y el orden impuesto del cuento tradicional.*

Los mejor calzados
Luisa Valenzuela

Invasión de mendigos pero queda un consuelo: a ninguno le faltan zapatos, zapatos sobran. Eso sí, en ciertas oportunidades hay que quitárselo a alguna pierna descuartizada que se encuentra entre los matorrales y sólo sirve para calzar a un rengo. Pero esto no ocurre a menudo, en general se
5 encuentra el cadáver completito con los dos zapatos intactos. En cambio las ropas sí están inutilizadas. Suelen presentar orificios de bala y manchas de sangre, o han sido desgarradas a latigazos, o la picana eléctrica

les ha dejado unas quemaduras muy feas y difíciles de ocultar. Por eso no
contamos con la ropa, pero los zapatos vienen chiche. Y en general se
10   trata de buenos zapatos que han sufrido poco uso porque a sus propietarios no se les deja llegar demasiado lejos en la vida. Apenas asoman la
cabeza, apenas piensan (y el pensar no deteriora los zapatos) ya está todo
cantado y les basta con dar unos pocos pasos para que ellos les tronchen
la carrera.

15   Es decir que zapatos encontramos, y como no siempre son del número
que se necesita, hemos instalado en un baldío del Bajo un puestito de canje.
Cobramos muy contados pesos por el servicio: a un mendigo no se le puede
pedir mucho pero sí que contribuya a pagar la yerba mate y algún bizco-
chito de grasa. Sólo ganamos dinero de verdad cuando por fin se logra
20   alguna venta. A veces los familiares de los muertos, enterados vaya uno a
saber cómo de nuestra existencia, se llegan hasta nosotros para rogarnos
que les vendamos los zapatos del finado si es que los tenemos. Los zapatos
son lo único que pueden enterrar, los pobres, porque claro, jamás les permi-
tirán llevarse el cuerpo. Es realmente lamentable que un buen par de zapa-
25   tos salga de circulación, pero de algo tenemos que vivir también nosotros
y además no podemos negarnos a una obra de bien. El nuestro es un verdadero apostolado y así lo entiende la policía que nunca nos molesta mientras merodeamos por baldíos, zanjones, descampados, bosquecitos y demás
rincones donde se puede ocultar algún cadáver. Bien sabe la policía que es
30   gracias a nosotros que esta ciudad puede jactarse de ser la de los mendigos
mejor calzados del mundo.

Actividad 21 **Las palabras del narrador** **Parte A:** En el texto el narrador   *Guessing meaning from context*
usa otras palabras para expresar todas las ideas que aparecen abajo. Identifica
la oración del texto donde el narrador expresa cada idea.

1. Hay muchos zapatos para todos los mendigos y pobres.
2. La ropa no se puede usar, pero los zapatos sí son útiles.
3. Ganan poco dinero vendiendo zapatos a los mendigos y los pobres.
4. Ganan bastante dinero vendiendo zapatos a las familias de los muertos.
5. Buscar y vender los zapatos de los muertos son actos de caridad.

Parte B: Contesta cada pregunta desde la perspectiva del narrador del cuento.   *Scanning*

1. ¿Por qué los mendigos buscan los zapatos y dejan la ropa?
2. ¿Quiénes son y cómo son los dueños del puesto de canje?
3. ¿Quiénes compran los zapatos? ¿Por qué?
4. ¿Por qué la policía no molesta a los dueños del puesto de canje?
5. ¿Dónde encuentran los cuerpos de los muertos?
6. ¿Quiénes son los muertos?

Making inferences

Actividad 22 ¿El narrador o la autora? **Parte A:** En parejas, decidan si cada oración expresa una opinión del narrador o de la autora del cuento. Justifiquen sus respuestas.

1. Es bueno que todos los mendigos tengan zapatos.
2. Es trágico que los mendigos lleven zapatos que antes pertenecían a víctimas de la dictadura.
3. Es bueno que se encuentren los cadáveres completos con los dos zapatos intactos.
4. Es horrible que abandonen los cadáveres en los baldíos y matorrales de las afueras de la ciudad.
5. Es una lástima que las ropas tengan manchas de sangre, orificios de balas y quemaduras dejadas por la picana eléctrica.
6. Es bueno que el pensar no deteriore los zapatos.
7. Es bueno que los zapatos no salgan de circulación.
8. Es lamentable que Buenos Aires se pueda jactar de tener los mendigos mejor calzados del mundo.

Parte B: En parejas, comenten las siguientes preguntas.

1. ¿En qué consiste la ironía? ¿Qué oraciones del cuento revelan opiniones que la autora ha expresado irónicamente?
2. ¿Por qué Valenzuela optó por expresar sus ideas irónicamente? ¿Por qué escribió este cuento?

Reacting to reading

Actividad 23 Las reacciones de los lectores En parejas, comenten los siguientes temas.

1. ¿Cuál es su reacción personal a la información revelada en el cuento?
2. ¿Cuál es su reacción personal al cuento como obra literaria? ¿Les gustó o no? ¿Por qué?
3. ¿En qué aspectos del cuento se basa su título? ¿Cuál es otro título posible para este cuento?

Cuaderno personal 6-3

Reflexiona un poco sobre la ironía. ¿La usas tú? ¿Cuándo? ¿Por qué? ¿Asocias su uso con algunas personas o grupos? ¿Por qué crees que a Luisa Valenzuela le gusta usar la ironía?

Redacción: Una reseña de cine

ESTRATEGIA DE REDACCIÓN

Reacting to a Film

When critics review films, they may simply describe the plot and characters, as well as give information about the actors. More frequently, a review centers on the critic's opinion of the film and the actors' performances. In this case, details of the plot are included only to support the declared opinion of the critic. The following words and expressions are useful when discussing films.

la trama	plot	**rodar una película**	to shoot a film
el personaje	character	**el montaje**	editing
tener lugar en	to take place in	**el doblaje (doblar)**	dubbing (to dub)
tratar de	to be about	**la banda sonora**	soundtrack
la escena	scene	**el reparto**	cast
el guion	script	**el decorado**	the set (*decorations and props*)

Actividad 24 Comparación de dos reseñas La lectura siguiente es una reseña de *La historia oficial* que apareció en la revista española *Cambio 16*. Léela rápidamente (no es necesario entender todas las palabras) y compárala con la primera reseña que leíste. Después, en parejas, contesten las preguntas.

Using model texts

1. ¿Qué reseña describe más la acción?
2. ¿Cuál hace una crítica más profunda de la película? Den ejemplos.
3. Según César Santos Fontenla, ¿cómo es la película?

POLÍTICA A RITMO DE TANGO

«La historia oficial», de Luis Puenzo, con Norma Aleandro, Héctor Alterio, Hugo Arana, Guillermo Battaglia, Chela Ruiz. Color. 111 minutos.

Prácticamente desconocida entre nosotros, como el resto de las cinematografías latinoamericanas, la argentina, que a finales del pasado octubre presentó en Madrid una selección de sus últimos títulos, salta ahora a las pantallas comerciales con el que, en aquella semana, alcanzó mayor éxito. Se trata de «*La historia oficial*», un hermoso melodrama político, que nos coloca ante el tremendo drama de los desaparecidos durante los años de dictadura, sobre los que, incansablemente, pedían — exigían — información las ya célebres Abuelas de la Plaza de Mayo.

Luis Puenzo, que en colaboración con Aida Bortnik es autor del guion, ha desarrollado con inteligencia y mesura — sin temer a la desmesura cuando la ocasión la requería — la bien urdida trama, basando su puesta en escena, fundamentalmente, en la dirección de actores y, sobre todo, en el trabajo de esa soberbia actriz que es Norma Aleandro, galardonada en el último Festival de Cannes. Y, sin ser extraordinaria — hay ciertas lagunas, determinados baches de credibilidad, algún ingenuismo — ha conseguido una obra sólida y en más de una ocasión realmente emocionante.

– **César Santos Fontenla**

Reacting to films

Actividad 25 **Las películas del momento** **Parte A:** En grupos de tres, hagan una lista de las tres o cuatro películas más populares del momento.

Parte B: En grupos de tres, escojan una de las películas que Uds. ya han visto. Luego, contesten las siguientes preguntas para explicar de qué trata la película.

1. ¿Quiénes son los personajes principales y cómo son?
2. ¿Qué sucede en la película?
3. ¿Cuál es el tema principal? ¿Hay otros temas?
4. ¿Cuál es la escena más importante para Uds.?
5. ¿Qué es lo más impresionante de la película?
6. ¿Quiénes son los actores? ¿Cómo son sus actuaciones?
7. ¿Les recomiendan esta película a otras personas? ¿Por qué?

ESTRATEGIA DE REDACCIÓN

Using Transitions of Concession

Often when discussing or giving opinions, certain transition words and expressions are particularly useful for acknowledging the validity of another person's points or ideas, while at the same time challenging them.

a pesar de (que)	despite, in spite of
aunque	although, even though
con todo/aún así	still, even so, nevertheless
no obstante	nevertheless
sin embargo	however

A pesar de que la trama es excelente, hay, **sin embargo,** ciertas lagunas que afectan la credibilidad.

Writing a film review

Actividad 26 **A escribir** Ahora, escribe una reseña de cine. Primero piensa en un título interesante que refleje tu reacción a la película. Después, escribe la reseña, usando el siguiente formato:

I. Introducción [director, año, tema(s), tu opinión general]
II. Breve resumen de la trama
III. Discusión de detalles que apoyan tu opinión
IV. Conclusión con recomendación

Capítulo 7

La crisis ecológica

See the *Fuentes* website for related links and activities:
http://college.hmco.com/languages/spanish/students

Activating background knowledge

Actividad 1 **Problemas ecológicos** En grupos de tres, miren la foto de la página anterior y decidan con cuáles de los siguientes problemas se relaciona el tema de la foto.

deforestación o desforestación

la deforestación
la contaminación del aire
la acumulación de basura
la pérdida de la biodiversidad
el calentamiento global

la contaminación del agua
la contaminación del mar
la urbanización excesiva
la explosión demográfica

Lectura 1: Un artículo

ESTRATEGIA DE LECTURA

Using Prefixes to Determine Meaning

Prefixes in Spanish and English have the same function: they modify the basic meaning of a word. Many prefixes in English and Spanish share similar or the same forms since they are largely derived from Greek and Latin roots. The following list includes the most common Spanish prefixes and their typical meanings.

Prefix	Meaning	Example
a-, an-	not	anormal, analfabeto
ante-	before	anteayer, anteojos
anti-/contra-	against, counter	antisocial, contraataque
auto-	self	autodefensa, autorretrato
bi-	two	bicicleta, bilingüe
co(m)-	with	copresidente, compadre
de(s)-	not, un-	desaparición, desforestar
extra-	beyond	extraterrestre, extraordinario
i-, in-, im-	not	ilegal, increíble, imposible
mal-	bad, mis-	malintencionado, maltrato
pre-	before	preservación, prever
re-	again; completely	recargar; rellenar
sobre-, super-	over, super-	sobrepoblar, superpoblación
sub-	under	subdesarrollo, subrayar

Prefixes also mark forms (especially verbs) derived from other forms: **grupo** ⟶ **agrupar, consejo** ⟶ **aconsejar.** The prefixes in some words merely indicate an altered meaning. For example:

coger to take ⟶ **recoger** to gather or collect
echar to throw (out) ⟶ **desechar** to discard, to throw away
perder to lose ⟶ **desperdiciar** to waste

Actividad 2 Palabras con prefijos Usa tus conocimientos de los prefijos — Using prefixes
para determinar el significado de las siguientes palabras de la lectura. Primero,
determina la palabra base de cada palabra y escríbela entre los paréntesis. Por
ejemplo, la palabra base de **malintencionado** es **intención.** Después, escribe la
letra de la definición que corresponde a cada palabra derivada.

1. _____ enjabonarse (_____)
2. _____ refrescar (_____)
3. _____ el envenenamiento (_____)
4. _____ el inodoro (_____)
5. _____ el repuesto (_____)
6. _____ desproporcionado (_____)
7. _____ inútil (_____)

a. que no se puede usar
b. demasiado grande o pequeño
   en relación con otra cosa
c. lo que se hace al lavarse las manos
d. acción de tomar una sustancia química
   letal o peligrosa
e. aparato del baño para los excrementos
f. una parte nueva que se usa para susti-
   tuir otra parte vieja
g. quitar el calor

Actividad 3 Del contexto al significado El artículo siguiente de la revista — Guessing meaning from context
mexicana (*Tiempo*) *Hispanoamericano* tiene treinta sugerencias para conservar
el medio ambiente. Busca en los apartados (*sections*) indicados el equivalente
español de cada expresión de la lista. Usa tus conocimientos, el contexto, los
cognados y los prefijos para escoger la palabra correcta.

Apartado	Expresión (inglés)	Apartado	Expresión (inglés)
2	light bulbs	14	to water
3	period/season	15	fast starts
4	pots and pans	16	hose
6	waste	17	to throw out
6	shower head	19	beef and pork
6	bucket	20	to strengthen
8	disposable	23	fireplace
11	rechargeable batteries	23	firewood
12	cardboard boxes	29	animal fur
12	pins from new clothes		

Actividad 4 Durante la lectura Parte A: Antes de leer el artículo sobre — Activating background knowledge
las maneras de salvar el medio ambiente, contesta las siguientes preguntas y
después comenta tus respuestas con un/a compañero/a de clase.

1. ¿Es muy importante para ti la conservación del medio ambiente? ¿Por qué
   sí o no?
2. ¿Haces algo para conservar el medio ambiente? Da un ejemplo.

Parte B: Ahora, lee todo el artículo. Mientras lo haces, apunta tu reacción a — Active reading
cada sugerencia usando la siguiente escala.
   a = Ya lo hago.
   b = No lo hago, pero me parece buena idea.
   c = No lo hago y no me parece útil.
   d = No entiendo la idea.

Treinta formas para evitar la contaminación y la ruina ecológica

30

Por Alejandro Pescador

A Moira Karosuo y Heidi Cazés, inspiradoras de esta nota.

UNA MAYORÍA CONSIDERABLE de las personas está preocupada por el acelerado deterioro del medio ambiente. Muchos francamente se angustian al enterarse del absurdo desperdicio de energía, del creciente hueco en la capa superior del ozono, del calentamiento global, de la desaparición de especies, del envenenamiento masivo de los océanos, del arrasamiento de las selvas tropicales. El problema reside en que una buena parte de estas personas no sabe qué hacer individualmente para evitar el colapso ecológico y contribuir, en la medida de sus posibilidades, a lograr que haya un futuro viable para la especie humana.

En seguida se proponen treinta formas para que usted, como individuo y como miembro de una familia y una comunidad, realice un esfuerzo que, de multiplicarse, será un factor importante en la lucha que cada uno de nosotros debe emprender contra la contaminación y la ruina del medio ambiente.

1 No deje luces encendidas en habitaciones donde no se requieren.

2 Use focos de 15 o cuando mucho de 25 vatios.

3 En temporada de calor, evite el uso de aire acondicionado y de ventiladores; refresque el ambiente abriendo ligeramente las ventanas.

4 Al lavar los trastes, primero limpie el exceso de residuos y grasa con hojas de papel periódico. No retire los residuos con agua caliente.

5 Suspenda definitiva y completamente el uso de todo tipo de aerosoles o insecticidas.

6 Al cepillarse los dientes, lavarse las manos, rasurarse y bañarse, evite el desperdicio de agua. No deje correr el agua mientras se enjabona. Coloque bajo la regadera una cubeta, a fin de recoger agua que posteriormente podrá utilizarse en el inodoro.

7 Al ir de compras al mercado o al supermercado, lleve sus propias bolsas de fibra natural. Evite recargarse de bolsas plásticas y de papel.

8 Suprima el uso de pañuelos y servilletas desechables. Use pañuelos y servilletas de tela.

9 No adquiera refrescos en botellas plásticas ni en latas; si compra cerveza, que sea en envases de vidrio. Las botellas plásticas son admisibles sólo si son retornables.

10 No use platos, vasos ni cubiertos desechables, especialmente si son de plástico.

11 Prefiera usar baterías recargables para su radio, grabadora, linterna, etcétera, en vez de las baterías desechables.

12 Recicle todos los materiales susceptibles de varios usos, como cajas de cartón, sobres de correspondencia, alfileres de ropa nueva, envolturas, hilos, frascos de conservas y jugos.

13 Si no puede vivir sin su árbol de Navidad, adquiera uno vivo y consérvelo a lo largo de los años.

14 Procure regar sus plantas en las últimas horas de la tarde y nunca, por favor, ni en la mañana y mucho menos al mediodía.

15 Renuncie al uso excesivo del automóvil. Al manejar, procure evitar los arrancones bruscos y el exceso de velocidad, pues estos dos factores contribuyen de una

Estos carteles anuncian una nueva campaña antibasura patrocinada por ECOCE, una compañía de reciclaje de plásticos creada por las compañías de bebidas.

manera desproporcionada al desperdicio de energía y, por lo tanto, a la contaminación.

16 Lave su coche en casa; use una cubeta de agua y no la manguera.

17 Con amabilidad, llame la atención a las personas irresponsables que botan basura en la calle.

18 Haga el esfuerzo por no adquirir productos que se ofrecen con empaques excesivos, sobre todo si se trata de contenedores plásticos.

19 Sin pretender que usted se convierta en vegetariano, trate de comer lo menos posible carnes de res y cerdo. Esto no sólo evitará la depredación de bosques y selvas, sino que contribuirá a que usted goce de una dieta más sana.

20 Explique a sus hijos la necesidad de evitar la contaminación en todas sus formas; fortalezca en los niños su innata inclinación por cuidar de la naturaleza. Que el ejemplo de usted les sirva como modelo.

21 No desperdicie papel; si por alguna razón una hoja de papel debe ser repuesta, recuerde que el reverso todavía puede servir para borradores, recados y otros usos. No tire las fotocopias que salieron mal; use el reverso.

22 No tire los periódicos viejos a la basura; obséquielos o véndalos a los gritones que pasan con sus carritos y los compran para reciclar en la producción de cartones.

23 Si usted es de los privilegiados que tienen chimenea, suprima el uso de leña; como habitante de la ciudad, usted no debe usar leña como combustible.

24 Si es de los pocos que pueden decidir qué tipo de computadora comprar, decídase por una *notebook* o una *laptop;* utilizan menos energía y no despiden rayos catódicos.

25 Si tiene perro, después de cada paseo "obligatorio" recoja con un pedazo de papel de periódico el excremento que dejó su mascota.

26 Denuncie a grupos ecologistas como Greenpeace la conducta inapropiada de particulares y de autoridades que contribuyen al deterioro del medio ambiente.

27 En su visita a parques públicos, playas, bosques y otras zonas de paseo, no deje basura; recójala y llévela hasta un depósito o hasta su misma casa si fuera necesario.

28 Si le es posible escoger, prefiera realizar sus vacaciones en transporte colectivo.

29 Si su capacidad económica lo coloca en una situación ventajosa, procure no adquirir artículos de piel, sobre todo de especies en peligro o de las criadas en condiciones de cautiverio que son del todo patéticas e inhumanas.

30 Procure mantenerse informado de todos los aspectos relacionados con la contaminación y fortalezca su conciencia de que sólo el ser humano puede salvar el planeta. Agregue a esta lista de sugerencias todas aquéllas que efectivamente contribuyan a disminuir el deterioro ambiental.

Actividad 5 **¿Para qué sirven?** Después de leer, piensa en cada recomendación y decide para qué sirve esa recomendación. Usa las ideas de la siguiente lista, y escribe los números de las recomendaciones relevantes a la derecha de cada función.

Classifying

- ahorrar energía: _____
- evitar la contaminación del aire: _____
- evitar la contaminación del agua: _____
- evitar el desperdicio del agua: _____
- combatir la acumulación de basura: _____
- cambiar la cultura y las actitudes hacia el medio ambiente: _____
- conservar los bosques y los animales que viven allí: _____
- proteger la salud: _____

Reacting to reading

Actividad 6   Un sondeo   Parte A: En grupos de cuatro, pregunten si los miembros del grupo hacen las siguientes actividades mencionadas en la lectura. Indiquen cuántas personas dicen que sí y cuántas dicen que no.

1. ¿Siempre apagas las luces cuando sales de una habitación?
2. ¿Vives sin aire acondicionado en el verano?
3. ¿Reciclas el papel siempre que puedes?
4. ¿Compras sólo árboles de Navidad vivos (con raíces)?
5. ¿Evitas el uso del automóvil?
6. ¿Usas una computadora portátil o laptop?
7. ¿Siempre llevas tu propia bolsa cuando vas al supermercado?
8. ¿Siempre viajas en transporte público cuando te vas de vacaciones?

Parte B: En grupos de cuatro, contesten las siguientes preguntas. Deben entrevistarse y usar las notas que tomaron para la Actividad 4.

1. ¿Hay alguna actividad mencionada en la lectura que hagan todos los miembros del grupo?
2. ¿Hay alguna actividad que no haga ninguno de Uds. nunca?
3. ¿Hay alguna actividad mencionada en la lectura que les parezca a Uds. especialmente buena o útil?
4. ¿Hay alguna actividad que les parezca especialmente tonta o inútil?
5. ¿Hay otras ideas que se puedan incluir en esta lista? Inventen tres.

Reacting to reading

Actividad 7   ¿Tonterías?   En parejas, decidan cuál es la peor sugerencia de la lectura. Después, entre todos, hagan una lista de esas ideas en la pizarra. Cada pareja debe presentar y criticar su selección; los demás deben decir si están de acuerdo o no y por qué.

Comparing

Actividad 8   En nuestra comunidad   En grupos de tres, comenten las actividades y programas ecologistas de su comunidad (universidad, vecindario o ciudad). Hagan las dos listas indicadas y después, compartan sus ideas con el resto de la clase.

a. actividades que se hacen ya
b. actividades que se deben implementar

▶ —Ya reciclamos los periódicos, pero no hacemos nada con otros tipos de papel.
—Es verdad. Se necesita algún programa que...

Cuaderno personal 7-1

¿Haces algo para conservar el medio ambiente? ¿Por qué sí o no? ¿Crees que debes hacer más? ¿Por qué sí o no?

Lectura 2: Panorama cultural

ESTRATEGIA DE LECTURA

Using Suffixes to Distinguish Meaning

Suffixes can help you determine the function and meaning of a word.
Certain suffixes are associated with certain parts of speech. The following
suffixes often mark conceptual nouns (nouns that express a concept), as
opposed to a concrete object or an agent.

-miento	el mantenimiento, el envenenamiento
-ancia, -encia	la importancia, la influencia
-dad, -tud	la sociedad, la magnitud
-io, -ía, -ia	el desperdicio, la presencia
-(c)ión	la conservación, la desaparición
-ado/a, -ido/a	el cuidado, la temporada
-aje	el reciclaje, el porcentaje
-ez	la validez, la honradez

Certain suffixes are generally masculine (**-miento, -aje**) or feminine (**-dad, -tud, -ción**). You can predict the gender of many words if you remember the usual gender of these suffixes.

Some conceptual nouns are the same as the **yo** form of the related verb.

    el logro (yo logro)   el comienzo (yo comienzo)

Other suffixes can indicate a noun agent (doer of an action).

-ero/a	el/la cocinero/a, el/la enfermero/a
-dor/dora	el/la conquistador/a, el/la operador/a
-ante, -(i)ente	el/la cantante, el/la dependiente

Two well-known suffixes mark movements and their followers.

-ismo	el surrealismo, el ecoturismo
-ista	el/la surrealista, el/la capitalista

Adjectives may be marked with these suffixes.

-ante, -(i)ente	interesante, creciente
-ado/a, -ido/a	habitado, reconocida
-dor/dora	hablador, conservadora
-ero/a	casero/a, fiestero/a

Adverbs are often marked with **-mente: rápidamente, precisamente.**

Adverbs ending in **-mente** have an accent when the adjective they derive from has an accent: **rápido → rápidamente.**

Many adverbs do not end in **-mente: bien, temprano, mucho, despacio.**

Using suffixes to determine
meaning

Actividad 9   Palabras con sufijos   **Parte A:** Usa el glosario o un diccionario para identificar la palabra base de cada palabra de la lista. Identifica también qué partes de la oración son la palabra base y la palabra con sufijo.

el esfuerzo	la ganadería	maderero/a	la escasez
minero/a	la explotación	la inversión	el/la ecologista
la riqueza	el desarrollo		

Parte B: Ahora, completa las siguientes oraciones con la palabra apropiada de la lista de la Parte A.

1. La _____ natural de Latinoamérica incluye tierra, madera, minerales y petróleo.
2. La industria _____ es una de las más importantes de Suramérica, y la exportación de productos como el cobre y el oro es una fuente importante de dinero y trabajos.
3. En los últimos años la industria _____ ha empezado a cultivar árboles, pero en gran parte de Latinoamérica esta industria destruye las selvas y los bosques.
4. La construcción de carreteras y ferrocarriles es una _____ importante para cualquier país.
5. El _____ de los recursos naturales es un objetivo importante de todos los países latinoamericanos.
6. Los gobiernos de ciudades como Bogotá y Santiago de Chile hacen grandes _____ por controlar el tráfico y la contaminación del aire.
7. En la cultura moderna, los _____ usan el color verde como símbolo de su movimiento.
8. Para muchos países, la _____ de los recursos naturales es necesaria si quieren mejorar su economía.
9. Hay muchos países que tienen que racionar el agua porque sufren de una constante _____.
10. La _____ requiere áreas amplias de tierra para que las vacas puedan comer y moverse.

Building vocabulary

Actividad 10   Hablando del medio ambiente...   Después de estudiar la siguiente lista de vocabulario sacado de la lectura, escoge la mejor expresión para completar cada oración (en esta página y la que sigue).

las aguas negras	untreated sewage
la calidad	quality
el campesino	peasant (poor subsistence farmer)
la cantidad	quantity
demandar	to sue
el deshielo	melting, thawing
disponible	available
el efecto invernadero	greenhouse effect
fomentar	to promote, encourage
mejorar	to improve
el nivel de vida	standard of living

1. Los habitantes de un país viven mejor cuando tienen un
_____ más alto.
2. Las ciudades que no tienen buenas instalaciones para el tratamiento de
las _____ pueden llegar a tener serios problemas de
contaminación.
3. La acumulación de ciertos gases en la atmósfera atrapa el calor del sol y
crea el _____ .
4. Una persona o grupo que sufre daño a causa de las acciones de otro puede
_____ a éste último.
5. Las ciudades del mundo implementan muchas medidas para
_____ la calidad del aire.
6. Se cree que el _____ de las capas de hielo polares puede
causar una subida en el nivel del mar.
7. En años recientes muchos _____ han abandonado la vida
rural para trasladarse a las grandes ciudades.
8. La capa de ozono ha sido dañada por el aumento de la _____
de CFC (clorofluorocarbonos) en la atmósfera.

Actividad 11 Los problemas ecológicos **Parte A:** En grupos de tres,
hagan una lista de los principales problemas ecológicos que afectan a este país.
Luego, pónganlos en orden de más grave a menos grave y justifiquen el orden.

Parte B: Lee individualmente el texto para ver cuáles de estos problemas se
mencionan para Latinoamérica. Si encuentras información que te sorprenda,
escribe tu reacción en el margen: por ejemplo, **¡Qué barbaridad! ¡Parece
mentira! No estoy de acuerdo. ¡Qué bien!** (etc.)

Predicting, Active reading

Latinoamérica y el medio ambiente: ¿Entre la espada y la pared?

Desde hace siglos se ha reconocido la enorme riqueza natural de
Latinoamérica: tierra para la agricultura y la ganadería, bosques y
madera para la construcción, minerales y petróleo para la industria. Desde
los siglos XIX y XX, los líderes latinoaméricanos, enfrentados con proble-
5 mas económicos, una población creciente y grandes números de pobres,
han venido afirmando que el futuro de la región está en la industrialización,
el desarrollo de las vastas tierras y la explotación de sus recursos naturales.
De hecho, la explotación de estas riquezas ha constituido, y sigue constituyendo, la principal esperanza de una vida mejor para los habitantes de
10 Latinoamérica.

Sin embargo, hasta el siglo XX, la geografía casi impenetrable de ríos,
selvas y montañas dificultó el aprovechamiento de estas riquezas, convir-
tiéndolas en una especie de "El Dorado" inaccesible. Pero, en los últimos
sesenta años, se han invertido enormes cantidades de dinero en proyectos de
15 desarrollo e industrialización, y se han utilizado nuevas tecnologías para llegar a nuevas tierras y explotar sus recursos. Estos esfuerzos han tenido gran
éxito, pero el desarrollo de los recursos ha traído consigo la destrucción del
medio ambiente, particularmente de las selvas tropicales.

El mito de **El (hombre) Dorado** se
refería originalmente a un príncipe
indígena que se cubría de oro,
después a una ciudad de oro y,
finalmente, a todo un país de
fabulosa riqueza, escondida en la
selva. Los conquistadores del siglo
XVI buscaron El Dorado sin éxito.

Aunque las selvas sí producen mucho oxígeno, las algas marinas producen el 90% del oxígeno de la atmósfera.

5.000.000.000 = cinco mil millones
una hectárea = 2,47 acres

20   Las selvas tropicales constituyen los ecosistemas más extensos de Latinoamérica y su papel en la evaporación del agua y la producción de lluvias es de importancia global. Las selvas cubren un 30% de la región y contienen casi el 40% de todas las especies de vida animal y vegetal del planeta. Más del 50% de los productos farmacéuticos modernos tienen ingredientes derivados de estas especies. Sin embargo, la destrucción

25 sistemática de las selvas que comenzó en el siglo XX, continúa en el siglo XXI. Cada año se queman unos 5.000.000.000 de hectáreas, creando grandes cantidades de gases que contaminan la atmósfera. Estos gases contribuyen al efecto invernadero, que está causando el aumento anormal de la temperatura del planeta y que puede tener como resultado el deshielo

30 en los polos y la subida en el nivel de los océanos.
    La destrucción de la selva amazónica es la más alarmante. La Amazonia se extiende por partes de Brasil, las Guayanas, Venezuela, Colombia, Ecuador, Perú y Bolivia y cubría originalmente un territorio casi igual al tamaño de los Estados Unidos continentales, pero cada día se

35 encuentra más reducido a causa de la devastación. Las industrias maderera, hidroeléctrica y minera causan gran parte de la deforestación y contaminación de ríos, pero los campesinos pobres también queman los árboles para cultivar la tierra y los rancheros lo hacen para criar el ganado. Después de algunos años, este uso ineficiente deja la tierra tan árida que no se puede

40 usar ni para la agricultura ni para la ganadería. Además, los campesinos dependen de la leña para cocinar, calentarse y sobrevivir, lo cual contribuye también a la destrucción de la selva. Se calcula que se ha perdido más de una séptima parte de la selva amazónica y que, si la destrucción continúa, no quedará nada dentro de cincuenta o cien años.

45   Aunque la destrucción de las selvas constituye la amenaza más alarmante, ya que es irreversible, las ciudades grandes de Latinoamérica también sufren de graves problemas ambientales, debido en gran parte a la rápida urbanización de la población. Desde 1950, decenas de millones de campesinos se han trasladado a las ciudades en busca de una vida mejor.

50 La ola de migración ha seguido sin pausa, aunque los emigrantes no tienen

► La industria ganadera permite el aumento de las exportaciones, pero al mismo tiempo acelera la destrucción de la selva amazónica.

dónde vivir y acaban viviendo en barrios pobres sin electricidad ni otros
servicios. La rápida concentración demográfica en las áreas urbanas ha
creado problemas incontrolados de basura, escasez de agua potable, aguas
negras y contaminación del aire.

55 México, caso ejemplar de este fenómeno, es la segunda ciudad más
poblada del mundo y una de las más contaminadas. En 1950, tenía unos
3 millones de habitantes, aire limpio y cielos azules. Hoy tiene más de 30
millones de habitantes y se enfrenta con graves problemas ecológicos.
Además, el gobierno ha fomentado con éxito la industriali-
60 zación: hoy existen 35.000 fábricas en el valle, de las cuales
el gobierno mexicano considera unas
4.000 como extremadamente peligrosas para el medio ambiente. Hay
unos 3.500.000 automóviles que
65 echan gases a la atmósfera, además de
docenas de miles de taxis y autobuses
viejos e ineficientes. Para colmo, la
ubicación de la ciudad de México en
un valle rodeado de montañas, que
70 atrapa su aire contaminado, agrava
aún más la situación. La contaminación perjudica la salud de los
habitantes, y un 35% de la población
sufre de infecciones respiratorias,
75 hemorragias nasales o enfisema.

En años recientes, la destrucción
ha provocado una fuerte reacción por
parte de los ecologistas de la región y
del mundo entero. Estos arguyen que
80 no tiene sentido sacrificar el medio
ambiente para mejorar el nivel de vida
material, ya que un medio ambiente
limpio debe considerarse parte íntegra de un buen nivel de vida. Las críticas
ecologistas y la presión de organismos internacionales han llevado
85 a algunos gobiernos a limitar la destrucción y crear innovadores programas
ecologistas. Quizás el más conocido es la industria del ecoturismo, que se
desarrolló primero en Costa Rica y ahora se ha extendido a otros países
como Colombia y Ecuador. El ecoturismo permite que la conservación de
la naturaleza se base en principios económicos. La compra de tierra para
90 parques y su mantenimiento se financia con el dinero de turistas "verdes",
quienes pagan por visitar un lugar natural protegido y contribuyen así a su
protección. El ecoturismo intenta minimizar el impacto del turismo sobre
el medio ambiente, y también fomenta la educación sobre las maneras de
salvar el medio ambiente.

95 Los ecologistas también han encontrado unos aliados inesperados: los
habitantes indígenas de las selvas tropicales, quienes sufren directamente
de la destrucción. Con la ayuda de organismos internacionales, los pueblos
indígenas han comenzado a unirse y protegerse. Por ejemplo, en los años
90, varios grupos indígenas del norte del Ecuador demandaron a la petrolera
100 americana Texaco por daños ecológicos, y su éxito ha servido para animar a
otros pueblos indígenas a defender la selva amazónica contra la explotación

Mexico City = (ciudad de) México,
"la capital" o el Distrito Federal
(D.F.)

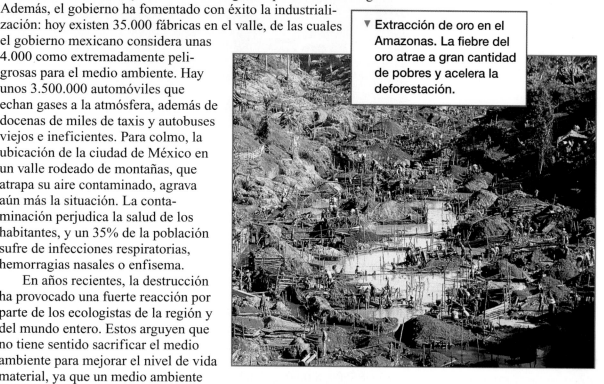

▼ Extracción de oro en el
Amazonas. La fiebre del
oro atrae a gran cantidad
de pobres y acelera la
deforestación.

Se estima que la selva amazónica
del Ecuador contiene algunos de los
depósitos más grandes de petróleo
de Latinoamérica y del mundo.
Están casi sin explotar.

▶ Los "bochos" alegran las calles de México, pero también contribuyen gravemente a la contaminación.

descontrolada. En otro caso conocido, los Yanomani de Venezuela y Brasil lucharon con éxito contra el gobierno de Brasil, el cual tuvo que concederles un territorio protegido de 11.000.000 de hectáreas. Los indígenas también han empezado a enseñar cómo viven ellos con la naturaleza sin destruirla. No sin razón, algunos han llamado a los indígenas los ecologistas más activos de Latinoamérica.

105

Muchas ciudades latinoamericanas también han sido objeto de esfuerzos por mejorar las condiciones ambientales. Desde los años 90, el gobierno de la capital mexicana ha tomado medidas radicales. Se estableció, por ejemplo, el programa de "Hoy no circula", que prohíbe el uso de cada automóvil un día a la semana. Se eliminó también el uso de la gasolina con plomo y se ha promovido el uso del convertidor catalítico. En un caso que hizo historia, el presidente mexicano cerró una refinería de petróleo que producía el 7% de la contaminación de la ciudad, a pesar de que la acción costó US$500.000.000 y 5.000 empleos en una sociedad que desesperadamente necesita el trabajo. Durante la década 2001–2010, se ha iniciado PROAIRE III, un nuevo programa para mejorar la calidad del aire de México, el cual incluye nuevas inversiones en el sistema de transporte público y nuevos programas para cambiar la cultura y la conducta de los mexicanos.

110

115

120

US$ es una abreviatura común en español. El símbolo "$", de origen español, se usa como abreviatura de *pesos* en varios países hispanos.

Estos logros son positivos, pero no son suficientes: todos los expertos afirman que la situación ecológica de Latinoamérica es cada día peor. Hay que hacer algo y, sin embargo, las naciones latinoamericanas parecen estar entre la espada y la pared. En el año 2000, la población total de Latinoamérica superó los 500 millones y en el 2025 llegará a los 758 millones de habitantes. Este aumento explosivo de la población está creando mayores necesidades y aun más competencia por los recursos disponibles. Y el número de pobres sigue creciendo aun más rápidamente. Muchos líderes quieren ayudar a estas personas a alcanzar un mejor nivel de vida, pero ¿cómo se puede hacer esto sin destruir y ensuciar el mismo mundo donde viven?

125

130

Como otras regiones del mundo, Latinoamérica parece estar atrapada entre la necesidad de proteger el medio ambiente y el deseo de darles trabajo a los pobres y mejorar así el nivel de vida de todos. Tanto los ecologis-

135

tas como los economistas sugieren que la única solución es buscar un equilibrio entre estas dos necesidades en el llamado "desarrollo sostenible", el cual
permitiría la extracción y el uso de recursos naturales, sin la destrucción del
ecosistema mundial. Nadie sabe si tal sistema puede funcionar, pero pocos
140 dudan que el sistema actual nos está llevando irremisiblemente al desastre.

Actividad 12 Falsedades   Las siguientes oraciones son todas falsas.
Corrígelas de acuerdo con la información de la lectura.

Scanning

1. Desde el siglo XIX la protección del medio ambiente ha sido una gran
   prioridad para los gobiernos latinoamericanos.
2. Los esfuerzos por explotar los recursos naturales han tenido poco éxito.
3. La destrucción de las selvas tropicales no es un problema particularmente
   grave, ni para Latinoamérica ni para el resto del mundo.
4. Las industrias maderera, hidroeléctrica y minera causan casi toda la
   deforestación de la Amazonia.
5. Durante los últimos 150 años, millones de personas han abandonado las
   ciudades para buscar una vida mejor en el campo.
6. Actualmente, la zona metropolitana de México tiene unos 3 millones de
   habitantes, aire limpio y cielos azules.
7. Cancún, México es uno de los centros del ecoturismo.
8. En su lucha por conservar la selva, los indígenas de la Amazonia han
   recibido mucha ayuda de las compañías petroleras.
9. Durante los años 90 se resolvieron la mayor parte de los problemas
   ecológicos de la ciudad de México.
10. Es seguro que Latinoamérica va a poder limitar la destrucción del medio
    ambiente en el futuro.

Actividad 13 En busca de soluciones   En grupos de tres, escojan uno
de los siguientes dilemas. Imaginen que tienen responsabilidades oficiales y
decidan cómo se puede resolver el dilema.

Making inferences

1. Uds. son concejales de la ciudad de México. La mayoría de las personas
   creen que las fábricas producen la mayor parte de la contaminación. En
   realidad, los automóviles producen el 75% de la contaminación. ¿Qué
   pueden hacer Uds. para animar a los ciudadanos a manejar menos?

un/a concejal/a = alderperson,
town council member

2. Uds. son concejales de la ciudad de México. Las personas de clase media y
   alta creen que el metro es para los pobres. ¿Qué pueden hacer Uds. para
   animar a más personas a viajar en el metro?
3. Uds. son concejales de la ciudad de México. Hay 70.000 taxistas que con-
   ducen "bochos" de Volkswagen. Los taxistas adoran los bochos porque son
   baratos, duran mucho tiempo y son casi un símbolo de México. Pero los
   bochos son inseguros y echan muchos gases que contaminan el aire. ¿Qué
   pueden hacer Uds. para mejorar esta situación?

"bocho" = Mexican name for the
original Volkswagen Beetle, first
produced in Germany in 1936, but
made until 2003 in Mexico

4. Uds. son asesores del presidente del Ecuador. El país necesita mejorar
   urgentemente su economía para crear más trabajo y ayudar a los pobres.
   En el este del país existen grandes depósitos de petróleo sin explotar. Sin
   embargo, los indígenas reclaman estos territorios y no quieren que se
   exploten los depósitos. ¿Qué pueden hacer Uds. para responder a las
   necesidades de todos?

asesor = advisor

Comparing and contrasting

Actividad 14 Diferencias y semejanzas En parejas, comparen los problemas y soluciones ecológicos de Latinoamérica con los problemas y soluciones de Canadá y Estados Unidos. Traten de identificar una diferencia importante y una semejanza importante. Piensen en los siguientes temas: tipos de ecosistema, ideas de los ecologistas, impacto de la industria y el desarrollo en el medio ambiente, prioridades sociales y económicas, el desarrollo sostenible.

Reacting to reading

Actividad 15 ¿Cuándo, cuándo? En parejas, terminen las siguientes oraciones, y otras originales, de forma lógica, según la información del texto o basándose en otra información que sepan Uds.

1. La destrucción de las selvas no va a terminar hasta que...
2. Las industrias minera, maderera, hidroeléctrica, ganadera y petrolera van a preocuparse más por el medio ambiente tan pronto como (en cuanto)...
3. Las ciudades latinoamericanas van a ser más habitables cuando (después de que)...
4. No se va a definir un buen modelo de desarrollo sostenible mientras...
5. Los problemas ecológicos no van a desaparecer mientras (hasta que)...

Cuaderno personal 7-2

¿Cómo te afectan a ti los problemas ecológicos de Latinoamérica? ¿Cómo contribuyes tú a los problemas ecológicos de Latinoamérica?

VIDEOFUENTES ☐

¿Qué aspectos de la vida tradicional asturiana se conservan gracias al turismo rural? ¿El turismo rural se puede considerar un tipo de ecoturismo? ¿Por qué sí o no?

Lectura 3: Literatura

Actividad 16 Agricultura y espiritualidad Estudia estas expresiones que
aparecen en la próxima lectura de Rigoberta Menchú. Luego, lee las oraciones
y complétalas con la forma adecuada de las expresiones apropiadas.

Building vocabulary

agradecer	to thank	**juntar**	to join or bring together
la cosecha	harvest	**la milpa**	cornfield
dañar	to damage	**rezar**	to pray
dar de comer	to feed	**sagrado/a**	sacred
herir	to wound	**sembrar**	to sow, plant seed

1. Hay que mostrar gran respeto a las cosas _____.
2. En el hemisferio norte, la primavera es la estación principal para
   _____.
3. El otoño es la estación de _____.
4. Todas las mañanas, el chico se levantaba para _____ a los
   animales hambrientos.
5. Los vegetarianos suelen creer que es malo _____ a un
   animal.
6. En muchas familias religiosas, todos _____ antes de cenar
   para _____ a Dios sus bendiciones.
7. Demasiada lluvia puede _____ la cosecha.
8. Todos los habitantes _____ sus recursos económicos para
   comprar la lotería.
9. Se siembra maíz en una _____.

Actividad 17 El concepto de lo sagrado **Parte A:** En toda cultura se
aprecian algunas cosas más y otras cosas menos. En parejas, piensen en la
cultura dominante de Norteamérica y hagan una lista de cuatro cosas "sagradas"
de esta cultura. Expliquen por qué son importantes. Después, miren el título y
subtítulo de la lectura para ver qué cosas se consideran sagradas en la cultura
indígena quiché según Rigoberta Menchú. ¿Qué implicaciones tienen estas
diferencias?

Activating background knowledge, Predicting

Parte B: Lee el texto para determinar por qué los quiché consideran sagrados
a la tierra, el sol, el copal, el fuego y el agua.

Active reading

Rigoberta Menchú nació en Guatemala en 1959. En 1992 ganó el Premio Nobel de la Paz por sus esfuerzos a favor de las comunidades indígenas de su país y del mundo. Menchú huyó de Guatemala en 1981, en medio de la lucha violenta entre el gobierno y los indígenas. En el exilio, tuvo que perfeccionar el español —idioma extranjero ya que su lengua materna era el quiché— para poder contar la historia trágica de su pueblo. Elizabeth Burgos transcribió el testimonio oral de Menchú y lo publicó en 1983 bajo el título Me llamo Rigoberta Menchú y así me nació la conciencia. *Hoy día, Menchú dirige la Fundación Menchú, organismo que defiende los derechos y las culturas de los indígenas del mundo entero. Su lucha incluye la defensa del medio ambiente, y la siguiente lectura es una sección de su libro que revela la perspectiva quiché de la relación entre el ser humano y la naturaleza.*

Me llamo Rigoberta Menchú y así me nació la conciencia

La Naturaleza. La tierra madre del hombre.
El sol, el copal, el fuego, el agua.

ladinos (*Guatemala*) = personas que rechazan los valores indígenas y se orientan hacia la cultura occidental europea

Entonces también desde niños recibimos una educación diferente de la que tienen los blancos, los ladinos. Nosotros, los indígenas, tenemos más contacto con la naturaleza. Por eso nos dicen politeístas. Pero, sin embargo, no somos politeístas... o, si lo somos, sería bueno, porque es

5 nuestra cultura, nuestras costumbres. De que nosotros adoramos, no es que adoremos, sino que respetamos una serie de cosas de la naturaleza. Las cosas más importantes para nosotros. Por ejemplo, el agua es algo sagrado. La explicación que nos dan nuestros padres desde niños es que no hay que desperdiciar el agua, aunque haya. El agua es algo puro, es

10 algo limpio y es algo que da vida al hombre. Sin el agua no se puede vivir, tampoco hubieran podido vivir nuestros antepasados. Entonces, el agua la tenemos como algo sagrado y eso está en la mente desde niños y nunca se le quita a uno de pensar que el agua es algo puro. Tenemos la tierra. Nuestros padres nos dicen "Hijos, la tierra es la madre del hombre

15 porque es la que da de comer al hombre". Y más, nosotros que nos basamos en el cultivo, porque nosotros los indígenas comemos maíz, fríjol y yerbas del campo y no sabemos comer, por ejemplo, jamón o queso, cosas compuestas con aparatos, con máquinas. Entonces, se considera que la tierra es la madre del hombre. Y de hecho nuestros padres

20 nos enseñan a respetar esa tierra. Sólo se puede herir la tierra cuando hay necesidad. Esa concepción hace que antes de sembrar nuestra milpa, tenemos que pedirle permiso a la tierra. Existe el pom, el copal, es el elemento sagrado para el indígena, para expresar el sentimiento ante la tierra, para que la tierra se pueda cultivar.

25 El copal es una goma que da un árbol y esa goma tiene un olor como incienso. Entonces se quema y da un olor bastante fuerte. Un humo con un olor muy sabroso, muy rico. Cuando se pide permiso a la tierra, antes de cultivarla, se hace una ceremonia. Nosotros nos basamos mucho en la candela, el agua, la cal. En primer lugar se le pone una candela al representante

30 de la tierra, del agua, del maíz, que es la comida del hombre. Se considera,

según los antepasados, que nosotros los indígenas
estamos hechos de maíz. Estamos hechos del maíz
blanco y del maíz amarillo, según nuestros
antepasados. Entonces, se ponen esas candelas y
35 se unen todos los miembros de la familia a rezar.
Más que todo pidiéndole permiso a la tierra, que
dé una buena cosecha.
    Se menciona en primer lugar, el representante
de los animales, se habla de nombres de perros. Se
40 habla de nombres de la tierra, el Dios de la tierra.
Se habla del Dios del agua. Y luego, el corazón del
cielo, que es el sol... y luego se hace una petición
concreta a la tierra, donde se le pide "Madre tierra,
que nos tienes que dar de comer, que somos tus
45 hijos y que de ti dependemos y que de ese producto que nos das pueda generar y puedan crecer
nuestros hijos y nuestros animales..." y toda
una serie de peticiones. Es una ceremonia de
comunidades, ya que la cosecha se empieza a
50 hacer cuando todo el mundo empieza a
trabajar, a sembrar.
    Luego para el sol, se dice "Corazón del cielo,
tú como padre, nos tienes que dar calor, tu luz,
sobre nuestros animales, sobre nuestro maíz, nues-
55 tro fríjol, sobre nuestras yerbas, para que crezcan
para que podamos comer tus hijos". Luego, se promete a respetar
la vida del único ser que es el hombre. Y es importantísimo. Y
decimos "Nosotros no somos capaces de dañar la vida de uno de tus hijos,
que somos nosotros. No somos capaces de matar a uno de tus seres, o sea
60 ninguno de los árboles, de los animales". Es un mundo diferente. Y así se
hace toda esa promesa, y al mismo tiempo, cuando está la cosecha tenemos
que agradecer con toda nuestra potencia, con todo nuestro ser, más que todo
con las oraciones... Entonces, la comunidad junta sus animalitos para comer
después en la ceremonia.

▲ **Indígenas guatemaltecos realizando labores de siembra.**

Actividad 18 Los elementos sagrados de la vida maya   En parejas,   Scanning
expliquen por qué son sagrados para los quiché los siguientes elementos.

el agua
el maíz
la tierra
el sol
el copal (el pom)
el hombre, los árboles y los animales

Making inferences

Actividad 19 **Los quiché y los ladinos** **Parte A:** Rigoberta Menchú habla de las creencias y la educación de su pueblo, que son diferentes de las creencias y la educación de los "ladinos". En parejas, indiquen cómo cada una de las siguientes observaciones contrasta con los valores y el estilo de vida de las culturas modernas occidentales.

1. Nosotros, los indígenas, tenemos más contacto con la naturaleza.
2. ...somos politeístas... respetamos una serie de cosas de la naturaleza.
3. ...el agua es algo sagrado... no hay que desperdiciar el agua.
4. ...no sabemos comer... jamón o queso, cosas compuestas con aparatos, con máquinas.
5. Sólo se puede herir la tierra cuando hay necesidad... tenemos que pedirle permiso a la tierra.
6. Cuando se pide permiso a la tierra, antes de cultivarla, se hace una ceremonia.
7. No somos capaces de matar a uno de tus seres, o sea ninguno de los árboles, de los animales.

Parte B: En parejas, contesten y comenten las siguientes preguntas sobre la lectura.

1. En su opinión, ¿cuál es el origen de la visión indígena de la naturaleza y el ser humano? ¿Por qué difiere tanto de la perspectiva dominante en las culturas modernas occidentales?
2. ¿Qué podemos aprender nosotros de los indígenas?
3. ¿Creen que los contrastes son tan radicales como implica Menchú? ¿Es posible que ella haya idealizado las diferencias? ¿Por qué?

Actividad 20 **Un poema de protesta** En el poema de la página 131, el autor Eduardo Galeano expresa sus reacciones a los cambios que han ocurrido en el mundo actual. En parejas, hagan una lista de tres cambios problemáticos del mundo actual. Después, lean el poema individualmente para ver si sus ideas aparecen en el poema.

▶ Activistas de Greenpeace protestan contra el peligroso transporte de desechos nucleares por el territorio de Chile.

Eduardo Galeano nació en Uruguay en 1940. Es un autor y periodista muy conocido por sus elocuentes y feroces protestas contra la represión y la injusticia.

Fin de siglo
Eduardo Galeano

Está envenenada° la tierra que nos entierra°   *poisoned / buries*
   o destierra°.   *exiles*
Ya no hay aire, sino desaire°.   *gracelessness,*
Ya no hay lluvia, sino lluvia ácida.   *rudeness*
5 Ya no hay parques, sino *parkings*.
Empresas° en lugar de naciones.   *Companies*
Consumidores en lugar de ciudadanos°.   *citizens*
Aglomeraciones en lugar de ciudades.
Competencias mercantiles en lugar de
10   relaciones humanas.
No hay pueblos, sino mercados.
No hay personas, sino públicos°.   *audiences*
No hay realidades, sino publicidades.
No hay visiones, sino televisiones.
15 Para elogiar una flor, se dice: "Parece
   de plástico".

Actividad 21   Contrastes con el pasado   **Parte A:** Galeano establece una   Approaching poetry
serie de contrastes entre el pasado y el presente. En parejas, hagan una lista de todos los símbolos de la vida del pasado y otra lista de los símbolos de la vida actual que menciona el autor. Expliquen qué respresenta o a qué se refiere cada símbolo, e identifiquen los juegos de palabra o repeticiones que Galeano usa para subrayar los contrastes.

Parte B: En parejas, contesten y comenten las siguientes preguntas.   Reacting to reading

1. ¿Se ven reflejados en este poema los valores de Rigoberta Menchú?
2. ¿Creen que el pesimismo de Galeano es justificado?
3. ¿Creen que escribir poemas como éste puede cambiar la cultura y mejorar la situación?

Cuaderno personal 7-3

Muchos ecologistas afirman que la sociedad moderna necesita un cambio de valores. ¿Estás de acuerdo? ¿Por qué sí o no? ¿Qué valores debemos cambiar?

Redacción: Un reportaje

ESTRATEGIA DE REDACCIÓN

Writing a News Report

News reports attempt to summarize the most important facts about an event, person, problem, crisis, or discovery. All news articles include:

- **title:** mentions the most significant information of the article
- **dateline:** place of origin of the report
- **introduction:** answers the questions *what?, who?, when?, where?, why?, how?* The summarization of these points at the beginning of the article allows readers to quickly skim to see if it interests them. The introduction begins by answering the most important or relevant of these questions. Some very short articles amount to little more than this introduction.
- **body:** allows for the development of details in a longer article. The details chosen will depend on the most interesting points in the introduction. Sources of information (**fuentes**) and quotes (**citas**) by experts or involved persons may also be included.
- **conclusion:** recapitulates the main points, emphasizes the overall significance of the issue, and/or includes opinions of the author. Many news articles, however, do not contain a conclusion.

Using a model

Actividad 22   El reportaje   Lee el artículo de la página 133 y busca las respuestas a las preguntas: ¿qué? ¿quién? ¿cuándo? ¿dónde? ¿por qué? y ¿cómo? Identifica si hay introducción, cuerpo y conclusión, y el tipo de información que contiene cada parte.

Writing a news report

Actividad 23   A investigar y escribir   Imagínate que trabajas para un periódico español local y el jefe de redacción ha pedido más noticias sobre temas ecológicos.

Parte A: Busca información en Internet o en revistas y periódicos en la biblioteca sobre los temas ambientales más importantes del momento. Selecciona un tema que te interese y sobre el cual haya bastante información.

Parte B: Basándote en la información que tienes, contesta las siguientes preguntas antes de escribir el reportaje.

- ¿Qué? ¿Quién? ¿Cuándo? ¿Dónde? ¿Por qué? ¿Cómo?
- ¿Cuál de estos puntos es más importante? O sea, ¿por qué es importante esta noticia?
- ¿Para qué puntos hay que elaborar detalles?
- ¿Hay otras preguntas que se deben considerar? (¿cuántos? ¿cómo?)

Después, escribe un artículo breve, con título, introducción y cuerpo.

Indígenas ecuatorianos sientan precedente ecológico mundial

QUITO, ECUADOR. Cuatro tribus indígenas de Ecuador sentaron un precedente ecológico a nivel mundial al demandar a la petrolera estadounidense Texaco por unos 1.500 millones de dólares como indemnización por daños y contaminación de grandes áreas del Amazonas ecuatoriano. La demanda, que causó revuelo en la opinión pública mundial, fue presentada el 3 de noviembre en una corte federal estadounidense y se espera que antes de seis meses haya un pronunciamiento judicial.

Pero a pesar de que se acusa a la cuarta compañía petrolera de los Estados Unidos de causar deterioros considerables en la ecología ecuatoriana, Texaco se defiende señalando que no es posible determinar si la "supuesta" contaminación presente en el área se ha generado en una fecha reciente o años atrás.

"Si se descubre ahora que hay gran contaminación en la zona, no se sabe si fue hecha hace un año o ahora", dijo a Reuters Rodrigo Pérez Pallares, representante legal de Texaco en Ecuador.

Indígenas de las tribus Quichua, Secoya y Cofán, habitantes de la Amazonia ecuatoriana, fueron en representación de las etnias afectadas a Nueva York a presentar dos demandas, con las que pretenden demostrar que Texaco vertió desechos tóxicos en los ríos de la región.

"Se vertieron a los ríos de la región oriental del Ecuador alrededor de 4,3 millones de galones (unos 16 millones de litros) diarios de sustancias extraídas de los pozos petroleros, durante 20 años", afirmó Cristóbal Bonifaz, abogado defensor de los indígenas. Todo esto ha provocado, según el mismo representante, que los pobladores de la región no puedan utilizar las fuentes de agua, porque se corre el riesgo de contraer cáncer, o padecer de enfermedades gastrointestinales y respiratorias.

Capítulo 8

En busca de seguridad económica

Puertas abiertas a la competencia extranjera

Padre sin trabajo roba para dar de comer a su familia

Enorme poder de compra de los latinos en EE.UU.

Trabajadores mexicanos reclaman mejores salarios

Estados Unidos promueve la creación del Área de Libre Comercio de las Américas

El mercado libre: ¿Los ricos más ricos y los pobres más pobres?

CHILE: MODELO DEL NEOLIBERALISMO

Empresa española Telefónica invierte 700 millones de dólares en Argentina

DESEMPLEO AFECTA 30% DE POBLACIÓN NACIONAL

Deuda sobre deuda para pagar la deuda

Explosión en la publicidad hispana en EE.UU. y Latinoamérica

El siglo XXI: Época de mercado libre, competencia y... ¿crisis social?

See the *Fuentes* website for related links and activities:
http://college.hmco.com/languages/spanish/students

Actividad 1 **Noticias económicas de Latinoamérica** En grupos de tres, lean los titulares y consulten el glosario para buscar los términos que no conozcan. Después, identifiquen:

- dos o tres tendencias reflejadas en los titulares
- dos o tres problemas a que se enfrentan las economías latinoamericanas
- dos o tres datos que les sorprendan a Uds.

Lectura 1: Un artículo

Actividad 2 **Del contexto al significado** Las palabras en negrita en las siguientes oraciones aparecen en la lectura sobre Goya Foods. Lee cada oración y escribe a su lado la letra de un sinónimo apropiado para la palabra indicada.

Guessing meaning from context

a. de comida
b. en el presente
c. la cantidad, el precio
d. vende, cobra, recibe
e. futuros
f. ideal, norma
g. tiene sus orígenes en
h. nombres comerciales

1. _____ General Mills y Beatrix Foods son las compañías **alimenticias** más importantes de los Estados Unidos.

2. _____ La empresa es todo un éxito: **factura** casi 700 millones de dólares al año.

empresa = firm, business

3. _____ Cuando compraron la compañía, el **monto** de la operación fue de sólo dos millones de dólares.

4. _____ La historia del negocio **se remonta** hasta los años 30, época en la que Prudencio y Carolina Unanue fundaron la empresa.

5. _____ Comenzaron un pequeño negocio para poder mantener a toda la familia, inclusive a sus descendientes **venideros.**

6. _____ Coca-Cola y McDonald's son **marcas** conocidas en casi todo el mundo.

7. _____ En la **actualidad,...** Goya Foods abastece a más de 25 mil distribuidores minoristas.

8. _____ Los descendientes decidieron conservar el **patrón** establecido siete décadas atrás por los fundadores: preservar la empresa dentro de los márgenes de la familia.

Building vocabulary

Actividad 3   Un negocio familiar Un equivalente de cada una de las siguientes palabras inglesas aparece en las oraciones que las siguen. Escribe el equivalente español al lado de cada término en inglés.

sweat: _____
determination: _____
flavor: _____
broke, bankrupt: _____
transfer: _____
support: _____

1. Aunque fue muy difícil al principio, trabajaron con empeño durante muchos años para convertir su pequeño negocio en una compañía grande.
2. Se vendieron muy bien los productos de comida porque tenían un sabor especial.
3. La compañía tuvo tanto éxito que se convirtió en el sustento principal de la familia.
4. A sus fundadores les gustaba decir que la empresa había tenido éxito gracias a una combinación de buena suerte y sudor de la frente.
5. La segunda generación mantuvo la compañía durante años, pero al final la vendieron. El traspaso a los nuevos propietarios ocurrió hace cinco años.
6. Los nuevos propietarios no tuvieron suerte, y ahora la compañía está en quiebra.

Activating background knowledge

rentable = profitable

Active reading

Actividad 4   Una compañía rentable **Parte A:** En grupos de tres, hagan una lista de cinco características de una compañía rentable o exitosa.

Parte B: Ahora, lee el artículo del periódico de Los Ángeles *La Opinion* para ver cuáles de estas características se ven reflejadas en Goya Foods.

Goya Foods: Suerte, sudor y empeño

La compañía que empezó con un dólar, factura casi 700 millones de dólares anuales y es la marca alimenticia número uno en el sector latino de EU

La fortuna comienza con el primer dólar.

En el caso de Goya Foods, nunca mejor dicho. Un dólar fue el precio de traspaso de la marca de un negocio marroquí en quiebra con el que comenzó este imperio alimenticio que hoy factura más de 680 millones de dólares anuales.

"Increíblemente, el monto de la operación fue un dólar. Así comenzó la empresa verdadera, sólo con un dólar", cuenta entusiasmado Andrew Unanue, nieto de los fundadores.

La historia de aquel dólar se remonta hasta los años 30, época en la que sus abuelos, Prudencio y Carolina Unanue, inmigrantes españoles, llegaron al puerto de Nueva York en busca de fortuna.

La idea era simple: comenzar un pequeño negocio que estuviera relacionado con sus costumbres ibéricas y que se convirtiera con el correr del tiempo en el principal sustento de los descendientes venideros de la familia.

Casi siete décadas más tarde y dos generaciones después, Goya Foods es una de las mayores compañías hispanas de EU, con una variedad de más de mil productos en el mercado.

[...]

Como en las mejores recetas, el lugar geográfico —Nueva York— y el nicho de mercado elegido por los Unanue —inmigrantes ávidos por encontrar alimentos típicos de sus lejanos terruños— fueron la mezcla ideal para hacer del precario proyecto una empresa líder en su industria, no sólo ya como distribuidora de productos sino también como fabricante de alimentos bajo una marca propia.

Expansión

"Nuestro departamento de compras busca los sabores más representativos de cada país hispanoamericano para incluirlos en nuestra línea", indica Unanue. "No sólo compramos productos y materias primas de España, sino también de Sudamérica y Centroamérica, y de diferentes partes de Europa, Asia y África". Por eso, Goya Foods excede lo meramente "hispano" para convertirse en un negocio de productos internacionales.

"Nos gusta tener sabores exóticos de todas partes del mundo en nuestra línea, pero siempre le damos prioridad al paladar latino", explica. "Un español siente que Goya es una marca de comida española, un mexicano cree que es mexicana, un colombiano cree que es colombiana y así con los diferentes países hispanoamericanos", asegura Unanue.

Algunos de los productos tradicionales que incluye la línea Goya son el arroz, los jalapeños, el característico aceite de oliva, el mole, las aceitunas, el adobo, los condimentos especiales y una amplia variedad de legumbres.

Precisamente, según los especialistas, esta multiplicidad de productos y nacionalidades, es uno de los factores que hicieron de la compañía un líder con reconocimiento y continuidad en la industria.

En la actualidad, y sólo dentro de EU, Goya Foods abastece a más de 25 mil distribuidores minoristas. Según ellos, la principal zona de distribución se ubica en el noreste del país, en New Jersey, Nueva York, Boston y Philadelphia, ya que allí están ubicados sus principales centros de consumo.

"Allí es donde comenzamos y allí es donde más vendemos", afirma Unanue. "Pero también incluimos otras grandes ciudades típicamente hispanas, como Miami, Los Ángeles, Houston y Chicago".

Además de la distribución en EU, los sabores de Goya Foods trasponen las fronteras y se extienden por el Caribe y algunos puntos de Europa y Sudamérica.

Todo en familia

Al margen de todas las hábiles estrategias comerciales, indudablemente el secreto de la fortuna de Goya Foods radica, para sus propietarios y ejecutivos, en haber conservado el patrón establecido siete décadas atrás por los fundadores: preservar la empresa dentro de los márgenes de la familia.

En la actualidad, son ocho los miembros del clan Unanue los que se desempeñan activamente en el negocio familiar... "trabajar en familia nos da una ventaja competitiva que otras empresas no tienen. Sopesamos cada decisión entre todos y alentamos el crecimiento de la firma porque representa nuestra tradición", explica Unanue.

En español

Como toda buena empresa de origen hispano, Goya Foods da prioridad al español dentro de sus campañas publicitarias, no sólo en pos de llegar al consumidor latino

sino también para reforzar el espíritu y la tradición de la marca.

"Cerca del 80% de nuestra publicidad es en español. Los hispanos son la mayor parte de nuestro mercado y nunca nos vamos a olvidar de eso", explica Unanue.

Su más reciente estrategia de mercado incluye un fuerte apoyo en línea, a través de la página que la compañía posee en la Internet (www.goya.com) y en la que, entre otras cosas, se publican recetas típicas de fácil preparación que para Unanue, "no sólo atraen a los hispanos sino a muchos anglosajones que valoran el buen paladar de los latinos".

En cuanto al futuro, Goya continúa apoyándose en un mercado que crece día a día en EU, el de los hispanos y su descendencia.

◄ Los productos Goya se encuentran en supermercados de todas partes de los Estados Unidos.

Scanning

Actividad 5 Datos fundamentales El artículo da mucha información sobre la historia y las operaciones de Goya Foods. Completa la información para cada aspecto indicado.

Lugar de fundación: _____

Los fundadores: _____

Época de fundación: _____

Actuales propietarios: _____

Actuales países de distribución: _____

Número total de productos: _____

Productos típicos: _____

Tipo de consumidores: _____

Dirección de Internet: _____

Scanning, Making inferences

marketing = **la mercadotecnia, el mercadeo, el marketing**

Para más ideas sobre el marketing de Goya Foods, busca y mira su página web.

Actividad 6 La mercadotecnia de Goya Foods El artículo comenta el éxito de las estrategias de mercadotecnia y campañas de publicidad de Goya Foods. En parejas, hagan una lista de los aspectos positivos de la mercadotecnia y la publicidad de la compañía.

Scanning, Making inferences

Actividad 7 Todo en familia El artículo comenta también que Goya Foods, como muchas empresas hispanas, es una empresa familiar. En parejas, expliquen primero por qué creen los dueños que esto importa. Después, piensen en otros aspectos de una empresa que pueden ser ventajas o desventajas.

Actividad 8   En años venideros   Después de leer y comentar el artículo, completa las siguientes oraciones sobre el futuro de Goya Foods. Luego, en parejas, comenten sus ideas. ¿Goya Foods va a tener un buen futuro?

Making inferences

1. Goya Foods va a seguir creciendo siempre y cuando.../con tal de que...
2. Las ventas de Goya Foods van a aumentar sin que.../porque...
3. Los consumidores no latinos no van a comprar más productos de Goya Foods a menos que...
4. Goya Foods va a expandir sus operaciones a muchos países para que…

Cuaderno personal 8-1

En tu opinión, ¿qué compañía tiene la mejor publicidad en este país? ¿Por qué es la mejor? ¿Cómo se puede describir su publicidad?

Lectura 2: Panorama cultural

ESTRATEGIA DE LECTURA

Determining Reference

Written texts attempt to link ideas together in the clearest manner possible. In order to refer to a previously mentioned idea or fact, writers use pronouns and connecting words. These include:

subject pronouns (**yo, tú, él, ella, Ud.,** etc.)
direct-object pronouns (**me, te, lo, la,** etc.)
indirect-object pronouns (**me, te, le,** etc.)
reflexive pronouns (**me, te, se,** etc.)
demonstrative adjectives and pronouns (**este/a, estos/as, éste/a, éstos/as, esto; ese/a,** etc.; **aquel/aquella,** etc.)
relative pronouns (**que, quien, lo que, el/la que, lo cual,** etc.)
possessive adjectives and pronouns (**mi, mío, tu, tuyo,** etc.)

These words are the glue that holds together a cohesive text. Understanding what they refer to will increase your comprehension of the text.

Actividad 9   ¿A qué se refiere?   Lee las siguientes oraciones de la lectura sobre las economías latinoamericanas. Luego, identifica a qué se refiere cada palabra en negrita.

Determining reference

1. Los gobiernos latinoamericanos pidieron préstamos al Banco Mundial para pagar el petróleo y continuar sus programas de desarrollo, **lo cual** llevó a una seria crisis de la deuda en los años 80.

2. Aunque los programas de la dictadura de Pinochet tuvieron un gran éxito económico, sólo **lo** pudieron lograr a costa de las libertades civiles y humanas.

3. Con el retorno a la democracia en 1989, el gobierno **les** subió los impuestos a los negocios y a los ricos.

4. En Chile se ha observado una nueva aproximación entre pobres y ricos, de **la que** depende la estabilidad del gobierno democrático.

5. ¿Es posible reproducir "el milagro chileno" en otros países? ¿Cuál es la mejor manera de hacer**lo**?

Guessing meaning from context

Actividad 10 **Del contexto al significado** Lee cada oración y da un sinónimo en español, una definición en español o un equivalente en inglés para cada una de las palabras en negrita. Estas palabras aparecen en la lectura sobre las economías latinoamericanas. En caso de duda, usa el glosario o un diccionario para confirmar tus respuestas.

1. Ayer los presidentes firmaron un **acuerdo** económico.

2. Los Estados Unidos y Canadá son dos países que **se asemejan** mucho en cultura, lengua dominante y economía.

3. Con el nuevo programa, el gobierno **logró** una gran mejora en el nivel de vida de los ciudadanos.

4. La empresa **pertenecía** a la familia González, pero los nuevos dueños son unos inversionistas japoneses.

5. Todos se quejan de que no hay suficientes casas, pero el gobierno no hace nada para remediar esta escasez de **vivienda.**

6. Los países **desarrollados** suelen tener altos niveles de tecnología y grandes recursos financieros.

7. El sistema capitalista depende de la **inversión** de dinero en empresas privadas.

8. Una industria nacionalizada es una industria que pertenece al **estado.**

9. Cuando hay graves problemas de inflación, muchos gobiernos deciden **congelar** los precios.

10. Para evitar la acumulación de **deudas,** hay que reducir los **gastos.**

Activating background knowledge

Actividad 11 **El mercado libre** **Parte A:** En la siguiente lectura se discute el desarrollo de las economías latinoamericanas y la importancia del mercado libre para estas economías. En grupos de tres, decidan cuáles de los siguientes términos se asocian con el concepto del mercado libre y expliquen de qué manera. Expliquen también por qué excluyeron algunos términos.

la nacionalización	la privatización
las importaciones	las exportaciones
la protección del empleo	la competencia
la eficiencia	la protección del salario mínimo
la mano de obra barata	las tarifas altas sobre las importaciones

Active reading

Parte B: Ahora, lee el artículo. Mientras lees, escribe en el margen tus reacciones a la información: dudas, sorpresas, reacciones contrarias.

Corrientes cambiantes de las economías latinoamericanas

Desde los años 80, el mundo comercial y laboral latinoamericano se asemeja cada vez más al de los Estados Unidos, Europa y Japón. Se privilegian la competencia, el mercado libre y la eficiencia productiva, y se adoptan técnicas y métodos de administración norteamericanos. Estos cam-
5 bios han generado nuevas esperanzas de prosperidad y también nuevas tensiones sociales, pero para comprender los cambios y sus consecuencias, hay que echar un vistazo al pasado económico de la región.

La dependencia económica poscolonial

El sistema económico poscolonial dependía de la exportación de recursos minerales y productos agrícolas a los países europeos y a los Estados
10 Unidos. Con el dinero obtenido de las exportaciones, los países latinoamericanos importaban de los países más desarrollados productos manufacturados. Durante el siglo XIX, este sistema creció y entre 1850 y 1930, grandes inversiones de dinero de Gran Bretaña y los Estados Unidos permitieron el desarrollo de ferrocarriles, sistemas eléctricos
15 y telecomunicaciones.

Algunos países se hicieron bastante ricos; en los años 20, Argentina llegó a ocupar el décimo lugar en el mundo en cuanto a nivel de vida.

La búsqueda de la independencia económica

La Gran Depresión de 1929 llevó a la destrucción de las fuentes tradicionales de ingresos: bajaron las exportaciones y desaparecieron las inversiones de capital extranjero. Para remediar esta situación, muchos gobiernos buscaron la solución dentro de sus propios países. Decidieron desarrollar
20 industrias para los mercados nacionales, creando así trabajos e industria con un mercado doméstico garantizado, sin necesidad de dinero extranjero. Los gobiernos fomentaron estos proyectos
25 de "sustitución de importaciones" con el propósito de garantizar mayor independencia económica y nacionalizaron muchas industrias que habían pertenecido a empresas extranjeras. Además, para proteger las
30 nuevas industrias de la competencia extranjera se impusieron altas tarifas sobre las importaciones.

En 1938 México nacionalizó la industria petrolera para obtener mejor control de su economía. Hoy, esta industria sigue sin privatizar por la importancia simbólica que tiene para muchos mexicanos.

Estas políticas, aunque promovieron la variedad industrial, crearon nuevos
35 problemas. Las altas tarifas impedían el comercio internacional, y el control ineficiente y burocrático por parte del estado causó que muchas industrias perdieran dinero. No obstante, los grandes problemas no
40 se hicieron visibles hasta 1973 y 1979 cuando el precio del petróleo subió dramáticamente. Los

▲ Trabajadores en un depósito de café, Costa Rica. Desde la época de la colonia, el café ha sido una exportación importante para varias regiones de Latinoamérica.

▶ Mexicanos desempleados anuncian sus servicios esperando algún trabajo ocasional.

La crisis de la deuda nunca ha desaparecido, ya que los países latinoamericanos siguen sacando préstamos para pagar los intereses sobre la deuda acumulada del pasado. Como resultado, la deuda externa ha pasado de casi nada en 1945, a US$374.000.000.000 en 1985, a US$750.000.000.000 en el año 2000.

En los años 70 y 80 también hubo graves problemas de inflación causados por los gastos excesivos de los gobiernos. Las tasas de inflación llegaron hasta el 7.000% (Perú) y el 14.000% (Nicaragua).

El neoliberalismo, que favorece un mercado sin restricciones de ningún tipo, se basa en ideas de Milton Friedman y otros economistas de la Universidad de Chicago. Sus estudiantes implementaron las ideas neoliberales en Chile en los años 70.

gobiernos latinoamericanos pidieron préstamos al Banco Mundial para pagar el petróleo y continuar sus programas de desarrollo, lo cual llevó a una seria crisis de la deuda en los años 80. A partir de 1982, los bancos
45 internacionales y los gobiernos latinoamericanos empezaron a renegociar el pago de la deuda. Al mismo tiempo, los bancos comenzaron a insistir en que se hicieran cambios radicales en el sistema económico de los países afectados, cambios que ya se habían implementado en Chile.

El milagro chileno y el neoliberalismo

Después de 1973, la dictadura militar de Pinochet respondió a la crisis
50 económica aplicando una serie de medidas neoliberales drásticas. Se congelaron los salarios y se descongelaron los precios y, como resultado, hubo primero inflación y después recesión. Se privatizaron bancos, fábricas y empresas que habían pertenecido al gobierno. Se eliminaron las tarifas sobre las importaciones y el mercado se inundó de productos extranjeros
55 baratos. Al mismo tiempo, las empresas locales o se adaptaron al nuevo mercado competitivo o se declararon en bancarrota. Un tercio de los trabajadores quedó sin trabajo y, como consecuencia, hubo disturbios sociales; pero el gobierno usó la represión política para controlar a la población.

Sin embargo, después de varios años difíciles, Chile empezó a experi-
60 mentar un crecimiento económico extraordinario del 6 ó 7% anual. Se expandió tanto la variedad como la cantidad de las exportaciones, se aumentaron las inversiones extranjeras y la inflación fue reducida a un nivel mínimo. Este éxito, descrito como "el milagro chileno", fue visto por otros países con graves problemas económicos como el camino de
65 su propia salvación.

Los años 90: mercado libre e integración económica

Durante los años 80 y 90, los líderes latinoamericanos abandonaron sus antiguas ideas sobre la independencia económica a favor de una mayor integración en el mercado mundial. Por ejemplo, al igual que Chile, México bajó las tarifas de importación, redujo los gastos gubernamentales, vendió
70 muchas industrias estatales a inversionistas privados y fomentó la inversión

extranjera. Es más, los líderes políticos decidieron que la mejor esperanza
para México era su integración a un mercado libre con Canadá y los
Estados Unidos y, en 1993, se firmó el Tratado de Libre Comercio de
América del Norte (TLC). Otros países han seguido una política parecida:
75 por ejemplo, en 1995 entró en vigor Mercosur, un acuerdo de mercado libre
entre Argentina, Uruguay, Paraguay y Brasil que ha creado la mayor fuerza
agrícola del mundo.

    Sin embargo, estos logros económicos han llegado acompañados de la
implementación generalizada de "programas de austeridad", los cuales han
80 reducido drásticamente los gastos en programas sociales, dando como
resultado un aumento de la pobreza en muchos países y el deterioro de los
sistemas de educación, salud y transporte. En casi todos los países se ha
visto un gran aumento en el desempleo y en la diferencia entre pobres y
ricos. Y en algunos casos la aplicación de medidas neoliberales ha llevado a
85 nuevas crisis como el colapso total de la economía argentina en 2001, que
ocurrió cuando Argentina se declaró incapaz de pagar su exhorbitante
deuda externa.

¿Una vía media?

Los problemas de injusticia social han llevado a muchos observadores a
rechazar las ideas neoliberales. Otros, sin embargo, argumentan que existe
90 una "vía media" entre la eficacia del mercado libre que tiende a aumentar las
diferencias entre ricos y pobres, y una política social progresista que tiende a
producir más igualdad. De nuevo, Chile es el país que ha servido de modelo
a los demás. Aunque los programas de la dictadura de Pinochet tuvieron
gran éxito económico, sólo lo pudieron lograr a costa de las libertades civiles
95 y humanas, y pagando un alto precio social al crear desempleo y pobreza.
Con el retorno a la democracia en 1989, el gobierno chileno les subió los
impuestos a los negocios y a los ricos y utilizó el dinero en viviendas, salud
y educación. Aumentó también el salario mínimo de los trabajadores y pro-
movió el establecimiento de negocios pequeños. En los primeros tres años,
100 estos programas sacaron a un millón de personas de la pobreza. Lo
sorprendente es que los chilenos también hayan podido mantener la salud

Otras organizaciones regionales de libre comercio incluyen la Comunidad Andina, el Mercado Común Centroamericano y la Comunidad del Caribe.

La pobreza se limita en parte gracias al dinero que los inmigrantes hispanos en Estados Unidos mandan a sus familiares en sus países de origen. Por ejemplo, cada año los mexicanos mandan **remesas** de más de US$10.000.000.000 a México.

◄ La mina chilena de Chuquicamata, la mina de cobre más grande del mundo. La economía chilena ha desarrollado muchas industrias, pero la extracción y la exportación del cobre siguen siendo fundamentales para la economía nacional.

económica de su sociedad: inflación mínima, presupuesto equilibrado, crecimiento fuerte, alto nivel de inversión extranjera y tasa de desempleo baja. De todos los países latinoamericanos, sólo en Chile se ha observado
105 una nueva aproximación entre pobres y ricos, una aproximación de la que depende, dicen muchos, la estabilidad del gobierno democrático.

En la actualidad los líderes latinoamericanos se enfrentan a una serie de desafíos comunes. ¿Es posible reproducir "el milagro chileno" en otros países? ¿Cuál es la mejor manera de hacerlo? ¿Es la "vía media" la mejor
110 solución para todos? Actualmente, los Estados Unidos promueven la creación de un Área de Libre Comercio de las Américas (el ALCA), que creará un mercado libre para todo el hemisferio occidental. ¿El ALCA les conviene a los ciudadanos de las naciones latinoamericanas? Estas son las cuestiones que se debaten y que requieren de una pronta respuesta para
115 que todos los latinoamericanos puedan alcanzar nuevas posibilidades de prosperidad.

Scanning

Actividad 12 Detalles y fechas Indica qué significa cada término y con qué se asocia cada fecha, y di por qué es importante en la lectura.

TLC   Mercosur   ALCA 1979   1982   2001

Scanning and summarizing

Actividad 13 Tres etapas de desarrollo económico Parte A: En parejas, busquen una característica, un objetivo y un problema del sistema económico dominante de una de las tres épocas económicas.

1. la época poscolonial
2. la época de "sustitución de importaciones"
3. la época del neoliberalismo

Scanning, Making inferences

Actividad 14 El ejemplo de Chile Con frecuencia se nombra a Chile como modelo del éxito del neoliberalismo. En parejas, comenten las siguientes preguntas que tratan de Chile y la creación de la "vía media".

1. ¿Es Chile un ejemplo perfecto del neoliberalismo?
2. ¿En qué consiste la "vía media"?
3. ¿Es posible que la "vía media" cree todavía más problemas?
4. ¿Este concepto es importante también para este país?

Making inferences

Actividad 15 ¿Cómo votan? Hay dos candidatos principales en las elecciones presidenciales. Pérez defiende la postura neoliberal y los "programas de austeridad". López dice que hay que adoptar "la vía media" de Chile y proteger más a los trabajadores. En grupos de tres, decidan por quién vota cada una de las siguientes personas. También es posible que una persona no vote por ninguno de estos dos candidatos.

1. Felipe trabajaba en una fábrica que pertenecía al estado, pero privatizaron la fábrica y los nuevos dueños decidieron eliminar muchos trabajos en nombre de la eficiencia. Actualmente, Felipe no tiene trabajo, pero se están abriendo nuevos negocios y nuevas fábricas.

2. Consuelo gana un buen sueldo, y paga sus impuestos, pero el 40% de todo lo que paga sirve para pagar las deudas del estado y los intereses de esas deudas. Además, todo el dinero acaba en los países de Estados Unidos, Canadá, Europa y Japón. Consuelo cree que esto es injusto para su país.

3. Carlos trabaja como cajero en un banco. Su vida no ha cambiado mucho desde la implementación de las medidas neoliberales, pero ahora no hay mucha inflación y él puede ahorrar dinero sin miedo de que pierda su valor.

Cuaderno personal 8-2

¿Crees que el gobierno tiene la obligación de ofrecer servicios de salud, educación y asistencia pública a los pobres? ¿Crees que el mercado libre es capaz de ofrecer todos estos servicios?

Lectura 3: Literatura

Actividad 16 Según el contexto Las palabras en negrita aparecen en el cuento "La carta". Lee las oraciones y después asocia las palabras indicadas con su significado.

Guessing meaning from context

a. estampilla que indica que se ha pagado el envío de una carta
b. pintura, dibujo o fotografía de una persona
c. casi sentarse de manera que las nalgas estén cerca del suelo
d. una prenda de vestir que cubre la cabeza y la frente para protegerlas del sol.
e. poner juntas dos partes de un papel
f. papel en el cual y se envía una carta
g. escribir el nombre en un documento
h. parte inferior de una puerta o entrada
i. que ha perdido el uso de una mano

1. _____ Pablo terminó de escribir la carta y la **firmó.**

2. _____ Luego, **dobló** la carta y la metió en el **sobre.**

3. _____ Antes de cerrar el sobre, metió dentro un pequeño **retrato** suyo —una foto que le habían sacado varios años antes.

4. _____ Al final, buscó un **sello** y lo puso en el sobre, y salió para la estación de correos.

5. _____ Pablo no quería que nadie lo reconociera, así que bajó la **gorra** sobre la frente y miró hacia abajo.

6. _____ Cuando Pablo se acercó a la entrada, vio un hombre sentado en el **umbral.**

7. _____ **Se acuclilló** para hablar con el hombre, y éste le explicó que era **manco** y necesitaba que alguien le ayudara a escribir una carta.

Determining reference

Actividad 17 ¿A quién se refiere? El cuento que vas a leer contiene una carta. El escritor de la carta le se dirige a su destinatario y también habla de otras personas. Antes de leer, determina a qué o a quién se refiere cada pronombre en negrita de las siguientes oraciones.

1. Querida mamá: Como yo **le** decía antes de venirme...
2. Me pagan ocho pesos la semana y con **eso** vivo como don Pepe el administrador.
3. La ropa aquella que quedé de mandar**le,** no **la** he podido comprar.
4. Díga**le** a Petra que cuando vaya por casa **le** voy a llevar un regalito al nene de ella.
5. Voy a ver si **me** saco un retrato un día.
6. ... Su hijo que **la** quiere y **le** pide la bendición, Juan.

Activating background knowledge

Actividad 18 En busca de trabajo Parte A: En parejas, respondan a una de las siguientes preguntas.

1. ¿Has buscado trabajo alguna vez? Describe tu peor experiencia o la de otra persona que no haya tenido éxito con la búsqueda de trabajo.
2. ¿Qué debe o puede hacer una persona que no encuentra el trabajo deseado? ¿Debe aceptar cualquier puesto?
3. ¿Las personas buscan trabajo sólo para ganar dinero o el trabajo es importante por otras razones?

Active reading

Parte B: Ahora lee la primera parte del cuento —"la carta"— para ver quién escribe la carta y qué dice.

José Luis González (1926–1996) nació en la República Dominicana de padre puertorriqueño y madre dominicana. Se crió en Puerto Rico, y siempre se consideró puertorriqueño aunque pasó la mayor parte de su vida adulta trabajando en México. Fue conocido como ensayista, periodista, novelista, y sobre todo, cuentista. Sus escritos se caracterizan por una gran preocupación por los problemas sociales de su época.

La carta

José Luis González

San Juan, puerto Rico
8 de marzo de 1947
Qerida bieja:

Como yo le desia antes de venirme, aqui las cosas me van vién. Desde que llegé enseguida incontré trabajo. Me pagan 8 pesos la semana y con eso bivo como don Pepe el alministradol de la central allá.

La ropa aqella que quedé de mandale, no la he podido compral pues quiero buscarla en una de las tiendas mejores. Digale a Petra que cuando valla por casa le boy a llevar un regalito al nene de ella.

Boy a ver si me saco un retrato un dia de estos para mandálselo a uste. El otro dia vi a Felo el ijo de la comai María. El está travajando pero gana menos que yo. Bueno recueldese de escrivirme y contarme todo lo que pasa por alla.

Su ijo que la qiere y le pide la bendision.
Juan

Después de firmar, dobló cuidadosamente el papel ajado y lleno de borrones y se lo guardó en el bolsillo de la camisa. Caminó hasta la estación de correos más próxima, y al llegar se echó la gorra raída sobre la frente y se acuclilló en el umbral de una de las puertas. Dobló la mano izquierda, fingiéndose manco, y extendió la derecha con la palma hacia arriba.

5

Cuando reunió los cuatro centavos necesarios, compró el sobre y el sello y despachó la carta.

Actividad 19   Hablar y escribir en puertorriqueño   **Parte A:** La carta está escrita con muchos errores ortográficos. Algunos de los errores revelan el dialecto hablado de Juan, el escritor. Estos rasgos incluyen:

Dealing with different registers

- la confusión de la **-r** y la **-l** al final de sílaba, y la pérdida de la **-r** al final de palabra
- la pérdida de la **-d** al final de palabra y de la **-d-** entre dos vocales
- la sustitución de la **e** por la **i** (**e → i**) en sílabas no acentuadas
- la aspiración de la **-s** al final de sílaba: o sea, se pronuncia como **h** en inglés y a veces se pierde completamente
- **para → pa'**

Busca en la carta de Juan un error que refleje cada rasgo dialectal. ¿Hay algún rasgo que no se vea reflejado en la carta? ¿Hay errores no asociados con estos rasgos dialectales?

Parte B: Corrige todos los errores ortográficos de la carta. Después, compara tus correcciones con las de un/a compañero/a de clase.

Focusing on surface form

ESTRATEGIA DE LECTURA

Making Inferences

When reading, it is often necessary to read between the lines, that is, to extract information and conclusions that are not explicitly stated. This may include information or beliefs that the author takes for granted, or additional conclusions that may be drawn from the information presented. For example, it is safe to conclude from the preceding reading that the author of the letter has little formal schooling.

Making inferences

Actividad 20   La carta de Juan   La carta provee mucha más información de la que aparece literalmente en el texto. Después de leer, contesta las siguientes preguntas y justifica cada respuesta con información de "la carta". Después, compara tus respuestas con las de otra persona.

1. ¿Quién es Juan? ¿Cómo es? ¿Ha tenido estudios?
2. ¿De dónde es Juan? ¿Dónde vive? ¿Qué tipo de trabajo tiene? ¿Por qué se mudó?
3. ¿Quién es su "vieja"? ¿Dónde vive su "vieja"?

Recognizing chronological order

Actividad 21   Las acciones de Juan   Los párrafos finales del cuento "La carta" describen cuidadosamente las acciones y los movimientos de Juan. Pon las siguientes acciones en orden cronológico. Después, compara tus respuestas con las de un/a compañero/a de clase, y comenten la importancia de estas acciones para nuestra interpretación de la carta misma.

_____ Extendió la mano derecha con la palma hacia arriba.

_____ Se puso la gorra sobre la frente.

_____ Compró el sobre y el sello y mandó la carta.

_____ Dobló el papel y lo guardó en el bolsillo de la camisa.

_____ Caminó hasta la estación de correos.

_____ Dobló la mano izquierda contra su pecho.

_____ Recibió cuatro centavos.

_____ Firmó la carta.

_____ Se acuclilló en el umbral de una puerta.

Considering implications

Actividad 22   La experiencia de Juan   La experiencia de Juan refleja la de muchos campesinos pobres que empezaron a mudarse a las ciudades latinoamericanas después de la Segunda Guerra Mundial (1939–1945). En grupos de tres, comenten las siguientes preguntas.

1. ¿Qué buscaba Juan en la ciudad?
2. ¿Qué encontró?
3. ¿Qué problemas pueden surgir cuando hay millones de personas en la situación de Juan?

Cuaderno personal 8-3

El trabajo, los estudios y los deportes pueden ser muy importantes para la dignidad personal. ¿Has mentido alguna vez para proteger tu reputación pública y/o tu autoestima? ¿Cuándo? ¿Por qué?

VIDEOFUENTES 📺

A veces las personas no pueden conseguir un trabajo porque existen estereotipos sobre qué clases de personas pueden hacer ciertos tipos de trabajo. En la película de Almodóvar, ¿qué personajes tienen trabajos sorprendentes? ¿Qué problemas han tenido estos personajes a causa de sus trabajos? En tu opinión, ¿por qué el director insiste en presentar a algunos personajes en puestos atípicos?

Redacción: El curriculum vitae y la carta de solicitud

ESTRATEGIA DE REDACCIÓN

Using Models

One way to improve your writing is to use examples of texts as models and to imitate their style and/or format. This is frequently done when preparing documents with fixed formats such as formal letters.

Actividad 23 Un curriculum   Parte A: Aunque el curriculum vitae tradicionalmente no ha sido muy importante en Latinoamérica, con el aumento de la influencia comercial norteamericana en la región, se está extendiendo el uso del curriculum al estilo norteamericano. En grupos de tres, traten de contestar las siguientes preguntas.

Using a model

- ¿Por qué el curriculum vitae es y ha sido tan importante en la cultura comercial y profesional de Norteamérica?
- ¿Por qué el curriculum vitae no ha tenido tradicionalmente mucha importancia en la cultura comercial y profesional de los países latinoamericanos?

Parte B: Al preparar el curriculum propio, generalmente se usa el de otra persona como base y modelo. En parejas, miren el siguiente curriculum y observen el vocabulario que se usa y cómo está organizado. ¿Hay otras maneras de organizar un curriculum?

maestría o **master** = master's degree

licenciatura = un título un poco más avanzado que *bachelor's degree*

bachiller = *high school graduate*

Rosa Cunningham-González
67 Chula Vista Road
Los Ángeles, California 50215
(213) 789-2389

Fecha de nacimiento
15 de agosto de 1981

Objetivo profesional
Gerente de ventas y mercadeo

Preparación académica

2003–2005	Universidad de California, Los Ángeles, CA
	Maestría
	Especialización: Administración de empresas
1999–2003	Universidad de Georgia, Athens, Georgia
	Licenciatura *magna cum laude*
	Especialización: español e inglés
1995–1999	Las Palmas High School, Los Ángeles, CA
	Bachiller

Experiencia profesional

2004 (verano)	Ventamundo, S.A., México, D.F.
	Asistente ejecutiva
2001–2003 (veranos)	Toyland, Inc., Atlanta, GA
	Vendedora regional

Experiencia adicional

2003–2005	Club de Estudiantes de Negocios, tesorera
1999–2003	Asociación de Estudiantes Latinos, presidenta

Preparación adicional

Mecanografía y procesamiento de datos
Dominio de inglés y español
Conocimiento elemental de portugués

Becas y premios

2004	Beca Salinas (mejor estudiante del programa)
2003	Phi Beta Kappa (por excelencia académica)

Intereses

Baile popular, música caribeña, navegación

Using a model

Parte C: Individualmente, preparen el borrador de un curriculum propio similar al del modelo. Usen el diccionario o hablen con su profesor/a si necesitan vocabulario específico.

Actividad 24 **Una carta de solicitud** Las cartas en español generalmente Using a model
tienen un formato diferente al de las cartas en inglés y emplean un lenguaje
muy formal y formulaico. Mira la carta modelo en la página 152, que es una
solicitud escrita para acompañar el curriculum vitae anterior, y haz lo siguiente.

1. Identifica lo siguiente.
   a. el encabezamiento
   b. el destinatario
   c. el saludo
   d. el cuerpo
   e. la despedida
   f. la firma y la dirección del/de la remitente
2. Identifica las diferencias entre el formato de esta carta y el de una carta en inglés.
3. Identifica el párrafo en el cual aparece la siguiente información.
   a. el puesto deseado y cómo se informó del puesto el/la solicitante
   b. la información más importante del curriculum vitae
   c. otros datos no incluidos en el curriculum vitae
   d. razón de su interés en el puesto
   e. esperanzas en cuanto al trabajo
   f. las gracias
4. Busca dos ejemplos de lenguaje muy formal o de fórmulas que se usan.

ESTRATEGIA DE REDACCIÓN

Focusing on Surface Form

Writing involves several stages: generating ideas, focusing on specific ideas,
organizing, composing, and, for more formal texts, polishing surface form.
Surface form includes physical layout, punctuation, spelling, and use of
capital letters. Since it is the first thing the reader notices, it can be very
important in determining the reader's initial reaction to a text, its content,
and/or the writer. Here are some suggestions for polishing what you write.

1. Make sure that margins are clearly set.

2. Check punctuation. Though similar in formal Spanish and English,
   remember: inverted question and exclamation marks must be used in
   Spanish; commas are not used before **y** or **o** in a series (**rojo, blanco y
   azul**); use of commas and periods in numbers differs in English and
   Spanish (*GPA: 3.67* = **Promedio de notas: 3,67** and *2,000 dollars* =
   2.000 dólares).

3. Watch your spelling, including accents. Do not let English influence
   your spelling of cognates (*professional*/**profesional**) and remember
   that the use of accents can differ between singular and plural forms
   (**recomendación/recomendaciones**). Most native speakers do not use
   written accents on capital letters.

4. The use of capital letters (**mayúsculas**) is more restricted in Spanish.
   Use capital letters for the first word of a sentence or title (**Cien años de
   soledad**); for names of people, clubs, organizations, or businesses; and
   for abbreviated titles (**Ud., Sr.**). Do not use capital letters for days of
   the week (**lunes**), months (**enero**), seasons (**primavera**), languages or
   nationalities (**inglés**), religions (**catolicismo**), compass points (**norte**),
   or adjectives (**católico**).

Writing an application letter

Imagina que quieres pasar algún tiempo trabajando en Hispanoamérica para perfeccionar tu español y decides solicitar un puesto de trabajo en el campo de mercadeo.

Parte A: Haz una lista de los datos de tu curriculum que quieres enfatizar en la carta de solicitud. Incluye información que te hará un candidato interesante.

Parte B: Escribe la carta. Incluye información semejante a la de la carta modelo. Decide qué partes de la carta modelo debes copiar y qué partes tienes que adaptar para personalizar tu carta.

Focusing on surface form

Parte C: Después de redactar el primer borrador, corrígelo pensando en su presentación: el formato, la puntuación y el uso de letras mayúsculas.

Los Angeles, 14 de julio de 2005

Sra. María Elena Pérez Pereira
Directora de personal
Juguetes Xochimilco, S.A.
Sagredo 263
Colonia Guadalupe Inn
010020 México, D.F.

Estimada señora:

Atentamente me dirijo a Ud. para comunicarle mi interés en el puesto de director de desarrollo de productos en su empresa y para enviarle copia de mi curriculum vitae de acuerdo con el anuncio que apareció en *Uno Más Uno* el 1º de julio de 2005.

El reciente mayo pasado me gradué de la Universidad de California en Los Angeles con maestría en administración de empresas. Tengo gran interés en mercadeo, asignatura que estudié intensamente durante la carrera universitaria.

En cuanto a mi competencia lingüística, domino tanto el español como el inglés ya que he crecido en una familia bicultural y he viajado a México varias veces. Creo que tanto mi experiencia profesional, adquirida en una empresa americana conocida, como mis conocimientos lingüísticos y culturales hacen de mí una buena candidata para el puesto solicitado. Me interesa este puesto ya que su empresa tiene mucho prestigio en este campo y goza de gran éxito en el mercado norteamericano. Creo también que mis capacidades parecen corresponder a sus necesidades.

Le agradecería que me diera la oportunidad de conocerla en persona y de visitar sus instalaciones. Me gustaría hablar con usted tanto de los requisitos del puesto como de las contribuciones que yo podría ofrecer a su empresa.

Agradeciéndole anticipadamente su atención, quedo en espera de su pronta respuesta.

Muy atentamente,

Rosa Cunningham-González

Rosa Cunningham-González
67 Chula Vista Road
Los Angeles, CA 50215

En español, la dirección del/de la remitente suele aparecer al final de la carta, debajo de la firma.

Capítulo 9

Arte, identidad y realidad

▲ *Autorretrato en la frontera entre México y los Estados Unidos,* 1932, Frida Kahlo (México).

Activating background knowledge, Anticipating

Frida Kahlo estaba casada con el artista Diego Rivera cuando pintó este autorretrato; Carmen Rivera era su nombre de casada.

Actividad 1 **Interpretación del arte** **Parte A:** En grupos de tres, miren y comenten los cuadros que aparecen en este capítulo, usando las siguientes preguntas.

1. ¿Qué tipo de arte son? (pinturas, dibujos, esculturas, etc.)
2. Expliquen el tema o el mensaje de dos o tres de las obras.
3. ¿Cuáles son las dos que les gustan más? Comparen su contenido o su tema.

Parte B: Muchos artistas usan el arte para explorar su mundo y su propia identidad. El cuadro que aparece en la página anterior fue pintado por la artista mexicana Frida Kahlo durante una visita a Detroit, Michigan. En grupos de tres, miren la pintura y hagan la siguiente actividad usando el vocabulario que aparece a continuación.

la ambigüedad	la explotación	la metáfora
lo arcaico	lo femenino	lo moderno
la bandera	la fertilidad	el pasado
Carmen Rivera	el futuro	el pedestal
el cigarrillo	lo indígena	la tecnología
lo colonial	la inhumanidad	la yuxtaposición
el crecimiento	lo masculino	

1. Comparen el lado izquierdo con el lado derecho.
2. Expliquen por qué la artista se representa en el centro.
3. Traten de adivinar lo que quiere expresar la artista.
4. Busquen un tema que aparezca en este cuadro y que aparezca también en otro cuadro del capítulo.

Lectura 1: Reseña de un libro

ESTRATEGIA DE LECTURA

Recognizing Clauses and Phrases

A characteristic of Spanish writing is the frequent use of long sentences. Understanding the structure of these sentences can help you understand their meaning. Some are simple sentences with a single main conjugated verb; others are compound sentences, which link two shorter sentences, or two independent clauses, with a conjunction such as **y** or **pero: Él pinta muchos cuadros, pero nunca logra venderlos.** Complex sentences are composed of a main clause and one or more dependent clauses. The dependent clause contains a conjugated verb and is introduced by the word **que** for noun clauses, by relative pronouns (**que, quien, el/la cual,** etc.) for adjective clauses, or by adverbial conjunctions (**aunque, porque, para que, como, cuando, ya que, si,** etc.) for adverbial clauses.

A good way to analyze complex sentences is to break them down into smaller sentences.

Los cuadros **que había pintado Elena Climent** se vendieron rápidamente. =
(1) Los cuadros se vendieron rápidamente
+ (2) Elena Climent había pintado los cuadros

The adjective clause in the preceding example is a restrictive clause; it limits the paintings to those painted by Elena Climent. The information in restrictive clauses is important for determining the grammatical subject. On the other hand, a nonrestrictive clause, set off with commas, adds extra, nonessential information.

Las naturalezas muertas, **las cuales Climent había pintado el año anterior,** se vendieron rápidamente.

Another important element of Spanish sentences is the **complemento circunstancial,** which allows the inclusion of extra information describing where, when, how, with whom, etc.

> The **complemento circunstancial** is often equivalent to a prepositional phrase.

Los cuadros que ella había pintado se exhibieron **en una galería de arte.**
Los cuadros que había pintado se vendieron **el año pasado.**
Los cuadros que había pintado el año anterior se vendieron **por medio millón de dólares.**

Actividad 2 **Análisis de oraciones** Mira la lectura sobre el arte en Latinoamérica y busca un ejemplo de cada tipo de oración.

> Recognizing clauses and phrases

- una oración simple
- una oración compuesta (dos cláusulas independientes)
- una oración compleja (cláusula principal + cláusula dependiente)
- una oración con complemento circunstancial

Actividad 3 **Preparación léxica** Después de mirar las siguientes palabras sacadas de la lectura sobre Frida Kahlo, escoge una palabra adecuada para completar cada una de las siguientes oraciones.

> Building vocabulary

atávico/a atavistic (related to ancestors' traits, primitive and/or visceral)	**atónito/a** astonished, amazed
	capacitado/a qualified
	el sostén support
	la varilla rod, rail

> En algunos países, **el sostén** = *bra*.

1. Ella sintió un temor _____ al ver las serpientes en el zoológico.
2. La tuvieron que llevar al hospital porque una _____ metálica le había penetrado en el cuerpo.
3. La empresa no me contrató para el trabajo porque no me consideraba _____ para el puesto.
4. Él se quedó _____ al ver la conducta de su amigo borracho.
5. Ella tuvo que trabajar y contribuir al _____ de su familia.

Guessing meaning from context

Actividad 4 **Contextos significativos** Las palabras indicadas en cada oración aparecen en la lectura sobre Frida Kahlo. Lee las oraciones y después asocia las expresiones de la segunda columna con las de la primera.

1. La mujer iba muy **ataviada:** llevaba un vestido negro elegante y collar de perlas.
2. El público se quedó atónito por la **indumentaria** del poeta: llevaba zapatos y ¡nada más!
3. Frida Kahlo dijo que pintaba **autorretratos** porque así llegaba a conocerse mejor.
4. Picasso pintó cientos de **telas** durante su vida.
5. El artista **padeció** una enfermedad grave durante muchos años y murió joven.
6. El nuevo estudiante no se llevaba bien con sus **condiscípulos,** pero se llevaba divinamente con los profesores.
7. La **convivencia** puede resultar difícil si una de las personas no contribuye lo suficiente al bienestar común de la pareja.
8. En mi familia no sabemos nada de leyes y por eso **acudimos** a un abogado.
9. El cocinero se había cortado el dedo y le **manaba** mucha sangre de la herida, pero él siguió su trabajo como si tal cosa.

1. _____ ataviado
2. _____ la indumentaria
3. _____ el autorretrato
4. _____ la tela
5. _____ padecer
6. _____ el/la condiscípulo/a
7. _____ la convivencia
8. _____ acudir
9. _____ manar

a. una pintura de un/a artista hecha por él/ella mismo/a
b. el/la compañero/a de clase
c. el vivir juntos
d. ir en busca de alguien o algo
e. sufrir
f. vestido elegantemente
g. fluir
h. la pintura, el cuadro
i. la ropa

Annotating and reacting

Actividad 5 **Reacciones e ideas importantes** Mientras lees la siguiente reseña de un libro sobre Frida Kahlo, apunta en el margen tus reacciones (**¡qué fascinante!, ¡qué raro!, ¡qué barbaridad!, estoy de acuerdo, basura, no comprendo,** etc.). Apunta o subraya también las ideas más importantes.

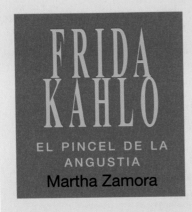

FRIDA KAHLO
EL PINCEL DE LA ANGUSTIA
Martha Zamora

Frida Kahlo, una de las figuras más celebradas de la pintura mexicana y la artista latinoamericana más conocida entre las de su generación, fue la esposa del gran muralista Diego Rivera. *Frida Kahlo: El pincel de la angustia* es una elogiable adición a la creciente lista de publicaciones sobre Kahlo.

La nueva biografía de Martha Zamora, que apareció en 1987 en una edición privada bajo el título *El pincel de la angustia,* contiene más de un centenar de ilustra-ciones magníficas, incluyendo reproducciones de pinturas de Kahlo, fotografías de la pintora y recuerdos suyos.

Enferma de poliomielitis a los seis años, Frida padeció enfermedades durante toda su vida. Conoció a Diego mientras éste pintaba un mural en la Escuela Preparatoria Nacional donde ella estudiaba, pero en esa época Frida estaba enamorada de un condiscípulo y, aunque impor-tunó a Rivera y dejó atónitos a sus

▲ *Autorretrato con collar de espinas y colibrí,* 1940.

actividades políticas, afiliándose al partido comunista y concurriendo a manifestaciones. Durante períodos prolongados pintó

Frida Kahlo: El pincel de la angustia, **de Martha Zamora.** Traducción al inglés de Marilyn Sode Smith con el título *Frida Kahlo: The Brush of Anguish* (San Francisco, Chronicle Books, 1990)

escasamente, pero a cierta altura comenzó a dedicar más tiempo a su trabajo y en algún momento se convirtió en una artista importante por derecho propio.

compañeros de clase proclamando que adoraría tener un hijo del pintor, en realidad no llegó a conocerlo bien sino varios años más tarde.

A los dieciocho años, Frida sufrió un serio accidente de tránsito en el cual la varilla metálica de un pasamanos penetró en su cuerpo dañándole el útero. Comenzó a pintar durante su convalecencia y, tras recuperarse, debió comenzar a trabajar para ayudar al sostén de su familia. Fue entonces que acudió a Rivera para solicitarle su opinión acerca de su pintura, pues necesitaba saber si estaba o no capacitada para ganarse la vida como artista. Se enamoraron y en 1929, cuando ella tenía 19 años y Rivera 43, se casaron.

Al principio Frida subordinó su trabajo al de Diego. Cuidó de la casa para él y participó en sus

Aunque Rivera apoyó su carrera e hizo mucho para que lograra el reconocimiento que merecía, era un hombre con el cual la convivencia resultaba difícil. Además de habérselas con sus enfermedades, Frida tenía que lidiar con el temperamento, las mentiras y los constantes amoríos de su marido. En 1939 Frida y Diego se divorciaron, pero al año siguiente volvieron a casarse.

Las pinturas de Frida, en su mayoría autorretratos, muestran a una mujer angustiada, a menudo con lágrimas en los ojos. Su autorretrato de 1948 la presenta ataviada con un hermoso vestido tehuano: tanto ella como Diego adoraban las artesanías mexicanas tradicionales y Frida vestía casi siempre trajes regionales. En su *Autorretrato dedicado al doctor Eloesser* aparece con un collar de espinas que lacera su piel.

Asimismo en su *Autorretrato con collar de espinas y colibrí,* la sangre gotea de las heridas de su cuello.

Las dos Fridas, pintado el año de su divorcio de Diego, consiste en un doble autorretrato que sugiere la dualidad de la artista y su soledad: Frida es la única compañía de Frida. La de la izquierda aparece ataviada con el tipo de indumentaria tehuana preferido por Diego, con el vestido abierto y dejando a la vista su corazón herido. Representa a la Frida que Diego había amado una vez. De un extremo de una vena abierta manan gotas de sangre que caen sobre la falda, y el otro extremo se halla conectado al corazón de una Frida totalmente vestida. Una vena se envuelve en torno al brazo de esta segunda Frida y termina en un retrato minúsculo de Diego niño, el Diego que alguna vez fue, símbolo del amor perdido.

En su introducción, Martha Zamora explica cómo su concepto sobre Frida se vio alterado por la investigación que requirió la biografía. "Comencé mi trabajo totalmente fascinada por la perfecta heroína romántica, la que sufrió enormemente, murió joven y habló directamente, con su arte, a nuestros temores atávicos frente a la esterilidad y la muerte". Bajo la influencia de las pinturas y los escritos de Frida, en los cuales ésta proyectó la imagen de una artista atormentada, vio al principio a su personaje como una artista maravillosa aunque bastante improductiva, una esposa fiel y resignada, y una semi-inválida que había llevado una vida triste y recluida. Sin embargo, sus investigaciones sacaron a luz una rebelde amante de las diversiones y dada a la bebida, que tuvo incontables aventuras amorosas, con hombres y con mujeres. Frida viajó intensamente y llevó una vida activa, aparte de la de su marido. Además, pintó muchas más telas que las supuestas originalmente por Zamora.

▲ *Las dos Fridas*, 1940.

Aunque la biógrafa insiste en la amplitud de su investigación, el texto contiene escasa información que no aparezca en otras biografías, como la de Hayden Herrera titulada *Frida: Una biografía de Frida Kahlo.* Zamora disipa el viejo mito de la obsesión de Frida con su maternidad frustrada, perpetuado por Bertram Wolfe, biógrafo de Rivera, y por otros. Zamora señala que Frida se sometió a varios abortos, no todos por razones terapéuticas.

Sin embargo, lo mejor del libro de Zamora no es, realmente, el texto, sino las ilustraciones. Escogidas con inteligencia y bellamente reproducidas, las pinturas de Frida cobran vida en estas páginas, y las fotografías de la artista, muchas de ellas tomadas por fotógrafos famosos, revelan en mayor grado que la prosa de Zamora, la pasión y la complejidad de Frida. Aunque Martha Zamora brinda algunas advertencias importantes, en definitiva las imágenes tienen mayor resonancia que las palabras.

Summarizing

Actividad 6   Las partes de una reseña   Una reseña de libro es un resumen parcial y un comentario del mismo. Una buena reseña tiene la información indicada en el siguiente cuadro. Complétalo según la reseña que acabas de leer.

Título del libro:

Autor(a):

Tipo de texto (novela, historia, biografía, etc.):

Tema:

Personajes:

Lugar y época:

Acontecimientos principales:

Conceptos/aspectos importantes:

Comparación con otros textos:

Evaluación final:

Actividad 7   La vida y el arte   Parte A: Coloca en orden cronológico los
siguientes sucesos de la vida de la artista mexicana Frida Kahlo, refiriéndote al
texto cuando sea necesario.

_____ Frida acompaña a Diego en sus actividades políticas.

_____ Frida declara que quiere tener un hijo de Diego Rivera.

_____ Frida sufre de poliomielitis.

_____ Comienza a estudiar en la Escuela Preparatoria Nacional.

_____ Frida Kahlo vuelve a casarse con Diego Rivera.

_____ Solicita la opinión de Diego Rivera sobre su arte.

_____ Frida sufre un serio accidente automovilístico.

_____ Frida y Diego se casan por primera vez.

Recognizing chronological order

Parte B: En parejas, reaccionen a los sucesos de la vida de Kahlo, incluyendo
algunos de la Parte A además de otros que se comentan en la lectura. Usen
oraciones como las siguientes.

Reacting to reading

▶ Fue trágico que ella tuviera un accidente automovilístico.

▶ Me sorprende que se casara dos veces con Diego Rivera.

Actividad 8   Detalles e interpretaciones   En parejas, miren los dos
autorretratos que aparecen en la lectura y el que está al principio del capítulo.
Expliquen lo que creen que representan algunos detalles de cada retrato.

Making inferences

▶ Ella tiene un cigarrillo en la mano. Eso muestra su asociación con la vida
moderna.

▶ Es probable que haya pintado dos Fridas para mostrar que...

Actividad 9   Una compra importante   En grupos de tres, imagínense que
Uds. son los directores de un museo de arte y han decidido adquirir una obra de
la artista mexicana Frida Kahlo. Están en venta tres autorretratos de Frida Kahlo:
Autorretrato en la frontera, *Las dos Fridas* y *Autorretrato con collar de espinas y
colibrí*. Decidan cuál es el cuadro que quieren comprar y después preparen un
breve informe para justificar su decisión ante la junta general del museo.

Analyzing and evaluating

Cuaderno personal 9-1

¿Crees que un/a artista tiene que sufrir mucho para crear
grandes obras de arte? Cuando tú sufres, ¿cómo expresas tus
sentimientos?

Lectura 2: Panorama cultural

ESTRATEGIA DE LECTURA

Dealing with Different Registers

A register is the type of language used in a particular situation. Formal and informal speech are examples of registers: *Good morning, sir.* versus *Hey!*, or **¿Cómo está Ud.?** versus **¿Qué tal?** In the same way that different registers are used in speech, there are different registers in writing. Some expressions and grammatical structures are only appropriate for informal uses, while other expressions and constructions, such as *be that as it may* or *thus*, may sound unusual in informal situations, but appropriate in formal writing and formal speech. Similarly, formal letters in Spanish may begin with **Estimado/a señor/a** and close with **Atentamente,** while a letter to a friend may begin with **Querido/a...** and end with **Besos.** Authors generally use the register expected in the kind of text they are writing. For example, legal writing uses many legal terms, and academic writing is characterized by very formal language. On the other hand, a creative writer of literature can break these conventions for artistic effect.

Dealing with formal registers

Actividad 10 El registro académico y artístico Las siguientes expresiones formales aparecen en la lectura "Realidad, identidad y arte en Latinoamérica". Decide cuál es el sinónimo de cada expresión y escribe la letra en el espacio correspondiente. Usa el diccionario sólo para confirmar tus decisiones.

1. _____ a la par con
2. _____ el advenimiento
3. _____ adinerado/a
4. _____ de antaño
5. _____ autóctono/a
6. _____ didáctico/a
7. _____ empero
8. _____ el motivo (arte)
9. _____ occidental
10. _____ primordial
11. _____ pujante
12. _____ sea como fuere
13. _____ la vanguardia
14. _____ la yuxtaposición

a. con vigor
b. propio o natural de un lugar
c. acción de poner una cosa junto a otra
d. juntamente, al mismo tiempo
e. rasgo característico que se repite en un obra
f. lo que precede o va delante
g. fundamental
h. la llegada
i. que enseña
j. rico
k. del pasado
l. del oeste
m. no importa cómo sea
n. sin embargo

fuere = futuro del subjuntivo de **ser.** Actualmente, sólo se usa en ciertas expresiones hechas.

Actividad 11 ¿Por qué el arte? **Parte A:** En grupos de tres, antes de leer, comenten las siguientes preguntas.

Activating background knowledge

¿Cuáles son los temas y motivos más frecuentes del arte?
¿Por qué o para qué se crea el arte?

Parte B: Mientras lees, escribe en un margen tus reacciones personales (por ejemplo, **interesante, imposible, ¡¿qué?!, ¿por qué?, confuso**), y escribe en el otro margen (o subraya) las ideas y los detalles más importantes. Estos apuntes te pueden ayudar a discutir la lectura en clase y a preparar un buen bosquejo.

Annotating and reacting

Realidad, identidad y arte en Latinoamérica

Después de un largo proceso de desarrollo económico y cultural, la expresión artística latinoamericana, tanto en las bellas artes como en la literatura, ha llegado a reconocerse a nivel mundial como una fuerza pujante y vital. Según la perspectiva de la crítica artística tradicional, las
5   bellas artes y la literatura tienden a evolucionar y madurar a la par con la sociedad. Y como el desarrollo económico de Latinoamérica ha sido lento y difícil, ante los ojos de los críticos, el arte y la literatura de las antiguas colonias portuguesa y españolas no habían salido de una larga "niñez".
10 Desde el siglo XX, sin embargo, las artes latinoamericanas se han independizado de la tradición europea para encontrar su propia voz e identidad. Se han colocado, entonces, entre la vanguardia del movimiento artístico, a medida
15 que la industrialización, el avance de los medios de comunicación y la globalización han derrumbado las barreras que aislaban a los diversos países.

▲ *Collage de Bolívar,* 1979, Juan Camilo Uribe (Colombia).

Durante siglos el arte y la identidad lati-
20 noamericanos se han venido formando a través del enfrentamiento con seis fuerzas culturales íntimamente ligadas: la Iglesia Católica, la conquista y colonización españolas, las monarquías española y portuguesa, las culturas precolombi-
25 nas, la civilización occidental y el aislamiento geográfico y psicológico de la región. Los latinoamericanos han ido moldeando el arte de sus países por medio de una búsqueda de identidad, y el enfrentamiento con estas fuerzas culturales
30 ha contribuido a formar su expresión artística.

La Iglesia Católica ha sido un factor primordial en el desarrollo histórico y cultural latinoamericano. Por un lado, muchos consideran que ha ofrecido unidad y estabilidad social, mientras que otros ven su función como un medio de opresión de las masas. Sea como fuere, el papel predo-
35 minante de la Iglesia se refleja de una manera u otra en el arte de toda la región, que abarca desde los temas netamente religiosos hasta la sátira y la crítica religiosa.

▶ *Cinq siècles après
(Cinco siglos después),*
1986, José Gamarra
(Uruguay).

A semejanza de la Iglesia, la conquista y la colonia han dejado una
huella indeleble en la conciencia latinoamericana y en su arte. En países
40   como México, donde se mezclaron las razas y predomina la población mestiza, el arte ha representado la explotación de los indígenas y de los pobres
por parte de los conquistadores de antaño y de la clase adinerada y los
grandes terratenientes de hoy. El tema de esta dominación y subyugación,
de la lucha por la propia identidad política y social y del orgullo de la tradi-
45   ción indígena ha encontrado su expresión artística en el muralismo, arte
mexicano por excelencia. Las obras de los tres grandes muralistas de principios del siglo XX, Diego Rivera, José Clemente Orozco y David Alfaro
Siqueiros, y las de otros artistas contemporáneos, no sólo reflejan la realidad de la vida mexicana sino que constituyen una declaración pictórica
50   social, económica y política accesible a un pueblo en gran parte analfabeto.
A la par con las clases dominantes y la jerarquía tradicional de la
Iglesia, las monarquías española y portuguesa dejaron un legado de tiranía y
paternalismo en Latinoamérica. Y, aunque el artista latinoamericano, por lo
general, se abstiene de atacar directamente a un líder específico, a menudo
55   ridiculiza al ejército, a las opresivas dictaduras militares y a los jefes y
caciques políticos con una sátira aguda y letal.
La herencia de las culturas indígenas y africanas también ha desempeñado un papel de suma importancia en la evolución del arte latinoamericano. El arte autóctono que antes se despreciaba, empezó a admirarse desde
60   que floreció el movimiento de "vanguardia" de principios del siglo XX.
Poco a poco, la belleza y autenticidad de las artes indígenas y africanas fue
penetrando e influyendo en la obra de artistas contemporáneos.

▼ *Sueño de una tarde dominical en la Alameda,* 1947–48, Diego Rivera (México).

Especialmente en países con numerosa población indígena como Guatemala, México y los países de la región andina, el orgullo de la
65 herencia precolombina es una reafirmación de la identidad cultural tanto del artista como de su pueblo. Los motivos humanos y animales, las representaciones tomadas de los ritos religiosos y las expresiones de la naturaleza, unen al artista a sus raíces indígenas o africanas.

Empero, es importante reconocer que, a pesar de la influencia
70 histórica y cultural de estas tradiciones, el artista latinoamericano se ha formado dentro del contexto de la civilización occidental. Ser latinoamericano total es ser el producto de herencias indígenas, africanas y europeas que forman una identidad única. El latinoamericano funciona dentro de sus tradi-
75 ciones, pero a la vez, dentro de la educación y las exigencias del mundo contemporáneo. Los artistas latinoamericanos viajan durante largos períodos a Europa y a los Estados Unidos, se mantienen en contacto con sus culturas y son
80 parte activa de la comunidad artística internacional. Como resultado, sus obras reflejan las tendencias cambiantes del mundo actual. A menudo, la religión, el indigenismo y las tradiciones van mano a mano con el materialismo,
85 la tecnología, la sociedad de consumo y la globalización que dominan el mundo actual. No obstante, el peso de las culturas europea y norteamericana ha llevado a los artistas latinoamericanos a reaccionar contra ellas y a
90 intentar definir una identidad propia y separada de esas culturas extranjeras. Algunos han echado mano de las artesanías del pueblo, incorporando elementos indígenas en pinturas o murales, sobre todo en países como México,
95 mientras que en países como Chile y Argentina, donde la población indígena es muy pequeña, usan telas, muñecas o vasijas de fabricación tradicional y motivos autóctonos en las obras de arte.

▲ *La familia presidencial,* 1967, Fernando Botero (Colombia).

100   No como una paradoja sino como último elemento en esta mezcla de influencias, el aislamiento, tanto geográfico como psicológico, ha ayudado a definir la identidad del arte latinoamericano. La abrupta geografía de grandes montañas, ríos caudalosos y selvas impenetrables mantuvo a Latinoamérica casi totalmente aislada hasta el advenimiento de la aviación
105   a principios del siglo XX. Por otra parte, las guerras de fronteras entre países vecinos han alimentado cierta separación. Pero este aislamiento va más allá del que demarcan los límites geográficos: es el aislamiento íntimo del individuo que habita el mundo moderno, un mundo deshumanizado por la mecanización y la tecnología que se reflejan en el lenguaje
110   universal del arte.

    Todo artista, todo escritor es el producto de una realidad y la refleja en su creación artística. Los escritores y artistas latinoamericanos, a su vez, tratan en sus obras aquellos temas sociales, políticos y culturales que han forjado su realidad y su identidad nacionales. Sus países de origen son
115   países ricos en recursos, pero un gran sector de la población vive en la pobreza. Son países donde la inestabilidad política es un fenómeno de la vida diaria; donde la relación de opresor-oprimido continúa entre descendientes de conquistadores y conquistados o esclavos. Esta realidad, a veces percibida como absurda y fantástica, ha sido la fuente de inspiración
120   para artistas que, tanto en las letras como en el arte pictórico, utilizan a menudo imágenes fantásticas para representarla.

    Bien se sabe que el uso de imágenes fantásticas en el arte y en la literatura no es nada nuevo ni exclusivo de Latinoamérica. La fantasía ha sido,

▲ *Colombia*, 1976, Antonio Caro (Colombia).

▶ *Ojo de luz*, 1987, Oswaldo Viteri (Ecuador).

por ejemplo, un elemento esencial del surrea-
125 lismo europeo, pero sigue las normas de una
corriente articulada y metódica. Lo fantástico
latinoamericano, en cambio, surge espontánea
e intuitivamente de la imaginación; nace de
culturas, religiones, historias y geografías ricas
130 y contradictorias, y del choque de la perspectiva
práctica y racional occidental con la realidad
compleja, conflictiva y a veces absurda de
Latinoamérica. Lo fantástico, que ha llegado
a ser casi sinónimo de la literatura y el arte
135 latinoamericanos, se manifiesta en la distorsión,
la inserción de elementos absurdos en escenas
"normales" y la yuxtaposición inesperada de
elementos muy diferentes. Esta espontaneidad
casi mágica hace difícil de comprender la
140 fantasía latinoamericana al observador europeo
o norteamericano.

No obstante el hecho de que la aceptación
del arte de Latinoamérica haya sido lenta y
penosa, cada día se van abriendo paso más y
145 más figuras notables en la escena artística y
literaria mundial. Artistas de muchos países
latinoamericanos son reconocidos; sus obras se
exhiben en las mejores galerías y museos del
mundo y sus libros se leen en diversos idiomas.
150 Con su creación artística, aportan ellos una
vivacidad, frescura y originalidad propia que
surgen de la realidad singular y la identidad
vital de Latinoamérica y sus habitantes.

▲ *El norte es el sur*, 1943,
Joaquín Torres-García
(Uruguay).

Actividad 12 Conceptos y corrientes   Parte A: En grupos de tres, asocien   Scanning and summarizing
los términos de la segunda columna con una o más de las seis fuerzas culturales
de la primera columna. Justifiquen sus respuestas, e indiquen si la asociación se
hace de forma explícita o implícita en la lectura.

Fuerzas culturales

la Iglesia Católica
la conquista y colonización
    españolas
las culturas precolombinas
las monarquías española
    y portuguesa
la civilización occidental
el aislamiento geográfico
    y psicológico

Términos y conceptos

cosas de fabricación tradicional
imágenes tomadas de ritos religiosos
el muralismo
la tecnología y la sociedad
    de consumo
la opresión y la subyugación
la unidad y estabilidad social

Parte B: En grupos de tres, expliquen por qué ha sido importante cada una de
las seis fuerzas culturales. Vuelvan a mirar la lectura si es necesario.

Parte C: En grupos de tres, preparen una definición de la corriente artística y literaria conocida como "lo fantástico latinoamericano" e indiquen un cuadro de este capítulo en el que se ven elementos fantásticos.

Making inferences

Actividad 13   Crítica de arte   Parte A: En parejas, miren las reproducciones que acompañan la lectura y el cuadro de Frida Kahlo que aparece al principio del capítulo. Identifiquen rápidamente el tema o temas de la lectura que se ven reflejados en cada obra y justifiquen su identificación con detalles de las obras.

▶ El cuadro *Ojo de luz* refleja la conquista, la colonización y la formación de una jerarquía que excluyó a las masas...

Parte B: En parejas, escojan uno de los cuadros y preparen una breve presentación oral. Su presentación debe incluir una descripción de los elementos principales del cuadro y una interpretación detallada del cuadro. Usen la voz pasiva para presentar el cuadro.

▶ La pintura *La familia presidencial* fue pintada por el colombiano Fernando Botero en 1967. Creemos que este cuadro muestra...

Analyzing and evaluating

**Actividad 14   La obra maestra ** En grupos de tres, imagínense que han sido seleccionados para juzgar las obras de una exhibición de arte: "Arte latinoamericano: entre la realidad y la fantasía". Uds., los jueces, tienen que escoger la obra maestra de entre las diez mejores (las diez que aparecen en este capítulo). También tienen que justificar su selección, considerando aspectos como la calidad artística, la importancia del tema, la reacción del público, la originalidad. Elijan a un/a portavoz para informar al público (la clase) sobre su selección.

Cuaderno personal 9-2

El arte (música, literatura) muchas veces refleja una reacción a la sociedad y a los valores dominantes. ¿Crees que el arte pueda afectar o cambiar la sociedad? Explica por qué.

VIDEOFUENTES

¿Se menciona o se ve el impacto de algunas de las seis fuerzas culturales en las obras de la artista mexicana Elena Climent? ¿Se mencionan o se ven elementos fantásticos en sus obras?

Lectura 3: Literatura

Activating background knowledge

Actividad 15   Hablando de novelas   El cuento que vas a leer, "Continuidad de los parques", trata de un hombre que lee una novela. En parejas, háganse y contesten las siguientes preguntas sobre las novelas.

1. ¿Qué tipos de novelas te gustan más: amorosas, históricas, policíacas, de fantasía, de ciencia ficción?
2. ¿Cuál es una novela que has leído últimamente?
3. ¿Cuál es la trama (*plot*) de la novela?
4. ¿Quiénes son los protagonistas o los personajes (*characters*) principales?
5. ¿El autor supo describir o "dibujar" bien a los personajes? ¿Eran verosímiles?
6. ¿Fue más interesante la lectura del primer capítulo o del último capítulo? ¿Por qué?
7. ¿Dónde y cuándo leíste la novela? ¿Por qué la leíste?
8. ¿Te gustó la novela? ¿Se la recomendaste a alguien?

Building vocabulary, Predicting

Actividad 16   El principio del cuento   **Parte A:** En el cuento que van a leer, un hombre está terminando la lectura de una novela. Para comprender el cuento, es importante visualizar al personaje principal y su situación al principio del cuento. En parejas, miren el siguiente vocabulario y contesten las preguntas que aparecen a continuación.

desgajar	to pull away from, separate from
de espaldas a la puerta	with his/her back to the door
el estudio	study, library
la finca	farm; estate
el mayordomo	butler
el parque de los robles	oak grove
el respaldo del sillón	the back of the armchair
retener	to retain; to hold back
rodear	to surround
el sillón de terciopelo verde	green velvet armchair
los ventanales	large windows

1. ¿Qué imagen se forman Uds. al mirar la lista?
2. ¿Cómo es el hombre que lee la novela: rico, pobre, elegante, culto, joven, viejo?
3. ¿Dónde está el hombre?
4. ¿Qué relación pueden tener palabras como **rodear, desgajar** y **retener** con la lectura de una novela?

Skimming and scanning

Parte B: Ahora lee la primera parte del cuento hasta la línea 26. Después, en parejas, respondan a las siguientes preguntas.

1. ¿Qué hace el hombre antes de entrar en su estudio?
2. ¿Qué acciones, objetos y elementos del cuento están representados en el dibujo que aparece al principio del cuento?

Building vocabulary, Predicting

Actividad 17 **¿La trama de la novela?** **Parte A:** La segunda parte del cuento —que empieza en la línea 27— revela la trama y los personajes de la novela que está leyendo el hombre. En parejas, miren la siguiente lista y escriban tres oraciones que describan posibles eventos de la novela.

la alameda	tree-lined lane
el/la amante	lover
anochecer; al anochecer	to get dark; at nightfall (**noche**)
atardecer; al atardecer	to grow dim; at dusk, evening (**tarde**)
la cabaña	cabin
la caricia; acariciar	caress; to caress
la coartada	alibi
entibiar	to grow warm, tepid (**tibio**)
la escalera	stairway
ladrar	to bark
lastimado/a	hurt, injured
latir	to beat (*heart*)
el peldaño	step (*of a porch or stairs*)
el puñal	dagger
receloso/a	suspicious, apprehensive
rechazar	to reject

Skimming and scanning

Parte B: Ahora, lee individualmente la segunda parte del cuento para ver si algunas de las hipótesis son correctas. Intenta leer sin preocuparte por palabras desconocidas y sin buscar más palabras.

Julio Cortázar (1914–1984) fue uno de los autores más conocidos del "boom" de la literatura latinoamericana del siglo XX. Nació y pasó la primera parte de su vida en Argentina, especialmente Buenos Aires, y a partir de 1951 vivió en París. Toda la vida y toda la obra de Cortázar se caracterizaron por el rechazo de la realidad cotidiana, de las cosas normalmente aceptadas, de la injusticia social. Hoy día se reconoce como uno de los maestros del cuento fantástico latinoamericano. "Continuidad de los parques" salió en 1956 en su colección de cuentos Final de juego.

Continuidad de los parques
Julio Cortázar

Había empezado a leer la novela unos días antes. La abandonó por negocios urgentes, volvió a abrirla cuando regresaba en tren a la finca; se dejaba interesar lentamente por la trama, por el dibujo de los personajes. Esa tarde, después de escribir una carta a su apoderado y discutir con el
5   mayordomo una cuestión de aparcerías volvió al libro en la tranquilidad del estudio que miraba hacia el parque de los robles.

Arrellanado en su sillón favorito
de espaldas a la puerta que lo hubiera
molestado como una irritante posibili-
10 dad de intrusiones, dejó que su mano
izquierda acariciara una y otra vez el
terciopelo verde y se puso a leer los últimos capítulos. Su memoria retenía sin
esfuerzo los nombres y las imágenes de
15 los protagonistas; la ilusión novelesca lo
ganó casi en seguida. Gozaba del placer
casi perverso de irse desgajando línea a
línea de lo que lo rodeaba, y sentir a la
vez que su cabeza descansaba cómoda-
20 mente en el terciopelo del alto respaldo,
que los cigarrillos seguían al alcance de
la mano, que más allá de los ventanales
danzaba el aire del atardecer bajo los

robles. Palabra a palabra, absorbido por la sórdida disyuntiva de los héroes,
25 dejándose ir hacia las imágenes que se concertaban y adquirían color y
movimiento, fue testigo del último encuentro en la cabaña del monte.
Primero entraba la mujer, recelosa; ahora llegaba el amante, lastimada la
cara por el chicotazo de una rama. Admirablemente restañaba ella la sangre
con sus besos, pero él rechazaba las caricias, no había venido para repetir
30 las ceremonias de una pasión secreta, protegida por un mundo de hojas
secas y senderos furtivos. El puñal se entibiaba contra su pecho, y debajo
latía la libertad agazapada. Un diálogo anhelante corría por las páginas
como un arroyo de serpientes, y se sentía que todo estaba decidido desde
siempre. Hasta esas caricias que enredaban el cuerpo del amante como
35 queriendo retenerlo y disuadirlo, dibujaban abominablemente la figura de
otro cuerpo que era necesario destruir. Nada había sido olvidado: coartadas,
azares, posibles errores. A partir de esa hora cada instante tenía su empleo
minuciosamente atribuido. El doble repaso despiadado se interrumpía
apenas para que una mano acariciara una mejilla. Empezaba a anochecer.
40   Sin mirarse ya, atados rígidamente a la tarea que los esperaba, se sepa-
raron en la puerta de la cabaña. Ella debía seguir por la senda que iba al
norte. Desde la senda opuesta él se volvió un instante para verla correr con
el pelo suelto. Corrió a su vez, parapetándose en los árboles y los setos,
hasta distinguir en la bruma malva del crepúsculo la alameda que llevaba
45 a la casa. Los perros no debían ladrar, y no ladraron. El mayordomo no
estaría a esa hora, y no estaba. Subió los tres peldaños del porche y entró.
Desde la sangre galopando en sus oídos le llegaban las palabras de la mujer:
primero una sala azul, después una galería, una escalera alfombrada. En lo
alto, dos puertas. Nadie en la primera habitación, nadie en la segunda. La
50 puerta del salón, y entonces el puñal en la mano, la luz de los ventanales,
el alto respaldo de un sillón de terciopelo verde, la cabeza del hombre en
el sillón leyendo una novela.

Dealing with different registers   **Actividad 18** **El estilo literario**   **Parte A:** Cortázar emplea un registro normal al principio y al final del cuento, pero emplea un registro muy literario en las secciones centrales del cuento. Vuelve a leer el cuento e indica cuáles de las descripciones en lengua cotidiana del segundo grupo (a–g) corresponden a las citas literarias del primer grupo (1–7). Indica también la línea del cuento donde aparece cada expresión citada del primer grupo.

1. _____ ... dejándose ir hacia las imágenes que se concertaban y adquirían color y movimiento...

2. _____ ... en la bruma malva del crepúsculo...

3. _____ El puñal se entibiaba contra su pecho, y debajo latía la libertad agazapada.

4. _____ ... más allá de los ventanales danzaba el aire del atardecer bajo los robles...

5. _____ Un diálogo anhelante corría por las páginas como un arroyo de serpientes...

6. _____ Admirablemente restañaba ella la sangre con sus besos...

7. _____ ... atados rígidamente a la tarea que los esperaba...

a. se veía por las grandes ventanas que el aire se movía entre los árboles
b. pensando cada vez más en los personajes y las escenas bien descritos de la novela
c. detenía la sangre con sus besos
d. tenía el cuchillo en su chaqueta y pensaba en la libertad que les traería a él y a su amante la muerte del marido
e. los amantes hablaban rápida y ansiosamente del asesinato que habían planeado en secreto
f. pensando sólo en lo que tenían que hacer
g. en la niebla que al atardecer parecía de color violeta pálido

Parte B: En parejas, digan cuáles son las características del estilo literario que emplea el autor.

Actividad 19 **Las imágenes del cuento**   **Parte A:** Después de leer la segunda parte del cuento, que empieza en la línea 27, pon las siguientes imágenes en orden. Escribe un número (1–7) debajo de cada dibujo, indica las líneas exactas a las que corresponde cada imagen, y apunta dos o tres palabras que demuestran la relación.

Recognizing chronological order

_____   _____   _____

_____   _____   _____   _____

Parte B: En parejas, decidan cuál es la última escena del cuento y cuál es la última escena de la novela. ¿Qué importancia tiene esta escena?

Actividad 20 **¿Ficción o realidad?**   En parejas, contesten las siguientes preguntas sobre el significado del cuento.

1. ¿Qué significa el título? ¿Puedes pensar en otro título para el cuento?
2. ¿En qué momento del cuento te das cuenta de que pasa algo raro?
3. ¿Conoces otros cuentos, novelas o películas en los que se mezclen la realidad y la ficción?
4. ¿Qué quería Cortázar que pensáramos después de leer este cuento?
5. ¿En qué sentido es este cuento un ejemplo de literatura "latinoamericana"?

Cuaderno personal 9-3

¿En tu vida hay o ha habido momentos en los que la realidad parece ficción, o la ficción parece realidad? ¿Cuándo?

Redacción: Ensayo

ESTRATEGIA DE REDACCIÓN

Writing an Essay

In this and following chapters, you will have the opportunity to practice writing different types of essays. An essay usually consists of three or more paragraphs, in which you present, develop, and defend your ideas on a particular topic. The essay is normally structured into three main parts: an introduction, in which you present the topic, explain its importance, and give a thesis—a clear and concise explanation of the main idea; the body, in which you develop the thesis and provide specific evidence to support it; and a conclusion, in which you summarize main points and consider possible further implications.

Several strategies are often employed by effective writers to develop the body of their essay. Examples and definitions of unfamiliar terms can help your reader follow your ideas. Descriptions of people, places, or particular elements may also be appropriate, and sometimes the narration of a short anecdote or event can help to support your thesis. You may also choose to break certain ideas down into their component parts, compare and contrast elements or ideas, look for causes and effects, or argue for a particular course of action. Any of these strategies can also serve as the organizational backbone of an essay. For example, in describing a work of art you may briefly describe and analyze its different elements, or you may compare and contrast similar but different works of art.

Points to consider while composing your essay:

- Keep your audience in mind when writing, whether your instructor, classmates, or some other group. How will they react to what you are saying? Is your style appropriate to them? What objections will they present to what you say?

- Keep your thesis in mind. Is discussion in the body pertinent to the thesis?

- Make up a title. It can be either informative or imaginative, but it must reflect the main idea of the essay. In any case, it should pique the reader's curiosity.

- Keep in mind a working title. It will help keep you on track, but change it if your ideas change.

ESTRATEGIA DE REDACCIÓN

Analyzing

Analysis is a way of thinking and organizing that requires the division of something into its component parts or aspects. The study of the parts may allow better understanding of a complex whole.

Nearly anything can be analyzed: the structure of an atom, a human being, a work of art or a short story. First you must decide the parts, elements, or aspects to which the object of analysis can be reduced. Then you must describe the parts and look for relationships between them, allowing your own insights and other information to guide you. For example, key elements of a short story would include the protagonist, the narrator, the setting, etc. Analysis often leads to classification, or the grouping of specific parts or aspects into new categories. For example, **Lectura 2** includes a breakdown of certain cultural influences or forces on the development of visual art in Latin America.

You can use the results of your analysis as the basis of organization of an essay. In a short essay you will have to isolate the most important elements and limit discussion to how they lead to a clearer understanding of the object under study.

Actividad 21   El análisis de una obra de arte   Parte A: Para poder escribir   Analyzing a work of art
un ensayo sobre una obra de arte, es necesario analizarla para llegar a una comprensión profunda de la obra. En parejas, miren el cuadro de Frida Kahlo que aparece al principio del capítulo y consideren los siguientes aspectos. Traten de describir cada uno.

1. FORMA: ¿Qué tipo de obra es: pintura, dibujo, mural, collage, fotografía, escultura?

2. ESTILO: ¿La obra se parece a otras obras que conoces o es completamente diferente? ¿La obra pertenece a un estilo histórico como el surrealismo o rechaza cualquier estilo convencional? ¿Cuáles son los rasgos clave de ese estilo?

3. CONTEXTO HISTÓRICO: ¿Cuándo y dónde fue creada la obra? ¿Qué relación puede existir entre la obra y el contexto geográfico, histórico, político, social y/o cultural de su producción?

4. ARTISTA: ¿Quién es el/la artista? ¿Conoces otras obras de este/a artista? ¿Qué sabes o puedes descubrir sobre él/ella? Busca una biografía. ¿Cómo influye la biografía del/de la artista en tu interpretación de la obra?

5. ELEMENTOS Y COMPOSICIÓN: ¿Cuáles son los elementos importantes? ¿Cómo son y qué importancia tienen las formas, los colores, la luz, el espacio? ¿Hay variedad, contrastes o unidad de diseño? ¿Hay equilibrio y simetría o una distribución asimétrica? ¿Qué implicaciones tienen estas características para la interpretación de la obra?

6. CONTENIDO: ¿Qué símbolos hay? ¿Qué quería comunicar el/la artista por medio de estos símbolos y este cuadro?

7. EVALUACIÓN PERSONAL: ¿Cómo te sientes al contemplar esta obra? ¿Qué reacciones o recuerdos personales evoca en ti la obra? ¿Te identificas con el/la artista? ¿Te gustaría tener esta obra en tu casa para poder verla todos los días? ¿Aprecias la obra más o menos después de haberla estudiado?

Focusing on a topic, Gathering
information

Actividad 22 Una obra de arte Vas a escribir un ensayo analítico sobre
una obra de arte. Antes de escribir, debes escoger una obra específica y hacer
investigación.

Parte A: Con toda la clase, haz una lista de artistas hispanos cuyas obras se
pueden estudiar en un ensayo.

Parte B: Fuera de clase, haz investigación en Internet para encontrar una obra
de uno de estos artistas. Decide qué obra quieres estudiar.

Parte C: Busca información detallada sobre la obra de arte en enciclopedias,
revistas, libros o en Internet. Toma apuntes de la información artística o biográfica que te pueda ayudar en la interpretación de la obra.

Parte D: Determina qué aspectos de la obra y su historia son más importantes
para su interpretación, y decide también qué aspectos no hay que comentar.
Formula una interpretación general de la obra basada en tu análisis de los
detalles de la obra y su historia.

Writing an analytical essay

Actividad 23 A escribir **Parte A:** Escribe el primer borrador del ensayo,
basándote en tus decisiones de la Actividad 22. Incluye expresiones de
transición y asegúrate de incluir lo siguiente:

- un título interesante que presente o se refiera al tema del ensayo y despierte
  la curiosidad en los lectores
- una introducción que identifique la obra y que declare tu tesis o interpretación general de la obra
- una discusión de los detalles y símbolos que justifiquen tu interpretación
- una conclusión que resuma tu perspectiva de la relación entre los detalles y
  tu interpretación general de la obra

Parte B: Ahora, en parejas, intercambien los ensayos. Dense consejos sobre el
contenido e interés del título, la introducción, el cuerpo y la conclusión.

Parte C: Individualmente, escriban la segunda versión pulida, incorporando los
cambios recomendados en la Parte B y revisando para asegurarse de que haya:

- organización clara
- transiciones buenas y claras
- gramática y ortografía correctas
- vocabulario apropiado

Capítulo 10

Lo femenino y lo masculino

▲ Una ejecutiva habla con sus colegas durante una reunión de negocios en Caracas, Venezuela.

See the *Fuentes* website for related links and activities:
http://college.hmco.com/languages/spanish/students

Activating background knowledge

Actividad 1 **¿Lo femenino y lo masculino?** En grupos de tres, respondan a las siguientes preguntas que tratan de las categorías "femenino" y "masculino".

- ¿Son diferentes los hombres y las mujeres? ¿En qué sentido?
- ¿Existen las mismas diferencias en todas las culturas?
- Si son diferentes, ¿a qué factores o causas se deben las diferencias?

Lectura 1: Un ensayo

Activating background knowledge

Actividad 2 **Las palabras y el género** En el siguiente ensayo, "El idioma español y lo femenino", la autora critica el uso del género en español. Después de leer la información del cuadro, aplica las reglas a la lista de palabras que se da a continuación. Determina el género, el artículo y la regla pertinente para cada palabra. Si es necesario, mira el diccionario o el glosario.

A	En general, las palabras que terminan en **-a** son de género femenino y las que terminan en **-o** son de género masculino.	**la casa, el perro**
B	Las palabras que terminan en consonante o en **-e** pueden ser de género masculino o femenino.	**el papel, la luz, el puente, la gente**
C	Algunas palabras simplemente conservan el género original del latín.	**el día, la mano**
D	Algunas palabras abreviadas conservan el género original.	**la moto(cicleta), la foto(grafía)**
E	Las palabras griegas terminadas en **-ma, -ta** tienen género masculino en español.	**el idioma, el planeta**
F	Las palabras con el sufijo **-ista** son masculinas o femeninas.	**el/la pianista, los/las comunistas**
G	Las palabras que empiezan con **(h)a** acentuada, aunque sean femeninas, van precedidas del artículo **el** o **un** cuando aparecen en forma singular.	**el agua** pura, **un águila** negra

Hoy día se suele usar **poeta** para referirse a hombres y mujeres. Antes las mujeres eran **poetisas**, pero **poetisa** adquirió una connotación negativa ya que los hombres poetas consideraban a las mujeres poetas como inferiores.

alma	violinista	problema	fuente
ansia	artista	poema	puente
ave	orden	sistema	clase
arena	árbol	poeta	bici

Actividad 3 ¿Cuál es la palabra? Las palabras en negrita aparecen en la lectura sobre el idioma y lo femenino. Después de estudiarlas, úsalas en las oraciones que les siguen.

Guessing meaning from context

el afán	el deseo
la cacofonía	palabras que juntas suenan mal
escamotear	hacer desaparecer; robar
espigar	tomar, recoger
el estado civil	condición de soltero o casado
el giro	la forma de expresión
hechizo/a	artificial
trasvasijar	pasar de un recipiente a otro
el varón	el hombre

1. Ella lo hizo con el _____ de ayudarme.
2. Bill habla bien el español pero no entiende muchos de los _____ diferentes del idioma.
3. Las mujeres españolas no cambian de apellido cuando cambian de _____.
4. En todos los formularios hay que indicar el sexo: _____ o mujer.
5. La excesiva repetición del sonido "p" en "Pérez pide plata para pobres" crea _____.
6. A mí no me llaman la atención las cosas _____; prefiero las cosas reales y auténticas.
7. Las personas muy finas prefieren _____ el vino a un recipiente de cristal fino antes de tomarlo.
8. Yo he _____ muchos datos en estos libros.
9. La niña _____ todos los dulces que había en la mesa.

Actividad 4 El sexismo en el lenguaje La cuestión del sexismo en el lenguaje se ha discutido mucho en los Estados Unidos. En parejas, respondan a las siguientes preguntas.

Activating background knowledge

- ¿Cuáles son algunos de los cambios que se han aceptado en inglés? Den ejemplos.
- ¿Creen que estos cambios han mejorado la situación de las mujeres norteamericanas? ¿Por qué?
- En su opinión, ¿existen problemas parecidos en español? Den ejemplos.

ESTRATEGIA DE LECTURA

Identifying Tone

The tone of a text reveals the author's attitude toward the topic, and it is also used to influence readers' reaction to a text. Tone is expressed through word choice and content, and can reveal feelings or judgments such as sincerity, joy, praise, hope, anger, shame, regret, bitterness, criticism, humor, and irony. Identifying the tone or tones of a text allows you to interpret it more fully.

Active reading, Identifying tone   **Actividad 5   Sutilezas**   Ahora lee individualmente el ensayo para comprender las ideas básicas. Mientras lees, decide:

- si los problemas comentados existen sólo en español o si afectan al inglés también
- si la autora escribe con tono triste, enojado, sincero y/o irónico
- si el tono afecta el significado del ensayo o tu reacción al ensayo

El idioma español y lo femenino

Teresa de Jesús

El idioma español se estructura a partir de una gramática compleja que ostenta sus irregularidades no con el afán de complicar su acceso, sin duda, sino con el propósito de hacer sus giros más interesantes.

El idioma especializó sus partes como un cuerpo especializa las suyas. Así, el verbo es la acción, el sustantivo la cosa, etc. Y el género juega un rol importante. Dos géneros solamente: masculino y femenino para que no haya mucho donde perderse. Pero se perdió el idioma, en detrimento de lo femenino las más de las veces.

En ocasiones quiso echar pie atrás y se enredó, para empezar, en su propia denominación que, aún siendo femenina, se dice "el idioma" en lugar de "la idioma".

Pero esto es sólo el principio de una larga lista de caprichos idiomáticos. El sinónimo de humanidad, por ejemplo, es "el hombre" con lo cual se margina a la mujer.

Cuando hablamos de grupos de personas decimos hijos, alumnos, empleados, amigos, etc. para luego entrar a especificar si se trata de grupos mixtos o no. En las reuniones tendemos a ocupar el masculino aunque éstas sean puramente femeninas. Y aún más, si en un conglomerado femenino hay aunque sea sólo un hombre, nos sentimos forzadas a hablar en masculino: nosotros todos somos cuerdos, claros, precisos, justos, etc., pero si quien habla no se percata de la presencia del varón y dice nosotras todas somos cuerdas, claras, precisas, justas... él protesta y las mujeres acogen su reclamo sin chistar.

Cuando las mujeres cambian de estado civil, pasan de señoritas a señoras para volver a señoritas si hay separación o divorcio. La viuda sigue siendo señora, como dependiendo aún del esposo muerto. El hombre será "don" o "señor" desde su juventud hasta la muerte.

La idioma —perdón, el idioma —espigó en el lote femenino y entregó una buena gavilla a lo masculino. Por eso, se dice el rentista, el conferencista, el modista, el violinista, el financista, el oficinista, el artista, etc.

En la misma línea, esta vez aduciendo la intención de evitar cacofonías, fueron pasadas al otro equipo las palabras agua, ansia, asma, alma, anca, águila, asta, etc. Se escaparon de tan singular trasvasije los vocablos harina, arena, angustia, admiración, agonía, arista, azucena, amatista, abuela, ameba, etc.

También se trasvasijaron los términos problema, planeta, cometa, mapa, sistema, anatema, teorema, esquema, anacoreta, edema, enema, etc.

Pero donde se le pasó la mano al idioma fue con los poetas; a ellos les adjudicó el femenino anteponiendo el artículo masculino y a ellas, que tienen el más absoluto e irrefutable derecho al título, las relegó a una suerte de cosa hechiza, como de segunda mano, y las llamó "poetisas".

Yo propongo, para ir allanando el camino de la valoración de lo femenino en el lenguaje, una reformulación de éste en los siguientes términos:

Primero: Que se cree un tercer género gramatical para ser aplicado cuando los grupos de cosas, entes o personas a los que se refiera el hablante estén constituidos por ambos géneros. Que este tercer género se denomine "mixto" y termine en "e". Ejemplo:

Todos iremos al río
Todas iremos al río
Todes iremos al río

Que se modifiquen asimismo los pronombres personales, sustantivos y adjetivos correspondientes. Ejemplo:

Nosotros - nosotras - nosotres
Los hijos - las hijas - les hijes
Contentos - contentas - contentes, etc.

Segundo: Que se cambie por "o" la "a" final en los vocablos terminados en "ista" cuando éstos se refieran a varones. Ejemplo: artisto, aliancisto, oficinisto, dentisto, optimisto, socialisto, etc.

Tercero: Que con los vocablos femeninos como idioma, aroma, etc., se usen los artículos correspondientes a su género y se diga la idioma, la aroma, etc.

Cuarto: Que para las mujeres se use el trato de señorita hasta los 15 años más o menos, y señora después de esa edad, independientemente de su estado civil (ejemplo de Francia).

Quinto: Que con los vocablos femeninos comenzados en "a" se use el artículo correspondiente a su género, a pesar de la cacofonía resultante. Ejemplo: la agua, la alma, la ansia, etc.

Sexto: Que con los vocablos femeninos en general se use el artículo correspondiente a su género y se diga la mapa, la problema, la sistema, etc.

Séptimo: Que se denominen poetos y poetas respectivamente a los varones y mujeres que ejerzan el oficio con propiedad y nobleza, y poetisos y poetisas a aquéllos que lo hagan con pobreza de inspiración, estilo o lenguaje.

Octavo: Que quede abierto este articulado para les estudioses que deseen hacer otros aportes, sean elles (les estudioses) maestres, escritores, poetes, etc.

Como los idiomas son vivos, el nuestro resistirá la operación y sin duda saldrá de ella airoso y ganancioso, más racional, más justo y más armonioso.

Leamos, pues, un párrafo modificado según esta propuesta: "Lo que me preocupa como marino y especialisto de la sistema acuática mundial es que resulta cada día más difícil aislar los productos industrialos nocivos de la sistema de la agua. Esta misma agua que bebemos y sin la cual no podríamos vivir..." (Jacques Cousteau, Rueda de Prensa, París, enero 1977).

O bien: "Les niñes salían con amigues los domingos. Flaques y débiles, no tenían buen aspecto, pero cuando regresaban, alegres y optimistes, llenaban las calles con sus risas. Sólo un niño nunca estaba alegro, por el contrario permanecía tristo todo el tiempo. La problema con él era la mala sistema de estudio pues su profesoro lo exigía demasiado con las mapas y las esquemas".

P.D. Les devolvemos la mano, perdón, el mano a los varones.

Teresa de Jesús es el seudónimo de la poeta chilena Teresa Pérez.

▲ Lengua, pensamiento, comportamiento: ¿Cuál es la relación?

Actividad 6 Ideas equivocadas Las siguientes oraciones se refieren a las ideas importantes de la lectura. Sin embargo, cada oración contiene información equivocada. Para cada una, identifica el problema y corrígela.

1. El idioma es como una máquina y los hombres lo diseñaron para marginar a las mujeres.
2. En una reunión, se usan formas masculinas si hay más hombres y formas femeninas si hay más mujeres.
3. El trato de cortesía para los hombres pasa de señorito para los solteros a señor o don para los casados.
4. El término poetisa significa exactamente lo mismo que poeta.
5. La autora propone la eliminación de los géneros del castellano para que se parezca más al inglés.
6. La autora propone que todas las palabras terminen en **-e**.
7. La autora propone que los mejores poetas reciban el nombre de poetiso/a.

Actividad 7 ¿Sexismo en el lenguaje? En parejas, discutan su opinión de los siguientes casos lingüísticos. ¿Pueden afectar negativamente la actitud o forma de pensar de una persona? ¿De qué manera? ¿Se debería cambiar alguno para evitar posibles efectos negativos?

1. Una mujer suele referirse a su esposo como "mi marido" y un hombre a su esposa como "mi mujer".
2. En algunos países como España, la mujer que se casa no cambia de apellido y sigue usando como primer apellido el de su padre y como segundo el de su madre.
3. La expresión "el hombre" se usa para referirse a la humanidad, que incluye tanto varones como mujeres.
4. El género gramatical de la palabra **sol** es masculino y el de **luna** es femenino.

Actividad 8 El idioma y las ideas Los argumentos de Teresa de Jesús y otras feministas se basan en la idea de que el idioma puede influir en nuestra manera de pensar. En grupos de tres, comenten las siguientes preguntas y justifiquen sus reacciones.

1. ¿Sería buena idea implementar los cambios sugeridos por Teresa de Jesús?
2. ¿Sería mejor simplemente eliminar el género como categoría en español?
3. ¿Creen que la gente de habla española aceptará estos cambios si se implementan?

Cuaderno personal 10-1

¿Desaparecerá el lenguaje sexista en el futuro? ¿Por qué sí o no?

Lectura 2: Panorama cultural

Actividad 9   Términos necesarios   Estudia la siguiente lista de
vocabulario de la lectura y luego completa las oraciones con las palabras y
expresiones adecuadas. Adapta las formas al contexto de cada oración.

Building vocabulary

abnegado/a	self-sacrificing
alejar	to distance, to keep away from
el cargo	important position
cariñoso/a	loving, affectionate
cuidar (de)	to take care of, to look after
desafiar	to challenge; to defy
luchar	to struggle, to fight for
negar	to deny
la reclusión	seclusion
sumiso/a	submissive
superar	to overcome; to outnumber

1. El padre de José Luis era un hombre _____: estaba dispuesto a hacer cualquier cosa para que sus hijos fueran felices.

2. Paco y Eugenia nunca han tenido mucho éxito profesional, a lo mejor
   porque son demasiado _____ y por eso nadie les hace caso.

3. El matrimonio Ramos era muy tradicional: el Sr. Ramos trabajaba y mantenía la familia, mientras que la Sra. Ramos _____ la casa y
   de sus hijos.

4. ¡_____ no es! Es una de las personas más frías que jamás he
   conocido.

5. Mercedes siempre _____ las normas tradicionales de conducta femenina: no usa maquillaje, nunca lleva falda y se niega a cocinar.

6. Las dos trabajan en el mismo lugar, pero Carmen es recepcionista mientras
   que Gloria ocupa un _____ alto en la empresa.

7. El padre trabajaba mucho ya que _____ por ganar cada vez
   más dinero, pero su ausencia lo _____ de su mujer y de sus
   hijos.

8. La mayoría de los países democráticos le _____ el voto a la
   mujer hasta el siglo XX.

9. La familia Estrada es rarísima; no hablan con nadie y viven en una
   _____ casi total.

10. En el mundo político y comercial, el número de hombres que ocupan altos
    cargos suele _____ al número de mujeres.

Activating background knowledge

Actividad 10   Machismo y feminismo   La siguiente lectura discute el machismo y otras ideas relacionadas con las sociedades hispanas.

Parte A: En grupos de tres, respondan a las siguientes preguntas.

1. En las culturas tradicionales ha habido siempre una diferencia entre las responsabilidades del hombre y de la mujer. ¿Qué diferencias ha habido? ¿Por qué?
2. ¿Qué es el machismo? ¿Hay ejemplos de machismo en la sociedad de su país? ¿Qué implicaciones tiene el machismo para las mujeres?
3. ¿Qué es el feminismo? ¿Uds. se consideran feministas? ¿Por qué sí o no?

Active reading

Parte B: Mientras lees, subraya o apunta la idea general de cada párrafo.

Hombre y mujer en el mundo hispano contemporáneo

¿Es posible la verdadera igualdad entre las mujeres y los hombres? Este es un tema particularmente candente en el mundo hispano, donde la tradición ha enfatizado las diferencias entre hombre y mujer. En toda sociedad tradicional se tiende a asociar a la mujer con la casa y la
5 vida privada, mientras que se asocia al hombre con la vida pública y los aspectos políticos, económicos y militares. Sin embargo, las culturas hispanas se han diferenciado de otras culturas, especialmente las del norte de Europa, por cierta polarización de los papeles ideales del hombre y de la mujer.

El legado del marianismo y el machismo

10 Las raíces de estas diferencias se pueden encontrar en la historia de España y sus dos grandes religiones, el islam y el cristianismo católico. El islam fue la religión de los moros, quienes estuvieron en España durante casi ocho siglos. Como seguidores del islam, los moros llevaron a España costumbres que requerían la segregación de los sexos, la reclusión de la
15 mujer y la negación de cualquier rol público para la mujer. Ciertos aspectos de estas tradiciones sobrevivieron en la España cristiana, y más que en otros países europeos, las mujeres debían permanecer detrás de las rejas y paredes del hogar.

La herencia árabe poco a poco se fue mezclando con el marianismo,
20 el culto cristiano a la Virgen María como imagen de la mujer perfecta, y se fue formando así un nuevo conjunto de ideales de conducta femenina. La mujer que emulaba a la Virgen creía que su meta en la vida era aceptar su situación y su destino. Como buena mujer, tenía que proteger su virginidad y los valores morales de la sociedad; como buena esposa, tenía

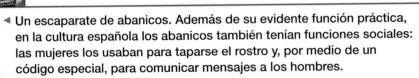

◄ Un escaparate de abanicos. Además de su evidente función práctica, en la cultura española los abanicos también tenían funciones sociales: las mujeres los usaban para taparse el rostro y, por medio de un código especial, para comunicar mensajes a los hombres.

25 que cuidar de la casa y las necesidades del marido y
aceptar sus decisiones; como buena madre, tenía que
cuidar a sus hijos y sacrificarse por ellos. En suma,
ser "buena" significaba ser pura, sumisa, paciente y
abnegada.

30   Las normas de conducta femenina tenían su
complemento masculino en lo que se llama actualmente "machismo". El hombre debía ser fuerte,
dominante, independiente y, a menudo, rebelde.
Tenía la responsabilidad de mantener y proteger a

35 la familia por medio de sus actividades en la vida
pública. Asimismo, debía proteger su honor y el de
su familia contra las ofensas de los demás.

       Los dos modelos de conducta tuvieron un gran
impacto en la vida de los habitantes de España e

40 Hispanoamérica. Los dos se complementaban y
proporcionaban ciertos beneficios tanto para los
hombres como para las mujeres. Al hombre le daban
mayor autoridad y libertad, a la vez que lo obligaban
a ser responsable y cortés y a tratar a las mujeres con

45 respeto. A la mujer le daban un sentido de superioridad y autoridad moral dentro de la familia. De hecho, son
muchos los ejemplos de mujeres matriarcas en las grandes
familias hispanas.

       A su vez, la polarización entre lo masculino y lo

▲ Mireya Moscoso, presidenta de
Panamá de 1999 a 2004 y la
tercera mujer latinoamericana
que ha servido como jefe de
gobierno de su país. Aunque
resultó ser una figura contro-
vertida, su eleccíon representó
un avance importante para las
mujeres latinoamericanas.

50 femenino presentaba desventajas. Aunque el machismo,
por su parte, tendía a alejar emocionalmente al padre de
sus hijos, las grandes desventajas de este doble sistema
afectaban mayormente a las mujeres, quienes no tenían
control sobre su vida: legalmente, se consideraban

55 menores de edad, dependientes del padre o el marido;
hasta el siglo XX, se les negaba la educación y el voto; y sólo podían salir
de casa si iban acompañadas. La rigidez con la que la sociedad juzgaba a la
mujer hacía cualquier transgresión casi imposible: la mujer o era pura y
buena o pasaba a ser una "perdida". Por consiguiente, los hombres sólo

60 estaban obligados a proteger a las mujeres de su propia familia mientras que
a las demás las veían a menudo como meros objetos sexuales.

       En la actualidad, estas ideas polarizadas no han desaparecido total-
mente. Sus manifestaciones son numerosas, dejando mucha libertad para
el hombre y una vida más restringida para la mujer. Por lo general, se

65 sigue apreciando al hombre fuerte, independiente y protector, alabando su
hombría, aunque se usa el término "machista" con connotación negativa
para criticar al hombre que abusa de sus privilegios. Igualmente, todavía se
sigue viendo el cuidado del hogar y la familia como la responsabilidad de
la mujer, incluso cuando trabaja fuera de casa. Sin embargo, también es

70 verdad que hoy en día se va perdiendo la aceptación de estas limitaciones
y se va abriendo paso a cambios radicales.

hombría = *manliness.* El término
suele tener una connotación
positiva.

Nuevas ideas, nuevas acciones

La ruptura del sistema de valores tradicionales se debe a varias causas.
En primer lugar, han llegado las ideas feministas de Europa y los Estados

En la España actual, económica y culturalmente integrada a la Unión Europea, las mujeres ocupan una posición semejante a la de las mujeres del resto de Europa y los Estados Unidos. España ha servido como un modelo para las feministas latinoamericanas.

En Latinoamérica, las mujeres de clase media y alta disfrutan de más tiempo porque suelen tener empleadas domésticas de clase obrera que limpian la casa y cuidan a los hijos.

75 Unidos, sobre todo desde los años 70 y 80, cuando las feministas lucharon por sus derechos y se unieron en contra de las dictaduras de la época y a favor de la democracia. En Hispanoamérica, la influencia de las ideas feministas ha sido mayor entre las mujeres de las clases media y alta: éstas pueden estudiar y adoptar ideas progresistas y suelen disfrutar de más tiempo para desarrollarse profesionalmente. Por tanto, no es raro encontrar
80 mujeres que ocupen altos cargos en el gobierno y los negocios.

Las mujeres pobres y las de clase obrera no han adoptado necesariamente el feminismo de la clase media, pero todas han tenido que luchar con una difícil situación económica. Muchas de éstas salen a trabajar por necesidad, puesto que o no tienen marido o éste no gana lo suficiente
85 para mantener solo a la familia. Las mujeres pobres tienden a cuestionar menos los valores tradicionales y suelen aceptar el cuidado de la familia como su mayor responsabilidad; pero para cumplir con este deber, tienen que desafiar los límites tradicionales trabajando fuera de casa y participando en la vida pública. En otro plano, la preocupación tradicional de
90 las mujeres hispanas por el bienestar de su familia las ha llevado a la protesta política. Por ejemplo, en Chile, una coalición de mujeres de diferentes clases sociales y perspectivas políticas organizó protestas contra la dictadura de Pinochet (1973–1989). De manera semejante, las Madres y Abuelas de Plaza de Mayo, quienes protestaron contra la dic-
95 tadura militar de Argentina, tuvieron éxito gracias a la autoridad moral que tenían como madres.

La combinación de ideas feministas y necesidades económicas ha alterado la posición de la mujer en todas partes de Hispanoamérica. Colombia es uno de los países donde han ocurrido los cambios más radicales; hoy en día
100 se cuenta entre las naciones latinoamericanas donde más mujeres trabajan, y el número de mujeres que terminan los estudios universitarios supera al de los hombres. Por otro lado, muchas mujeres pobres han podido abrir sus propios negocios gracias a la intervención de un organismo internacional llamado Acción International, que ofrece programas de educación y ayuda
105 para la obtención de préstamos para pequeños negocios. Según dirigentes del programa, no son los hombres sino las mujeres, encargadas del bienestar de sus familias, quienes más asisten a las clases, aprenden a llevar un
110 negocio y reciben los préstamos.

A través del panorama social latinoamericano actual, la presión combinada de mujeres y un número

► Un cartel del Instituto de la Mujer del Distrito Federal (México), que anuncia una campaña por la igualdad de los sexos dentro de la familia.

creciente de hombres está llevando al cambio de las normas sociales y
115 legales. En las últimas décadas, se ha legalizado el divorcio y se han
aprobado nuevas leyes castigando la violencia contra las mujeres en casi
todos los países hispanoamericanos. Además, con la vuelta general a la
democracia de los años 80 y 90, se han establecido oficinas y ministerios
gubernamentales "de la mujer", que sirven para facilitar la cooperación
120 entre grupos feministas, organizar programas de ayuda para mujeres pobres
y fomentar cambios sociales y políticos que favorecen la igualdad de los
sexos. Uno de los cambios políticos más importantes ha sido el establecimiento de cuotas de mujeres en los partidos políticos. En los años 90 se
observó que sólo un 10% de los candidatos políticos de las naciones his-
125 panoamericanas eran mujeres. Ahora existen nuevas leyes que especifican
que un porcentaje mínimo de los candidatos de cada partido tienen que ser
candidatas: la cuota mínima de mujeres alcanza el 30% en Argentina,
Bolivia, México y Panamá, e incluso el 40% en Costa Rica.

Es difícil generalizar sobre el papel actual de los sexos en las culturas
130 hispanas ya que en gran parte depende del país, de la clase social y de las
propias creencias del individuo. Lo que sí se puede afirmar es que la mujer
de hoy tiene oportunidades que su madre nunca tuvo. La familia y los papeles tradicionales de mujer y hombre siguen teniendo una resonancia fuerte
pero parece seguro que en los años venideros, será cada vez más normal ver
135 a las mujeres participando plenamente en la vida pública de sus países y a
los hombres en el cuidado de la familia y de la casa.

El aborto se ha legalizado sólo en Cuba y Puerto Rico, pero se sigue debatiendo en toda Latinoamérica.

Algunos de estos nuevos organismos incluyen el Servicio Nacional de la Mujer, o SERNAM (Chile) y el Instituto Nacional de las Mujeres (México).

Actividad 11   Una historia de polarización   Vuelve a mirar la primera
parte de la lectura, "El legado del marianismo y el machismo", y termina las
siguientes oraciones.

Scanning

1. El ideal tradicional de conducta femenina tenía sus orígenes en...
2. Ese ideal de conducta femenina obligaba a la mujer a...
3. Asimismo, el ideal de conducta masculina obligaba al hombre a...
4. Este sistema presentaba ciertas ventajas y desventajas para el hombre, ya que...
5. El sistema tenía algunas ventajas para la mujer, puesto que...
6. Sin embargo, las desventajas para la mujer eran predominantes, ya que...
7. Se ve que las ideas tradicionales todavía influyen en la gente porque...

Actividad 12   Un mundo de cambio   En parejas, comenten las siguientes
preguntas sobre la segunda parte de la lectura, "Nuevas ideas, nuevas acciones".

Scanning, Making inferences

1. ¿Entre qué grupos han tenido más éxito las ideas feministas? ¿Por qué?
2. Se ha dicho que algunas mujeres son "feministas accidentales", o sea
mantienen valores tradicionales pero en realidad sus acciones promueven
el feminismo. ¿Hay ejemplos de "feministas accidentales" en la lectura?
¿Cuáles son?
3. Se ha mejorado mucho la posición de la mujer hispana en los últimos años.
Den tres ejemplos de mejoras en la educación, el trabajo, las leyes y/o la
política.
4. ¿Qué generalización se puede formular sobre la posición de la mujer en el
mundo hispano contemporáneo?

Cristina Saralegui es la conocida presentadora del *talkshow* de Univisión *El Show de Cristina*, y se ha convertido en la Oprah Winfrey de las comunidades hispanas de los Estados Unidos.

Actividad 13   El show de Cristina   En dos grupos grandes, hagan los papeles de tradicionalistas y no tradicionalistas en un programa de televisión. Uds. deben discutir cuestiones relacionadas con los papeles de los hombres y las mujeres. Elijan a un/a animador/a (Cristina o Cristóbal), quien debe usar las siguientes preguntas para empezar la discusión.

1. ¿Vivían mejor los hombres antes del feminismo?
2. ¿Por qué algunas mujeres se niegan a llamarse feministas?
3. ¿Una mujer puede tener una carrera profesional sin ser feminista?
4. ¿Es posible ser feminista y también ser femenina?
5. Si somos iguales, ¿por qué los hombres no llevan falda y maquillaje?
6. Si somos iguales, ¿por qué las mujeres todavía tienden a cuidar de la casa, incluso cuando trabajan?
7. ¿Dejarías de trabajar si tu esposa/o te mantuviera? (*a hombres y mujeres*)

Cuaderno personal 10-2

¿Cómo cambiaría tu vida si fueras una persona del sexo opuesto?

VIDEOFUENTES

¿Qué ideas o expectativas tradicionales de los papeles del hombre y de la mujer se ven en el cortometraje *En la esquina*? ¿Cómo y cuándo se rompen estas expectativas? ¿Qué comentarios hace la película sobre las relaciones entre los sexos?

Lectura 3: Literatura

ESTRATEGIA DE LECTURA

Watching Out for Idioms

Note that **idioma** (*language*) and *idiom* (**modismo**) are false cognates.

An idiom (**modismo**) is an expression, often based on an earlier metaphor, whose meaning is different from that of the individual words that compose it. Idioms are very frequent in conversation and literature. Like false cognates, they often will appear to make no sense in a given context if interpreted literally. For example, **tomarle el pelo a alguien** means *to pull someone's leg*. If you encounter what appears to be an idiom, you should first try to guess the meaning from context. If this fails and the expression seems important, decide which word is most important in the expression and look it up in the dictionary. Remember that idioms are usually included at the end of most dictionary entries.

Actividad 14 Modismos Las siguientes expresiones en negrita aparecen en la crónica "El difícil arte de ser macho". Lee cada oración y adivina un equivalente en español o inglés para cada una. Si tienes dudas, busca la expresión en el diccionario o el glosario.

Watching out for idioms

1. Se ha debatido mucho la relación entre el pensamiento y el lenguaje sexista, pero todavía no se **ha dicho la última palabra.**
2. El jefe de esa compañía es muy exigente: siempre quiere más, más, más. Los pobres empleados **no reciben tregua.**
3. Si quieres tener éxito en un trabajo y subir de rango, tienes que **ser el uno.**
4. **¡Válgame Dios!** ¡Si vuelvo a oír una pregunta más voy a explotar!

valga = presente del subjuntivo de **valer**

Actividad 15 Familias de palabras Busca el significado de cada verbo en el glosario o en un diccionario. Después, termina cada oración con un verbo o un sustantivo o adjetivo relacionado.

Identifying word families

Sustantivo	Verbo	Adjetivo
	comprobar	comprobado/a
	reventar	reventado/a
arreglo	arreglar	arreglado/a
desgaste	desgastar(se)	desgastado/a
autoexigencia	exigir	
duración	durar	

1. En las sociedades modernas, muchas personas se _____ demasiado a sí mismos, y como resultado su salud se deteriora.
2. Los científicos suelen _____ sus ideas experimentalmente.
3. El pobre hombre estaba tan frustrado y cansado que murió con el corazón _____.
4. Tuvieron problemas con las luces de la casa, así que llamaron a un electricista para hacer unos _____.
5. Una larga enfermedad puede provocar el _____ del cuerpo.
6. No hay mal ni bien que cien años _____.

Building vocabulary

Actividad 16 **Palabras justas** Las palabras y expresiones en negrita de las siguientes oraciones aparecen en la lectura "El difícil arte de ser macho". Lee cada oración y escoge el equivalente en inglés de cada expresión en negrita.

a. to do, to make real, to achieve
b. to intend, to aim to
c. to cause, to bring
d. to give oneself the luxury of
e. to run the risk
f. lazy, slack
g. widow
h. proud
i. exploits, feats

1. _____ El exceso de trabajo puede **acarrear** muchos problemas de salud.
2. _____ Las personas que fuman mucho **corren el riesgo** de contraer cáncer.

a mí me toca = it's my turn to . . ., I have to . . .

3. _____ A mí me toca trabajar todo el tiempo; quisiera **darme el lujo de** hacer un viaje largo por el Caribe.
4. _____ Muchos jóvenes **pretenden** llegar a ser médicos.

a mi modo de ver = in my view, the way I see it

5. _____ A mi modo de ver, una persona siempre debe sentirse **orgullosa** después de hacer un buen trabajo.
6. _____ Muchos jóvenes sueñan con hacerse jugadores profesionales de fútbol o béisbol, pero pocos **realizan** sus sueños.
7. _____ Al abuelo le encantaba contar las grandes **proezas** que realizó cuando era joven.

de ningún modo = in no way

8. _____ El jefe le dijo al empleado que trabajara más, pero aclaró que no quería insinuar de ningún modo que el empleado fuera **vago.**
9. _____ Muchas **viudas** se quedan completamente solas y no tienen quien les ayude a mantener la casa ni a hacer los arreglos.

Activating background knowledge, Anticipating

Actividad 17 **La vida del macho moderno** **Parte A:** La siguiente lectura habla de la situación de los hombres en la sociedad moderna. El texto es una *crónica* —un tipo de artículo de periódico que combina el periodismo y la literatura y en el que el autor o narrador comenta la vida actual. En parejas, comenten las siguientes preguntas antes de leer.

En el mundo actual, ¿es más difícil ser hombre o ser mujer? ¿Por qué? ¿Qué factores afectan la respuesta?

Identifying the audience

Parte B: Ahora, en parejas, miren el título y los dos primeros párrafos y contesten las siguientes preguntas.

1. ¿Parece serio o irónico el título? ¿Por qué?
2. ¿Cuál es el público de esta crónica? ¿Cómo lo saben Uds.?
3. ¿A qué se refiere el autor cuando dice que no quiere "abandonar la fiesta"?

Identifying tone

Parte C: Ahora, lee toda la crónica, y trata de determinar si el autor/narrador es machista o no. Piensa también en el tono del texto. ¿Tiene un tono sincero, triste, irónico, o...?

Pedro Juan Gutiérrez nació en Cuba en 1950. Desde entonces, se ha dedicado a explorar la vida, trabajando en diferentes ocasiones como vendedor de helados, cortador de caña, contrabandista, soldado, pintor, escultor y periodista. También es autor —un autor a quien le gusta asomarse por la ventana y observar todo lo que le rodea, para recrearlo y comentarlo en sus libros, cuentos y crónicas. Su obra más conocida es Trilogía sucia de La Habana. *La siguiente crónica es un buen ejemplo de su estilo directo y sencillo.*

El difícil arte de ser macho
Pedro Juan Gutiérrez

Está comprobado estadísticamente que los hombres morimos antes que las mujeres. Mire a su alrededor y lo comprobará. En los viejos matrimonios usualmente el hombre muere y la mujer lo sobrevive, en ocasiones hasta veinte años.

5   Siempre me ha inquietado eso por la sencilla pero contundente razón de que a mí me toca morirme primero y abandonar la fiesta.

De ningún modo deseo que las mujeres mueran primero. Válgame Dios. Pero tal vez los hombres pudiéramos intentar durar un poquito más, porque lo cierto es que la fiesta comienza a ponerse buena cuando uno tiene
10   sesenta años más o menos.

Es decir, cuando uno ya se jubila, los hijos al fin dejaron de ser horriblemente adolescentes, ya uno tiene serenidad y experiencia para disfrutar los placeres más simples y cotidianos de la vida, porque a esa edad ya nadie aspira a las proezas de todo tipo que pretendió realizar o realizó entre los
15   veinte y los cincuenta y pico.

Confieso que llevo años pensando en el asunto y, por supuesto, he hablado mucho del tema con la gente más diversa. Al parecer todo el mundo coincide en que el hombre se desgasta más. El hombre moderno se exige demasiado a sí mismo y
20   por eso se acarrea los infartos y lo demás.

Hay otra hipótesis en boga, de carácter bioquímico: la mujer está mejor preparada genéticamente que
25   el hombre. Y puede ser. En definitiva, la mujer es una maravillosa fábrica de vida.

Por ahora los científicos no dicen la última palabra. Pero me
30   inclino a pensar que en el asunto puede haber un poco de bioquímica y mucho de desgaste excesivo y autoexigencia del hombre.

Creo que es un problema de
35   organización de la sociedad moderna. No sólo en el Tercer Mundo. Hasta en Europa y Norteamérica

—que supuestamente van delante—sucede lo mismo: el macho no recibe
tregua. Desde que nace hasta que muere lo inyectan en la cabeza que "el
40 hombre es el sostén de la familia", que "el hombre es el que tiene que traer
la comida a la casa", y que "los machos no lloran", que "los hombres tienen
que ser fuertes y valientes, nada de cobardía".

A mi modo de ver ahí está el origen del problema. Es muy difícil ser
macho: tienes que ser físicamente fuerte, no puedes llorar, siempre tienes
45 que poseer dinero en el bolsillo, sexualmente tienes que ser el uno, porque
ese es un campo muy competitivo para algunas mujeres.

No te puedes dar el lujo de estar un día triste, alicaído, depresivo. En la
casa debes ser además de buen padre y esposo, carpintero, plomero, albañil,
mecánico, electricista, etc., o corres el riesgo de que te acusen de inútil y
50 vago.

En fin, conozco mujeres que una vez viudas se arrepienten de todo lo
que le exigieron al marido a lo largo de su vida y hasta tienen complejo de
culpa porque el hombre murió con el corazón reventado.

Una vecina, de 68 años, es irremediablemente peor. Perdió al marido
55 hace unos meses y me confiesa que a veces lo invoca para reprocharle que
se murió sin arreglarle unas ventanas y sin reparar y pintar algunas paredes
descascaradas. "Un hombre que sabía hacer de todo, y por vago me dejó sin
terminar de hacer esos arreglitos". Parece un chiste, pero juro que es rigu-
rosamente cierto. Espero que ella no lea esta crónica.

60 Así las cosas, hay que dejar que las mujeres asuman cada día más
responsabilidad, y no creernos tan importantes. Y digo responsabilidad
pensando en grande: hasta dejarles el gobierno de las naciones. Que asuman
todo el poder. En definitiva, los hombres gobernando durante siglos hemos
acarreado al mundo guerras, hambre, miseria, contaminación y todo tipo de
65 problemas e insensateces. Así que no debemos estar orgullosos porque nos
ha salido bastante mal.

Hay que aprender de ellas. Yo por lo menos cada día aprendo más de las
mujeres que me rodean y trato de ser menos macho y más hombre.

Distinguishing fact from opinion

Actividad 18 **Realidades y perspectivas** Las siguientes oraciones resumen
ideas claves de la crónica "El difícil arte de ser macho". En parejas, decidan si
cada idea representa un hecho o una opinión. Después, digan si están de
acuerdo o no con cada opinión y por qué.

1. Los hombres suelen morir antes que las mujeres.
2. La fiesta (la vida) comienza a ponerse buena cuando uno tiene sesenta años más o menos.
3. El hombre moderno se exige demasiado a sí mismo y por eso se acarrea los infartos.
4. La mujer está mejor preparada genéticamente que el hombre.
5. Desde que nace hasta que muere, el hombre aprende que "el hombre es el sostén de la familia" y "los machos no lloran".
6. En la casa el hombre debe ser buen padre, esposo, carpintero, plomero, albañil, etc. o corre el riesgo de que lo acusen de inútil y vago.
7. Es muy difícil ser macho.
8. Las mujeres deben asumir el poder y el gobierno de las naciones ya que los hombres sólo han acarreado guerras, hambre, miseria, contaminación...

Actividad 19 **¿Hombre o macho?** En parejas comenten las siguientes preguntas, y piensen en las implicaciones de las respuestas.

Making inferences

1. ¿Cómo será el narrador? ¿Cuántos años tendrá? ¿Cómo lo saben?
2. ¿Cuál es el público de esta crónica? ¿Los hombres, las mujeres o los dos? ¿Cómo lo saben? ¿Qué implicaciones tiene este hecho?
3. ¿Qué opina el autor/narrador de las mujeres? Consideren las siguientes citas:
   a. "El hombre moderno se exige demasiado a sí mismo."
   b. "...sexualmente tienes que ser el uno, porque ese es un campo muy competitivo para algunas mujeres."
   c. "En la casa debes ser además de buen padre y esposo, carpintero, plomero, albañil, mecánico, electricista, etc., o corres el riesgo de que te acusen de inútil y vago."
   d. "...la mujer es una maravillosa fábrica de vida."
   e. "Que [las mujeres] asuman todo el poder. En definitiva, los hombres gobernando durante siglos hemos acarreado al mundo guerras, hambre, miseria, contaminación..."
4. ¿Es "machista" el autor/narrador? ¿Por qué sí o no?

Actividad 20 **Nuevas condiciones** En grupos de tres, terminen las siguientes oraciones pensando en la lectura y la discusión de las actividades anteriores.

Making inferences

1. Los hombres vivirían más tiempo si...
2. Si las mujeres asumieran el poder y el gobierno de todas las naciones, entonces...
3. El autor/narrador cambiaría de opinión si...

Cuaderno personal 10-3

En tu opinión, ¿las diferencias entre los hombres y las mujeres se basan en la biología, en la cultura o en las dos? ¿Por qué?

Redacción: Ensayo

ESTRATEGIA DE REDACCIÓN

Comparing and Contrasting

You compare and contrast whenever you analyze two or more items and look for similarities or differences between them. When you make choices, you are comparing and contrasting, and when learning, you often compare and contrast new information with information you already know. Comparing and contrasting are ways of thinking that can be used in all types of writing, but can also serve as a way of organizing your writing. If you are looking at two different objects, you may talk about first one object and then the other (**comparación secuenciada**) or you may compare and contrast both objects point by point (**comparación simultánea**). The following outlines show these two basic types.

Tema: Papeles del hombre y de la mujer en el
programa de televisión *Friends* (*Amigos*)

Comparación secuenciada	Comparación simultánea
I. Los hombres	I. Características personales
A. características personales	A. Mujeres
B. temas de conversación	B. Hombres
C. ocupaciones	II. Temas de conversación
II. Las mujeres	A. Mujeres
A. características personales	B. Hombres
B. temas de conversación	III. Ocupaciones
C. ocupaciones	A. Mujeres
	B. Hombres

In a comparison and contrast essay, you may choose to emphasize either similarities or contrasts or to emphasize the description of unfamiliar items over familiar ones. Using transition expressions to mark comparisons and contrasts will also help you improve the style and clarity of your writing.

Comparación

al igual que/a semejanza de	just like, as
de la misma manera/forma,	in the same way
del mismo modo	
parecerse a	to resemble
ser similar/parecido/semejante a	to be similar to
tan (+ *adjetivo*) **como**	as (*adj.*) as
tanto A como B	both A and B

Contraste

a diferencia de	unlike
diferenciarse de	to differ from
en cambio	on the other hand, instead
en contraste con	in contrast to/with
más/menos (+ *adj./sustantivo*) **que**	more/less/fewer (*adj./noun*) than
por un lado…	on the one hand . . .
por otro lado/por el otro…	on the other hand/on the other . . .
sin embargo/no obstante	however

Analyzing

Actividad 21 La televisión y el género   Parte A: Se ha estudiado mucho la representación del hombre y de la mujer en la televisión, ya que éste es el medio de comunicación que los niños y adultos ven con más frecuencia. En grupos de tres, comenten las siguientes preguntas.

1. ¿Cuáles son las cinco series de televisión más populares del momento?
2. ¿Cuáles de estos programas presentan a hombres y mujeres?
3. ¿Cuáles de estos programas tienen un público de hombres y mujeres?
4. ¿Cuál de estos programas sería más útil para una comparación de los papeles de la mujer y del hombre?

Parte B: En los mismos grupos de tres, escojan un programa que todos conocen, y hagan un análisis pensando en los siguientes aspectos. Decidan cuáles de los siguientes aspectos se pueden analizar en una comparación del papel del hombre y el papel de la mujer.

1. el número de personajes masculinos frente al número de personajes femeninos
2. la cantidad de diálogo: hombres frente a mujeres
3. los temas de conversación de los hombres en comparación con los de las mujeres
4. el número de personajes simpáticos/antipáticos: hombres frente a mujeres
5. el número de éxitos o problemas personales que tienen los hombres y las mujeres
6. las ocupaciones de los hombres y de las mujeres
7. los gustos y las características personales de los hombres y las mujeres

Parte C: Ahora, hagan una lista de tres conclusiones que pueden sacar de su análisis de los diferentes aspectos de este programa. Las conclusiones deben considerar las implicaciones del análisis, además de los cambios que resultarían de una representación más (o menos) igualitaria de los sexos.

▶ Si las mujeres tuvieran trabajos menos tradicionales, entonces el programa tendría una influencia más positiva sobre las personas que lo ven.

Actividad 22   La redacción del análisis   **Parte A:** Repite los pasos de la   Writing an essay
Actividad 21 y después escribe una oración de tesis para tu ensayo. Luego, haz una lista de aspectos de la serie de televisión que vas a analizar y comparar, como en el bosquejo que aparece en la Estrategia de redacción de las páginas 191–192. Piensa también en una conclusión — o varias — que se pueda sacar del análisis comparativo.

Parte B: Trabajando individualmente, prepara el primer borrador del ensayo. Incluye un título, introducción con oración de tesis, cuerpo con detalles tomados del análisis y conclusión o conclusiones.

Capítulo 11

Actos ilegales

▲ Un soldado colombiano quema bolsas de cocaína confiscadas en redadas contra los narcotraficantes.

See the *Fuentes* website for related links and activities:
http://college.hmco.com/languages/spanish/students

194

Actividad 1 **Causas, efectos y soluciones** La siguiente lista incluye cinco de los problemas de delincuencia con los que se enfrentan los países latinoamericanos y muchos otros países del mundo. En grupos de tres, determinen para cada problema por lo menos una causa, un efecto y una solución. Luego, compartan sus ideas con el resto de la clase.

Activating background knowledge

- el tráfico de drogas
- los atracos y robos de casas
- los asesinatos
- el crimen organizado
- el soborno y la corrupción en el gobierno

Lectura 1: Un editorial

Actividad 2 **A propósito de las drogas** Antes de leer el editorial escrito por el director de la revista española *Cambio 16,* asocia cada una de las palabras de la primera columna, las cuales aparecen en el artículo, con la palabra o expresión correspondiente de la segunda. Usa tus conocimientos de cognados y raíces para adivinar. Consulta el vocabulario o un diccionario sólo cuando sea necesario.

Building vocabulary

1. _____ adormilado/a
2. _____ adulterado/a
3. _____ el coraje
4. _____ la cordura
5. _____ la dosis
6. _____ enganchado/a
7. _____ rentable
8. _____ la riada
9. _____ el vicio
10. _____ el drogata

a. juicio, prudencia
b. inundación
c. cantidad de medicina que se toma
d. mala costumbre
e. valor
f. que produce ganancias o intereses
g. mezclado con sustancias peligrosas
h. que depende de una droga
i. drogadicto
j. con sueño

Actividad 3 **La droga ilegal y sus efectos** *Cambio 16,* la revista de noticias más importante de España, lanzó hace varios años una campaña para legalizar las drogas. Como parte de esa campaña, el director de *Cambio 16,* Juan Tomás de Salas, escribió el siguiente editorial. Antes de leerlo, en parejas, hagan una lista de dos o tres problemas que causa el uso ilegal de las drogas. Luego compartan sus ideas sobre la mejor solución: la prohibición, la legalización parcial o la legalización total.

Activating background knowledge

Muchas personas famosas apoyaron la campaña, incluso el conocido autor colombiano Gabriel García Márquez, ganador del Premio Nobel de Literatura, quien escribió el manifiesto de la campaña a favor de la legalización de las drogas.

ESTRATEGIA DE LECTURA

Annotating and Reacting to Reading

You can write in the margins of the text if space allows. If not, take notes on a separate sheet of paper.

Taking notes on important or interesting ideas can aid you in organizing and understanding a reading. You can use notes on information contained in the reading to guide your studying and to prepare outlines. Emotional reactions and doubts can be used as prompts to discuss and ask questions about difficult parts of the reading. Note taking is most useful when done methodically, so you should develop a method that is comfortable for you. One possibility is to record notes on content to the left and emotional reactions to the right, while underlining important unfamiliar vocabulary and highlighting significant details.

Active reading, Annotating and reacting

Actividad 4   Efectos y reacciones   Mientras lees el siguiente editorial, subraya los posibles efectos de la legalización, y apunta en el margen o en otra hoja tus reacciones (**¡qué fascinante!, ¡qué raro!, ¡qué barbaridad!, no estoy de acuerdo, no comprendo,** etc.) a detalles específicos del editorial.

Legalización de las drogas

¿Qué pasaría si, en un gesto de cordura y de coraje sin precedentes, el Gobierno español despenalizara el consumo y comercio de drogas, autorizando su venta libre en las farmacias o estancos del país? Pasarían varias cosas:

1. De inmediato se detendría la sangría de muertos provocados por el consumo de droga, adulterada hasta el ladrillo, que es la que hoy se vende en el mercado nacional. Algún muerto habría, por sobredosis o imprudencia, pero la riada de jóvenes asesinados con porquería en sus venas se detendría de inmediato.

2. Las farmacias, con las condiciones razonables del caso, expenderían, a precio también razonable, las dosis de droga demandada por los ciudadanos. El producto estaría garantizado contra adulteraciones y sería tan seguro —y dañino— como indicara exactamente en el prospecto.

3. El precio de la venta de la droga sería una fracción de los feroces precios actuales de la droga clandestina. Ello detendría en el acto la riada de pequeños y grandes deli-

tos que los drogatas actuales cometen para poder financiar su vicio. Si pocos roban para comprarse cerveza, bien pocos lo harían para comprarse dosis a precio normal. Al respecto conviene no olvidar que el costo original de la droga es bien bajo, lo astronómico del precio es resultado de la prohibición, no de la droga.

4. El Estado cobraría un fuerte impuesto sobre las drogas vendidas, como hace con alcoholes y tabacos. Con ello podría financiar masivamente programas de rehabilitación y de pre-

vención del consumo de drogas. Igualmente podría dedicar parte de ese impuesto a financiar escuelas de educación profesional para una juventud como la nuestra que hemos condenado al paro y a la droga entre todos.

5. Millares de funcionarios —policías, aduaneros, jueces y oficiales, etc.— quedarían de inmediato liberados de la imposible tarea de impedir su tráfico, que es el más rentable del planeta, y contra el que han fracasado en todo el mundo. Con ello se reduciría el déficit público, mejoraría la justicia y policía común de nuestras calles, y hasta quedarían recursos

humanos para luchar contra esa lacra, aún vigente, que es el terrorismo.

6. Posiblemente, como ocurrió al abolir la prohibición norteamericana del alcohol a principios de los años 30, el consumo legalizado de drogas aumentaría ligeramente. Sólo los puritanos extremos temen que la legalización traería consigo una drogadicción masiva. Pero un cierto aumento del consumo es casi seguro. Pero sólo el consumo, no la muerte. Habría algunos jóvenes más enganchados, es decir, adormilados y soñadores, poco útiles, quizás para la producción en cadena, pero no habría muertos.

JUAN TOMÁS DE SALAS

Actividad 5   Los efectos de la despenalización   Parte A: En grupos de tres, hagan una lista de todos los posibles efectos propuestos por Salas, terminando la siguiente oración.

Summarizing

Si el Gobierno (español) despenalizara el consumo y comercio de drogas, ...

Parte B: En parejas, indiquen cómo reaccionaría a la legalización la mayoría de los miembros de los siguientes grupos.

Reacting

aduanero = customs officer

los policías	los dueños de negocios
los aduaneros	los padres de familia
los jueces	los estudiantes universitarios

Parte C: La campaña de legalización lanzada por *Cambio 16* no tuvo éxito. Pero, si el Gobierno hubiera decidido despenalizar el consumo y comercio de drogas, ¿qué habría pasado? En parejas, den sus opiniones personales, haciendo una lista de dos efectos positivos y dos efectos negativos, por lo menos, y terminando de manera original la siguiente oración.

Si el Gobierno (español) hubiera despenalizado el consumo y comercio de drogas, ...

Actividad 6   ¿Qué es una droga?   El autor del artículo no especifica las drogas a las que se refiere. En grupos de tres, decidan cuáles de las siguientes sustancias se deben prohibir o legalizar. Expliquen por qué.

el café	el alcohol	la coca	el éxtasis
el tabaco	la mariguana	la cocaína	

Actividad 7   El consumo y la cárcel   En grupos de cuatro, compartan sus reacciones a las siguientes preguntas.

1. ¿Conocen a alguien que consuma o haya consumido drogas?
2. ¿Creen que esa persona merece estar en la cárcel? ¿Por qué sí o no?

Cuaderno personal 11-1

¿Estás a favor o en contra de la legalización de las drogas? Justifica tu respuesta.

Lectura 2: Panorama cultural

Actividad 8 Palabras claves Las palabras indicadas en las oraciones son de la lectura "Modernización y delincuencia en Latinoamérica". Asocia cada palabra indicada en negrita con su equivalente de la lista que aparece a continuación.

a. to take for granted
b. involved
c. overwhelming
d. crime
e. standards
f. characteristic of a region

g. to take root
h. seed
i. devastation
j. harmful
k. narcotic
l. government employee or civil servant

1. _____ Decir la verdad no es **delito.**
2. _____ Los problemas de violencia criminal **han echado raíces** en las sociedades en vías de desarrollo.
3. _____ Algunas personas **dan por descontado** el derecho de llevar armas; otras lo disputan.
4. _____ Los **patrones** de conducta no se pueden mantener sin un sistema de sanciones y castigos.
5. _____ La violencia criminal es **endémica** en algunas sociedades en vías de desarrollo.
6. _____ Los **estupefacientes** suelen impedir la percepción clara de la realidad.
7. _____ El crimen organizado causa graves **estragos** en la sociedad.
8. _____ Muchas personas de alto rango social están **involucradas** en el crimen organizado.
9. _____ A nivel mundial, los problemas ocasionados por la delincuencia son **abrumadores.**
10. _____ La **semilla** de la delincuencia está en el colapso de los sistemas tradicionales de control social.
11. _____ Muchas medicinas tienen efectos positivos y efectos **nocivos** al mismo tiempo.
12. _____ En principio, la obligación de todo **funcionario** es servir a los ciudadanos del país.

Activating background knowledge

Actividad 9 Delitos y crímenes **Parte A:** En grupos de tres, hagan una lista de tipos de delincuencia que son problemas en la sociedad de su país. Después, decidan cuáles son los dos problemas principales.

Active reading, Annotating and reacting

Parte B: Al leer el artículo sobre la delincuencia en Latinoamérica, apunta en los márgenes la idea general de cada párrafo y tus reacciones a esas ideas. Después, vuelve a leer todo el artículo con más cuidado para asegurarte de que entendiste bien la idea principal de cada párrafo.

Modernización y delincuencia en Latinoamérica

L a violencia es una de las enfermedades que ha afligido al mundo entero en las últimas décadas. Latinoamérica, al igual que otras regiones del mundo, tiene una larga tradición de violencia, mas en el pasado, ésta se ha caracterizado principalmente como violencia política, es decir, la represión
5 de gobiernos dictatoriales y los movimientos que utilizaban la lucha armada de guerrilla, secuestro y terrorismo en contra de dichos gobiernos. Sin embargo, en las últimas décadas, la violencia está dejando de ser una lucha por ideales sociales y políticos para convertirse en una violencia asociada con la delincuencia. A
10 través de Latinoamérica, el problema de la delincuencia y criminalidad se ha convertido en una de las principales preocupaciones de los gobiernos y del público.

mas = pero

Efectos de la modernización

Aunque parezca irónico que la violencia criminal aumente precisamente cuando la violencia política disminuye, en
15 realidad el aumento de la delincuencia es en parte un efecto normal de los cambios sociales y económicos que afectan a América Latina. Por una parte, la vuelta a la democracia ha eliminado la dura represión que era típica de las dictaduras. Por otra parte, los países latinoameri-
20 canos pertenecen al grupo de países "en vías de desarrollo", es decir, los que han participado en el proceso de modernización, industrialización y urbanización, pero que se encuentran en una situación intermedia entre la sociedad tradicional y la plenamente modernizada.
25   El proceso de modernización implica profundos cambios en la sociedad. Para empezar, los campesinos abandonan el campo, donde la mecanización de la agricultura y la globalización los deja sin trabajo y se trasladan a buscarlo a las ciudades industrializadas. Como resultado de la migración
30 en masa, se crean grandes urbes densamente pobladas. Los efectos más agudos de esta rápida urbanización son la pérdida de influencias estabilizadoras, como las viejas relaciones personales y la familia extendida y su sustitución por nuevas relaciones impersonales. La familia deja de ejercer un control
35 directo sobre las acciones del individuo y pierde influencia en la formación de los valores personales.

▲ Esta mujer intenta ganarse la vida vendiendo frutas en las calles de Lima, Perú. Muchos pobres se trasladan a la ciudad en busca de una vida mejor, pero encuentran que la vida urbana no es fácil.

    La modernización se ha producido en varios países de Latinoamérica en el espacio de unas pocas decenas de años y, al mismo tiempo, la población ha crecido con una rapidez alarmante. La mezcla de estos dos factores ha
40 agravado la situación de las ciudades. En las afueras de las grandes ciudades donde viven muchos de los recién llegados, se han creado enormes villas miseria, donde a menudo los habitantes no tienen ni agua corriente ni electricidad. El contraste entre su situación y la de las clases acomodadas ha contribuido a alimentar la semilla de la delincuencia. En la ciudad, los
45 campesinos suelen abandonar su tradicional fatalismo al encontrar una nueva ética de consumo y materialismo. Es decir que, en vez de resignarse a

En Latinoamérica la desigualdad de ingresos es enorme. El 10% más rico de la población recibe un 35% de los ingresos, mientras un 43% de la población vive por debajo de la línea de la pobreza.

► Estas elegantes rejas protegen una casa hondureña contra posibles robos.

su posición y su pobreza como lo hubieran hecho anteriormente, luchan por obtener y consumir más. A menudo, les es imposible alcanzar una vida mejor por medio del trabajo, y el delito se ofrece como la ruta más directa
50 hacia la adquisición de bienes materiales. Es así que han aumentado tanto los delitos contra la propiedad —robos y atracos— como los crímenes contra la persona —asaltos y asesinatos.

La corrupción

Un tipo de delito endémico en las sociedades que se encuentran en vías de desarrollo es la corrupción que existe en el gobierno. En Latinoamérica hay
55 dos razones principales de esta corrupción. En primer lugar, lo que actualmente se considera corrupción se daba por descontado en las sociedades tradicionales. Un funcionario con acceso al poder tenía la obligación de usar su poder para ayudar a parientes y amigos, ya que la familia extendida era la unidad social y económica más importante. Con la modernización
60 actual, sin embargo, ha surgido mayor necesidad de adoptar y proteger patrones de conducta más amplios y generales. En segundo lugar, la situación económica inestable limita el sueldo de los funcionarios, quienes se ven obligados a buscar ingresos en forma de regalos, contribuciones o sobornos. De todas formas, las protestas en contra de la corrupción están
65 echando raíz en Latinoamérica y muchos gobiernos están tomando medidas para resolver el problema.

En México, el soborno a un funcionario se llama **mordida** (*bite*).

El narcotráfico

Además de los problemas de delincuencia y corrupción, la forma de criminalidad más perniciosa que azota a Latinoamérica es el narcotráfico. Éste también se puede considerar como el resultado de la modernización, puesto
70 que depende de la globalización comercial y los avances de la tecnología del transporte. El narcotráfico latinoamericano ha aumentado a medida que ha aumentado la demanda de estupefacientes por parte de los países desarrollados, donde la cocaína se ha establecido como una droga de moda por la cual los consumidores pagan precios exorbitantes. De hecho, entre 1990 y
75 2000 el consumo de cocaína a nivel mundial subió un 50% por ciento (de 400 a 600 toneladas métricas).

El consumo de cocaína se ha estabilizado en los EE.UU. desde los años 90, pero sigue creciendo en Europa y otras partes del mundo.

Este consumo insaciable fomenta la producción, el transporte y la distribución de la droga. El clima de los países andinos se presta al cultivo de la coca, planta autóctona de la región que fue cultivada por los incas. La
80 mayor parte de la coca se cultiva en Perú, Bolivia y Colombia, donde cientos de miles de campesinos abandonan otros cultivos para dedicarse a esta cosecha más rentable. Se transporta la coca a laboratorios en Colombia donde se usa para producir la cocaína y luego el producto acabado se transporta para vender en otros países del mundo, especialmente los Estados
85 Unidos, Canadá y los países de Europa.

La coca es un cultivo tradicional de los indígenas de Perú y Bolivia, pero la guerra contra la droga ha llevado a una gran disminución de su producción. Al mismo tiempo, la producción de coca ha aumentado en Colombia, y desde 1995 es el país donde se cultiva más coca.

El proceso de producción y distribución de la cocaína requiere una organización internacional a gran escala. Durante los años 80 y 90, los grandes carteles colombianos se conocieron por su riqueza, poder y violencia. De hecho, los narcotraficantes o "narcos" desestabilizaron las elec-
90 ciones colombianas, llegando a matar en 1990 a tres candidatos presidenciales que apoyaban los esfuerzos del gobierno por eliminar los carteles. Hoy día, sin embargo, los carteles son más pequeños, más numerosos, más difíciles de localizar y, por lo tanto, más difíciles de eliminar. Su influencia y la delincuencia asociada afectan no sólo a Colombia, sino también a las
95 repúblicas andinas y a los países de América Central, el Caribe y sobre todo México, por donde se tiene que transportar la cocaína. De hecho, las actividades de los carteles se extienden a todo rincón del continente americano y más allá a muchas otras partes del mundo, y la ONU juzga que actualmente se "lavan" hasta unos 100.000 millones de dólares al año en Latinoamérica,
100 cifra que sigue creciendo.

Los carteles más grandes ya no se encuentran en Colombia sino en México.

ONU = Organización de las Naciones Unidas

Es fácil reconocer que la creciente influencia de las organizaciones internacionales del crimen es nociva, pero no hay acuerdo en cuanto a cómo combatirla. Muchos gobiernos se encuentran relativamente impotentes ante la amenaza. A veces sus presupuestos ni siquiera llegan a la altura de los
105 ingresos de los carteles. Desde los años 80 los Estados Unidos han mantenido una guerra contra la droga, mandando equipo militar y miles de millones de dólares para destruir los campos de coca y para luchar contra los carteles. No obstante, estos esfuerzos no han logrado eliminar la demanda y el consumo en los Estados Unidos y otros países, y
110 mientras éstos existan, habrá personas dispuestas a arriesgarse para enriquecerse.

Por otra parte, la delincuencia latinoamericana asociada con la droga comienza a asemejarse a la de los Estados Unidos. Cabe notar que, aunque el nar-
115 cotráfico ha sido un gran problema durante varias décadas, hasta hace poco el consumo de drogas entre los jóvenes latinoamericanos se había mantenido bastante bajo. Sin embargo, la introducción de una droga barata, la PBC (pasta básica de cocaína), inició un
120 cambio en la situación. La PBC es un producto intermedio del proceso de producción de la cocaína, el cual contiene queroseno y ácidos muy dañinos para el cuerpo humano. En los países andinos, la PBC, conocida popularmente como "el basuco", ha producido
125 estragos parecidos a los del *"crack"* entre los jóvenes urbanos de los Estados Unidos. Además el consumo de cocaína está aumentando a lo largo de Latinoamérica,

◀ Un barrio pobre en las afueras de Caracas, Venezuela.

Con todo, el uso de drogas se mantiene bastante bajo en México, donde sólo un 5% de la población ha consumido drogas ilegales, frente a un 35% en los Estados Unidos.

y en algunos países como El Salvador y Brasil se está extendiendo el abuso del *crack*. La consecuencia es que los robos y otros delitos asociados con el
130 consumo de drogas plagan hoy tanto a algunos países latinoamericanos como a los Estados Unidos.

Con los cambios que ha traído la modernización a Latinoamérica y con sus consecuencias de corrupción y delincuencia, vale preguntarse cuál es la solución para este aumento de criminalidad en la región. Hay quienes abo-
135 gan por el orden impuesto de la dictadura militar, solución ya intentada muchas veces, pero que trae sus propias formas de violencia al limitar las libertades individuales. Otros predicen que el índice de criminalidad debe bajar después de las primeras etapas de modernización. Mientras tanto, el gran desafío para Latinoamérica es responder a la pobreza abrumadora, a
140 la explosión demográfica y a la crisis de la estructura familiar, y controlar la violencia de manera que pueda encauzar sus sociedades hacia un futuro de paz y prosperidad.

ESTRATEGIA DE LECTURA

Outlining

An outline (**bosquejo**) is a plan showing the relationship between main topics and supporting ideas. A good outline can both help your understanding of a reading and serve as a check that you have understood a passage. Use the notes you take while reading as a starting point and try to sort the ideas by their relative importance. In traditional outlining, the most important ideas are usually listed with Roman numerals (I, II, III, etc.), lesser ideas are listed with capital letters (A, B, C, etc.) under each Roman numeral, and details may be listed with Arabic numerals (1, 2, 3, etc.), small letters (a, b, c, etc.), or small Roman numerals (i, ii, iii, etc.).

Outlining

Actividad 10 Un bosquejo En parejas, vuelvan a mirar la lectura y preparen un bosquejo. Pueden usar los temas de la siguiente lista pero tienen que organizarlos. Después, comparen su bosquejo con el de otra pareja.

la corrupción
el narcotráfico
¿soluciones para la
    delincuencia?
la lucha contra el narcotráfico
las villas miseria y sus efectos
la violencia criminal en
    Latinoamérica

el consumo de drogas en
    Latinoamérica
el impacto de la democratización y
    la modernización
el sistema de distribución y
    los carteles
el sistema de producción y transporte
la rápida urbanización demográfica

Scanning

Actividad 11 Datos y detalles Lee las siguientes oraciones e indica si son ciertas o falsas según la lectura. Corrige las falsas.

1. _____ El aumento rápido de la violencia criminal es un fenómeno relativamente reciente en Latinoamérica.

2. _____ Los campesinos se trasladan a las ciudades porque allí tienen trabajo garantizado.

3. _____ Las villas miseria son comunidades de pobres que se encuentran en zonas rurales.

4. _____ Los campesinos que se trasladan a las ciudades mantienen sus valores tradicionales.

5. _____ En parte, la corrupción es el resultado de una actitud que enfatizaba las obligaciones familiares.

6. _____ La demanda mundial por la cocaína ha bajado desde 1990.

7. _____ Los centros de producción de la cocaína son Bolivia y Perú.

8. _____ Aunque los países latinoamericanos exportan cocaína, sólo en años recientes se ha visto un aumento en el consumo de drogas por parte de la población local.

Actividad 12   Los delincuentes   En parejas, describan el papel que desempeñan los siguientes grupos en relación con cada tipo de delincuencia comentada en la lectura (los delitos y crímenes, la corrupción, las drogas).

los pobres urbanos	los funcionarios	los jóvenes urbanos
los campesinos	los narcotraficantes	

Actividad 13   Soluciones hipotéticas   En grupos de tres, comparen los problemas de violencia criminal que existen en Latinoamérica con los de los Estados Unidos. ¿Qué semejanzas y diferencias existen? Después, escojan uno de estos problemas y terminen la siguiente oración.

Making inferences

Este problema ya habría desaparecido (o disminuido) en Latinoamérica/Estados Unidos si...

Actividad 14   En el año 2050   En grupos de tres, discutan qué se habrá hecho o qué habrá ocurrido en el año 2050 con respecto a cada uno de los siguientes problemas sociales en este país, en Latinoamérica y en el mundo: ¿Se habrá solucionado o eliminado? ¿Habrá aumentado o bajado su frecuencia? ¿Se habrá legalizado? Justifiquen sus respuestas.

▶ Para el año 2050 (no) se habrá eliminado la corrupción porque...

la corrupción	el terrorismo	los secuestros
el narcotráfico	el consumo de drogas	los asesinatos
los atracos	los robos	las violaciones

Cuaderno personal 10-2

¿Quiénes tienen la responsabilidad del narcotráfico: los países consumidores o los países productores? Justifica tu respuesta.

VIDEOFUENTES

¿Cuál es el objetivo de las actividades del Día Latino de Fenway Park? ¿Es realmente útil este tipo de programa? ¿Por qué sí o no? ¿Qué más se puede o debe hacer para ayudar a los jóvenes a evitar la delincuencia?

Lectura 3: Literatura

Building vocabulary

Actividad 15 Palabras claves Estudia la siguiente lista de palabras y expresiones tomadas de los cuatro minicuentos que vas a leer. Después, termina las oraciones que aparecen a continuación con una expresión apropiada.

arrancar	to start (*a car*); to start moving, get going
el cornudo	cuckold (man whose wife cheats on him)
darle vuelta a algo	to stir something (*e.g., coffee*)
dar una cornada	to gore (*with horns*)
detenerse	to detain; to stop
disparar	to fire, shoot
la fiereza	fierceness, ferocity; cruelty
hacer caso a	to pay attention to, to take notice of
el lobo	wolf
pararse	to stop
el ruido	noise

torero = bullfighter

1. Muchos toreros han muerto a causa de las _____ que han recibido de los toros.
2. En las culturas hispanas tradicionales, el _____ era un tipo que se consideraba peligroso y patético al mismo tiempo.
3. El hombre daba vueltas al café, y se oía el _____ de la cuchara contra el cristal del vaso.

el alto = stop sign or traffic light. Compare English *halt*.

4. La mujer tuvo que esperar diez minutos en el alto, y cuando por fin la luz se puso en verde, ella puso el coche en marcha y _____.
5. El lobo es un animal muy conocido por su _____.
6. El conductor del coche _____ cuando vio la luz roja del alto.

Dealing with idioms

Actividad 16 Modismos Los autores de los cuatro minicuentos que vas a leer utilizan varios modismos. Lee cada oración y usa el contexto para determinar el mejor equivalente en inglés.

a. to make one's blood boil
b. to get one's own way
c. to stick to one's guns
d. to be pitch black
e. to get all high and mighty
f. to cheat on

1. _____ El policía **se subió a la parra** cuando el motorista le dijo que estaba equivocado.
2. _____ El interior de la casa **estaba oscura como boca de lobo,** así que los policías tuvieron que entrar con linternas.
3. _____ Los niños mimados siempre quieren **salirse con la suya,** pero los padres tienen que imponer límites.
4. _____ Muchas personas le pidieron al juez que cambiara su sentencia, pero el juez **siguió en sus trece,** y la sentencia quedó sin alterar.
5. _____ A la mujer **se le revolvió la sangre** al saber que su jefe había criticado su trabajo.
6. _____ Los vecinos sabían que la mujer se reunía todos los días con el dueño de la tienda, pero el marido de la mujer no sabía que ella **le estaba poniendo los cuernos.**

Ponerle los cuernos a alguien literally means "to put horns on somebody," and **cuernos** have become the symbol of the victim of cheating. The metaphor may have arisen because the cuckold could become angry and aggressive—like a billy goat or bull—upon discovering his situation.

Actividad 17 **En busca de un móvil** Cada uno de los siguientes minicuentos explora diferentes móviles por los cuales se cometen los crímenes. Al leer los cuentos, decide con qué tono se ha escrito cada cuento (irónico, cómico, serio, didáctico), a qué crimen o crímenes se refiere cada cuento, y qué móviles se insinúan en cada caso. Apunta tus ideas y reacciones en el margen.

Active reading, Identifying tone, Annotating and reacting

un móvil = a motive (for a crime)

un crimen = a violent crime, often murder

Max Aub (1903–1972) fue dramaturgo y escritor de novelas y cuentos. Nació en París en 1903, se mudó con su familia a España en 1914, y después de la guerra civil española (1936–1939) se fue a vivir a México, donde pasó el resto de su vida. En México escribió y publicó la mayor parte de su obra literaria en español, que se conoce por su carácter realista y, a veces, de humor sarcástico.

Empezó a darle vuelta...
Max Aub

Empezó a darle vuelta al café con leche con la cucharita. El líquido llegaba al borde, llevado por la violenta acción del utensilio de aluminio. (El vaso era ordinario, el lugar barato, la cucharilla usada, pastosa de pasado.) Se oía el ruido del metal contra el vidrio. Ris, ris, ris,
5 ris. Y el café con leche dando vueltas y más vueltas, con un hoyo en su centro. Maelstrom. Yo estaba sentado enfrente. El café estaba lleno. El hombre seguía moviendo y removiendo, inmóvil, sonriente, mirándome. Algo se me levantaba de adentro. Le miré de tal manera que se creyó en la obligación de explicarse.
10   —Todavía no se ha deshecho el azúcar.
    Para probármelo dio unos golpecitos en el fondo del vaso. Volvió en seguida con redoblada energía a menear metódicamente el brebaje. Vueltas y más vueltas, sin descanso, y el ruido de la cuchara en el borde del cristal. Ras, ras, ras. Seguido, seguido,
15 seguido sin parar, eternamente.
Vuelta y vuelta y vuelta y
vuelta. Me miraba sonriendo.
Entonces saqué la pistola y
disparé.

borde = límite

deshacer = disolver
golpecitos = pequeños golpes (*taps*)
en seguida = inmediatamente

Ahí está lo malo
Max Aub

Ahí está lo malo: Que ustedes creen que yo no le hice caso al alto. Y sí. Me paré. Cierto que nadie lo puede probar. Pero yo frené y el coche se detuvo. En seguida la luz verde se encendió y yo seguí. El policía pitó y yo no me detuve porque no podía creer que fuera por mí. Me alcanzó en
5 seguida con su motocicleta. Me habló de mala manera: "Que si por ser mujer creía que las leyes de tránsito se habían hecho para los que gastan pantalones". Yo le aseguré que no me pasé el alto. Se lo dije. Se lo
10 repetí. Y él que si quieres. Me solivianté: la mentira era tan flagrante que se me revolvió la sangre. Ya sé yo que no buscaba más que uno o dos pesos, y tres a lo
15 sumo. Pero bien está pagar una mordida cuando se ha cometido una falta o se busca un favor.

¡Pero en aquel momento lo que él sostenía era una mentira monstruosa! ¡Yo había hecho caso a las luces! Además el tono: como sabía que no tenía razón
20 se subió en seguida a la parra. Vio una mujer sola y estaba seguro de salirse con la suya. Yo seguí en mis trece. Estaba dispuesta a ir a Tránsito y armar un escándalo. ¡Porque yo pasé con la luz verde! Él me miró socarrón, se fue delante del coche e hizo intento de quitarme la placa. Se inclinó. No sé qué pasó entonces. ¡Aquel hombre no tenía ningún derecho a hacer lo que estaba
25 haciendo! Yo tenía la razón. Furiosa, puse el coche en marcha, y arranqué...

mordida = en México, el soborno que pide un policía

la placa (de matrícula) = la hoja de metal que tiene el número del coche

René Avilés Fabila, quien nació en la ciudad de México en 1940, es periodista, ensayista y escritor de cuentos, conocido por su exploración de los sentimientos y las pasiones humanas.

Sangre y arena
René Avilés Fabila

Bajó la cabeza apuntando los cuernos hacia el cuerpo de su enemigo. Bufaba al tiempo que con su pata derecha rascaba violentamente la tierra. Estaba rabioso y del hocico salían
5 espumarajos. De una sola y brutal cornada quería acabar con el hombre que asustado lo miraba. Con toda la fuerza que le fue posible atacó. Uno de los pitones alcanzó el vientre atravesando órganos vitales; el tipo cayó al suelo, agonizaba. La esposa del astado gritó al contemplar la escena. Su
10 marido triunfante miraba a la víctima desangrarse. Después intervinieron los vecinos y al final la policía. Recogieron el cadáver y el esposo ofendido fue a la cárcel. Además de cornudo, asesino dijo el juez al darle veinte años de trabajos forzados.

Sangre y arena = una novela famosa sobre las corridas de toros del autor español Vicente Blasco Ibáñez

bufar = respirar con furia
pata = pie y pierna de un animal
hocico = nariz y boca de un animal
espumarajos = saliva con espuma

pitones = cuernos
astado = que tiene cuernos

Apuntes para ser leídos por los lobos
René Avilés Fabila

El lobo, aparte de su orgullosa altivez, es inteligente, un ser sensible y hermoso con mala fama, acusaciones y calumnias que tienen más que ver con el temor y la envidia que con
5 la realidad. Él está enterado, mas no parece importarle el miserable asunto. Trata de sobre-vivir. Y observa al humano: le parece abomi-nable, lleno de maldad, cruel; tanto así que suele utilizar proverbios tales como: "Está
10 oscuro como boca de hombre", para señalar algún peligro nocturno, o "El lobo es el hombre del lobo", cuando este animal llega a ciertos excesos de fiereza semejante a la humana.

altivez = actitud de superioridad

temor = miedo
enterado = informado

"El hombre es el lobo del hombre" = frase empleada por el filósofo Thomas Hobbes para describir su perspectiva negativa de la naturaleza del ser humano

Identifying main ideas

Actividad 18   Crímenes y móviles   Decide si cada una de las siguientes oraciones se refiere principalmente al crimen o al móvil. Después, asocia cada una de las oraciones con uno de los cuatro cuentos. Escribe el título a la derecha de cada oración.

1. Una mujer mató a un hombre conduciendo su coche encima de él.
2. Los seres humanos son esencialmente violentos y crueles.
3. Un hombre mató a otro con una pistola.
4. Un hombre mató a otro, probablemente con un cuchillo o puñal (*dagger*).
5. Un hombre molestó a otro al repetir incesantemente la misma acción.
6. Un hombre sufrió un ataque de celos porque su mujer se había acostado con otro.
7. Una mujer se enojó porque un policía trataba de sacarle dinero.

Analyzing

Actividad 19   De forma detallada   En parejas, analicen los siguientes aspectos de cada uno de los minicuentos.

1. ¿Se narra en primera o tercera persona?
2. ¿Cuántos personajes hay y cómo son?
3. ¿Cuáles son los actos ilegales que se cometen? ¿Por qué se cometen?
4. ¿Hay castigos?
5. ¿Cuál es el tono del cuento? ¿Qué nos dice de la perspectiva del autor?
6. ¿Qué metáforas se emplean?

Comparing and contrasting, Making inferences

Actividad 20 Comparaciones y contrastes En parejas, comenten las siguientes preguntas.

1. ¿Cuáles de los cuentos parecen explorar móviles que son específicos de las culturas hispanas?
2. ¿Cuáles exploran móviles "universales" que se pueden encontrar en cualquier sociedad humana?
3. ¿Cuáles son los dos cuentos más parecidos? ¿Por qué?
4. ¿Cuáles son los dos cuentos más interesantes? ¿Por qué?

Actividad 21 Historias verdaderas Max Aub dijo que sus cuentos de crímenes se basaban en hechos reales. En parejas, cuéntense breves historias de crímenes que conocen (reales o ficticias), y después especulen sobre los móviles de los criminales en cada caso. Cada persona debe contar una historia.

Cuaderno personal 11-3

¿Cuál de estos cuentos te gustó más? ¿Cuál menos? ¿Por qué?

Redacción: Ensayo

ESTRATEGIA DE REDACCIÓN

Analyzing Causes and Effects

In this chapter you have been reading about causes and effects, for example, the causes of criminal violence and the possible effects of drug legalization. Analyzing cause and effect is both a way of organizing thoughts and a means of organizing writing. It is a useful strategy to employ when you need to answer the question *Why?* The discussion of a cause automatically assumes an effect and vice versa, but in writing, one of these two aspects may become the focus. In **Lectura 1,** Juan Tomás de Salas sees several effects for one cause, drug legalization. On the other hand, **Lectura 2** looks at many causes for one broad phenomenon, a rise in crime, and the stories in **Lectura 3** explore different causes (motives) for different effects (crimes).

Using cause and effect as a basis for your writing requires clear thinking on your part. Think about the following points before writing.

1. Determine whether you want to analyze the causes of an event or phenomenon, its effects, or both. Make a list of the points you want to discuss.
2. Distinguish clearly between causes and effects or indicate where this is difficult to do. For example, is violence on television a cause or an effect of increasing violence in society?

3. Avoid the assumption that one event causes another simply because one precedes the other; there may be no causal relation. For example, a change in curriculum at a school is followed by a gradual fall in test scores, but other factors besides the change in curriculum, such as broader changes in society, may have actually caused the fall in test scores.

4. Finally, be aware that it is not possible to fully explain many phenomena. The number of potential causes is in reality infinite, and you should limit yourself to speculation about those that are most important or immediate or to those for which you have the most compelling arguments.

The following expressions are often useful for discussing causes and effects.

así que	thus, so
como consecuencia, como resultado	as a consequence, as a result
el factor; la causa	factor; cause
por consiguiente, por eso, por lo tanto	therefore
porque + *verbo conjugado*	because
una razón por la cual	one reason why
el resultado	result
ya que, puesto que, como	since
a causa de (que), debido a (que)	because of, due to
por + *infinitivo/sustantivo*	because of, for
causar, provocar, producir	to cause
conducir a, llevar a	to lead to
deberse a (que)	to be due to
resultar de	to result from
tener como/por resultado	to result in

Actividad 22   Fenómenos y causas   **Parte A:** La siguiente lista incluye temas candentes o importantes en este país. En grupos de tres, escriban oraciones sobre algunos de los fenómenos asociados con estos temas.

Analyzing causes and effects

▶ Cada vez hay más (o menos) personas que consumen drogas.

el consumo y tráfico de drogas
el crimen violento (asesinatos, asaltos, violaciones)
el crimen organizado
el terrorismo

el número de cárceles y prisioneros
la pena de muerte
la corrupción en el gobierno
la violencia en los medios
 de comunicación

Parte B: Escojan uno de los fenómenos y hagan una lista de causas posibles. Usen las sugerencias de la Estrategia de redacción para discutir qué causas son posibles. Luego, de las que queden, decidan cuáles son más importantes y cuáles menos importantes.

Writing an essay

Actividad 23 **La redacción** Vas a redactar un ensayo para explicarles a tus compañeros las causas del fenómeno social escogido en la Actividad 22B.

Parte A: Escribe el título y la introducción de forma que presenten el tema general. Si tu público no conoce bien el fenómeno social que vas a tratar, tendrás que incluir evidencia, como estadísticas o comentarios hechos por expertos, para demostrar su existencia y su importancia.

Parte B: Basándote en tu lista de causas importantes, decide si vas a enfocarte en una o varias causas en el cuerpo de tu ensayo. Presenta evidencia para apoyar cada causa.

Parte C: Escribe la conclusión haciendo un resumen de las causas presentadas y considerando otra vez la importancia del tema y otras implicaciones.

Capítulo 12

Cruzando fronteras

▲ Una estudiante de intercambio de los Estados Unidos conoce por primera vez a su nuevo "hermanito" y a los demás miembros de su familia anfitriona en Uruguay.

See the *Fuentes* website for related links and activities:
http://college.hmco.com/languages/spanish/students

Activating background knowledge

Actividad 1   El contacto entre culturas   **Parte A:** La globalización es un fenómeno del mundo actual que trae consigo un creciente nivel de contacto entre personas de diferente origen cultural. En grupos de tres, hagan una lista de dos o tres factores que contribuyen al aumento del contacto entre diferentes culturas. Después, digan por lo menos un aspecto positivo y un aspecto negativo de ese contacto. Justifiquen sus respuestas.

Parte B: En la foto de la página anterior, una estudiante de intercambio norteamericana llega a Uruguay. En grupos de tres, hagan una lista de tres o cuatro tipos de diferencia cultural que ella pueda encontrar en su nuevo país. Luego, hagan una lista de las ventajas de viajar a otros países y conocer otras culturas.

Lectura 1: Un ensayo

Building vocabulary

estudiante de intercambio = exchange student

Actividad 2   Recuerdos de Daniel   Las siguientes oraciones describen las experiencias de un estudiante de intercambio norteamericano en Colombia. Completa cada oración con una expresión apropiada de la lista que sigue.

botar	to discard, throw away
despedirse de	to say good-by to
dominar (una lengua)	to speak (a language) well
enterarse de (algo)	to find out about (something)
extrañar	to miss
una metedura de pata	a faux pas
mudarse	to move, change residence
pegar	to hit
reprender	to scold; to correct (*someone's behavior*)
saludar	to greet, say hello to

meter la pata = to put your foot in it

metedura de pata (*España*) = **metida de pata** (*Latinoamérica*)

1. El programa de intercambio estuvo muy bien organizado y Daniel _____ de su destino —Cali— y de su familia anfitriona —los Valderrama— un mes antes de irse.

2. Cuando llegó a Cali, su familia anfitriona lo estaba esperando en el aeropuerto. Aunque no sabía español, Daniel _____ a cada miembro de la familia con una frase que había memorizado: "Mucho gusto en conocerle".

3. Daniel se dedicó a aprender muy bien español. Su mejor profesor era su hermanito de ocho años, que lo ayudaba con la pronunciación de la erre y lo _____ cuando conjugaba mal los verbos.

4. Durante los primeros meses, Daniel tuvo algunos problemas con la lengua. Por ejemplo, pasó dos meses exclamando "¡Estoy tan embarazado!" ¡Qué _____!

embarazada = pregnant

5. Daniel lo pasaba muy bien en Cali, pero le pidió a su madre que le mandara mantequilla de maní JIF porque también _____ a su familia y su vida en los Estados Unidos.

6. Después de seis meses, Daniel _____ de su familia de Cali y _____ a Bogotá para conocer otra región del país.

7. Al final del año, Daniel había acumulado muchos libros, CDs, fotos y otros recuerdos. No quería _____ nada, así que tuvo que comprarse una maleta nueva para llevar todas las cosas.

8. Después de su año en Colombia, Daniel _____ bastante bien el español.

Actividad 3   ¿Estudiar en el extranjero?   Parte A: En parejas háganse las siguientes preguntas.

Activating background knowledge

1. ¿A ti te gustaría estudiar en el extranjero? ¿Dónde? ¿Por qué sí o no?
2. Si eres (o si fueras) un/a norteamericano/a de origen latino/hispano, ¿te gustaría estudiar en algún país hispanohablante? ¿Por qué sí o no?

Parte B: Ahora, lee individualmente la siguiente historia de un estudiante latino y sus experiencias interculturales dentro y fuera de los Estados Unidos. Al leer, decide si las experiencias de Hugo reflejan o no tus ideas, y apunta tus reacciones en los márgenes.

Active reading

Hugo Aparicio estudió en la Universidad de Emory, donde se especializó en biología y español. Ahora es estudiante de medicina en la Universidad de Pennsylvania. El siguiente texto contiene sus reflexiones sobre la experiencia de crecer y vivir en contacto con diferentes culturas.

Una educación intercultural
Hugo Javier Aparicio

"¿No es que ya sabes hablar español?" ¡Cuántas veces he escuchado esta pregunta! Mientras mis amigos se especializaron en la universidad con asignaturas como ingeniería, ciencias políticas o negocios, yo decidí concentrar mis estudios en la lengua
5 española. Al enterarse de mi concentración, algunas personas respondieron con una mezcla de incredulidad e indignación —"¡Pero eres *hispano*! ¿Para qué te sirve estudiar español?"

Soy latino y he hablado español toda mi vida, pero la situación no es así de sencilla.
10 Nací en La Paz, Bolivia, pero cuando tenía tres años mi familia inmigró a los Estados Unidos y nos establecimos en Lexington, Kentucky. Años después, durante el octavo curso de escuela primaria, falté a un día de clases para visitar Frankfort, la capital de Kentucky. El próximo día, les conté a mis compañeros que mis padres se habían naturalizado y que yo, como hijo,
15 también me había convertido en ciudadano estadounidense. Al oír esto, estaban completamente sorprendidos. Se habían olvidado que yo no había nacido en Kentucky y que no había sido americano toda mi vida.

Este texto auténtico refleja el español que habla Hugo Aparicio. Se nota la influencia de diferentes variedades de español y también del inglés.

Y yo siempre tenía un dilema cuando alguien me preguntaba "¿de dónde eres?". Tenía una variedad de respuestas posibles:

20   1. "Soy de Bolivia", decía yo.

"Ese país", a veces respondían, "es ahí al lado de Honduras, ¿no?"

2. "Soy sudamericano."

"¡Wow!" decían, "tu inglés está perfecto."

3. "Soy de Kentucky."

25   "Qué extraño", respondían, "¿un latino en Kentucky?"

Más interesante, quizás, es como me identifican personas de diferentes partes del mundo. En los Estados Unidos usualmente piensan que soy mexicano. En América Latina, notan mi acento e inmediatamente creen que soy *gringo*. En Europa, me identifican como americano porque hablo inglés y

30   porque llevo pantalones cortos y una gorra de béisbol.

Sin embargo, esta ambigüedad de identificación y mi deseo de mejorar mi uso del español me empujaron a aprender más sobre los países que había dejado como niño.

Cuando llegué a la universidad decidí que era importante dominar el

35   español, así que empecé mis estudios de la lengua. Al principio fue fácil leer los textos y añadir a la discusión en clase, pero pronto reconocí mis defectos. Por falta de una comprensión de la gramática y la sintaxis, no sabía cómo escribir bien. Encima, no podía entender vocabulario más avanzado de lo que había hablado en la casa. Tuve que aprender mucho esos

40   primeros años, pero al mismo tiempo yo estaba sumamente interesado en aprender más sobre las culturas hispanas.

La experiencia durante mi carrera que más me abrió mis ojos fue la oportunidad de ir a España como estudiante de intercambio. Descubrí, durante mi tiempo ahí, muchas diferencias importantes entre la gente del

45   mundo hispanohablante y entre los Estados Unidos y Europa.

Estudié ese semestre en la Universidad de Salamanca, una antigua y prestigiosa institución, fundada en el año 1218. Además, durante mi estancia, me quedé con una familia española para sumergirme completamente en la cultura del país. Fue interesante vivir y estudiar en el extranjero,

50   siendo ya en mi propio país (los Estados Unidos) una persona *del* extranjero.

La transición a la cultura española no debería haber sido difícil, en vista de que había crecido hablando la lengua en mi casa y aprendiendo sobre las diferentes culturas de mi familia en Sudamérica. Sin embargo, los países hispanohablantes no son todos lo mismo. Había visitado Bolivia y Ecuador,

55   donde vive mi familia en Sudamérica, pero visitar a España fue una experiencia distinta.

Tuve que adaptarme desde el primer día. Cuando primero conocí a mi *señora*, la madre de la familia con la que yo iba a quedarme, le saludé con sólo un beso en la mejilla. Siendo latino, yo estaba acostumbrado a dar sólo

60   un beso cuando saludaba a mis amigas y familiares. Es costumbre en España, al conocer a alguien, dar y recibir dos besos, pero yo me olvidé varias veces de esta convención. Cada vez que cometí esta metedura de pata, mi señora me reprendió, aunque con paciencia y humor.

Entre las culturas que yo conocía, había siempre que tomar en cuenta

65   las diferentes convenciones sociales. La distancia entre tú y la persona con quien hablas, por ejemplo, variará de un país al otro. Por un lado, la gente española y latina, incluyendo mi familia en Kentucky, se acercan mucho cuando hablan y no tienen miedo del contacto físico. Por otro lado, muchos

▲ Hugo Aparicio, durante una excursión a la ciudad española de Segovia. Detrás de él se ven los arcos del acueducto romano.

americanos están incómodos con
70 estas transgresiones del espacio
personal; si tratas de dar un beso a
una americana, cuando recién la
estás conociendo, es muy posible
que te pegue.

75   Vi durante mis viajes que la
cultura latina ponía mayor importancia en la conexión de familia.
En la casa de mi señora vivía casi
toda la familia, aunque algunos de
80 los hijos ya se habían graduado de
la universidad. Reconocí algo
semejante en la casa de mis parientes en Ecuador, donde vive
mucho de la familia extendida

▲ Desde hace siglos, la Plaza Mayor
ha servido como eje de la vida social
de la ciudad de Salamanca, sede de
la universidad más antigua del
mundo hispano.

85 bajo un techo. Esto no ocurre en los Estados Unidos,
donde me parece que los niños están botados del hogar al
cumplir los 18. Sin embargo, esta tradición en España está
cambiando, visto que la generación joven se está mudando
de los pueblos para encontrar trabajo en las ciudades o donde hay turismo.
90 La hija de mi señora, por ejemplo, está contemplando mudarse a la costa
para encontrar mejor trabajo.

Adaptarme a las diferentes culturas, al final, no fue tanto trabajo como
fue siempre usar el español y tratar de entender las diferencias lingüísticas
entre España y América Latina. Primeramente, noté que muchas palabras en
95 mi vocabulario no correspondían a las cosas en España: llegamos *conduciendo* el *coche*, no *manejando* el *carro*; escribía mis trabajos en el *ordenador*, no en la *computadora*; yo me despedía de la gente con *ciao* pero ellos
siempre me decían *adiós*. Ciertamente, la lengua que hablaban, el *castellano*,
no era el *español* que yo usaba.

100   Además, yo había aprendido a hablar usando *usted* y *ustedes*, pero me
hicieron comprender en mi casa adoptiva que estas formas son demasiado
formales con familia, que es casi un insulto usarlas con gente que conoces
bien. Lentamente, empecé a hablar con la forma de vosotros, aunque mis
padres se reían cuando decía por teléfono, "Y vosotros, ¿cómo estáis?"

105   Después de un semestre muy divertido, mi familia en Kentucky ya me
echaban de menos (en español boliviano: me *extrañaban*). Tuve que regresar a los Estados Unidos, pero ya me había educado en no sólo las costumbres y el idioma de otra cultura, sino también en las diferencias y semejanzas que yo reconocía entre mis propias culturas.

110   Ahora estoy acostumbrado a cómo mi identidad está cambiando continuamente. Para diferentes grupos, entre diferentes culturas, soy algo distinto.
Esto me encanta, ser boliviano, americano, latino e indoeuropeo. Reconozco
que soy afortunado por tener tanta riqueza de cultura, lengua y experiencias.

Sudamérica. Los Estados Unidos. España. En estos lugares he recibido
115 una educación entre y adentro de múltiples culturas. Al notar las diferencias
entre ellas y tratar de comprender los hábitos, las costumbres y las pecu-
liaridades de los países que visité, he podido cambiar mis ideas sobre el
mundo y sobre mí mismo. De hecho, estas experiencias han sido las más
ricas de mis años de universidad.

Scanning, Making inferences

Actividad 4 ¿Qué dijo Hugo?   En parejas, contesten las siguientes preguntas sobre la lectura.

1. ¿Dónde nació?
2. ¿Cuándo inmigró a los Estados Unidos?
3. ¿Por qué les sorprendió a sus amigos saber que no había sido siempre ciudadano?
4. ¿Cuándo se convirtió en ciudadano de los Estados Unidos?
5. ¿Cómo se identifica Hugo? ¿Cómo lo identifican los demás?
6. ¿Adónde fue Hugo como estudiante de intercambio?
7. ¿Por qué la *señora* reprendía a Hugo?
8. Cuando Hugo fue estudiante en España, ¿qué semejanzas descubrió entre la cultura española y la de su familia? ¿Entre la cultura española y la norteamericana?
9. ¿Qué diferencias descubrió entre la cultura española y la boliviana? ¿Entre la cultura española y la norteamericana?
10. ¿Por qué la experiencia fue valiosa para Hugo? ¿Qué efectos tuvo sobre él?

Making inferences, Forming hypotheses

Actividad 5 ¿Por qué será?   Hugo hace varias generalizaciones sobre las culturas que él conoce. En grupos de tres, lean las siguientes generalizaciones y traten de explicar las razones de cada fenómeno descrito.

1. Los norteamericanos suelen guardar mayor distancia física cuando hablan con otra persona.
2. Los norteamericanos suponen que los hijos deben irse de la casa de los padres a partir de los 18 años.
3. Los bolivianos y ecuatorianos usan las formas de **usted/ustedes** (además de **tú**) con mucha más frecuencia que los españoles.
4. España, Bolivia y Ecuador tienen diferentes maneras de hablar español.

Comparing and contrasting

Actividad 6 Comparando experiencias   Muchas personas deciden estudiar en el extranjero. En grupos de tres, digan si Uds. han tenido experiencia en el extranjero o si han conocido a algún estudiante de intercambio o una persona extranjera que viva en los Estados Unidos. Después, háganse las siguientes preguntas.

1. Si tú estudiaras en un país hispanohablante, ¿qué aspectos de tu experiencia serían diferentes de la de Hugo?
2. ¿Has tenido confusión o algún malentendido causado por una diferencia entre dos culturas? ¿Cuándo y por qué surgió? ¿Aprendiste algo de la experiencia?
3. ¿Conoces a otra persona que haya tenido confusión o algún malentendido causado por una diferencia entre dos culturas? ¿Cuándo y por qué surgió? ¿Aprendió esa persona algo de la experiencia?

Cuaderno personal 12-1

¿Te gustaría estudiar en el extranjero? ¿Por qué sí o no? ¿Adónde irías y por qué?

VIDEOFUENTES

¿En qué se asemejan o se diferencian las experiencias de Hugo Aparicio y las de las personas entrevistadas en el video? ¿A qué factores se deben estas semejanzas o diferencias?

Lectura 2: Un ensayo

Actividad 7 **¿Amenazas a la seguridad?** **Parte A:** Existen muchas amenazas naturales y climatológicas que afectan a los habitantes de Norteamérica. En parejas, digan con qué estaciones y con qué regiones de Norteamérica se asocia cada amenaza natural.

Building vocabulary
amenaza = menace, threat

alergias
incendios forestales
terremotos
hielos/heladas
riadas o inundaciones
tornados
huracanes
tempestades de nieve

Parte B: En parejas, hagan una lista de peligros o amenazas sociales que preocupan a los habitantes de Norteamérica.

Building vocabulary

Actividad 8 **Palabras necesarias** **Parte A:** Las palabras de la lista aparecen en la lectura "El amor al miedo". Míralas y después completa las oraciones que siguen con una forma apropiada de una palabra de la lista.

cotidiano/a = daily, everyday

temporada de ópera = opera season,
temporada de fútbol = soccer season

acechar	to lie in wait for
aliviar	to relieve
el bombero	firefighter
el camión cisterna	fire engine
la cotidianidad	everyday life, "everydayness"
de temporada	of the season, of the moment
indespegable	inseparable
la inquietud	concern
perecer	to perish
el porvenir	the future
el siniestro	disaster
la toma directa	live shot (*e.g., of a news report*)
la vecindad	vicinity; proximity

1. Cuando sonó la alarma, todos los _____ subieron al _____ y salieron para apagar el incendio.
2. El hombre caminaba sin saber que un delincuente lo _____ a la vuelta de la esquina. Al doblar la esquina, el delincuente lo amenazó con un cuchillo y le robó la cartera.
3. La _____ norteamericana incluye el uso constante del carro y el consumo de mucha "fast-food".
4. Todos los habitantes del pueblo _____ en el huracán; no sobrevivió ninguno.
5. María Mercedes y Pepa parecen _____; siempre se ven juntas.
6. Cuando llegó el huracán, los de la estación de televisión sacaron unas _____ impresionantes del _____.
7. Iván es un gran aficionado a los deportes y siempre está pegado a la tele viendo el deporte _____, sea el béisbol, el fútbol o el baloncesto.
8. Don Carlos sufría mucho, pero la inyección que le puso el médico le _____ el dolor.
9. El _____ le preocupa a mucha gente porque es imposible predecir todo lo que va a pasar.
10. La estación de bomberos quedaba muy cerca de su casa, y esta _____ le quitaba muchas _____ a Carmen.

Activating background knowledge

telediario = daily news program

Actividad 9 **Las noticias en EE.UU.** **Parte A:** El ensayo que Uds. van a leer incluye un análisis de los telediarios norteamericanos. En grupos de tres, comenten las siguientes preguntas.

1. ¿Qué tipos de noticias se presentan en los telediarios?
2. ¿En qué orden se suelen presentar? ¿Por qué?

3. ¿Cuánto tiempo se dedica a cada tipo de noticia?
4. ¿Quiénes (o qué tipo de personas) presentan cada tipo de noticia?
5. ¿Por qué la gente mira los telediarios?

Parte B: Lee individualmente el ensayo. Al leer, compara tus ideas sobre los telediarios norteamericanos con las de Vicente Verdú. Apunta las ideas más importantes y tus reacciones personales en los márgenes.

Active reading, Annotating and reacting

Vicente Verdú es pensador y periodista español. Escribe con frecuencia para el conocido periódico español El país. *Durante los años 90 pasó una temporada en los Estados Unidos, y después puso sus reflexiones sobre su experiencia en el libro de ensayos* El planeta americano. *En este libro, Verdú argumenta que la globalización es realmente un proceso de americanización, y que es necesario entender la cultura americana para entender los cambios culturales que están ocurriendo en todas partes del mundo. Según Verdú, uno de los aspectos más destacados de la cultura norteamericana es su creación y reproducción constante del miedo.*

El planeta americano
Vicente Verdú

El amor al miedo

Los telediarios locales norteamericanos ofrecen tres secciones principales. Una dedicada a los crímenes y catástrofes, otra destinada a los
deportes y una tercera concentrada en el tiempo. Los cuatro presentadores
que aparecen se dividen así: dos para lo general, en cuya generalidad el
5   crimen junto al siniestro de temporada ocupa el minutaje más largo. Luego,
un presentador—no una presentadora—desenfadado habla de la marcha
deportiva del béisbol, el baloncesto o el hockey. Después le toca el turno
al hombre o la mujer del tiempo. Ocasionalmente se ofrecen
algunas noticias políticas y algún reportaje curioso, pero
10   no son tan distinguibles y asiduos como aquel trinomio
fundamental.
       La primera parte es, por su énfasis, la más determinante
para el espectador. Estados Unidos aparece en esa primera
sección como un país amenazado por individuos o fuerzas
15   naturales, que acechan a la población, modifican el territorio y conmueven las expectativas inmediatas. La narración
deportiva de la segunda entrega alivia este efecto de inquietud pero mantiene no obstante el espíritu excitado. Finalmente el porvenir climatológico restablece una cotidianidad
20   relativamente predecible. Hay pocas informaciones de instituciones excepto si se refieren a departamentos de sanidad
desde donde se notifican nuevos peligros dietéticos o medio-
ambientales a tener en cuenta. Puede ser que algunos telediarios se aderecen con reportajes sobre animales o niños a
25   los que suceden por lo general hechos positivos, pero incluso
esas alusiones más benévolas podrían estar aliñadas con los
peligros que siempre merodean.

▲ Las amenazas y los desastres predominan también en los telediarios de las cadenas de televisión hispanas de los Estados Unidos.

El tiempo suele ser lo más rutinario comparativamente hablando, pero las alergias son una plaga en primavera y enseguida se redoblan los incen-
30 dios forestales en verano, la sesión de huracanes, la formación de tornados en la zona, los movimientos de tierra en la Costa Oeste o las riadas en la mitad del país. Como dicen algunos carteles urbanos, *Disaster never rests* (El desastre no descansa nunca): cada diez minutos ocurre un desastre. La Cruz Roja ha adaptado el lenguaje de sus paneles a la sensibilidad
35 popular tanto con el fin de disminuir el efecto de las devastaciones como para contribuir a cultivar la vecindad del cataclismo.

En julio de 1994 se anunciaba una colección de vídeos titulada *Eyewitness of Disaster* (Testigos Oculares del Desastre) con escenas aterra-doras para la degustación privada. El terremoto de Los Ángeles, las inun-
40 daciones del Mississippi, el resultado de los vientos y los hielos..., tomas directas de gentes en circunstancias que les llevaban a perecer angustiosa-mente. Todo esto para pasar el rato en casa. De hecho, las devastaciones podrían formar parte del programa televisivo estacional, y los incendios en la barriada provocados o no, a pesar de las múltiples prevenciones y sis-
45 temas de alarma, son parte de las noticias diarias. Cada seis segundos hay una llamada a los bomberos: se queman 40 veces más casas per cápita en Estados Unidos que en Japón pese a que en Japón se construyen buena parte de ellas en madera y papel. El fuego arrasador aparece en los infor-mativos de la tarde y de la noche, pero su presencia se vive sin necesidad
50 de mediación por las ventanas, en directo, sobresaltado por la estridente carrera de los camiones cisterna. De igual modo, el crimen y los accidentes todavía sin nombre no sólo se escuchan en las emisoras, se presienten en la luminotecnia y los alaridos de las sirenas que sortean el tráfico a cualquier hora. La sensación de amenaza parece indespegable de América. Una
55 atmósfera de miedo directo y cinematográfico, oral, visual y estereofónico es parte de la cotidianidad real. Contemplados en Europa, las películas y telefilmes de violencia pueden parecer cosa de la ficción, pero los norte-americanos identifican entre los personajes de la cinta aquellos prototipos fisiognómicos del barrio con los que se cruzan y que acaso esconden a
60 violadores, ladrones, pirómanos o asesinos psicópatas.

El miedo circunda a la población, y los demás medios lo recogen y multiplican en sus planos, sus argumentos, sus efectos especiales. El crimen es excitación y espectáculo. La sociedad norteamericana es espectáculo y excitación. Los dos cabos se alían potenciando el sensacionalismo de la
65 vida. ¿Aman esto los norteamericanos? No faltan políticos que acusan a los media de contribuir a la desmoralización y perjudicar la base de la sociedad civil, pero la corriente se mantiene y no es improbable, conociendo el marketing norteamericano, que se corresponda con una efectiva demanda nacional de adrenalina.

Identifying main ideas, scanning **Actividad 10 Según Vicente Verdú** El autor del ensayo expone sus análisis e interpretaciones de ciertos aspectos de la sociedad norteamericana. En parejas, contesten las siguientes preguntas según lo dicho por Verdú en el ensayo.

1. ¿Cuál es la secuencia típica de un telediario norteamericano? ¿Cuál es la parte más importante de los telediarios? ¿Por qué?
2. ¿Cuándo aparecen noticias de instituciones?
3. ¿Por qué la parte sobre el tiempo no es meramente rutinaria?

4. ¿Los carteles "*Disaster never rests*" son una causa o un efecto de la cultura del miedo?

5. ¿Qué video veían los norteamericanos para pasar el rato en casa?

6. ¿El cine norteamericano refleja la realidad de la vida cotidiana norteamericana?

7. ¿Por qué el miedo es tan atractivo para los norteamericanos?

ESTRATEGIA DE LECTURA

Summarizing

A summary includes the most important information from a reading. It can be a good study aid because it goes beyond notes and outlines by bringing out important relations between ideas. To prepare a summary, start with notes you make while reading and with an outline of the material. If you are summarizing an informative or argumentative text, you should make the thesis of the text the first sentence of your summary. Each paragraph or main idea may then be summarized with one sentence, or you may opt to reorganize the information in order to present it more succinctly. Use transition expressions to help point out the relations between ideas, and restate the material in your own words, since this will deepen your understanding and permit greater concision.

Actividad 11   Preparación de un resumen   **Parte A:** En parejas, usen sus   Summarizing
apuntes para decidir si la siguiente lista contiene los términos más importantes de la lectura. Si es necesario, quiten o añadan términos y organicen los términos para reflejar las conexiones entre ellos. Luego, escriban una oración que resuma la tesis del ensayo y empleen los términos de su lista final para escribir un breve resumen. Usen expresiones de transición para conectar las ideas.

Aspectos importantes de la lectura

el sensacionalismo	amenazas sociales
los telediarios	los medios (media) de comunicación
amenazas naturales	las emisoras de radio
el miedo	la vida real o cotidiana
el cine	

Parte B: En grupos de tres, lean los resúmenes y decidan cómo se pueden mejorar, usando las siguientes sugerencias.

- Hay que expresar de forma más clara o concisa la tesis.
- Hay que alargar el resumen para que incluya todas las ideas importantes.
- Hay que acortar un poco el resumen.
- Hay que eliminar algunos detalles para que resalten las ideas principales.
- Hay que añadir algunos detalles para apoyar mejor las ideas principales.
- Hay que corregir la información incorrecta.
- Hay que organizar mejor el resumen.

Reacting and analyzing

Actividad 12 Reacciones personales En parejas, comenten las siguientes preguntas.

1. ¿Les gusta el tono del ensayo? ¿Por qué sí o no?
2. ¿Están de acuerdo con el argumento general de Verdú? ¿Por qué sí o no?
3. ¿Les parece igualmente válida toda la evidencia ofrecida por Verdú?
4. ¿Con qué ideas o interpretaciones específicas no están de acuerdo?

Analyzing, Forming hypotheses

Actividad 13 Las sobregeneralizaciones Uno de los grandes desafíos de las personas que tratan de entender otras culturas es la tendencia a sobregeneralizar. En parejas, comenten las siguientes preguntas sobre el contacto intercultural y las sobregeneralizaciones.

1. ¿Qué sobregeneralizaciones pueden identificar Uds. en el ensayo de Verdú?
2. Al hacer sus generalizaciones, ¿Verdú disminuye la importancia de algunos aspectos de la realidad norteamericana?
3. Si Uds. fueran a vivir a otro país y otra cultura, ¿creen que también harían sobregeneralizaciones? ¿Por qué?
4. ¿Cómo se pueden evitar las sobregeneralizaciones?

Cuaderno personal 12-2

¿Crees que los medios de comunicación en los Estados Unidos fomentan el miedo? ¿Por qué sí o no?

Lectura 3: Un artículo

Building vocabulary

Actividad 14 Palabras claves Las siguientes oraciones contienen palabras en negrita que aparecen en la lectura "La identidad y los McDonald's". Después de leer cada oración, decide qué término en inglés corresponde mejor a cada palabra en negrita, y pon su letra en el espacio en blanco.

a. apocryphal, inauthentic
b. crazy
c. franchise
d. linked, bound
e. of another
f. own
g. relieved
h. to assault, attack, commit an outrage against
i. to run over
j. to swallow

1. _____ Los terroristas **atentaron** contra el restaurante de McDonald's.
2. _____ Todos quedaron **aliviados** al descubrir que la amenaza había sido una falsa alarma.
3. _____ McDonald's, KFC y Starbuck's tienen muchas **franquicias** en todas partes del mundo.
4. _____ La comida de Taco Bell no es comida mexicana auténtica; es más bien una versión **apócrifa.**
5. _____ Esa mujer siempre grita en la calle; todos dicen que está **chiflada.**
6. _____ España y México están **vinculados** por una lengua común.
7. _____ Tenía tanta hambre que **se tragó** tres hamburguesas seguidas.
8. _____ El hombre casi **atropelló** al niño que salió corriendo a la carretera, pero pudo frenar a tiempo y no ocurrió nada.
9. _____ Muchas personas elogian su **propia** cultura y desprecian las culturas **ajenas.**

Actividad 15   La identidad norteamericana   Todos nosotros tendemos a categorizar a los extranjeros según ciertas características estereotípicas nacionales. En parejas, escriban una definición de lo que significa para Uds. la expresión "ser americano/a".

Activating background knowledge

ser americano/a = to be American

el ser americano = the American being; compare **el ser humano** = human being

ESTRATEGIA DE LECTURA

Increasing Reading Speed

If you want to increase reading speed, you must learn to decide how carefully to read any particular text. Slow readers often believe they must read and understand every word. Though this is sometimes necessary, a quick first reading can help you see the broader context and facilitate later, closer readings. Some suggestions:

1. On a first reading, focus on understanding broad meaning and allow yourself to skip or only semi-comprehend some words.

2. Use your eyes efficiently. Many slow readers allow their eyes to wander back repeatedly to words they have just read without improving comprehension. Try to move your eyes over each line in smooth sweeps from left to right.

3. Read in short phrases rather than words. The brain absorbs information several words at a time, so read chunks or groups of words rather than individual words. Though there are no hard and fast rules for these groupings, they are often closely related by meaning: a noun plus its modifiers, a prepositional phrase, or a verb and its complements.

Actividad 16   El lector eficiente   **Parte A:** Divide el primer párrafo de la lectura "La identidad y los McDonald's" en frases cortas, manteniendo juntas las palabras que tienen alguna relación de significado. Luego, compara tus divisiones con las de un/a compañero/a.

Increasing reading speed

Parte B: Lee cada párrafo de la lectura tan rápido como puedas, leyendo en frases cortas sin volver atrás. Al final de cada párrafo, apunta en el margen la idea general del párrafo. Después, vuelve a leer todo el artículo con más cuidado para asegurarte de que entendiste bien la idea principal de cada párrafo.

Active reading

Carlos Alberto Montaner nació en La Habana, Cuba, en 1943. Reside en Madrid desde 1970. Es escritor y periodista, y ha sido profesor universitario en diversas instituciones de América Latina y Estados Unidos. Varias decenas de diarios de América Latina, España y Estados Unidos recogen desde hace treinta años su columna semanal. La revista española Cambio 16 *lo ha calificado como el columnista más leído de lengua española, y una colección de sus ensayos se puede encontrar en el sitio web de Firmas Press. El siguiente artículo explora los problemas que surgen de los intentos de definir una identidad nacional.*

La identidad y los McDonald's

— CARLOS ALBERTO MONTANER —

Hace unos años el francés José Bové, líder de los antiglobalizadores, saltó a las primeras páginas de los periódicos cuando intentó destruir un McDonald's. No se trataba de un problema de odio a las calorías, sino de patriotismo. Le parecía que el restaurante norteamericano, con sus emblemáticos arcos amarillos, era una amenaza a la identidad de su país. Y no era la suya una conducta excéntrica: poco antes, y por razones parecidas, Jack Lang, el ministro de Cultura de Francia, le había declarado la guerra al cine estadounidense con una pasión similar a la que la Academia Francesa entonces ponía en combatir los americanismos que penetraban en el idioma.

Pero ni siquiera estábamos ante una moda venida de Francia. En España escuché razonamientos parecidos cuando la empresa Disney se debatía entre crear un parque infantil en París o cerca de Barcelona. Mickey Mouse, aparentemente, atentaba contra algo que tenía que ver con la esencia de España. Los empresarios norteamericanos finalmente se decidieron por París y los nacionalistas culturales españoles respiraron aliviados, aunque se perdieron dos millones de turistas anuales y quince mil puestos de trabajo permanentes.

En Estados Unidos, curiosamente, tienen otra visión mucho más inteligente de las influencias extranjeras. Es verdad que el músculo empresarial norteamericano, para furia de los antiglobalizadores, ha creado en México 270 franquicias de McDonald's, pero, mientras tanto, sin una sola protesta, en Estados Unidos existen 6.000 Taco Bell en los que se expende una versión apócrifa y menos picante de la cocina popular mexicana. Simultáneamente, florecen las cadenas de comida japonesa, china, vietnamita, italiana o de cualquier lugar del planeta que tenga algo que ofrecer al incansable paladar estadounidense.

▶ Uno de los muchos restaurantes McDonald's de México, donde se siente cada vez más la influencia comercial y cultural norteamericana.

La paradoja consiste en que mientras medio mundo lucha contra la influencia americana, como si peligrara la identidad nacional, los norteamericanos absorben y metabolizan todas las influencias extranjeras, modificando constantemente y sin miedo el propio perfil del país, sin perder un minuto en la absurda definición y defensa del "ser americano", entre otras razones, porque esa criatura, como el *big foot* de California, nunca ha podido ser encontrada.

A nadie, con la excepción de unos cuantos racistas chiflados, se le ocurre definir cuál es la esencia del *homo americanus* y dedicarse a proclamar sus virtudes o a defenderlo de los rasgos culturales o de los usos y costumbres de otros pueblos. Por el contrario, deambulan por el país casi 300 millones de personas, procedentes de todos los rincones de la tierra, coloreadas por todas las posibles combinaciones de acentos y dosis de melanina, frágilmente vinculados por las instituciones, la historia y los intereses, quienes libremente eligen el modo de buscar la felicidad según les indican sus preferencias y su sentido común.

Intuitivamente —porque ni siquiera existe un debate nacional— esa actitud es la que ha permitido que los inmigrantes europeos trajeran el gran cine, los alemanes de la Bauhaus le colocaran su esbelto acento arquitectónico a New York, o los músicos caribeños —con Paquito D'Rivera a la cabeza— introdujeran o potenciaran el *jazz* latino en el hambriento oído de una sociedad que con el mismo apetito musical se traga a los Beatles británicos que al *bossa nova* de los brasileros. En suma, el fundamento

▲ Este letrero multilingüe del estado de California refleja un esfuerzo por incluir a todos los ciudadanos americanos en el proceso democrático.

en que descansa el país es muy simple: el americano, como idea platónica, como abstracción, no existe. El americano es un ser dinámico, en constante evolución, que sabe que su asombrosa vitalidad no es la consecuencia de las virtudes de una incontaminada cultura primigenia, sino de la capacidad para adoptar y adaptar un talento ajeno que inmediatamente pasa a ser propio. Es el genio del mestizaje cultural y no la exclusión lo que engrandece a la nación.

Es bueno que así sea. Hay pocas actividades más peligrosas que definir el ser nacional. Ese es el punto de partida de todos los fascismos. La Alemania de los nazis no comenzó con Adolfo Hitler, sino con el nacionalismo cultural, la Kulturkampf impulsada por Bismarck medio siglo antes. Cuando los grupos dominantes

de una sociedad definen el perímetro sagrado de la cultura propia, inevitablemente acabarán atropellando a quienes parcialmente escapan o disienten de esa definición. Cuando orgullosamente creen haber identificado el arquetipo nacional, molde y modelo del ciudadano perfecto, lo que realmente están haciendo es condenar a la muerte o a la marginalidad a quienes se diferencian de esa peligrosa construcción. El horror del holocausto no sólo descansaba en un monstruoso prejuicio sobre la supuesta naturaleza de los judíos, sino en la idealización del arquetipo germano, suma y resumen de todas las virtudes y talentos. Se empieza, traviesamente, por tirarles piedras a los cristales de los McDonald's. Se acaba creando campos de exterminio.

Scanning

Actividad 17 Según Montaner Las siguientes oraciones deben expresar la idea principal de cada párrafo. En parejas, decidan si son ciertas y falsas, y corrijan las falsas.

1. _____ Para algunos franceses, los McDonald's, el cine norteamericano y las palabras de origen norteamericano se convirtieron en una amenaza a la identidad francesa.

2. _____ A diferencia de los franceses, los españoles reaccionaron muy bien cuando la compañía Disney propuso el establecimiento de Euro-Disney en España.

3. _____ Las influencias extranjeras no presentan ningún problema para la cultura norteamericana.

4. _____ La paradoja consiste en que mientras McDonald's vende una versión auténtica de la comida americana, Taco Bell vende una versión no auténtica de la comida mexicana.

5. _____ Sólo a algunos chiflados se les ocurre intentar definir la esencia de la identidad americana.

6. _____ Lo que caracteriza a los Estados Unidos como nación es el mestizaje cultural, del cual existen numerosos ejemplos.

7. _____ El horror del holocausto se basó principalmente en el prejuicio contra los judíos.

Summarizing

Actividad 18 Un resumen Parte A: En parejas hagan una lista de los conceptos y términos más importantes de la lectura. Después, escriban una oración de tesis que resuma el argumento principal de la lectura. Luego, preparen un bosquejo de un resumen y compartan su resumen con la clase en voz alta.

Parte B: Escribe individualmente un breve resumen del ensayo de Montaner.

Reacting and analyzing

Actividad 19 Reacciones y análisis En parejas, comenten las siguientes preguntas.

1. ¿Están de acuerdo con la tesis principal de Montaner? ¿Por qué sí o no?
2. ¿Creen que Montaner tiene razón o se equivoca con respecto a su interpretación de la cultura norteamericana? Den ejemplos y justifiquen su opinión.
3. ¿Creen que Montaner idealiza demasiado la cultura de los Estados Unidos? ¿Hay contraejemplos que demuestren que su perspectiva es una sobregeneralización?
4. Tanto Vicente Verdú como Carlos Montaner hablan del miedo en los Estados Unidos. ¿En qué se asemejan o se diferencian las dos perspectivas sobre el miedo en la cultura norteamericana? ¿Es posible aceptar la perspectiva de uno sin rechazar la del otro?

Defending a position

Actividad 20 Un debate Montaner dice que los americanos aceptan las diferencias culturales sin problema y sin debate. En grupos de tres, busquen evidencia y desarrollen argumentos a favor de este argumento o en contra de él. Apunten sus ideas y, después, presenten sus ideas a la clase.

Cuaderno personal 12-3

¿Crees que los extranjeros tienen una perspectiva más objetiva de una cultura que no sea la suya? ¿Qué ventajas o desventajas tiene un extranjero cuando tiene que interpretar y entender una cultura?

Redacción: Ensayo

ESTRATEGIA DE REDACCIÓN

Defending a Position

When you declare your opinion on a topic, you must be ready to defend your position. Ideally, you can also convince others to share your views. In order to defend your position, you must garner facts that will support it, such as examples, statistics, statements by authorities, or even personal experiences. However, facts can lead to very different opinions on a specific issue, depending on your broader values and beliefs. The best way to convince your readers of the validity of your position is by showing them that, if they hold the same values and beliefs as you do, then the logical position to take is the one you are defending. Strategies such as the ones you have already practiced can help you build your argument: narrating, describing, analyzing, comparing and contrasting, looking at causes and effects, and hypothesizing. Acknowledging opposing points of view and maintaining a reasonable tone can also make the reader more willing to accept what you have to say.

Actividad 21 Defensa de una postura Parte A: En grupos de tres, miren la
lista y decidan qué diferencias de opinión pueden surgir con respecto a cada tema.   Defending a position

- la inmigración (a los Estados Unidos, Canadá o Europa)
- el movimiento *English Only* en los Estados Unidos
- la educación bilingüe y la identidad nacional
- la globalización (¿homogeneización?) económica y/o cultural
- las cuotas que favorecen a las minorías étnicas y raciales

Parte B: Escojan un tema de la lista que les parezca importante. Primero, definan la polémica. ¿Por qué hay desacuerdo? Luego, adopten una postura y hagan una lista de argumentos a favor de esta postura y otra lista de contraargumentos, o sea, argumentos a favor de la postura opuesta. Traten de explorar el tema en un tono moderado y objetivo.

Parte C: Escojan los mejores argumentos de su lista y decidan qué tipo de evidencia se necesita para apoyar cada argumento. Luego, miren los contra-argumentos y decidan si es necesario mencionar alguno de éstos. De ser así, tendrán que refutar el argumento o mostrar que no es muy importante.

Actividad 22 La redacción Vas a escribir un ensayo para convencer a los demás miembros de tu clase del valor de tu postura.

Parte A: Escribe una introducción en la que demuestres, con estadísticas o ejemplos, que el asunto o la polémica existe, y en la que la oración de tesis presente claramente tu postura.

Parte B: Basándote en las ideas de la Actividad 21, escribe el cuerpo de tu ensayo presentando argumentos específicos y evidencia para apoyarlos.

Parte C: Escribe la conclusión en la que resumas tus argumentos y tu tesis. Puedes elaborar un poco: ¿Qué pasará en el futuro? ¿Qué deben hacer las personas que asumen esa postura?

Spanish-English Vocabulary

This vocabulary includes both active and passive vocabulary found throughout the chapters. The definitions are limited to the context in which the words are used in the book. Exact or reasonably close cognates of English are not included, nor are certain common words that are considered to be within the mastery of a second-year student, such as numbers, articles, pronouns, and possessive adjectives.

The gender of nouns is given except for masculine nouns ending in **-l, -o, -n, -e, -r**, and **-s** and feminine nouns ending in **-a, -d, -ión**, and **-z**. Adjectives are given only in the masculine singular form.

The following abbreviations are used in this vocabulary.

adj.	adjective	*irreg.*	irregular verb	*p.p.*	past participle
adv.	adverb	*m.*	masculine	*prep.*	preposition
f.	feminine	*n.*	noun	*sing.*	singular
inf.	infinitive	*pl.*	plural		

abanico folding fan
abarcar to include, span
abastecer to supply
abierto (*p.p. of* **abrir**) open
abnegado self-sacrificing
abogar por to advocate; to plead for
abreviatura abbreviation
abrumador *adj.* overwhelming, crushing
abstenerse *irreg.* to abstain
aburrir to bore
acabar to finish, complete; **acabar con** to put an end to; to finish with; **acabar de** (+ *inf.*) to have just (done something)
acariciar to caress
acarrear to cause; to bring
acaso *adv.* perhaps, maybe; **por acaso** by chance; **por si acaso** just in case
acechar to lie in wait for
aceite oil
aceituna olive
acelerar to accelerate
acercarse to come near, draw near
acertar (ie) to guess right, to hit the target
acoger to welcome, receive
acomodado well-off, well-to-do
aconsejar to advise
acontecimiento event
acoplar to fit together
acostarse (ue) to go to bed
actitud attitude

actuación performance
actual *adj.* present-day, current
actualidad: en la actualidad nowadays, at the present time
actuar to perform; to act upon/as
acuclillarse to squat down
acudir to come, come up
acuerdo agreement; **de acuerdo con** in accordance with; **estar de acuerdo** to agree
además in addition; besides
adentro within; inside
aderezarse to adorn oneself
adinerado wealthy, well-off
adivinar to guess
adjudicar to award
adobo seasoning
adormilado sleepy, drowsy
adquirir acquire
aduanero customs officer
aducir *irreg.* to bring forward; to offer as proof
adueñarse to take possession of
adulterado adulterated, made impure
advenimiento *n.* coming, advent
advertencia warning; observation
advertir (ie, i) to warn, notify
afán desire, urge
afligido distressed, grieved
afligir to afflict, trouble
afueras *f. pl.* outskirts
agarrar to grab, grasp
agazaparse to crouch down; to hide

aglomeración built-up area
agotado exhausted; spent
agonizar to be dying
agradecer to thank, to be grateful
agregar to add
agrupar to group, assemble
aguas negras *f. pl.* untreated sewage
agudo acute; sharp; witty
águila *f.* (*but* **el águila**) eagle
ahorrar to save
aire: al aire libre outdoors
airoso graceful, elegant
aislado isolated
aislamiento isolation
aislar to isolate
ajado creased, wrinkled
ajeno of another; not one's own
ají *m.* bell pepper; chili pepper
ajiaco a Caribbean stew containing a varied mix of ingredients
alabar to praise
alameda tree-lined lane
alarido howl, scream
alba *f.* (*but* **el alba**) dawn
albañil bricklayer, mason
albergar to give shelter to; to house
albóndiga meatball
alcance: al alcance de within reach of (*the hand, the eye*)
alcanzar to reach; to manage to; to succeed in
alegrar to cheer, to brighten up
alejar to distance; to keep away from

alentar (ie) to encourage, cheer on
alfiler pin
alfombrado carpeted
alguien somebody, someone
aliado ally
alianza alliance, union
alicaído *adj.* drooping, weak; downcast, depressed
alimentar to feed
alimenticio nourishing; nutritional; related to food
alimento *n.* food
aliñado spiced; prepared
alistar to enlist, enroll; **alistarse** to get ready
aliviado relieved
aliviar to relieve
allanar to smooth, level
alma soul
almorávides Almoravids (Islamic dynasty)
alpinismo mountain climbing
alrededor around
altivez arrogance, haughtiness
alto *n.* stop sign, traffic light; *adj.* high
altura height; stage
alumbrar to light, light up
amante *m./f.* lover
amargado embittered
amargo bitter
ambicioso ambitious
ambiente atmosphere, environment
ambos both
amenaza threat
amenazar to threaten
amigable friendly
amistad friendship
amo master, boss
amorío love affair, romance
amparo *n.* protection, shelter
ampliar to extend, enlarge
amplio wide, full; broad
amplitud extent, size
anfitrión host
angloparlante *adj.* English-speaking; *n. m./f.* English speaker
angustia anguish, distress
angustiarse to be distressed; to grieve
angustioso distressed; distressing
anhelante *adj.* yearning, longing
animar to cheer up; encourage; to inspire; to animate
anochecer to get dark; **al anochecer** at nightfall
antaño *adv.* long ago
antecedente *adj.* preceding; *m. pl.* record, history
antepasado ancestor

anteponer *irreg.* to place in front of; to prefer
anterior *adj.* previous
antes before; **antes de eso** before that; **cuanto antes** as soon as possible
antiguo former; ancient
antillano West Indian, from the Antilles (Caribbean islands)
anuncio personal personal ad
apagar to put out; to turn off
aparcería share-cropping, tenant farming
aparecer to appear
apariencia física outward physical appearance
apartado section
apellido surname
apócrifo *adj.* apocryphal, not authentic
apoderado *n.* attorney, agent
apoderarse de to seize power, to take over
aportar to bring, contribute
aporte contribution
apostolado apostolate
apoyar to support
apoyo *n.* support; **apoyo en línea** online support
apresar to capture, arrest
aprobar (ue) to approve
aprovechamiento good use, development
aprovechar to make good use of; to make the most of
apuntar to take notes; to point out; to aim, point (*a gun*)
apuntes *m. pl.* written notes
árbol tree
archivo file (record); filing; archive
arcilla clay
arco arc; arch
arena sand
argot *m.* slang
armar to arm; to assemble
arraigar to take root; to become established
arrancar to start (*a car*); to start moving, get going
arrancón sudden starting (*of a car*)
arrasador *adj.* devastating, destructive
arrasamiento leveling, destruction
arrebatar to snatch, seize
arreglo *n.* arrangement; repair
arrellanarse to stretch out, make oneself comfortable
arrepentirse (ie, i) to repent, regret
arriesgar to risk
arroyo stream
arrugado wrinkled
artesanía crafts, handicrafts

articulado *n.* article (*of a proposal or bill*)
asado roast
asegurar to make sure
asemejarse to be like, resemble
asesinar to murder; to assassinate
asesinato murder
asesino murderer
asesor advisor
así so, thus; **así que** so
asiduo assiduous; frequent
asignatura subject; course
asimismo *adv.* likewise, in like manner
asistir a to attend
asomar to show, stick out; to lean out
asombrado astonished, amazed
asombro *n.* astonishment, amazement
astado horned
asunto issue, affair, matter
asustado scared, frightened
atado tied
atardecer to grow dim; **al atardecer** at dusk, evening
ataviado dressed up
atávico atavistic
atemorizar to frighten, scare
atender (ie) to wait on; to pay attention
atentar to assault, attack; to commit an outrage against
aterrado terrified, horrified
aterrador terrifying, fearful
atónito astonished, amazed
atraco holdup, robbery
atrás behind; back
atravesar (ie) to cross; to pass through
atreverse to dare
atrevido daring; insolent
atropellar to run over
audaz daring, audacious
aumentar to increase
aumento *n.* increase
aun even
aún still, yet
aunque although, even though
aurora dawn
ausencia absence
autóctono *adj.* native, indigenous
autoexigencia self-demand, demand(s) made of oneself
autorretrato self-portrait
ave *f.* (*but* **el ave**) bird
aventurero *n.* adventurer; *adj.* adventurous
averiguación investigation, inquiry
averiguar to investigate, ascertain; to find out, look up
azar *n.* chance; accident
azotar to lash; to whip
azúcar sugar

bacalao codfish
bache pothole; rough spot
bachiller *m./f.* high school graduate
bahía bay
bajar to lower; to go down; to bring, take down
bajo *adj.* low, short; *prep.* under; *n.* bass (guitar)
bala: orificio de bala bullet hole
baldío empty land, wasteland
bancarrota bankruptcy
banda sonora soundtrack
bandera flag
barrera barrier
barriada quarter, district; slum area
barrio neighborhood, quarter; ghetto
bastar to be enough
bastante enough, quite, rather; quite a lot
basura trash, garbage
batata sweet potato
beca scholarship, grant
bendición blessing
bienestar well-being, welfare
bizcocho sponge cake
bocho Volkswagen Beetle (*México*)
bofetada slap
boga: en boga in vogue
bolsa bag
bombero firefighter
bondad goodness, kindness
borde edge
borrador rough draft
borrar to erase
borrón blot or stain left by an erasure
bosque woods; forest; jungle
bosquejo *n.* outline
botar to discard, throw out
brebaje brew, concoction
brillar to shine
brindar to offer; to present
bruja witch
brujo wizard, sorcerer
bruma mist, fog
brusco sudden, abrupt; rude
buey ox
bufar to snort
busca: en busca de in search of
buscar to seek, to look for
búsqueda search

cabaña cabin
caber *irreg.* to fit; to be possible
cabildo town council
cabo end
cacique chief; political boss
cacofonía cacophony, discordant repetition of sound
cadáver corpse

cadena chain; television network; **producción en cadena** production-line assembly
caer(se) to fall, fall down; **caerle bien** to be to the liking of
caída fall
cajero cashier, teller
calentamiento heating, warming
calidad quality
calificar to describe
callejero *adj.* pertaining to the streets
calzado *adj.* wearing shoes; *n.* footwear
calzar to shoe, provide with shoes
camarón shrimp
cambiante changing
cambiar to change; **cambiar de papel** to switch roles
cambio de código code-switching
camino path, road, way
camión cisterna *m.* fire engine
campaña campaign
campesino peasant
campo field; country, countryside
candente *adj.* red-hot; burning, important
canje barter, exchange
cantante *m./f.* singer
cantidad quantity
caos chaos, confusion
capacitado qualified
capaz capable, able
capricho caprice, whim
cárcel *f.* prison, jail
cargo important position
caribeño *adj.* Caribbean
caricia caress
caridad charity
cariñoso loving, affectionate
carrera area of study; career; race
cartel poster; drug cartel
cartón cardboard; carton
casi almost
castaño *adj.* chestnut brown
castigar to punish
castigo *n.* punishment
caudaloso swift, large; abundant
caudillo leader; tyrant; political boss
cautiverio captivity
cazador hunter
celos *m. pl.* jealousy
celoso jealous
centenar *n.* a hundred (*of something*)
cerca *n.* fence
cerdo pig; **carne de cerdo** pork
chacra small farm
charlar to chat, talk
chicharrón pork rind
chiche *adv.* easily
chicotazo lash, swipe
chiflado crazy

chimenea fireplace; chimney
chino *n.* kid, youngster; *adj.* Chinese
chisme piece of gossip
chistar to say a word; to speak
chivo goat
chocante *adj.* shocking
choque crash, shock; clash, conflict
chorizo pork sausage
chorrear to gush; to drip
cicatriz scar
cifra figure, number, numeral
circundado surrounded
circundar to surround
ciudadano citizen
clarear to clear up; to become lighter
clave *f.* key; clue
coartada alibi
cobardía cowardice
cobrar to charge; to receive; **cobrar vida** to come alive
cobre copper
código code
colega *m.* colleague
colibrí *m.* hummingbird
colmo: para colmo to cap it all
colocar to place
comadre godmother; neighbor; midwife
comestible edible, food-related
cómico *adj.* funny
como like, as; **como si tal cosa** as if nothing had happened
compadecerse de to pity, be sorry for
compañero companion, friend, workmate
compartir to share
complacido pleased, satisfied
complejo complex
componer *irreg.* to compose; **componerse de** to be composed of
comportamiento behavior
comportarse to behave
comprobar (ue) to confirm; to check
concejal alderperson, town council member
concentración concentration; gathering, meeting, rally
concertar to arrange, set up
concurrir to converge, meet; to concur
concurso contest
condiscípulo fellow student
conducir *irreg.* to lead; to drive
confiado trustful, confident
confiar en to trust, have faith in
confundir to confuse, to mix up; **confundirse** to make a mistake
congelar to freeze
conjunto set, collection, whole; musical group, band
conmover (ue) to move; to touch emotionally

conocer to know; to meet
conocido well-known
conocimiento knowledge
conquistar to conquer
conseguir (i, i) to get, obtain; to attain, achieve, succeed in
consejo council; advice
conservación conservation
conservado preserved
conservar to keep, preserve; to conserve
consolar (ue) to console, comfort
constatar to confirm, verify
consuelo solace; consolation
contados few
contaminación pollution
contar to count; to tell
controvertido controversial
contundente *adj.* forceful, convincing, overwhelming
conversador *adj.* talkative, chatty; *n.* conversationalist
convivencia "living together"; term describing the coexistence of Christians, Jews, and Moslems in medieval Spain
convocar to call, summon, convene
copal resin, incense
coraje courage
cordura good sense; sanity
cornada: dar una cornada to gore (*with horns*)
cornudo cuckold (*man whose wife cheats on him*)
correo mail
correr to run; **correr el riesgo** to run the risk
corriente *adj.* common, current; *f.* trend, tendency
cortador de caña sugar cane cutter
cortés courteous, polite
cortometraje short film
cosa thing; **como si tal cosa** as if nothing had happened
cosecha harvest
costumbre *f.* custom, tradition
cotidianidad *n.* everyday life, "everydayness"
cotidiano *adj.* everyday, daily
crecer to grow
creciente *adj.* growing, increasing
crecimiento growth
creencia belief
creíble believable
crepúsculo twilight, dusk, dawn
criada servant, maid
criado *n.* servant; (*p.p. of* **criar**) raised
crimen violent crime; murder
crisol melting pot

crónico chronic
cruce crossing
cruzar to cross
cuadro box, table, chart; painting, picture
cualquier any
cuanto antes as soon as possible
cubeta pail, bucket
cuenca basin
cuenta: darse cuenta de to realize
cuento story
cuerdo *adj.* sane
cuerno horn; **ponerle** (*irreg.*) **los cuernos a alguien** to cheat on someone
cuero leather; drum skin
cuidar (de) to take care of, look after
culminar to culminate
cultivo cultivation of land, farming
culto *n.* worship, adoration; *adj.* cultured, educated
cumplir to carry out, perform; **cumplir con** to carry out, fulfill
cura *m.* priest

dama lady
dañar to damage, harm
dañino harmful, destructive
daño *n.* damage
dar to give; **dar de comer** to feed; **dar por descontado** to take for granted; **dar una cornada** to gore (*with horns*); **dar vueltas a** to stir (*coffee*); **darse cuenta de** to realize; **darse el lujo de** to give oneself the luxury of
dato piece of information; **datos** *m. pl.* data
deambular to roam about
deber *n.* duty
deberse a (que) to be due to
debidamente properly, duly
debilitar to weaken, enervate
declive *n.* decline
decorado *n.* set (*decorations and props*)
degustación action of tasting
dejar to leave; to lend; to let, allow
delgado thin
delincuencia crime
delito crime, offense
demandar to sue
demás: los demás the others, the rest
demasiado *adv.* too; *adj.* too much, too many
demente crazy, insane
denominar to name, denominate
denunciar to report, denounce
depósito warehouse
derechista *m./f.* rightist

derechos humanos *m. pl.* human rights
derrumbar to overthrow; to throw down; **derrumbarse** to collapse
desafiante challenging, defiant
desafiar to challenge, defy
desafío *n.* challenge
desagradable unpleasant
desaire gracelessness, rudeness
desangrarse to bleed profusely
desaparecer to disappear
desaparecido *adj.* disappeared; *n.* missing person
desarrollado developed
desarrollar to develop
desarrollo *n.* development; **en vías de desarrollo** developing (*e.g., nation*)
descampado *n.* empty, abandoned ground
descarnado raw, harsh
descascarado chipped
desconcierto confusion
desconfiar to distrust
descongelar to unfreeze
descontado: dar por descontado to take for granted
descrito (*p.p. of* **describir**) described
descuartizar to carve up; to tear apart
desde since, from
desdén disdain
desdoblamiento splitting
desechable disposable
desechar to discard; to throw away
desechos waste, garbage
desempeñar to carry out; to fulfill; to play (*a part*)
desempleo unemployment
desenfadado free, uninhibited, casual
desenlace denouement, conclusion
desenterrar (ie) to dig up
desentrañar to unravel, disentangle
desenvolverse (ue) to evolve, unfold
deseo: pozo de los deseos wishing well
desesperar to despair, lose hope
desgajar to pull away from, separate from
desgarrado torn, ripped
desgastar to wear away
desgaste *n.* wear and tear; erosion
deshacer *irreg.* to undo; to dissolve
deshielo melting, thawing
desmesura excess, lack of restraint
despachar to dispatch, send
despacio *adv.* slowly
despedir (i, i) to emit; **despedirse de** to say good-bye to
despenalizar to decriminalize

desperdiciar   to waste
desperdicio *n.*   waste
despiadado   inhuman, merciless
desplegar (ie)   to unfold, unfurl; to display
despreciado   despised
despreciar   to scorn, despise
desprecio   scorn; contempt
desproporcionado   out of proportion
después   afterward, later; **después de eso**   after that
destacar   to stand out
desterrar (ie)   to exile
destinatario   addressee
detalle   detail
detenerse *irreg.*   to detain; to stop
detenido *adj.*   detailed; thorough; arrested
deterioro   deterioration; damage
deuda   debt
diario *n.*   daily newspaper
dictadura   dictatorship
diestro   skilled
diferenciarse de   to differ from
difundir   to disseminate, spread
difusión   diffusion; broadcasting
dirigente *n. m./f.*   leader
discutir   to discuss; to argue
disentir (ie, i)   to disagree, differ
disfrutar de   to enjoy
disminuir   to lower, diminish
disolver (ue)   to dissolve; to destroy
disparar   to fire, shoot
disponerse *irreg.*   to get ready
disponible   available
dispuesto   willing; ready
distinto   different; distinct
disyuntiva   alternative, choice; dilemma
divertido *adj.*   fun, entertaining
doblaje   dubbing (*of a film*)
doblar   to dub; to fold; to bend; to turn
doloroso   painful
dominante   dominant
dominar   to dominate, to master; **dominar una lengua**   to speak a language well
dominical   Sunday
dominio   authority, control
dorado   golden
dosis *f.*   dose, dosage
drogata *m./f.*   drug addict (*slang*)
dueño   owner, landlord; master of the house
durar   to last

echar   to throw, toss; **echar de menos** to miss; **echar mano de**   to make use of; **echar pie atrás**   to back out, down; **echar raíces**   to take root; **echar un vistazo**   to take a look at

ecologista *n. m./f.*   environmentalist
eficacia *n.*   effectiveness; efficiency
egoísta *adj.*   selfish
eje   axis; center
ejemplar   copy (*of a book*)
ejemplificar   to exemplify
ejercer   to practice, perform; to exercise, wield
elegir (i, i)   to elect; to choose, select
elogiable   praiseworthy
elogiar   to praise
embarazada   pregnant
embargo: sin embargo   however
emisora   radio station
empeño   determination
empeorar   to worsen
empero *conj.*   but; yet; however
empleado   employee
emprendedor   enterprising
emprender   to undertake; to start
empresa   company, firm, business
empujar   to push
encajar   to fit; to insert; to fit in
encantar   to delight, charm
encanto *n.*   enchantment; magic spell
encarcelar   to put in jail
encargado *adj.*   in charge
encauzar   to channel, direct
encender   to light; to light up; to turn on
encerrar (ie)   to lock up
enchilado   shellfish stew (*Cuba*)
enchufe   plug, socket; **tener (***irreg.***) enchufe**   to have connections
encima   on top, above; **por encima** superficially
endémico   endemic, characteristic of a region
enfatizar   to emphasize
enfermar(se)   to get sick
enfermedad   illness
enfermero *n.*   nurse
enfermo *adj.*   sick, ill
enfrentamiento   clash, confrontation
enfrentarse (a/con)   to deal (with), confront
enganchado   hooked
enganchar   to hook
engañar   to deceive; to cheat on
engrandecer   to enhance
enjabonar   to soap, lather up
enloquecer   to drive crazy; to delight; **enloquecerse**   to go crazy
enojarse   to get angry
enredarse   to get tangled up
enriquecer   to enrich; **enriquecerse**   to get rich
ensayo   essay; rehearsal
enseguida   at once, immediately
ensuciar   to dirty; to pollute
ente   entity

enterado   informed
enterarse de   to find out about
enterrar (ie)   to bury
entibiar   to grow warm, tepid
entre   between; among
entrega   delivery; installment
entregar   to deliver, hand over, hand in
entrevista   interview
entrevistado *adj.*   interviewed; *n.*   interviewee
entrevistador   interviewer
entrevistar   to interview
envenenamiento   poisoning
envenenar   to poison
enviar   to send
envidia *n.*   envy
envidiar   to envy
envío   dispatching; shipment
envoltura   wrapping
envolver (ue)   to wrap; **envolverse en** to get wrapped up in
época   time, period, age
equilibrado   balanced
equivocado   mistaken
equivocarse   to be wrong
esbelto   graceful; slender
escalera   stairway
escalofrío   chill, shiver
escamotear   to snatch away, make vanish
escaparate   shop window
escaramuza   skirmish
escasamente   scarcely
escasez   shortage, lack
escaso   scarce; very limited; **escaso de**   short of
escena   scene
escenario   stage, setting; situation, scenario
escénico *adj.*   pertaining to the stage
esclavizar   to enslave
esclavo *n.*   slave
escoger   to choose
escombros *m. pl.*   rubble, debris
escondite   hideout
esforzar(se)   to strive, to make an effort
esfuerzo *n.*   effort
esmerarse   to do one's best; to shine
espada   sword; **entre la espada y la pared**   between a rock and a hard place
espaldas: de espaldas a   with one's back to
especie *f.*   species; sort, type
especificar   to specify; to define
esperanza   hope
espigar   to glean; to collect
espina   thorn
espumarajo   foam, froth (*from the mouth*)

estabilizar   to stabilize
estable   stable
establecer   to establish
establecido   established
establecimiento   establishment
estado   state, condition; national state, government; **golpe de estado**   coup d'état; **estado civil**   marital status
estancia   stay
estanco   tobacco shop
estrago   devastation
estrella   star
estrenar   to show or wear for the first time
estribillo   refrain (*of a poem*)
estridente   strident, shrill
estrofa   stanza, verse
estudio   study, library
estudioso   scholar
estupefaciente *n.*   narcotic
etapa   stage, phase
evitar   to avoid
evolucionar   to evolve, develop
excluir   to exclude; to expel
exhibir   to exhibit, display
exigencia   demand, requirement
exigente *adj.*   demanding
exigir   to demand, require
éxito   success
exitoso   successful
expectiva   expectation
expender   to sell
explotación   exploitation, development
explotar   to exploit; to explode
extender (ie)   to extend, expand
extranjero *adj.*   foreign; *n.*   foreigner; **al/en el extranjero**   abroad
extrañar   to miss
extraño *adj.*   strange; foreign

fabricante   maker
fácil   easy
facilitar   to facilitate, make easy
facturar   to invoice, bill; to receive
faena   task, job
falta *n.*   lack; error, mistake; offense
faltar   to be missing or lacking; **faltar a**   to miss (*class*)
fama   fame; reputation
familiar *adj.*   pertaining to the family; *n. m./f.*   relation, member of the family
fatalista *adj.*   fatalistic
fatigarse   to wear oneself out
feroz   ferocious
festejo   celebration, festivity
fiebre *f.*   fever
fiel   faithful
fiereza   fierceness, ferocity, cruelty
fijamente   fixedly, attentively

fijar   to fix, set, establish
filmoteca   film library/archive/club
fin   end; **por fin**   finally
finado   deceased
final   ending; **al final**   in the end
finalidad   purpose, aim
finar   to die, pass away
finca   farm; estate
fingir   to pretend
firmar   to sign
fiscal *n.*   prosecutor; **fiscal general**   Attorney General
físico   physicist; physique
fisiognómico   pertaining to the face or physical appearance as indicative of character
florecer   to flourish, bloom
florecimiento   flowering, blossoming
foco   spotlight; light bulb; head lamp
fomentar   to encourage, promote
fondo   bottom
forja   forging, making
forjar   to forge, shape, make
forma   form; way, manner
fortalecer   to strengthen
fracasado   unsuccessful
fracasar   to fail
franquicia   franchise
frasco   bottle, jar
frenar   to restrain; to brake
frente *m.*   front; *f.*   forehead; **frente a** *prep.*   facing, in front of
frescura   freshness; coolness
fritura   fritter
frontera   border; frontier
fructífero   fruitful
fuente *f.*   fountain; spring; source; serving platter
fuerza   strength, force, power
funcionario   government employee, civil servant
fundación   founding; foundation
fundar   to found
fundir   to fuse; to merge
fusilamiento   shooting, execution

galardonar   to award, to give an award to
galopar   to gallop, go at a gallop
ganadería   cattle raising
ganadero *adj.*   cattle; *n.*   rancher
ganado *n.*   cattle
ganador   winner
ganancia   profit; **ganancias** *f. pl.*   earnings
ganancioso   profitable
ganar   to win; to win over; to earn
gandules *m. pl.*   pigeon peas
garantizar   to guarantee
gasto   expense; expenditure

gavilla   bundle, sheaf
género   gender; genre (*type of text*)
gesto   gesture; expression
giro   turn of phrase, expression
gobernar (ie)   to govern
gobierno   government
golpe   blow; **de golpe**   suddenly; **golpe de estado**   coup d'état
golpecito   tap
goma   rubber; tree gum
gorra   cap
gota   drop
gotear   to drip
gozar   to enjoy, delight in
grabación   recording
grabar   to record
grado   grade; degree
gritón *n.*   shouter; street vendor or collector
guardar   to put away; to keep
guardería de niños   day care center
guayaba   guava
guerrero *n.*   warrior; *adj.*   warlike
guerrilla   guerrilla warfare
guía *m./f.*   guide
guion   script
guionista *m./f.*   script writer
gusto *n.*   like, interest; taste

hábil   clever, skillful
habitante *m./f.*   inhabitant
hacer   to do; to make; **hacer caso de/a**   to pay attention to, to take notice of; **hacer pesas**   to lift weights; **hacer un papel**   to play a role
hacia   towards, to
hada madrina   fairy godmother
hallar   to find; to discover
hallazgo   finding, discovery
hambriento   hungry
harina   flour
hechizo *adj.*   artificial; *n.*   magic spell
hecho *n.*   fact, deed; **de hecho**   in fact
helada   freeze, frost
herencia   heritage; inheritance
herido *adj.*   wounded
herida   wound
herir (ie, i)   to wound
hermetismo   secrecy, silence, reserve
hilo   thread
hielo   ice; freeze, frost
hispanohablante *adj.*   Spanish-speaking; *n.*   Spanish speaker
hispanoparlante *adj.*   Spanish-speaking; *n.*   Spanish speaker
historia   story; history
hocico   snout
hogar   home; hearth

hoja leaf; sheet
hombría manliness
honrado honest, decent
hoyo hole
hueco hole
huella trace; footprint
huir to flee; to escape
humo smoke
humilde humble, modest, lowly
huracán hurricane
husmear to sniff out; to pry into

idioma *m.* language
igualar to make equal; to match
igualdad equality
imponer to impose
impresionante impressive, amazing
impuesto *adj.* imposed; *n.* tax
impureza impurity
incansable tireless
incendiar to set on fire
incendio forestal forest fire
incertidumbre *f.* uncertainty, doubt
incluso even; including
incómodo uncomfortable
inconfundible unmistakable
incontable countless, innumerable
indespegable inseparable, "not unstickable"
índice index; rate
indígena americano *m./f.* Native American
indumentaria clothing, apparel, dress
inesperado unexpected
inestabilidad instability
inestable unstable
infancia infancy
infarto heart attack
ingenuismo naiveté, ingenuousness
ingreso admission; **ingresos** *m. pl.* income
iniciar to start, begin
inmigrar to immigrate
innato innate, inborn
innegable undeniable
inodoro toilet
inquietar to worry, disturb
inquietud concern, worry
insaciable insatiable
inscribirse en to enter, sign up for
insensatez senselessness, stupidity
intentar to attempt, to try to
intercambiar to exchange
intercambio: estudiante de intercambio *m./f.* exchange student
internar to admit (hospitalize); **internarse** to go deeply into
interrogante *n.* query, question
intromisión insertion; interfering
inundación flood

inútil useless
invasor invader
invencible invincible; unconquerable
invernadero *n.* greenhouse
inversión investment
inversionista *m./f.* investor
invertir (ie, i) to invest
involucrado involved
irremisiblemente unpardonably
izquierdista *m./f.* leftist

jabón *m.* soap
jactarse to brag
jamás never
jefe head; chief; boss
jerarquía hierarchy
jerarquización hierarchization
jorobado hunchback
jubilar(se) to retire
judío *n.* Jew; *adj.* Jewish
juez *m.* judge
jugador player
juguetón playful
juicio judgment
junta board, council; **junta militar** military junta
juntar to join, bring together
jurar to swear, take an oath
justo just, fair
juventud youth
juzgar to judge

lacra blot, blemish
ladino person who has adopted Spanish and Hispanic culture (*Guatemala*)
lado side; **por un lado** on the one hand; **por otro lado** on the other hand
ladrar to bark
ladrón thief
lágrima tear
laguna lacuna, gap
lamentar to lament, mourn
lanzador pitcher (*in baseball*)
lanzar to throw; to launch; **lanzarse** to begin to
largo long; **a lo largo de** along, throughout
lastimado *adj.* hurt
latigazo lashing, lash (*of a whip*)
latir to beat
lazo tie
leal loyal
lealtad loyalty
lecho bed; **lecho de muerte** deathbed
lector reader
lectura reading
legado *n.* legacy
legumbre *f.* vegetable

lema *m.* motto, slogan
lengua: dominar una lengua to speak a language well
lenguaje *m.* mode or style of language
lento slow
leña firewood
libre pensador free thinker
licenciatura university degree, traditionally requiring five years of study
lidiar to fight; to deal with
ligado linked
ligeramente slightly
llamar la atención to attract attention
llegada arrival
llenar to fill
llevar to carry; to lead; to have been; **llevarse** to carry away
lobo wolf
loco crazy
lograr to manage to; to succeed in
logro *n.* achievement
lote portion, share
lucha *n.* struggle, fight
luchar to struggle; to fight for
luego then, next, later
lugar place
lujo: darse el lujo de to give or allow oneself the luxury of
luminotecnia lighting

madera wood
maderero *adj.* pertaining to timber or lumber
madurar to ripen; to mature
maestría mastery; master's degree
mago magician; wizard
malanga root vegetable
maldad evil; evil act
maldecir *irreg.* to curse
maldito damned
malentendido misunderstanding
malva mauve
manar to flow, run
mancha de sangre blood stain
manco one-handed, one-armed
mandar to send; to order, command
manejar to run, manage; to drive; to use
manguera hose
maní *m.* peanut
manifestación manifestation, show, sign; demonstration, rally
manifestar (ie) to show, display
manifiesto statement, declaration
mantener *irreg.* to maintain, keep; to support
mantenimiento maintenance; support
mantequilla de maní peanut butter
mañana morning; **muy de mañana** very early in the morning

manchar to stain, get dirty
marca brand, make
marcharse to go away, leave
mareado dizzy
marginar to marginalize, exclude
marianismo devotion to the Virgin Mary
marrón *adj.* dark brown
mas but, however
más more; **es más** what's more
masa mass; pulp; dough
materia subject matter; **materia prima** raw material
matorral thicket, bushes, scrubland
mazorca corncob
mayordomo butler
mecanografía typing
medida measure; step
medio *adj.* middle; half; average; *n.* means; **media naranja** better half (spouse); **medio ambiente** *m.* natural environment; **por medio de** by means of; **medios de comunicación** media
mediocridad mediocrity
mejorar to improve
mendigo beggar
menear to move, shake
menos less; **echar de menos** to miss; **por lo menos** at least
mensaje message
menudo: a menudo often
mentir (ie, i) to lie
mercadeo marketing
mercader merchant
mercadotecnia marketing
merecer to deserve
merodear to prowl about
mestizaje mixing of races and cultures (European and Native American)
mesura moderation, restraint
meta goal, aim
metáfora metaphor
metedura de pata faux pas
meter la pata to put your foot in it
mezcla *n.* mixture
mezclar to mix
mezquita mosque
miel *f.* honey
mientras while; **mientras tanto** meanwhile
milagro miracle
millar *n.* thousand
milpa corn field
mimado spoiled, pampered
mina mine
minero *adj.* mining, pertaining to mining
minorista *adj.* retail; *n.* retailer
minutaje total time in minutes
mira *n.* aim, intention

mirada look, glance
mito myth
moda: de moda in style, fashionable, popular; **ponerse (*irreg.*) de moda** to come into fashion
modismo idiom
modista fashion designer
modo mode, manner, way; **a mi modo de ver** in my view, the way I see it; **de ningún modo** in no way
montaje editing
monto sum, total
moraleja moral (*of a story*)
morder (ue) to bite
mordida bribe (*México*)
moreno olive-skinned; dark-skinned; tanned
moro *n.* Moor; *adj.* Moorish
mostrar (ue) to show
motivo motif; reason, motive
móvil motive for a crime
mudarse to move to another house
muerte *f.* death
muestra sample; display
multiplicidad great number; multitude
multisecular *adj.* many centuries old
mundial *adj.* world, worldwide
muñeca doll
muralla city wall
musulmán *adj.* Moslem

nacer to be born
nadie no one, nobody, (not) anybody
nalga buttock, rump
narrar to narrate
natal *adj.* native, home
navegante *m./f.* navigator, sailor
neblina fog, mist
necesidad *n.* need, necessity
negación denial; refusal
negar (ie) to deny; **negarse a** to refuse to
negocio *n.* business
negrita: en negrita in boldface
ni siquiera not even
nieve *f.* snow; **tempestad de nieve** snowstorm
nicho niche, recess
ningún, ninguno no, not any, none; **de ningún modo** in no way
niñez childhood
nivel level; **nivel de vida** standard of living
nocivo harmful
noticias *f. pl.* news
nudo knot; climax (*of a novel, drama*)
numerar to enumerate, number

ñame yam (*similar to sweet potato*)

obra *n.* work; **obra maestra** masterpiece; **obra de bien** good deed
obrero *n.* worker; **clase obrera** working class
obsequiar to offer as a gift
obstante: no obstante however, nevertheless
obstinado obstinate, stubborn
occidental *adj.* western
ocultar to hide
odiar to hate
odio hatred
ofendido insulted, hurt
oficio trade, job
ola wave
olla pot, pan
olor smell
olvidar to forget
ondulante undulating, waving
oprimir to oppress
opuesto opposite
oración prayer; sentence
orden *m.* order, arrangement, disposition; *f.* command
ordenador computer (*España*)
organismo organization
orgullo pride
orgulloso proud
orificio de bala bullet hole
orisha *m.* god/saint of santería
oro gold
orquestado orchestrated
oscurecer to get dark
oscuro dark; **estar oscura como boca de lobo** to be pitch black
ostentar to show off, have
otorgar to grant, give

padecer to suffer from
paladar *n.* palate, taste
palanca lever, crowbar; **tener (*irreg.*) palanca** to have connections
paloma dove
pantalla screen
papa *f.* potato
Papa *m.* Pope
papel paper; role; **cambiar de papel** to switch roles; **hacer un papel** to play a role
par couple, pair; **a la par con** at the same time as, while
parapetarse to hide oneself
parar to stop; **pararse** to stand up
parecer to seem; **parecerse a** to resemble; **al parecer** apparently
parecido similar
pared wall; **entre la espada y la pared** between a rock and a hard place
pareja pair, couple; partner

paro unemployment (*Spain*)
parque de los robles oak grove
parra: subirse a la parra to get all high and mighty
particular *adj.* particular; *n.* individual
partir to leave, depart; **a partir de** beginning in/on/with
pasamanos *m. sing. or pl.* handrail
pasar to pass; to go through; **pasársele la mano** to go too far, to cross the line
pasear al perro to walk the dog
paseo walk, stroll
paso step, stride; **a grandes pasos** by leaps and bounds
pastoso doughy, pasty
pata foot and leg of an animal; **metedura de pata** faux pas; **meter la pata** to put your foot in it
patrocinado sponsored; patronized
patrón patron; standard; boss, master
pedazo piece
pedir (i, i) to ask for; to order; **pedir prestado** to borrow
pegar to hit; to stick, glue
peldaño step (*of a porch or stairs*)
pelear to argue, quarrel
película film; **rodar (ue) una película** to shoot a film
peligrar to be in danger
peligro danger
peligroso dangerous
penoso painful, distressing
pensador: libre pensador free thinker
pensamiento thought; idea
percatarse de to notice, take note of
pérdida loss
perdido *adj.* lost; **perdida** loose woman
perdiz partridge
perecer to perish
perfil profile
periodista *m./f.* journalist
perjudicar to damage, harm, impair
permanecer to remain
personaje character (*in a novel*)
pertenecer to belong
pesar to weigh; **a pesar de** despite, in spite of
pesas: hacer pesas to lift weights
pez *m.* fish
picado chopped
picana eléctrica electric (cattle) prod
picante very hot, highly seasoned
pie: echar pie atrás to back out, down
piel *f.* skin; leather; fur
pincel paintbrush
pitar to blow a whistle; to honk

pitón horn (*of a bull*)
placa de matrícula license plate
plagar to plague; to infest
platanero banana tree
platicar to talk, chat (*México*)
plazo: a largo plazo *adv.* in the long run, *adj.* long-term
pleno full; **en pleno verano** in the middle of summer, at the height of the summer
plenamente fully, completely
plomo lead
población population
poblador inhabitant, settler
pobreza poverty
poder (ue) *v.* to be able; *n.* power
poema *m.* poem
poeta *m./f.* poet
polémica controversy, debate
polifacético multifaceted
politeísta *adj.* polytheistic
poner *irreg.* to put, to place; **ponerse de moda** to come into fashion
por by; for; through; **por acaso** by chance; **por dónde** because of this; **por encima** superficially; **por si acaso** just in case; **por supuesto** of course
pormenor *n.* detail, particular
porque because
porquería filth, garbage
portavoz *m./f.* spokesperson
porteño of or from Buenos Aires
porvenir *n.* future
pos: en pos de after, in pursuit of
postura position, stand
potencia power, ability
potenciar to foster, promote; to strengthen
pozo *n.* well; **pozo de los deseos** wishing well
predecible predictable
predecir *irreg.* to predict, foretell
prejuicio prejudice
prensa press, media
preocuparse de to worry about
prestado: pedir prestado to borrow
préstamo borrowing; loan
presupuesto *n.* budget
pretender to intend; to aim to
prever *irreg.* to foresee, predict
previsible foreseeable
primero *adj., adv.* first
primigenio original, primitive
primordial basic, fundamental, essential
principio principle; beginning; **al principio** at first
problema *m.* problem
procedencia origin

procesamiento de datos data processing
procesar to prosecute, put on trial
procurar to endeavor, to try to
proeza exploit, feat
promover (ue) to promote, encourage
promulgar to put (*a law*) into force
pronto soon; **de pronto** suddenly
propiedad property; propriety
propietario owner; landlord
propio own; one's own; very same
propósito purpose
protagonizar to take a leading part in
provenir *irreg.* to come from
provocar to provoke; to cause
prueba proof, evidence
público *n.* audience
pueblo people of a region or country; town, village
puente bridge
puerco pig; **carne de puerco** pork
puesto (*p.p. of* **poner**) put; placed; **puesto de canje** *n.* stall or booth for small trades or exchanges; **puesto que** because, since
pujante strong, vigorous
puñado fistful
puñal *m.* dagger

quedarse to stay, remain
quejarse to complain
quemadura burn
quemar to burn
queroseno kerosene
quiebra: en quiebra broke, bankrupt
quiebre breakdown, collapse
quitar to take away, remove
quizás perhaps, maybe

rabioso furious, angry
rabo tail
radicar to be rooted in; to lie in
raído frayed, threadbare; shameless
raíz root; **echar raíces** to take root
rango rank
rascar to scratch
rasgo trait, feature
rasurarse to shave
rato *n.* a while, short period of time; **pasar el rato** to pass the time
razonamiento reasoning
real real; royal
realizado accomplished, fulfilled
realizar to do; to make real; to achieve
rebelde *adj.* rebellious; *n.* rebel
recado message; errand
recargar to recharge; to load down
recargable rechargeable
receloso suspicious, apprehensive
receta recipe; prescription

rechazar to reject
recibir tregua to get a break, relief
recién newly; just, recently
recipiente container
reclamar to claim, demand
reclusión seclusion
recoger to gather, collect
reconocer to recognize
reconocimiento recognition
recuerdo *n.* memory, recollection
recurso resource; **recurso poético** poetic device
red net; network; Internet
redacción composition; writing
redactar to write, draft
redactor editor, writer
redada police raid
redentor *adj.* redeeming
reforzar (ue) to reinforce, strengthen
refrescar to refresh; to cool down
regadera shower head
regalo gift
regar (ie) to water
regresar to return
reina queen
reino *n.* kingdom
reír (i, i) to laugh at
reja iron grille, screen (*on a window*)
remediar to remedy; to put right
remesa remittance
remitente *m./f.* sender (*of a letter*)
remontarse to go back to, to date from
remordimiento remorse
renacer to be reborn
rengo lame
rentable profitable
rentista stockholder
renuncia resignation
reparto *n.* cast (*of a play, film*)
repente: de repente suddenly
reprender to scold, correct
repuesto (*p.p. of* **reponer**) replaced; *n.* replacement
res: carne de res beef
reseña review
residuo residue
respaldo back (*of a chair*)
respetado respected, honored
respetuoso respectful
restañar to staunch, stop the flow of
restringido restricted, limited
resultar to turn out, to be
resumen summary
retener *irreg.* to retain; to hold back
retrato portrait
reunión meeting, gathering
reventado broken, smashed
revista magazine
revolverse (ue) to revolve; **revolvérsele la sangre** to make one's blood boil

revuelo fluttering; stir, commotion
rey *m.* king
rezar to pray
riada flood
rico rich
riesgo risk; **correr el riesgo** to run the risk
rincón inside corner
riqueza riches, wealth
risa laughter
rizado curly
rodar (ue) to roll; **rodar una película** to shoot a film
rodeado surrounded
rodear to surround
rogar (ue) to beg, plead
rostro face
ruego request, entreaty
ruido noise

sabor *n.* flavor; taste
sabroso delicious
sacar to take out, extract
sacerdote priest
sagrado sacred
salario wage, wages
salida departure; exit
salir *irreg.* to leave, go out; **salirse con la suya** to get one's own way
saltar to jump, leap
saludar to greet, say hello to
salvaje wild; savage
salvar to save
sangre *f.* blood; **mancha de sangre** blood stain; **revolvérsele (ue) la sangre** to make one's blood boil
sangría spilling of blood; Spanish punch with red wine and fruit
sangriento bloody
santería religion of mixed African and Christian origin
sapo toad
secuestro kidnapping; hijacking
sede *f.* seat, place; venue
seductor *adj.* seductive; *n.* seducer; charmer
seguida: en seguida immediately
seguidor *m.* follower
seguir (i, i) to follow; to continue, to keep on; **seguir en sus trece** to stick to one's guns
según according to
sello stamp; seal
selva jungle, forest
sembrar (ie) to sow, plant seed
semejante similar
semejanza similarity, likeness; **a semejanza de** just like, as
semilla seed
senda path, track

sendero path, track
sensibilidad sensitivity
sensible sensitive
sentar (ie) to seat; to set, establish
sentido meaning, sense; **sentido del humor** sense of humor
sentimiento feeling
sentirse (ie, i) to feel
señalar to point out; to indicate
sequía drought
ser *v.* to be; **ser el uno** to be the best; *n.* being
seto hedge, fence, enclosure
siembra sowing
siglo century
significado meaning
significar to mean; to signify
siguiente following
sillón armchair; **sillón de terciopelo verde** green velvet armchair
símil simile
simpático pleasant, likable
sin without; **sin embargo** however; **sin límite** limitless
sinagoga synagogue
sincrético syncretic
sincretismo syncretism
siniestro disaster
sino but
siquiera even; **ni siquiera** not even
sistema *m.* system
soberbio magnificent, superb; proud
soborno bribery; bribe
sobrar to be left over, to be more than enough
sobre *n.* envelope
sobredosis *f.* overdose
sobregeneralizar to overgeneralize
sobrepoblación overpopulation
sobresaliente outstanding
sobresalir *irreg.* to stand out
sobresaltar to fall upon; to attack
sobretodo *n.* overcoat
sobrevivir to survive
socarrón *adj.* cunning; sarcastic, ironic
sofreír (i, i) to sauté
soledad solitude, loneliness
soler (ue) to be in the habit of; to usually (do)
solicitud application
soliviantarse to become angry, get roused
solo *adj.* alone; sole
sólo *adv.* only
soltero *adj.* single, unmarried; *n.* unmarried person
someterse to submit to; to undergo
sonreír (i, i) to smile
sonriente smiling
soñador *n.* dreamer; *adj.* dreamy

sopesar to test the weight of; to consider

sortear to dodge, avoid; to decide by chance; to draw lots (for)

soslayo: de soslayo sideways; obliquely

soso tasteless, insipid, dull

sospechar to suspect

sostén support

subir to go up; to get on (*a bus, train*); to climb; **subirse a la parra** to get all high and mighty

suceder to happen

suceso event

sudor sweat

sueldo salary

suelo ground; floor; soil

suelto loose, free; flowing

sueño dream; sleep

sumamente extremely, exceedingly, highly

sumiso *adj.* submissive

superar to surpass, exceed; to overcome

superpoblación overpopulation

supervivencia survival

suprimir to suppress; to abolish; to cut out

supuesto supposed; **por supuesto** of course

surgimiento emergence

surgir to appear; to emerge; to arise

susceptible de liable to; capable of

sustantivo noun

sustento support; sustenance

sutileza subtlety

tal such

tamaño size

también also, too

tambor drum

tanto as much, so much, such a; **por lo tanto** therefore

tapar to cover up

tarea task; homework

tarifa tariff, tax

tartamudo *adj.* stuttering

tasa rate; **tasa de desempleo** unemployment rate

tela fabric; oil painting

telediario daily news program

tema *m.* topic, theme

temer to fear

temor *n.* fear

tempestad de nieve snowstorm

temporada period, season; **de temporada** of the season, of the moment

tender (ie) to stretch; to extend; to tend to

tener *irreg.* to have; **tener como/por resultado** to result in; **tener enchufe** to have connections; **tener palanca** to have connections; **tener vergüenza** to be ashamed

tercio *n.* third

terciopelo velvet

terminar to end, finish

término term; end, conclusion

terrateniente *m./f.* landowner

terremoto earthquake

terruño native land

testigo witness

tibio tepid

tierno affectionate, tender

tildar de to label, characterize as

tipología typology

tira cómica comic strip

título universitario academic degree

tocar to touch; to play (*a musical instrument*); **tocarle a uno** to be one's turn or obligation

toma directa *n.* live shot

tomar to take; **tomar(se) en cuenta** to take into account

tontería foolishness, silliness

torero bullfighter

torno: en torno a about; around

trabajador *adj.* hardworking; *n.* worker

tragar to swallow

trama plot

tras after; behind

trasladar to transfer, move

traspaso transfer

trasponer *irreg.* to transpose; to move across

trastes *m. pl.* housewares, pots and pans

trasvasijar to pour into another container

tratar to treat; to deal with; **tratar de** to try to; to be about

través: a través de across, through

travieso naughty, mischievous

trece: seguir en sus trece to stick to one's guns

tregua truce; **no recibir tregua** not to get a break

trinomio something composed of three elements

triunfar to triumph; to succeed

tronchar to cut down, to cut off

tropezar (ie) to stumble, trip; to bump into

tumbadora large conga drum

tutela tutelage, protection

ubicación placement, location

ubicar to locate, place

último *adj.* last; **por último** *adv.* lastly

umbral threshold

único *adj.* only, sole

unir to unite; to join together

uno: ser el uno to be the best

urbe *f.* large city

urdido put together, contrived

útil useful

vacío *adj.* empty; *n.m.* void

vago lazy, slack

valer to be worth; **valerse de** to make use of

¡válgame Dios! God help me!

valioso valuable

valor value; courage

valoración valuation, appraisal

vanguardia vanguard; avant-garde

varilla rod, rail

varón male, man

vasallo vassal

vasija vessel, pot, dish

vatio watt

vecindad vicinity, nearness

vecindario neighborhood

veloz quick, fast

veneno poison; venom

venidero *adj.* coming, future

venta sale, selling

ventaja advantage

ventanal large window

ventilador electric fan

verano: en pleno verano in the middle of summer, at the height of the summer

verdadero true

vergüenza shame; **tener** (*irreg.*) **vergüenza** to be ashamed

verso line of a poem

verter (ie) to pour or dump out

vestirse (i, i) to get dressed

vez time, occasion; **en vez de** instead of; **otra vez** again; **a la vez** at the same time; **a su vez** in turn

vía way, road, track; **vía media** middle way; **en vías de desarrollo** developing (*e.g., nation*)

vicio vice; bad habit

vidrio glass

vientre stomach, belly

vigente current, in force

vigor: entrar en vigor to take effect, come into force

villa miseria shantytown

vinculado linked, bound

violador rapist

vista view; **en vista de** in view of, considering

vistazo: echar un vistazo to take a look at

viuda widow

vivienda housing

vivo alive; lively

vocablo word

volver to turn; to return; **volverse** to become; **volver a** to do again

vuelta turn; return; a trip around something; walk, stroll; **dar vueltas** to turn around, to move around, to go around, to circle, to stir (*coffee*)

ya already; now; **ya no** not any more; **ya que** since, as

yautía a starchy, edible root

yerba herb; **yerba mate** herbal tea (*Argentina*)

yuxtaposición juxtaposition

zanjón gully, ditch

zurdo left-handed; clumsy

Permissions and Credits

Text Permissions and Sources

The authors and editors thank the following persons and publishers for permission to use copyrighted material.

Chapter 2: pages 30-31, "El criado del rico mercader" and 32-34, "Dayoub, el criado del rico mercader," Copyright © Bernardo Atxaga, 1989. By arrangement with Ediciones, B.S.A., Barcelona, Spain; 36, Actividad 25, Partially inspired by "Fairytale Update," in Hadfield, Charles and Jill Hadfield. *Writing Games*. Walton-on-Thames, Surry: Thomas Nelson and Sons, 1990. **Chapter 3:** pages 42-44, "Autopsia de una civilización." Reprinted from *Qué pasa*, Santiago, Chile, August 28, 1993, pp. 44-45. 54, "El eclipse," by Augusto Monterroso. **Chapter 4:** page 62, "La Reina Rumba habla de la 'salsa,'" by Norma Niurka. Reprinted with permission of *The Miami Herald* via the Copyright Clearance Center. Originally printed in *El Nuevo Herald*, Miami, June 5, 1987. 71, Actividad 21B, Partially based on information contained on pages 123-124 of Hedge, Tricia, *Writing*. Oxford: Oxford University Press, 1988. 71-72, "Habanasis," ("Havanasis"), by Richard Blanco, from *City of a Hundred Fires*, Copyright © 1998. Reprinted by permission of the University of Pittsburgh Press. **Chapter 5:** pages 77-78, "¿Cómo estás you el día de today?" Interview with Ilán Stavans, by Ima Sanchís printed in *La Vanguardia*, May 16, 2002. 78, Excerpt from *Spanglish*, by Ilán Stavans, Copyright © 2003 by Ilán Stavans. Reprinted by permission of HarperCollins Publishers, Inc. 87, "Ausencia," Printed with permission from FAF Publishing, New York, N.Y. 88, "Where You From?," by Gina Valdés; 89, "Bilingual Blues," by Gustavo Pérez Firmat from *Bilingual Blues*. Published by Bilingual Press/Editorial Bilingüe, Arizona State University, Tempe, Arizona. Copyright © 1994. Reprinted with permission. 90, Actividad 15, Partially based on information contained on page 36 of Duff, Alan and Alan Maley, *Literature*. Oxford: Oxford University Press, 1990. **Chapter 6:** pages 97-98, From "La historia oficial por el canal 23," by Beatriz Parga. Copyright © by *The Miami Herald*. Reproduced with permission of *The Miami Herald*, via Copyright Clearance Center. Originally printed in *El Nuevo Herald*, Miami.108-109, Luisa Valenzuela, *Aquí pasan cosas raras*. Copyright © 1975 by Ediciones de la Flor, Buenos Aires, Argentina. Reprinted with permission. 111, "Política a ritmo de tango," by César Santos Fontenla. Originally printed in *Cambio 16*, No. 743, February 24, 1986, p. 119. **Chapter 7:** pages 116-117, "Treinta formas para evitar la contaminación y la ruina ecológica," by Alejandro Pescador, Reprinted with permission from *Tiempo Hispanoamericano* (México). 128-129, "La Naturaleza. La tierra madre del hombre. El sol, el copal, el fuego, el agua," from *Me llamo Rigoberta Menchú y así me nació la conciencia*, by Rigoberta Menchú. Reprinted with permission from Siglo Vientiuno Editores, México, D.F. 131, "Fin de siglo," by Eduardo Galeano. Reprinted by permission of Eduardo Galeano. 133, "Indígenas ecuatorianos sientan precedente ecológico mundial," reprinted with permission. **Chapter 8:** pages 136-138, "Goya Foods: suerte, sudor y empeño," by Valeria Agis, *La Opinión*, September 5, 2000. 146-147, "La carta," by José Luis González, is excerpted from *El arte del cuento en Puerto Rico*, by Concha Meléndez. Copyright © 1961 by Las Américas Publishing Company. **Chapter 9:** pages 156-158, "Frida Kahlo: El pincel de la angustia," ("Frida Kahlo: The Brush of Anguish"), reprinted with permission from *Américas*, a bimonthly magazine published by the General Secretariat of the Organization of American States in English and Spanish. 161-165, Partially based on information contained on pages 38-40 of Day, Holliday T. and Hollister Sturges, *Art of the Fantastic: Latin American, 1920-1987*. Indianapolis: Indianapolis Museum of Art, 1987. 168-169, "Continuidad de los parques," Extract from *Los relatos*, by Julio Cortázar. Copyright © 1976. Reprinted by permission of Angencia Literia Carman Balcells, S.A. **Chapter 10:** pages 178-179, "El idioma español y lo femenino," by Teresa de Jesús from *Palabra de mujer*. 182-185, Partly based on Groff, Susan Hill, and Mary Hill Rojas. *Contemporary Issues for Women in Latin America*. St. Louis Part, Minnesota: Upper Midwest Women's History Center, 1991.

189-190, "El difícil arte de ser macho," by Pedro Juan Gutiérrez, from *Cuentos de la Habana Vieja,* Olalla ediciones, Copyright © 1997, pages 113-117. **Chapter 11:** pages 196-197, "Legalización de las drogas," by Juan Tomás de Salas. Originally printed in *Cambio 16,* No.1, 154, January 3, 1994, page 5. 205, "Empezó a darle vuelta..." and 206, "Ahí está lo malo," From *Crímenes ejemplares,* by Max Aub. Copyright © 1996. Reprinted by permission of Calambur Editorial, S.L. 206, "Sangre y arena," and 207, "Apuntes para ser leídos por los lobos," Reprinted by permission of René Avilés Fabila. **Chapter 12:** pages 213-215, "Una educación intercultural," by Hugo Javier Aparicio. Reprinted by permission of Hugo Javier Aparicio. 219-220, "El amor al miedo," From *El planeta americano,* by Vicente Verdú. Copyright © 1996. Reprinted by permission of Editorial Anagrama. 224-225, "La identidad y los McDonald's," Reprinted by permission of Firmas Press.; Cortesía de *La Opinión.*

Realia

Chapter 3: pages 52 and 57, Copyright © 2001 by Houghton Mifflin Company. Reproduced by permission from *The American Heritage Spanish Dictionary, Second Edition.* **Chapter 6:** page 106, Joaquín Velasco. **Chapter 7:** page 116, ECOCE. **Chapter 10:** page 184, Instituto de las Mujeres del Distrito Federal.

Illustrations

Anna Veltfort

Photographs

Chapter 1: page 3 *top,* Tom & Dee Ann McCarthy/Corbis; 3 *bottom,* Edward Bock/Corbis; 4 *top,* Ariel Skelley/Corbis; 4 *bottom,* Bill Miles/Corbis; 5 *top,* Royalty-Free/Corbis; 5 *bottom,* José Luis Pelaez, Inc./Corbis; 7 *top left,* David Simson; 7 *top center,* Beryl Goldberg; 7 *top right,* Beryl Goldberg; 7 *bottom left,* Victor Englebert; 7 *bottom center,* David Simson; 7 *bottom right,* Beryl Goldberg; 12 *top,* Gene Blevins/Corbis; 12 *middle left,* Reuters/Corbis; 12 *middle right,* Reuters/Corbis; 12 *bottom right,* Servin Humberto/Corbis Sygma; 13, Fred Prouser/Reuters/Corbis. **Chapter 2:** page 17 *top left,* Fernando Alda/Corbis; 17 *top center,* James Sparshatt/Corbis; 17 *top right,* Roger Antrobus/Corbis; 17 *middle left,* Ruggero Vanni/Corbis; 17 *middle right,* Macduff Everton/Corbis; 17 *bottom left,* Christopher J. Hall; Eye Ubiquitous/Corbis; 17 *bottom center,* Eric and David Hosking/Corbis; 19, Allied Artists/The Kobal Collection; 20 *top,* Pedro Costa/Sigepaq/Canal+/The Kobal Collection/De Amo, Ignacio; 20 *bottom,* Warner Bros./The Kobal Collection/Appleby, David; 21 *top,* Parallax/The Kobal Collection; 21 *bottom,* BF/AGUS/Queen/ZUMA Press; 24, Nik Wheeler/Corbis; 26, Scala/Art Resource, NY; Museo del Prado, Madrid, Spain. **Chapter 3:** page 38, Enzo & Paolo Ragazzini/Corbis; 43, Robert Frerck, Odyssey Productions, Chicago; 47, Chip & Rosa Maria Peterson; 48, Corbis/Bettmann; 49, Frerck/Odyssey/Chicago; 50, Gary Payne/Liaison Agency; 53, Courtesy, National Museum of the American Indian, Smithsonian Institution. **Chapter 4:** page 62, Christian Augustin/Action Press/ZUMA Press; 67 *top,* Angelo Cavalli; 67 *bottom,* Ulrike Welsch; 68, Aurora Quanta Productions; 69, Angelo Cavalli; 71, Angelo Cavalli; 72, Ulrike Welsch. **Chapter 5:** page 75 *top left,* Chronis Jons/Tony Stone Images; 75 *top right,* Frerck/Odyssey/Chicago; 75 *bottom left,* Bob Daemmrich/Stock Boston; 75 *bottom right,* Esbin-Anderson/The Image Works; 78, Frank Ward, Amherst College; 82, Bob Daemmrich/PhotoEdit; 84, Beryl Goldberg; 88, Kevin McKiernan/SIPA Press; 89, Hulton-Deutsch Collection/Corbis. **Chapter 6:** page 94, Carrion Carlos/Corbis Sygma; 97, Everett Collection; 102, Reuters/Corbis; 103, AP/Wide World; 104, Antoine Gyori/France Reportage/Corbis. **Chapter 7:** page 113, Ferry/JB Pictures; 122, Randall Hyman/Stock Boston; 123, Juca Martins/F4/DDB Stock Photo; 124, Royalty-Free/Corbis; 129, Frerck/Tony Stone Images; 130, Reuters/Corbis. **Chapter 8:** page 138, Kayte Deioma/PhotoEdit; 141, Ulrike Welsch; 142, Frerck/Odyssey/Chicago; 143, Charles O'Rear/Corbis. **Chapter 9:** page 153, *Autorretrato en la frontera entre México y los Estados Unidos,* 1932, Frida Kahlo (México). Courtesy of Christie's; 157, *Autorretrato con collar de espinas y colibrí,* 1940, Frida Kahlo. Harry Ransom Humanities Research Center, The University of Texas at Austin. Reproducción autorizada por el Instituto Nacional de Bellas

Mar Caribe

Barranquilla
Cartagena
Maracaibo
Caracas
La Guaira
TRINIDAD Y
TOBAGO
Puerto España
San Carlos
Ciudad Bolívar
VENEZUELA
Río *Orinoco*
Georgetown
Paramaribo
Cayena
Medellín
Zipaquirá
Salto Ángel
GUYANA
SURINAM
**GUAYANA
FRANCESA**
Bogotá
Cali
COLOMBIA
Popayán
San Agustín
Otavalo
Santo Domingo
de los Colorados
Pichincha
Quito
ECUADOR
Chimborazo
Ecuador
Guayaquil
Río *Negro*
Río *Amazonas*
Manaos
Belén
Iquitos
CORDILLERA DE LOS ANDES
Sipán
Trujillo
Río *Madeira*
B R A S I L
Recife
PERÚ
Machu Picchu
Callao
Lima
Cuzco
*Lago
Titicaca*
Puno
La Paz
Cochabamba
Arequipa
Tiahuanaco
Arica
Sucre
BOLIVIA
Brasilia
Potosí
Salvador
Iquique
Bello
Horizonte
Filadelfia
PARAGUAY
Asunción
San Pablo
Río de Janeiro
Trópico de Capricornio
Antofagasta
Salta
Río *Paraná*
San Pablo
Santos
San Miguel
de Tucumán
Resistencia
Río *Paraguay*
Río *Uruguay*
CHILE
Puerto Iguazú
**OCÉANO
PACÍFICO**
Córdoba
Puerto Alegre
Aconcagua
Viña del Mar
Valparaíso
Mendoza
Rosario
URUGUAY
Santiago
Buenos Aires
Montevideo
ARGENTINA
La Plata
Punta del Este
Concepción
Mar del Plata
Río *de la Plata*
CORDILLERA DE LOS ANDES
Río *Colorado*
Bahía Blanca
Bariloche
Puerto Montt
PATAGONIA

**OCÉANO
ATLÁNTICO**

*Estrecho de
Magallanes*
Punta Arenas
**TIERRA
DEL FUEGO**
*Islas
Malvinas*
Cabo de Hornos

América del Sur

| 0 | 250 | 500 Km. |
| 0 | 250 | 500 Mi. |

ISLAS GALÁPAGOS
*San
Salvador*
Ecuador
Santa Cruz
San Cristóbal
Quito
Isabela
ECUADOR
Guayaquil